한국 불교시의 기원

한국 불교시의 기원
의상과 원효 그리고 균여

초판 1쇄 펴낸날 | 2023년 7월 31일

지은이 | 서철원
펴낸이 | 고성환
펴낸곳 | (사) 한국방송통신대학교출판문화원
　　　　(03088) 서울특별시 종로구 이화장길 54
　　　　전화　1644-1232
　　　　팩스　02-741-4570
　　　　홈페이지　press.knou.ac.kr
　　　　출판등록　1982년 6월 7일 제1-491호

출판위원장 | 박지호
책임편집 | 이두희
본문디자인 | (주)동국문화
표지디자인 | 김민정

■ 에피스테메는 (사)한국방송통신대학교출판문화원의 학술도서 브랜드입니다.
■ 에피스테메에서 펴낸 2023년 세 번째 책을 구입하고, 읽어 주신 독자님께 고마운 마음을
　전합니다. 이 책은 「저작권법」에 따라 보호받는 저작물로, 무단 전재와 복제를 금하며,
　이 책의 전부 또는 일부를 이용하려면 반드시 저작권자와 (사)한국방송통신대학교출판
　문화원 양쪽의 동의를 받아야 합니다. 파본이나 잘못 만들어진 책은 바꾸어 드립니다.

의상과 원효 그리고 균여

한국 불교시의 기원

서철원 지음

에피스테메
EPISTEME

머리말

철원아, 훌륭한 불교문학 논문에는…

불교 용어가 하나도 안 나와야 한단다.

대학원에서 석사과정을 마치면서 은사님으로부터 이런 이야기를 들은 적이 있다. 그래서였는지 박사학위논문 주제로는 향가와 신라 종교시의 역사를 서술하되, 불교 개념의 노출은 최소화하리라는 꿈을 꾸게되었다. 종교시 연구는 문학사와 사상사가 만날 좋은 기회이지만 대개는 사상사의 용어와 개념 설명에 치우쳤던 전례가 많았다. 이 점을 나름 비판해 오던 차에, 저 말씀을 꼭 그대로 이루지 못하더라도 평생의 이상으로 삼고 싶었다.

그러나 박사학위논문을 향가의 역사에 한정하면서, 신라 종교시 관련 내용을 포함하지 못했다. 이 책은 그렇게 빠졌던 내용 일부를 되살린 성과이다. 15년이 훌쩍 지났는데도 아직 포함하지 못한 작품과 주제가 여전히 남아 있지만, 갈수록 이목총명耳目聰明을 기대하기 어려운 형편이라 더 늦기 전에 출발하려고 한다. 이 여정의 끝자락에 다시 한국 서정시의 기원을 온전히 만날 수 있으리라 헤아리면 그저 설렐 따름이다.

여기서는 한국 불교시의 기원을 돌아보기 위해, 7세기 중엽 의상義相의 〈법성게法性偈〉와 원효元曉의 〈대승육정참회大乘六情懺悔〉를 중심으로 당시 문학과 사상, 예술과 문화 등에 얽힌 자료들을 살펴본다. 의상과 원효를 함께 다룰 때면 나이가 더 많은 원효를 먼저 내세우는 경우가 대부분이었다. 그러나 이 책에서는 시의 언어와 표현 자체에 집중한 의상을 앞세우고, 실천으로서 참회의 문제를 심화했던 원효를 나중에 파고들었다.

의상은 〈법성게〉에서 일상의 언어와는 구별되는 비유와 상징을 활용한 시어를 구사하였는데, 앞서 있었던 원측圜測의 성과와 신라인들의 향가 창작 경험 등이 그 바탕이 되었다. 시를 방편 삼아 이루어졌던 의상의 화엄 시학과 사상은 고려 초기 균여均如에게까지 이어졌으며, 이들 사이에는 8세기 명효明皛의 화엄사상의 실천을 향한 탐구와 게송 창작이 있었다.

명효와 균여에게는 깨달음과 실천의 과정에서 참회의 경험에 관한 사색을 엿볼 수 있는데, 이는 원효의 장편 게송 〈대승육정참회〉를 토대로 삼았다. 원효는 참회를 위한 여러 유형의 관법을 구상하여 제시하였고, 향가 〈원왕생가願往生歌〉의 화자 엄장嚴莊의 체험은 〈대승육정참회〉 후반부의 과정을 그대로 밟아 가고 있었다. 원효의 참회 체험은 대중불교에 대한 성과와 함께 신라 사회 전반에 퍼졌다. 이러한 의상과 원효의 시학과 참회 체험은, 균여의 〈보현십원가普賢十願歌〉에서 재회한다.

의상과 원효의 성취, 나아가 불교 용어와 개념에 관한 이해는 향가의 시어 구축에 이바지했으며, 관음신앙을 중심으로 개개인의 구체적인 어려움을 해결하기도 했다. 이를 밑거름으로 삼아 조선시대 이후에는 선불교와 유학의 자연관 등을 공유하며 자연과 인간에 관한 새로운 이해를 도출할 수 있었다. 이 과정이 모두 신라 초기 계송에서 비롯되었다 하기는 어렵겠지만, 그 선편을 잡았던 이들의 시어는 문학과 사상의 만남으로서 큰 의미가 있었다.

  과거에는 향가가 불교시였다고 주장했던 분들조차 이들 사상가의 계송을 연구 대상에 포함한 경우가 드물었다. 그러나 필자는 이제 10주기를 맞이하는 김상현 선생님의 생전 가르침 덕분에, 향가와 한국 서정시의 기원을 향하려면 이들과의 만남이 필연적임을 알게 되었다. 향가를 가르쳐 주신 박노준 선생님, 불교 용어에서 벗어나야 한다고 일깨워 주셨던 인권환 선생님, 그리고 《고전시가 수업》에 이어 이번에도 게으른 필자를 위해 고생한 이두희 선생님께 감사드린다.

  꽃 피었다 비 내리는 관악의 어느 날
  서철원

차례

※ 일러두기

이 책에서 인용한 《삼국유사》는 일연, 서철원 번역·해설, 《삼국유사》, 아르테, 2022를 기본으로 삼되, 다른 번역과 해설들을 참조하였습니다.

총론

제1장

화엄불국,
신라와 고려 시가의 이상향

　의상과 원효의 게송을 본격적으로 살피기에 앞서, 총론으로서 신라와 고려 초기 시가에 나타난 이상세계와 화엄불국華嚴佛國의 관계에 주목한다. 이를 통해 당시 향가와 불교시에 나타난 화엄사상의 공존과 조화의 정신을 살피고자 한다. 화엄불국은 불국사의 초기 명칭인 '화엄불국사華嚴佛國寺'에서 유래하였다.

　불국사는 여러 신앙 대상〔불·보살〕의 역할이 동등하므로 차별할 필요가 없음을 바둑판식 병렬 배치와 현존 불상의 크기를 통해 드러내고 있다. 이는 석굴암이 하나의 구심점에 분명한 주불을 내세운 것과는 대칭적이다. 화엄불국은 기존에 주목했던 서방정토와도 접점이 있다. 하지만 내세 중심의 서방정토 관념에서는 잘 드러나지 않을 수도 있을, 현실에 구현된 이상세계의 역할까지도 포함하고 있다. 사후세계로서 정토가 등장하는 신라문학의 화자와 주인공들은 각각 다른 수행 방법을 통해, 각자에게 가장 절실한 문제가 해소된 이상세계로서 정토에 이르렀다. 각각 다른 수행의 방법과 성과가 바둑판식 배치의 칸 하나하나마다 다채롭게 구현된 모습이 곧 불국사의 배치도였다.

불국사의 배치도에 나타났던 공존과 조화의 세계 한편, 공존과 조화의 세계로서 화엄불국 자체를 묘사한 작품으로 7세기 의상의 〈법성게〉와 원효의 〈대승육정참회〉, 10세기 균여의 〈보현십원가〉 연작 등이 있다. 이들은 화엄불국을 무한한 시간과 공간의 범위로 확장하여, 주체의 신념과 체험을 직접 묘사하였다는 공통점을 지닌다. 이는 건축물로서 일정 공간만을 차지해야 했던 불국사의 유한성을 넘어서는, 무한의 화엄불국을 향한 시적 상상력의 시도로서 그 가치가 있다.

화엄불국이란 여러 속성을 지닌 상징물들을 하나의 공간 안에 배치하여 다원성과 일원성을 아울러 갖추는 이상향이었다. 이런 방식은 흥륜사에서 신라의 10대 성인들을 다섯 쌍으로 서로 마주 보게 할 때도 활용되었는데, 이에 대하여 마지막에 보론으로 추가할 것이다. 흥륜사의 10성 배치는 곧 불국사를 포함한 신라 사상계 전체의 모습을 하나이자 여럿인 화엄으로 구축한 형상이었기 때문이다.

1. 신라 문화의 이상향

여기서는 신라와 고려 초기 시가에 나타난 이상세계와 불국사를 통해 구현된 화엄불국의 형상 사이의 관계에 주목한다. 화엄불국은 불국사의 초기 명칭이었던 '화엄불국사'¹에서 유래하였다. 화엄불국을 피안의 정토와 같은 곳으로 생각한다면 일종의 내세관처럼 이해할 수도 있고, 현실적으로 구현된 《화엄경》의 세계라는 점에 유의한다면 신라 나름의 불국토설을 떠올릴 수도 있다. 피안과 차안, 저승과 이승의 어느

편으로 간주하더라도, 화엄사상 특유의 종합성 덕택에 불국사는 《화엄경》을 주관하는 비로자나불뿐만 아니라 석가불, 아미타불, 미륵, 관음보살 등의 존재들을 각각의 방향에 배치했다. 그리하여 《삼국유사》의 등장인물과 신라 시가의 화자가 친견親見하고 상상했던 신앙의 대상을 한자리에서 만날 수 있는 이상세계가 불국사를 통해 마련되었다.

문학을 포함한 예술사 전체를 살펴보면, 시가와 같은 함축적·개별적 텍스트에서 이상세계에 대한 묘사와 서술이 불국사 정도의 큰 규모로 나타나기란 쉽지 않다. 하지만 신라 예술에서 그보다 적은 규모로 화엄불국을 표현한 사례가 없지 않았다. 경주 남산의 칠불암七佛庵을 비롯한 사면불四面佛 계열 불상에서 동서남북과 중앙에 각각 신앙의 대상을 자리 잡게 하여 화엄의 세계 전체를 표현하는 기법을 확인할 수 있다.[2] 따라서 신라 미술사와 거의 같은 궤적을 그리며 발전해 온 향가를 비롯한 신라 시가[3] 역시 그런 수준에 도달했으리라 추정하고자 한다.

그러나 시가 연구에서 화엄사상, 화엄의 세계를 뚜렷한 공간적 심상으로 주목하지는 않았던 것 같다. 향가의 사상적 귀착점이었던 고려 초엽 〈보현십원가〉는 《화엄경》 전체의 결론을 고유어 시가로 재구성하였다. 그렇지만 작품 속의 화엄세계가 지닌 공간적 성격에 초점을 맞추기보다는, 작가가 화엄의 개념을 어떻게 쉬운 언어로 풀어 포교에 활용했는지에 더 초점을 맞추어 연구해 오지 않았던가 회고해 본다.[4] 한편 서사문학 연구에서도 '화엄선華嚴禪'이라는 범주를 제기하기는 했지만, 역시 공간으로서 화엄세계보다는 고승을 비롯한 인물 중심 서사와 깨달음의 과정에서 불·보살의 도움을 중심으로 한 것이었다.[5]

향가에 한정하여 말하면 가장 주목받았던 이상세계는, 좁은 의미로 미타사상에 속하는 서방정토였다. 현존하는 초기 향가 가운데 7세기의 〈풍요〉는 현실의 설움을 타개하려는 방편으로 공덕 닦기를 제시하였고, 그 공덕의 성과가 내세에 어떻게 이루어질지에 대한 대답처럼 〈원왕생가〉가 뒤따라 등장하였다. 서정시로서 잘 알려진 8세기 후반 〈제망매가〉의 '미타찰彌陀刹'은 서방정토의 다른 이름으로, 신라인들의 죽음에 대한 정서가 향가의 근간임을 보였다. 그러므로 '정토 공동체'를 중심으로 향가의 배경을 논의하는 방식[6]이 자연스럽게 떠오를 수 있었으며, 여러 작품에 구체적으로 나타난 특성을 굳이 부정할 필요가 없다. 한문으로 이루어진 다수의 신라 불교시에서도 역시 정토에 대한 상상력과 개념 규정이 여러모로 나타난다.[7]

피안으로서 서방정토 관념은 신라 시가의 주요 특질임이 분명하다. 그러나 이상세계를 꼭 아미타불의 세상으로 한정할 이유는 없다. 아미타불의 정토는 현세보다는 내세에 대한 것이며, 하루하루 경험해 가는 과정이라기보다 최후의 궁극적 성취로서 제시되는 것이다. 엄밀하게 말하면 "정토왕생은 이 세상에서의 성불이 아니라 저 세상에서의 왕생을 뜻한다."[8] 하지만 알다시피 《삼국유사》의 종교사 자료와 문학 작품에는, 우리 사는 세상 마음먹기 나름이라는 유심정토唯心淨土와 현신왕생現身往生의 요소 역시 보인다. 이들까지 포함하여 초기 시가의 이상세계 전체를 다루기 위해서는, 서방정토보다 확장된 의미로서 '이 세상'에 구현된 불국토에 주목할 필요가 있다. 불국사에 나타난 화엄불국[9]은 그 사례로서 현존하는 것들 중 가장 큰 규모를 지녔다.

논의 순서는 다음과 같다. 먼저 이 글에서 쓰인 화엄 개념을 간략히 전제하고, 불국사 배치도를 통해 화엄불국과 다른 문학적·미술적 체험과의 관계를 떠올릴 것이다. 다음으로 시가 작품에 나타난 이상세계를, 기존의 피안으로서 정토와 여기서 제시한 화엄불국의 사례로 구분하여 각각 검토하겠다. 단, 시가와 산문을 병렬했던 《삼국유사》의 전통을 존중하는 뜻에서 전자의 사례로 향가 〈원왕생가〉와 노힐부득 달달박박努肹夫得 怛怛朴朴의 성도담成道譚, 〈제망매가〉와 사복蛇福·욱면郁面 등의 설화를 함께 포함한다. 그리고 후자의 경우로 의상義相의 〈법성게〉와 원효元曉의 〈대승육정참회〉, 균여均如의 향가 〈보현십원가〉 등을 주된 대상으로 삼았다.

2. 화엄의 의미에 대한 전제

"一卽多, 多卽一"이 《화엄경》의 사상적 요체라는 점은 널리 공감을 얻고 있다. 여기서 多는 一을 지향하며 통합되는 **다수**일 수도, 一과 대비되는 만물의 **다양성**일 수도 있다. 다만 多를 어떻게 바라보더라도, 일과 다 가운데 어느 한쪽의 비중만을 크게 판정하기보다는 양자의 중요성을 고루 인정하는 쪽이 화엄의 원래 취지에는 가까울 것이다.

그러나 과거 한국학에서는 화엄사상이 전제왕권의 이념적 기반을 제공하였으리라는 선이해가 작용하는 경우가 많았다.[10] 거칠게 요약하면 一에 해당하는 전제왕권에 다수의 多인 백성과 귀족을 포함한 일체가 통일, 통합하는 구도가 당시 화엄사상의 이데올로기였다는 주장이었다.

이런 구도를 비판하고 '화엄정토만다라^{華嚴淨土曼茶羅}'의 구도[11]에 따라 향가의 전성기를 성찰한 성과에서는 一과 多의 요소를 모두 고려하여 〈안민가〉를 '一, 總, 집, 귀족과 왕권' vs. '多, 別, 기와, 백성'의 입장으로 나누어 각각 풀이하였다.[12] 이는 텍스트 주체로서 다수의 백성 多의 입장이 존중된 것이었다. 그렇게 화엄정토만다라는 "통일의 원리인 화엄사상"[13]과 연결될 수 있었다.

또 한편으로는 화엄사상과 전제왕권이 실제로는 완전히 밀착하지 않았으며, 화엄사상가인 의상이 왕권을 견제하기도 했다는 입장도 있었다.[14] 그 과정에서 불법^{佛法}, 곧 화엄사상이 지닌 평등의 요소를 강조하기도 하였다. 다음은 문무왕 21년(681)에 있었던 사건이다.

> 그리고 서라벌에도 성곽을 쌓으려고 관리를 임명하자, 의상 법사가 듣고 편지를 보냈다.
>
> "왕의 정치가 바르면, 풀 언덕에 금을 그어도 백성이 넘지 않아 재앙을 물리치고 경사가 난답니다. 정치가 명확하지 않다면, 장성을 쌓은들 재난이 그칠까요."
>
> 그러자 왕은 성 쌓기를 그쳤다.[15]

의상이 민생의 고충을 더하는 토목공사를 막았다는 위의 기록은 적어도 의상이 추구한 초기 화엄사상이 왕실의 권위 강화에만 매몰되지는 않았음을 보여준다. 이와 유사하게 왕의 경제적 지원을 물리치는 이야기가 다음 〈신라국 의상전〉, 《송고승전^{宋高僧傳}》에 수록되어 있다.

의상이 부석사에 들어 《화엄경》을 강의하니, 때를 가리지 않고 부르지 않아도 오는 이들이 많았다. 신라 왕(문무왕으로 추정)이 깊이 존경하여 땅과 노비를 내려 주려고 했다. 의상이 왕에게 말했다. "우리 불법(佛法)은 평등하여 지위 고하가 균등하고 귀천이 같은 가르침을 따릅니다. 《열반경》은 8가지 부정한 재물을 설명하고 있는데, 굳이 땅을 소유하고 노비를 써야 합니까? 저는 법계로 집을 삼고 몸소 밭을 갈아 농사지어 먹겠습니다. 법신(法身)의 비구(比丘)는 여기에 바탕을 두고 사는 것입니다."[16]

의상의 이러한 발언은 일시적인 것이 아니고, 그 사상적 실천에서 핵심을 이루는 태도였다. 의상이 제기한 평등을 근대적인 의미의 신분적 평등으로까지 이해하기에는 무리일 것이다. 그러나 의상의 주장은 난해한 화엄 교리가 아닌, 힘써 실천할 사회적 과업에 관한 것이었다. 최소한 다양한 처지에 놓인 사람들에 대한 배려로서 평등이었고, 이는 오늘날에도 여전히 필요한 가치이기도 하다. 이에 따라 이제는 교양서적에서조차 다음과 같이, 의상 화엄사상의 특징을 전제왕권의 이념적 토대라는 용어 대신 '평등과 조화'[17]라는 말로 설명하고 있다.

평등과 조화의 화엄사상

의상의 화엄사상의 중심은 중도(中道)사상에 바탕을 둔 법계연기설로 그 핵심은 일(하나)과 다(전체)의 상입상즉(相入相卽)을 밝힌 것이다. (…) 일과 다가 서로 똑같은 단계에서 서로 상호 의존적 관계에서만 상대를 인정하여 성립될 수 있다는 연기의 논리에서 개체 간의 절대 평등의 의미를 유추할 수 있다. (…) 다시 말하여 전체 인류가 소중한 것은 한 개인이 소중하기 때문이라고 해석할 수 있다. (⋯) 의상이 제시하는 평등과 조화의 이론은 신라의 확고한 골품제 사회 속에서 신분의 장벽을 뛰어넘는 사회적 평등으로 가기는 어려웠다. 그래서 의상은 자신이 영도하는 화엄종단 안에서만이라도 모든 문도들이 평등할 수 있도록 종단을 운영하고자 하였다. 이러한 의상의 평등과 조화의 정신은 평민 출신인 진정(眞定)이나 지통(智通)과 같은 뛰어난 제자들을 길러 낼 수 있었으며, 또한 이들이 의상이 영도하는 화엄교단의 중심인물이 될 수 있도록 하였다.[18]

이러한 평등과 조화의 화엄사상을 토대 삼아, 불국사는 어느 한 구심점에 해당하는 존재가 우뚝한 주인공의 지위를 차지하고 있지 않다. 그 대신 여러 신앙의 대상들이 마치 바둑판 모양처럼 다채롭게 배치되어 있는데, 이를 一에의 집중이 아닌 질적으로 다양한 多의 조화로움으로 이해하고자 한다.[19] 어느 하나로의 집약보다는 여러 해석과 평이 공존, 조화하는 쪽이 문학을 포함한 문화사의 구도를 위해서도 더욱 유용할 것이다.

3. 불국사 배치도와 이상세계로서 화엄불국

1) 불국사 배치도

여기서는 불국사 배치도에 나타난 화엄의 심상을 떠올리고자 한다. 불국사 내부의 풍경을 바라보면, 신앙의 대상인 불·보살이 상당히 여

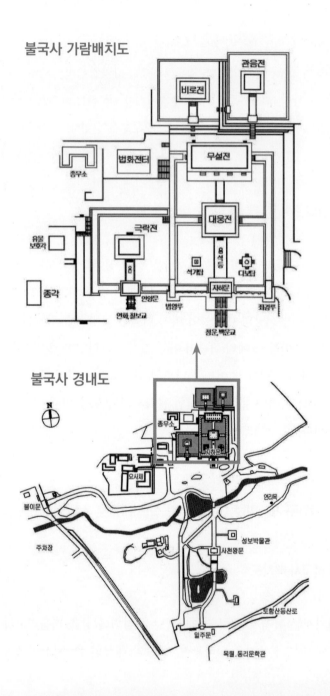

불국사 가람배치도

관음전

비로전

법화전터

종무소

무설전

극락전

대웅전

유물
보호각

석등

석가탑

다보탑

종각

안양문

자하문

연화 칠보교

범영루

좌경루

청운, 백운교

불국사 경내도

N

종무소

자하문

요사채

불이문

연리목

주차장

성보박물관

사천왕문

토함산등산로

일주문

목월·동리문학관

럿 등장한다는 특색이 확인된다.

불국사 관련 자료의 집성이었던 《불국사고금창기佛國寺古今創記》에 따르면 불국사는 대웅전, 극락전, 비로전毘盧殿, 관음전, 지장전 등의 전각으로 구성되어 있다.[20] 이 책은 비록 18세기 중반에 이루어진 것이지만,[21] 불국사가 이차돈의 순교 이듬해인 528년에 창건되었다는 이설異說과 함께 건립 초기부터 화엄불국사 혹은 화엄법류사華嚴法流寺라고 불렸던 사실과 경덕왕 10년(751) 김대성이 현세의 부모님을 위하여 개수, 중창했던 점 등을 기록하고 있다.[22] 배치도와 경내도는 왼쪽 면과 같다.

확대된 배치도 최하단의 청운교, 백운교 등의 다리는 화엄의 세계와 속세를 구분하는 경계 역할을 한다. 그러면서도 이 경계는 속세에 대한 단절과 함께 중생을 맞아들이는 연결을 동시에 뜻한다. 다음 주장에 따르면 그 명칭은 《화엄경》의 전고와 상징을 반영한 것이었다.

> 그러나 불국사에는 13개나 되는 많은 다리가 있었다고 되어 있고, 관음전에는 해안문(海岸門)과 낙가교(洛迦橋)가 있었다 한다. 낙가교의 명칭은 《화엄경》에 나오는 보타낙가산(普陀洛伽山)에서 연유한다. 다리의 모티브의 반복은 이 불국사의 불교적 의미를 이해하는 데 있어 매우 중요하다. ①《화엄경》을 분석해 보면, 우리는 구름과 바다에 대한 여러 종류의 메타포를 발견할 수 있다. 비로자나불이 머무는 연화장세계(蓮華藏世界)는 세계해(世界海)에 비견된다. 바꾸어 말하자면 연화장세계 혹은 법계는 하늘의 구름과 바다의 무량함에 비유된다. (…) 그리하여 이 웅대한 부분은 ② 명칭에서 보다시피 백운과 청운, 연화와 칠보로 장엄하였으며 이는 상징적으로 바다에 둘러싸여 있다.[23]

윗글의 ①과 ②를 통해 불국사를 둘러싼 다리들의 명칭이 《화엄경》의 구름과 바다 형상과 밀접한 관계에 있음을 확인할 수 있다. 다만 바다를 상징하는 다리 아래의 물은 복원 과정에서 사라졌다. 지금은 자취를 찾아보기 어렵게 되었지만, 상단의 관음전에는 《화엄경》의 등장 인물로서 관음의 흔적이 남아 있었다. 주인공 선재를 인도했던 관음의 역할을 낙가교라는 다리의 명칭에 담았으며, 이는 청운교를 비롯한 4개의 다리도 마찬가지였다.

불국사 전체를 놓고 보면 연화·칠보교를 통해 들어가는 서쪽의 극락전과 청운·백운교에서 자하문을 거치는 동쪽의 대웅전 방향으로 경로가 나뉜다. 일종의 좌우 비대칭 구조라 할 수 있다. 그런데 배치도에서 서방정토에 해당하는 서쪽의 극락전 주위는 석가정토에 해당하는 동쪽의 대웅전 일대에 비하면 높이도 낮고 탑도 없다. 이러한 배치는 아미타불의 정토가 가장 화려하다고 상상해 온 일반 신도들에게, 그 화려함을 벗어나 장식하지 않은 세상의 아름다움도 마주하라는 역설적인 가르침처럼 보인다.[24] 더 나아가 아미타불보다 일면 화려하게 치장한 듯한 동쪽 세계 역시, 더 높은 깨달음의 경지에서는 소박한 무無 혹은 공空으로 대체되는 것이다. 깨닫는 과정에 있는 보살상은 장엄하게 치장하지만, 깨달음을 이룬 불상에는 그런 장식이 없는 것과 같은 원리라 하겠다.

따라서 동서의 높이와 화려함의 차이가 반드시 신앙의 차별을 뜻하지는 않았으리라고 본다. 후술하겠지만 극락전 아미타불의 크기나 미적 가치가 다른 불상에 비해 떨어지지 않으며, 극락전에서 망자들의 명복을 빌며 미타신앙을 실천했던 이들의 숫자나 신앙심이 다른 신앙에 비해 뒤떨어질 이유도 없었다. 오히려 극락전의 소박한 엄숙함을 불국사 동편의 화려한 아름다움과 상호 보완적인 미美의 실현으로 파악할수도 있을 것이다. 불국사에 들어서서 처음 마주하게 될 화려한 다보탑과 소박한 석가탑이 서로 마주 보는 모습에서 불국사의 조경 전반에 이르기까지 이러한 대칭과 상보성의 관계는 되풀이, 강조되고 있다.

이런 맥락에서 극락전 위에 자리한 법화전의 성격도 의미가 있다. 대체로 《화엄경》이 절대적인 진리를 시어詩語와도 같은 풍부한 상징으로 표현했다면, 《법화경》은 설화집에 가까운 모습으로 수용자마다 다른 소질과 관심사를 배려했다.[25] 경전으로서 수준은 어려운 《화엄경》이 더 깊을 수도 있지만, 쉬운 《법화경》은 누구나 읽을 수 있어 더 널리 많은 사람을 교화할 수 있었으므로 《화엄경》 못지않은 가치를 지닌다. 이렇게 두 경전 사이에는 시어와 서사, 깊이와 넓이의 차이가 있음에도 불구하고 불국사는 화엄불국 안에 《법화경》의 자리까지 마련해 두었다. 석가탑과 다보탑이 나란히 마주한 형상 역시 《법화경》의 〈견보탑품〉에 바탕을 둔 것이었다.

아래의 서술은 동편의 대웅전에 한한 것이기는 하지만, 이렇게 화엄과 법화를 비롯한 모든 사상과 신앙의 대상〔多〕을 하나의 공간〔一〕에 배치하는 것이 화엄불국의 본질이자 이상이라는 점을 마찬가지로 드러내고 있다. 특히 불국사에 구현된 이상세계가 경전 속의 것들이 아닌 "현실적인 공간"이라는 점에 주목하고 있다.

즉, 영취산의 정상은 우리 인근에 위치한 신성(神性)의 공간으로 법화사상의 수용자들에 있어서는 곧 정토(淨土)〔예토(穢土) 속의 정토〕에 다름 아닌 것이다. 그리고 그곳은 인간 의지에 따라서 능히 가서 닿을 수 있는 현실적인 공간이다. 이 같은 점이 대웅전 영역에 석가탑과 다보탑을 축조하여 중생들의 염원을 온축하고 있는 내용적 측면이라고 하겠다.[26]

불국사에는 대중신앙으로서 중요한 요소였던 관음보살과 아미타불이 뚜렷한 자리를 차지하고 있으며, 이들은 《화엄경》의 주불主佛이었던 비로자나불이나 석가모니불과도 동등한 역할을 맡아 왔다. 이것은 의상의 화엄사상이 지닌 사회적 성격으로 관음신앙과 미타신앙이 함께 거론되었던 연구사적 관점[27]을 연상하게 한다. 따라서 의상이 창건했다는 여러 사찰의 배치에서도 역시 관음보살과 아미타불이 화엄불국 안에서 공존하는 모습을 확인할 수 있으리라 전망한다.

2) 문학과 미술 작품을 통한 화엄불국의 체험

불국사에서 화엄불국은 수용자가 불국사 경내를 돌아보며 대승불교의 모든 요소[28]를 차근차근 체험할 수 있게 한 이상세계였다. 순차적인 체험이라는 점에서는 화엄사상을 토대 삼은 시가였던 의상의 〈법성게 화엄일승법계도(華嚴一乘法界圖)〉와 견줄 만하다. 이 작품은 《화엄경》 10만여 자를 210자로 압축하느라 다양한 체험보다는 추상적 인식의 확정을 우선했다. 그러나 그 와중에서도 전반부가 거의 끝나 가는 시점(15~18행)에서 초발심과 정각正覺의 동일성을 내세우고, 후반부의 마무리(27~30행)에서 마지막의 "불佛"을 첫 글자인 "법法"과 연결하는 등의 배치를 통한 색다른 문학적 체험을 제공하였다.[29]

위와 같은 시행 배치 혹은 도상圖像의 형식을 반시盤詩라고 하는데, 일반적인 시행 구성에 비하면 굽이치며 흘러가는 시행의 모습이 역동적이다. 그러나 경로를 밟아 가는 순서는 고정되어 있으므로, 그 순서를 벗어난 비약이나 초월까지는 용납하지 않는다.[30] 이는 《화엄경》 원전의 대의를 왜곡 없이 전달하기 위한 필연적인 조치였다. 이와는 달리 불국사의 경내를 돌아보는 과정에는 정해진 순서나 모든 대상을 반드시 만나야 한다는 등의 고정된 제약은 딱히 없다. 출입문 역시 곳곳에 다수 있었다. 가령 혈육의 죽음을 마주했던 사람은 극락전을 먼저 돌아볼 테고, 현실적 곤궁함 탓에 관음보살의 영험이 절실한 사람은 관음전을 우선 향할 수 있다. 단번에 모든 신앙 대상을 다 참배할 수도 있겠지만, 특정 부분만으로도 화엄불국을 체험하기에 부족하지 않다.

이렇게 특정한 신앙에 국한되지 않은 다양성과 자유도는 화엄불국 안에 속한 여러 신앙 대상의 다양한 가치를 긍정, 존중하는 분위기를 형성했을 것이다. 그러므로 불국사 대웅전의 주불인 석가불이 곧 불국사의 유일한 주인이라 단정하기에 망설여진다. 다음 인용문에서는 《화엄경》의 본래 교주인 비로자나불과 극락전의 아미타불이 지닌 지분에 차이가 없다고 인정했다.

불국사에는 현재 통일신라 3대 금동불 중에 두 구인 국보 27호 금동아미타여래좌상과 국보 26호 금동비로자나불좌상이 모셔져 있다. 그런데 두 불상의 크기는 각각 1.66m와 1.77m로 큰 차이를 보이고 있지 않다. 이는 비로자나불좌상이 불국사 본전의 본존불이 아니었을 개연성을 증대시켜 주는 부분이라고 할 수가 있다. (⋯) 그럼에도 불구하고 극락전과 유사한 크기의

불상을 모신다는 것은 이치적으로 납득하기 어렵다고 할 수 있다.³¹

앞서 거론했듯이 극락전은 불국사 전체에서는 규모가 작고, 비로전은 대웅전보다 뒤에 놓여 《화엄경》의 교주 비로자나불을 모신 곳이다. 그런데 두 곳의 불상 크기는 거의 같다. 따라서 두 불상은 모두 주불이 될 수 없다는 것이다. 신라 당시의 대웅전 불상은 전해지지 않는 상황에서, 대웅전의 것이라 해서 이들보다 더 크거나 우월했을 것이라고 장담할 수도 없다. 비로자나불이 주불이 될 수 없더라도, 《화엄경》의 교주인 이상 대웅전의 불佛보다 덜 중요할 수 없다. 따라서 불상의 크기를 두고 그 우열 관계에만 애써 집착하기보다는, 불국사 창건 이래로 유지되어 온 병렬적 배치도에 더 유의하는 편이 효율적이다.

그럼에도 '화엄일승華嚴一乘'이라는 화엄사상의 용어를 떠올린다면 이들보다 상위에 놓인 단일한 절대자를 반드시 정해야 할 듯하다. 화엄일승의 시학은 앞서 거론했던 의상의 〈법성게〉를 관통하는 원리이기도 했다.³² 그러나 미술사에서 그런 식의 구도는 불국사보다 석굴암에 주로 나타난 것이었다.

다음 배치도를 보면 석굴암은 여러 대상의 균형보다는 본존불 하나[一]만을 위한 집중에 주력하고 있다. 심지어 협시보살脇侍菩薩 역할을 많이 맡았던 보현보살과 문수보살, 관음보살〔십일면관음〕 등의 위치도 다른 제신諸神들에 비해 그리 돋보이지 않는다. 본존불 이하의 존재끼리에 한해서는 다 평등하게 배치되었다고도 할 수 있겠지만, 불국사와는 근본적으로 대조적인 '一'로 집중하는 방식이다. 전제왕권에 기여했다는 화엄사상의 직능을 도상圖像으로 만든다면 이런 모습일 것이다.

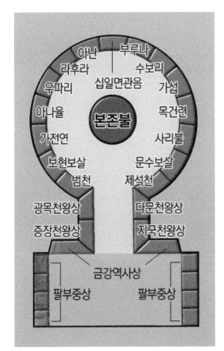
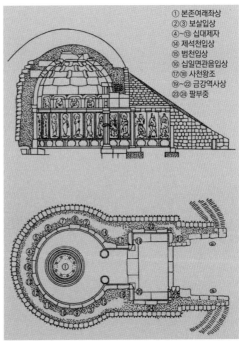

① 본존여래좌상
②③ 보살입상
④~⑬ 십대제자
⑭ 제석천입상
⑮ 범천입상
⑯ 십일면관음입상
⑰⑱ 사천왕조
⑲~㉒ 금강역사상
㉓㉔ 팔부중

석굴암 불상 배치도

  불국사는 건립 초기부터 '화엄불국사'로도 불리었던 만큼, 화엄불국
의 세계를 구체화하여 배치되었다. 따라서 불국사를 거니는 누구라도
《화엄경》에 등장했던 여러 신앙의 대상을 한 공간에서 선택적으로 만
날 수 있을 뿐 아니라, 시적·상징적인 《화엄경》과는 대비되는 설화적·
대중적인 《법화경》을 위한 자리까지 만날 수 있었다. 여기서 一을 애써
찾기 위해서라면 누가 주불이며 불국사의 주인일지가 중요하겠다. 그
러나 一을 향한 모색은 석굴암에 맡겨 두고, 불국사는 그 대신 多에 속
한 여러 대상과 주체들이 각자의 개성과 신앙을 향유하게 했다.

정리하면 불국사의 화엄불국에서는 의상의 〈법성게〉에 비해 한결 구체적이고 자유로운 체험이 가능했으며, 국보급 불상들의 크기와 비중에 큰 차이가 없다는 점을 통해 그 당시 사람들이 화엄불국을 체험했던 정황을 엿볼 수 있다.

4. 신라와 고려 초기 시가의 이상세계 관념

신라 시가의 이상세계는 사후세계로서 서방정토가 한 편에, 공존과 조화를 지향했던 화엄불국이 다른 한 편에 존재했다고 정리할 수 있다. 전자는 이미 기존 연구에서도 거론되었다. 그러나 여기서는 수행 방법의 다양성과 그 성과의 동등함을 중시했던 태도를 화엄불국의 지향과 관련하여 강조하고 싶다. 그리고 후자는 화엄 계통의 시가에서 그 지향점이 공간 관념으로 구체화된 사례이다. 하지만 불국사의 화엄불국을 그대로 모방하는 것에 그치지 않고, 무한한 공간과 시간으로 확장하며 시적 상상력의 성과도 함께 추구하고 있다.

정토와 화엄불국 관념은 완벽한 시각적 이미지로 묘사되지는 않았다. 그러나 공존, 조화, 동등한 가치, 평등 등의 용어로 부를 수 있는 뚜렷한 덕목이, 현존하거나 잊힌 신라 시가와 예술 작품의 정신이었음에 유의해야 할 것이다.

1) 피안의 사후세계로서 정토

우선 피안彼岸의 서방정토를 제재로 삼은 7세기 향가 〈원왕생가〉와 8세기의 〈제망매가〉를 검토할 필요가 있다. 시기상으로 앞선 〈원왕생가〉 전승담은 〈노힐부득과 달달박박〉 설화와 유사하다. 그리고 화엄불국의 별칭이라 할 수 있는 연화장세계蓮華藏世界가 묘사된 〈사복〉 설화나, 하층 여성의 정토왕생을 평가한 〈욱면〉 설화 역시 논의할 대상이다. 특히 〈제망매가〉와 〈욱면〉 설화 등은 김대성이 불국사를 창건한 8세기 후반의 경덕왕(재위 742~765) 무렵을 배경으로 하였다. 〈제망매가〉는 이들 중 유일하게 죽음을 마주한 슬픔을 작품 전체에 담고 있어, 다른 종교시와는 구별되는 개성을 지니고 있다. 논지를 고려한 이들의 논의 순서는 다음과 같다.

7세기: [1] 남백월이성 노힐부득 달달박박(《삼국유사》 권3 탑상)

[2] 〈원왕생가〉 — 광덕 엄장(《삼국유사》 권7 감통)

[3] 사복불언(《삼국유사》 권4 의해)

8세기: [4] 욱면비 염불서승(《삼국유사》 권7 감통)

[5] 〈제망매가〉 — 월명사 도솔가(《삼국유사》 권7 감통)

이 중에 [1]은 등장인물이 신앙의 대상이었던 미륵불, 미타불의 모습으로 승천하는 내용이며, [2]는 정토를 목표 삼아 다다르는 마음가짐을 표현했다. 각 편마다 등장인물 2인의 수행 방법은 대조적이었지만, 왕생을 이루었다는 성과에는 차이가 없었다. 각자의 형편과 소질에 따라 깨달음에 이르는 길은 다양하다는 《법화경》의 회삼귀일會三歸一을 떠올리게 한다.

　여기서 [1]은 욕망을 불러일으키므로 여성을 멀리해야 한다는 종교인으로서의 철저함(달달박박)과 출산을 앞둔 어려움에 빠진 인간을 도와야 한다는 일상적 윤리(노힐부득) 사이의 선택이, [2]는 구도자로서 순수함(광덕)과 본능적 욕망(엄장) 사이의 고민이 드러나 있다. 얼핏 전자를 높이고 후자를 낮춘 것 같지만, 참회33와 회개를 통한 성과도 결국 동등했다고 한다. 동등했기에 〈원왕생가〉 작가 광덕이 지닌 사상가로서의 성취를 부각하는가 하면,34 시적 화자로서 엄장의 참회에 더 많은 수용자가 공감할 가능성35이 개진되기도 하였다. 양자가 동등하다는 평가는 이야기마다 두 주인공 각자의 다양성을 존중했으므로 가능한 것이었다.

　여기서 이들의 목표이자 〈원왕생가〉의 목적지였던 서방정토 개념을 돌이켜 보자. 아래의 〈유심안락도〉에서 정토는 성인, 보살보다는 범부를 위한 공간이라 했다.36 지은이로 추정된 원효는 〈원왕생가〉 전승담 후반부에도 등장하여 엄장에게 수행법을 가르쳐 준다. 〈유심안락도〉 작자 문제나 엄장과의 만남은 그 자체가 반드시 사실이라기보다, 당시 정토신앙의 이해 방식이 원효에게 영향을 많이 받았기 때문에 이루어진 가탁일 수 있다.

　　정토의 근본 뜻은 본래 범부를 위한 것이고 겸하여 성인을 위한다는 것을 알아야 한다. 또 10해(解) 이상의 보살은 악도(惡道)에 태어나는 것을 두려워하지 않기 때문에 정토에 태어나기를 원하지 않는다. 그렇기 때문에 정토의 깊은 뜻은 본래 범부를 위한 것이지 보살을 위한 것이 아님을 알아야 한다.37

이렇듯 정토의 개념은 그리 넓지 않고 제한적일 수 있어, 문화사적으로 보편적인 이상세계에 대한 명칭으로는 재고할 여지가 있다. 또한 [3] 후반부의 사복이나 [5]의 〈제망매가〉를 제외하면 화자의 슬픔이나 비애를 포함하지 않는 경우가 다수이므로, 현실에 대한 좌절을 계기로 이상세계에 몰입하곤 하는 후대 문학사의 사례와 곧바로 비교하기도 어렵다.

말하자면 [1]과 [2]는 죽음의 장면이 생략되거나 승천의 모습으로 승화되었다. 그 탓인지 저들이 떠나간 정토의 구체적인 모습은 전혀 묘사되지 않았다.[38] 저승으로서 정토에 대한 인식의 막연함은, 이들이 현신성불現身成佛의 즉각적인 방법으로 알지 못하는 유심정토唯心淨土에 다다랐다면 부득이한 것[39]으로도 보인다.

다소 막연했던 정토에 대한 직접적인 묘사는 [3]에서 죽음에 대한 인식이 드러나고, 죽음 저편의 세계를 연화장세계, 곧 화엄정토로 규정하며 등장한다. 사복과 그 어머니가 떠나간 연화장세계는 화엄사상의 이상세계로서 사실상 화엄불국과 같은 공간이다.

[3] 사복의 어머니가 세상을 뜨고, 사복은 원효를 찾아왔다. 그 무렵 원효는 서라벌 고선사(高仙寺)에 있었다. 원효는 예의를 차려 사복을 맞이했지만, 사복은 대꾸도 하지 않고 말했다.

"당신과 내가 전생에 불경을 싣고 다녔던 암소가 죽었다오. 함께 장례를 치릅시다."

"그러지요."

함께 사복의 집에 가, 원효가 사복의 부탁에 따라 포살계(布薩戒)를 베풀어 어머니의 명복을 빌어주고는 노래를 지었다.

"태어나지 말지니, / 죽기가 괴롭다오. / 죽지 말지니, / 다시 태어나기 괴롭구려."

① "거, 말씀이 너무 길어 번거롭구려." 사복의 핀잔에, 원효는 다시 고쳤다.

"생사가 다 괴롭구나."

두 사람은 어머니의 시신을 운구하여 활리산 동쪽 언덕으로 갔다. 원효는 말을 걸었다.

"지혜의 호랑이 같았던 어머님을 지혜의 숲속에 모셔드려야 하지 않겠소?"

② 그러자 사복은 게송을 지어 불렀다.

"옛날 석가모니 부처님께서 / 사라수 나무 사이에서 열반에 드셨듯, / 이제 부처님 같은 우리 어머니께서 / ③《화엄경》의 연화장세계에 깃드시길 바라오."

다 부르고 ④ 풀뿌리를 뽑았더니, 맑고 깨끗한 풍경에 온갖 보석으로 치장한 건물들이 늘어선, 인간 세상이 아닌 풍경이 펼쳐졌다. 사복이 어머니의 시신을 업고 들어가자 땅이 닫혔다. 원효는 이 광경을 보고 돌아왔다.[40]

[1], [2]처럼 [3]에서도 두 주인공은 대칭적이다. ①에서 사복은 원효의 포살계布薩戒에 해당하는 말이 너무 길다고 했다. '계戒'는 경전의 내용에 어느 정도 기반을 두고 이루어지기 마련이므로 방대해지는 경우가 많아, 여기서 원효의 말이 지나치게 장황하다고 단정하기는 어렵다. 그럼에도 사복은 원효에게 더욱 간결한 언어를 요구하고 있으며, 자신의 어머니를 전생의 소라고 부를 만큼 냉정하다. 그러나 ②에 앞서 원

효가 어머니를 지혜의 호랑이라고 부르자, 비로소 어머니의 시신과 죽음을 실감하며 원효의 계戒 못지않은 분량의 게偈를 지어 불렀다. 그러면서 자신의 어머니를 원효가 전에 했던 지혜 있는 범이라는 비유보다 더욱 높여 석존釋尊과 같다고 하며, ③의 연화장세계에 들 자격을 갖추었다는 전환에 이른다. 상상을 보태면 아버지를 일찍 여의고 홀로 자신을 키웠던 어머니에 대한 추억과, 그런 어머니를 전생의 암소로만 여겨왔던 태도를 후회하는 것이다. 사복의 화엄정토 왕생은 앞선 사례와는 달리 어머니와 동행한 것이었고, 혈육의 죽음을 마주한 감정에서 유래했다는 특징을 지닌다.

이는 연화장세계, 곧 화엄불국이 현실과 맺는 관계의 한 양상을 보여준다. 죽음을 앞둔 슬픔과 후회, 참회는 종교적 상상력의 한 바탕이 된다. 그런데 이는 당연히 사람마다, 때마다, 장소에 따라 달라진다. 사복은 어머니의 초라한 전생과 죽음이 가장 사무쳤을 것이기에, ④의 연화장세계는 화려하면서 인간적 삶의 제약을 벗어난 곳으로 묘사되었다. 이어 살펴볼 [4]의 욱면은 신분과 행동의 제약이 가장 절박한 문제였으므로, 하늘 높이 오르는 동작의 묘사를 통해 깨달음의 기쁨을 표현했다. [5]의 〈제망매가〉에서 '미타찰'은 화자가 겪은 사별의 문제가 해소된 공간이었다. 이렇게 서방정토에서 파생된 이상세계는 시각적·청각적 묘사를 통해 단일한 어떤 공간으로 합의된 것이 아니라, 화자가 가장 문제시하는 상황이 해소되는 '기능'을 갖춘 공간으로 나타나곤 한다. 역시 일관된 개념이나 지향보다는 각자의 다양성에 초점을 맞춘 것이다.

이렇게 [4]는 역시 현신 왕생의 사례지만, 하층 여성의 현신 왕생을 다루었다는 점에 차이가 있다. 욱면은 신분 탓에 뜻대로 수행할 수 없는 활동상의 제약을 크게 겪었기에, 그 깨달음은 이를 해소하는 역동적인 움직임으로 묘사된다.

[4] 때마침 하늘에서 소리가 났다.

"욱면 낭자는 법당에 들어 염불하시오."

미타사에 모였던 무리는 이 소리를 듣고, 여종 욱면을 법당에 들여 수행하게 했다. 그러자 서쪽부터 신성한 음악이 울려 퍼지더니, 욱면이 법당 대들보를 뚫고 저 너머 서쪽으로 날아갔다. 욱면은 속세의 뼈를 버리고 부처님의 몸이 되어, 연꽃 모양 받침에 앉았다가 엄청난 빛을 내며 떠났다. 공중의 음악 소리도 그치지 않았다. 지금도 욱면이 날아오르며 뚫린 구멍이 미타사에 있다.[41]

욱면의 이야기에 나타난 비약은 당시 민중불교,[42] 여성불교의 수준에 대한 예증이다.[43] 나아가 신라 불교에 신분과 성별의 차별을 뛰어넘는 평등의식이 있었을지 모른다는 희망적인 해석도 가능하겠지만, 〈정토십의론淨土十疑論〉의 내용[44]을 떠올린다면 이 역시 제한적 범위에서의 평등으로 생각해야 할 것 같다. 그러나 이러한 한계 때문에 〈욱면〉 설화의 가치가 훼손되지는 않는다. 간절한 마음 단 하나만으로도 다른 어떤 수행 방법 못지않은 효과를 거둘 수 있다는 인식 역시 앞의 사례들처럼 수행 방식의 다양성과 성과의 동등함을, 다시 말해 화엄사상의 근본을 내세운 것이기 때문이다.

[5] 生死 길흔   生死 길은
　　이에 이샤매 머뭇그리고,   예 있으매 머뭇거리고,
　　나는 가ᄂᆞ다 말ㅅ도   나는 간다는 말도
　　몯다 니르고 가ᄂᆞ닛고,   몯다 이르고 어찌 갑니까.
　　어느 ᄀᆞᅀᆞᆯ 이른 ᄇᆞᄅᆞ매   어느 가을 이른 바람에
　　이에 뎌에 ᄯᅳ러딜 닙ᄀᆞᆮ,   이에 저에 떨어질 잎처럼,
　　ᄒᆞᄃᆞᆫ 가지라 나고   한 가지에 나고
　　가논 곧 모ᄃᆞ론뎌.   가는 곳 모르온저.
　　아야 彌陀刹아 맛보올 나   아아, 彌陀刹에서 만날 나
　　道 닷가 기드리고다.   道 닦아 기다리겠노라.**45**

— 〈제망매가〉, 김완진 해독

　　[5]의 〈제망매가〉는 생사로生死路의 갈림을 체험한 슬픔을 앞세우고,
후반부에 그것을 해결할 수 있는 공간으로서 미타찰의 역할에 기대하
는 전개를 취하고 있다. 애도하는 서정시의 모습이 짙다. 그러나 중간
부분의 나뭇가지와 나뭇잎의 비유는 이 사별의 슬픔이 생명이 존재하
는 한 영원히 반복되리라는 깨달음을 보여준다. 그리고 그러한 자신의
무거운 슬픔도 우주 전체로 보면 낙엽 하나 떨어지는 정도의 사소하면
서도 보편적인 일이라는 종교적 인식의 깊이도 보이므로, 마지막의 미
타찰이 그저 기계적으로 등장하는 개념처럼 보이지 않는다. 월명사의
미타찰은 한 존재가 깨달음을 얻고 열반에 든다는 개념보다, 그곳에서
재회를 이루어 못다 했던 인연을 회복하고 다시 헤어지지 않으리라는
위로의 기능을 맡았다. 이는 서방정토에 대한 지식만으로 이루어진 것

이 아닌, 화자의 체험과 그에 대한 수용자의 넓은 공감대를 통해 생성된 또 다른 의미의 정토였다.

[1]~[5]의 주인공 혹은 화자들이 도달한 정토는 단일하지 않다. 본디 정토의 개념은 유심정토, 미륵정토, 미타정토, 화엄정토 등으로 세분되므로 이를 당연하다고 여길 수 있다. 그러나 여기서는 하위 개념의 다채로움만이 아니라, 개별 주체마다 처지와 문제 상황에 따라 정토의 역할이 달라졌다는 쪽에 초점을 맞추려고 한다. 구도자로서 수행의 어려움은 관음보살에게, 사별의 슬픔은 아미타불에게 호소한다면, 불국사에서 여러 신앙의 대상 가운데 하나를 선택하여 기원하는 경우를 연상하게도 한다. 하지만 여러 신들의 도움에도 불구하고, 심리적 전환이나 활동의 제약을 극복해야 한다는 과업을 이룰지 여부는 순전히 주체 자신에게 달린 것이기도 하다. 여러 신들과 주체 자신이 맺는 관계의 다양성은 문학과 미술을 통해 표현된 화엄사상 자체의 속성이기도 하다.

2) 공존과 조화를 지향한 화엄불국

앞서 살핀 향가와 설화에서 정토는 피안의 이상세계로서 주체마다 달리 인식한 제약을 해결하는 기능을 지닌 공간으로 나타났다. 각자의 형편을 배려하고 그 다양성을 존중하려는 자세를 지니고 있어, 3절에서 본 화엄불국의 지향점과도 어긋나지 않았다.

이제 화엄사상을 바탕으로 한 종교시 가운데 공존과 조화를 지향하는 표현이 직접 등장하는 사례를 검토한다. 3절 2)에서 화엄불국의 체험과 대비했던 7세기 의상의 〈법성게〉를 부분적으로 논의했는데, 같은 시기 원효는 〈대승육정참회〉라는 270행의 장형 게송을 통해 참회 이전과 이후의 세상을 대칭적으로 묘사하였다. 7세기에는 원효와 의상을 통해 화엄불국에 대한 상상이 이루어졌지만, 8~9세기에는 다수의 향가가 창작되었음에도 불구하고 직접적인 표현으로 등장하지는 않았다.[46] 따라서 일단 8~9세기 시가에서 평등과 조화를 지향했던 시가는 국한문 모두 아직 논의 대상으로 삼을 수 없었지만, 고려 초기인 10세기에는 〈보현십원가〉가 있어 《화엄경》 전체의 결론을 의식한 성과를 보여주고 있다.

7세기:　　[6] 의상, 〈법성게(화엄일승법계도)〉

　　　　　[7] 원효, 〈대승육정참회〉

8~9세기: 명효, 《해인삼매론》에 언급한 불국토(이 책 119면 참조)

10세기:　[8] 균여, 〈보현십원가〉

[6]의 〈법성게〉는 개념의 연쇄로 그 내용을 구성하여 다분히 추상적이다. 그렇지만 작품을 읽는 과정에서 역동적인 도상과 공간 체험이 가능하다는 점을 앞서 밝혔다. 한편 [7]에서 원효는 〈대승육정참회〉라는 장시의 38~53행에 걸쳐 《화엄경》 교주인 비로자나불이 중생을 위해 법륜法輪을 굴리는 광경을 묘사하고 있다. 화엄불국의 실상에 관한, 현존하는 가장 이른 시기의 직접적 묘사가 아닐까 한다.

[7] 지금 이곳, 연화장세계에는

　　비로자나불께서 연화대에 앉으셔서

가없는 빛을 베풀어 무한한 중생을 모으신다네,

굴려도 굴린 바 없는 대승의 법륜에,

① 보살과 대중은 두루 허공에 가득하다네,

받아도 받은 바 없는 대승의 법락에,

그리하여 ② 우리는 여기 함께

하나의 실상과 三寶, 허물이 없는 곳에 있다네.

今於此處, 蓮花藏界.　　　　盧舍那佛, 坐蓮花臺.

放無邊光, 集無量衆(生).　　轉無所轉, 大乘法輪.

菩薩大衆, 遍滿虛空.　　　　受無所受, 大乘法樂.

而今我等, 同在於此.　　　　一實三寶, 無過之處.[47]

이상세계인 연화장세계, 곧 화엄불국에 머무는 신앙의 대상 각각마다 기원하는 주체들이 무수히 모인 장면이다. 이 장면은 불국사 배치도에서 구획된 각각의 공간을 통해 제한적이나마 상징적으로 실현되었다.

①은 보살과 대중이 허공에 가득한 모습을 묘사하고 있다. "두루 허공에 가득하다네遍滿虛空"라는 역설적 표현은 그 앞에 나온 대승의 법륜이 "굴려도 굴린 바 없轉無所轉"다는 어구와 어울려 신비한 분위기를 연출하고 있다. 굴리고 받으려는 작위적인 시도를 하지 않더라도 자연스럽게 보살과 대중 사이에 소통이 이루어짐을 나타냈다. 이 단락이 시작하는 38행 이전은 모두 추상적인 진술만으로 이루어졌지만, 여기부터 "지금 이곳, 연화장세계今於此處, 蓮花藏界"가 나타나고 불성의 활동과 뭇 존재들의 관계가 시작된다.[48]

②의 '우리' 역시 의미 있는 전환을 이루었다. 이 부분 이전까지는 포교의 주체와 대상으로 화자와 청자를 구별하였다. 그러다가 여기서 비로소 이상세계를 구체적으로 묘사하자, 그 분별을 넘어선 단일한 인칭으로 통합되었다. 그러나 어느 한쪽만의 입장으로 획일화되었다고 할 수는 없고, 각자의 처지와 소질의 한계를 꾸준히 배려하고 있다. "허물이 없는 곳"이란 하나의 실상과 삼보, 그 무엇 하나 지나치지 않는 곳〔無過之處〕을 뜻하기도 하기 때문이다. 이것을 "多卽一"의 실현이라 할 수 있다.

의상과 원효의 시는 그들의 입적 이후에도 꾸준히 향유되어, 김대성의 불국사 기획과 창건에도 나름의 역할을 맡았으리라 판단한다. 그러나 불국사 창건이 현존 향가의 전성기인 경덕왕 무렵이었음에도 불국사와 시가문학 사이의 구체적인 교섭 양상은 아직 확인하기 어렵다. 그렇더라도 이상세계 또는 시적 공간[49]과 주체의 소통이라는 관점에서 향가에 나타난 공간 관념의 사례를 모아 비교할 필요는 있을 것이다.

고려 초 10세기 균여의 〈보현십원가〉 연작에는 각각의 전각殿閣마다 신앙의 대상이 각각 머무는 불국사의 공간적 배치를 연상케 하는 표현이 있다. 그리고 불회佛會를 통한 화자의 성장 과정을 불전佛田의 비유를 통해 묘사하기도 한다. 이것은 사찰 공간에서의 체험이 시간에 따른 성장으로 이어지는 과정이었다.

[8-1] ᄆᆞᅀᆞ미 부드로   마음의 붓으로
      그리슬본 부텨 알픽   그리온 부처 앞에
      저늣온 모마는   절하는 몸은
      法界 업득록 니르거라.   法界 없어지도록 이르거라.

塵塵마락 부텻 취이역　　　　티끌마다 부첫 절이며

취취마다 모리슬본　　　　　절마다 뫼셔 놓은

法界 츠신 부텨　　　　　　法界 차신 부처

九世 다ᄋ라 절ᄒ숩져.　　九世 내내 절하옵저.

아야, 身語意業无疲厭　　　아아, 身語意業无疲厭

이렁 ᄆᄅ 지ᄉᆞ못ᄃᆞ야.　　이리 宗旨 지어 있노라.

─〈예경제불가〉, 김완진 해독

〈예경제불가〉는《화엄경》의 〈보현행원품〉 원전이나 최행귀의 한역 漢譯과도 별로 차이가 없다. 본 작품에서는《화엄경》의 '인다라망因陀羅網' 과 같이 무수히 많은 세상이 있고, 그 세상마다 절과 부처님이 각각 존재한다. 원효가 일찍이 표현했던 '무한'을 구체적으로 표현했으며, 비로자나불 대신 화자가 지닌 "마음의 붓"을 창작 주체로 표현한 점이 독특하다. 불국사 배치도의 격자식 공간 배치가 무한에 가깝게 확장한 상태에 가까울 텐데, 이런 표현은 건축물로서 불국사의 화엄불국이 지녔던 공간적 범위의 한계를 문학적 상상력을 통해 넘어선 모습이다. 그리고 신앙의 대상 대신 마음의 붓을 지닌 신앙의 주체를 한결 중시했으므로, 신앙의 대상과 주체가 나름 평등한 입장에서 이루어진 만남이다.

[8-5, 5~8행] 香은 法界 업ᄃ록 ᄒ며　　香은 法界 없어지기까지 하며

　　　　　　香아마다 法ㅅ供ᄋ로　　香에마다 法供으로

　　　　　　法界 츠신 부텨　　　　法界 차신 부처

　　　　　　佛佛 온갓 供 ᄒ숩져.　　佛佛 온갓 供 하옵저.

〈광수공양가〉의 윗부분은 〈보현행원품〉의 해당 부분과 달리 공양하는 동작을 구체적으로 묘사하였다. 최행귀는 한역시 기준으로 5~6행에 걸쳐 "중생을 건져 그 괴로움 대신할수록 간절해지는 마음 / 만물을 이롭게 하여 수행할수록 늘어나는 힘攝生代苦心常切 利物修行力漸增"이란 화자의 결심과 실천을 추가했다.

이 부분에서는 [8-1]의 〈예경제불가〉와 마찬가지로 무한의 법계에 가득한 부처님께 공양드리는 모습으로, 〈보현행원품〉 원전보다 더욱 구체적인 묘사를 지향했다. 여기서 5행의 "法界 업드록"은 공간적 제약이라기보다, 그 제약을 넘어 공양하는 정성이 극한까지 이르렀다는 의미에 가깝다. 신앙의 대상을 향한 일방적인 정성처럼 보이기도 하지만, 주체의 비중과 역할도 인정할 필요가 있다. 최행귀 한역시에 보이는 화자의 결심과 실천, 그리고 앞서 1)에서 보았던 깨달음의 여러 모습과 수행자들의 자세에도 유의할 필요가 있기 때문이다.

[8-6] 뎌 지즐논　　　　　저 잇따르는
　　　法界아ᄌ 佛會아히　　法界의 佛會에
　　　나는 ㅂ룻 나ᅀᅡ　　　나는 바로 나아가
　　　法雨를 비슬봇ᄃ야.　　法雨를 빌었느니라.
　　　無明土 기피 무더　　　無明土 깊이 묻어
　　　煩惱熱로 다려내매　　　煩惱熱로 대려 내매
　　　善芽 모들 기른　　　　善芽 못 기른

衆生ㅅ 바틀 적셔미여.　衆生 밭을 적심이여.

아야, 菩提ㅅ 여름 오ᄋᆞᆯᄂᆞᆫ　아아, 菩提 열매 온전해지는

覺月 불ᄀᆞᆫ ᄀᆞᅀᆞᆯ 라ᄫᆞᄃᆡ여.　覺月 밝은 가을 즐겁도다.

—〈청전법륜가〉, 김완진 해독

2행에서 "法界아ᄌᆞ 佛會"라고 한 표현으로 미루어, 화자는 사찰 혹은 종교 공동체에 머무는 것으로 보인다. 앞서 [8-1], [8-5]에서는 어느 한 시점을 기준으로 시간의 단면을 잘라, 절이나 공양을 하는 행위가 주로 포착되었다. 그러나 〈청전법륜가〉는 법우法雨를 체험하여 무명과 번뇌의 상태를 벗어나 선아善芽를 길러 열매를 맺고 깨달음에 이르는 일련의 성장 과정 전체를 서술하고 있다. [8-1]의 무한한 공간과 시간 속에서 한 주체가 이룰 수 있는 깨달음의 가능성을 묘사했다는 점에서, 여기서의 법회는 나름 이상화된 공간이기도 하다.

이 작품의 제목에 나오는 '법륜法輪'은 앞서 [7]의 〈대승육정참회〉에도 등장했던 대승의 법륜이다. 그런데 〈대승육정참회〉는 역설적 어휘 [轉無所轉, 遍滿虛空]를 통해 막힘없는 소통을 암시했지만, 여기서는 역설적이고 오묘한 어휘 대신에 명료한 표현과 직관적인 비유를 활용함으로써 수용자가 더욱 쉽게 이해하게 하였다.

〈보현십원가〉 연작의 일부 작품은 다른 사례에 비해 무한한 시간과 공간을 의식하고 있다. 이는 불국사가 구현한 건축물로서 유한함을 넘어서는 시도이기도 했다. 그리하여 종교적 공간과 시간의 무한함에 대한 인식, 종교적 주체의 실천과 사명감, 다른 존재에 대한 배려와 다양성의 존중 등으로 화엄불국의 의미를 다변화, 심화하였다.

5. 무한의 공간과 시간

불국사는 건립 초기부터 '화엄불국사'로도 불리었던 만큼, 화엄불국의 세계를 구체화하여 배치되었다. 따라서 불국사에서는 《화엄경》에 등장했던 여러 신앙의 대상을 한 공간에서 선택적으로 만날 수 있을 뿐 아니라, 어렵고 깊이 있는 《화엄경》과는 대비되는 쉽고 대중적인 《법화경》을 위한 자리까지 마련되었다. 一을 애써 찾기 위해서라면 누가 주불이며 불국사의 주인일지가 중요하겠지만, 그런 역할은 석굴암에 맡기고 불국사는 多에 속한 여러 대상과 주체들이 각자의 개성과 신앙을 향유했던 모습에 주력했다. 화엄일승을 추구했던 의상의 〈법성게〉에 비해 한결 구체적이고 자유로운 체험이 가능했으리라는 점과 불상들의 크기와 비중에 큰 차이가 없다는 점을 통해 화엄불국이 추구했던 조화의 세계를 체험할 수 있었다.

피안의 이상세계로서 정토로 떠나고자 했던 주인공 혹은 화자들의 도달점은 단일하지 않았다. 각각의 주체마다 처지와 문제 상황에 따라 그 모습과 역할이 달랐다. 광덕과 엄장, 사복과 욱면 그리고 월명사 등이 정토에 이르는 길은 다양하고 그 성과도 반드시 동일하지는 않았지만, 각자의 길뼈이 지닌 가치의 동등함을 모두 존중하였다. 이러한 공존과 조화는 의상 이래로 문학과 미술 작품을 통해 표현된 화엄사상의 근본 속성이었다.

시가 작품에 나타난 이상세계는 내세로서 서방정토와, 공존과 조화를 추구했던 화엄불국 등의 2가지 양상이었다. 서방정토에 이르는 방법과 성과는 다양했지만, 모두 동등한 가치를 지닌 것으로 평가했던 점

은 화엄사상의 평등과 조화에 따른 것이었다. 따라서 여러 신앙의 대상
이 조화롭게 공존했던 화엄불국의 지향과 어긋나지 않았다. 7세기 의
상의 〈법성게〉와 원효의 〈대승육정참회〉, 10세기 균여의 〈보현십원
가〉 연작 일부는 이러한 시각을 무한한 공간과 시간으로 확장하는 시
적 상상력을 발휘하였다.

보론: 신라 사상사와 흥륜사의 10대 성인

신라의 화엄불국은 정토와 유사한 개념이지만, 내세를 연상하게 하는 정토에 비하면 현실세계에서의 체험을 어느 정도 포함한 것이었다. 불국사와 석굴암은 화엄불국 나아가 화엄 자체에 관한 직접적인 체험을 제공했던 미술사 텍스트였다. 그리고 이 체험을 기반 삼아 창작된 언어예술, 문학 작품들은 무한의 공간과 시간을 상상하며, 불교가 제공해 주는 우주와 세상을 자신들의 것으로 내재화할 수 있었다.

불국사가 표현했던 화엄불국은 특정 시대와 지역을 초월한 보편적인 체험을 마련해 주었다. 한편 불국사가 그랬듯이, 신라의 역사 특히 사상사의 궤적을 한자리에서 감상할 수 있는 장치 역시 마련되었다. 《삼국유사》 흥법편 마지막에는 서라벌의 첫 왕사^{王寺}였던 흥륜사의 금당^{金堂} 동쪽으로 아도^{我道}, 염촉^{厭髑}(이차돈), 혜숙^{惠宿}, 안함^{安含}, 안홍^{安弘}, 의상^{義相}, 서쪽에는 표훈^{表訓}, 사파^{蛇巴, 사복(蛇福)}, 원효^{元曉}, 혜공^{惠空}, 자장^{慈藏} 등의 진흙 소상이 자리잡고 있었다고 전한다.

이들 동쪽과 서쪽의 인물들을 각각 묶을 수 있는 기준을 제시하기 어려웠다. 그런데 동쪽의 5인과 서쪽의 5인을 한꺼번에 단일한 유형으로 묶지 않고, 각각의 위치에서 마주 보고 있었을 인물들끼리 비교해 보면, 서로 대칭되는 성격이 다음 면 표와 같이 드러난다.

표의 맨 위에 위치한 아도와 표훈을 보자. 아도는 신라에 불교를 전파해 준 인물이며, 표훈은 신라 중대를 마감하는 시기에 활동했던 마지막 성인이었다. 표훈을 신라 불교의 마지막이라 할 순 없지만, 불국사

서쪽	성격	동쪽
표훈(表訓)		아도(我道)
"표훈 이후로 신라에 성인이 나타나지 않았다." (〈경덕왕 충담사 표훈대덕〉, 《삼국유사》 기이)	'성인'의 시작과 끝	신라에 불교를 전래한 인물
사파(蛇巴, 사복: 蛇福)	'죽음'을 마주하는 태도	염촉(厭髑, 이차돈)
죽음을 거치지 않고 왕생함		불교를 위해 순교함
원효(元曉)	대중불교의 확산 – 역설을 통한 이적(異蹟)	혜숙(惠宿)
승려로서 아들을 지님, 불교의 대중적 확산에 기여		자신의 넓적다리 구워 먹음, 신발만 남기고 신이 됨
혜공(惠空)	외국 불교의 수용 (대중불교+ 불교 논리학)	안함(安含, 안홍: 安弘)
《조론》을 지은 승조의 후신		서역 승려와 함께 귀국함
자장(慈藏)		의상(義相)
당나라에서 석가모니 진신사리와 함께 귀국, 만년에 오만하여 문수보살을 알아보지 못한 과오	귀족불교의 실천	전국 각지에 사찰 조성 (경제적 기반 필요)

와 석굴암을 만든 신라 불교의 마지막 꼭짓점이라고는 할 만하다.

염촉은 법흥왕의 불교 공인을 위해 희생했던 인물이므로, 법흥왕의 원찰顯刹이기도 했던 황룡사에 아도 바로 다음 자리를 차지하게 되었다. 역시 죽음에 관한 독특한 체험을 했던 사복이 마주 본다. 사복은 원효와 함께 자기 어머니의 장례식을 치르고는 그 시신과 함께 화엄의 세상으로 떠났다. 살아 있는 사람의 몸으로 사후세계로 떠났으니, 염촉의 거룩한 죽음에 맞먹는 신비한 죽음, 아니 죽음을 겪지 않고 정토에 다다른 인물이었다.

종교의 시작과 끝, 그리고 신앙의 근거가 되는 이유인 죽음을 대하는 자세가 여기까지 드러나 있다. 이어서 대중불교의 확산, 외국 불교와의 접촉, 귀족불교의 실천을 각각 상징하는 인물들이 마주 보고 있다. 신라 불교를 대중성, 국제성, 실천성이라는 세 덕목으로 규정하고자 한 것이었다.

대중불교의 성자들은 역설적인 모습을 보여준다. 생명의 원리와 이런저런 규칙에 얽매이지 않는 모습이다. 동쪽의 혜숙은 자신의 넓적다리를 구워 먹어서 살생을 즐기던 귀족을 깨우쳐 주는가 하면, 신발만 남기고 시신이 사라져 우화등선羽化登仙하는 듯한 모습도 보여준다. 어쩌면 도술소설에 등장했던 민중 영웅을 떠올리게 하는 모습이다. 혜숙이 삶과 죽음의 원리를 벗어났듯, 원효 역시 계율과 규칙에 속박받지 않았다. 공주와 관계하여 아들을 낳았던가 하면, 난해한 책을 많이 남기면서도 대중불교를 쉽게 전파하기도 하였다.

한편 안함은 서역 승려와 함께 귀국하여 신라가 본토 불교와 직접 대면할 수 있는 계기를 마련하였으며, 혜공은 자신이 전생에 중국 불교의 교과서라는 평을 듣기도 했던 《조론肇論》이라는 책을 지은 승조僧肇: 384~414였다고 주장하기도 했다. 이들은 각각 대중불교와 인연을 맺고 있으면서도, 심오한 논리로 구성된 인도와 중국 불교와도 각각 얽혔다는 점이 흥미롭다.

맨 아래에 귀족불교를 상징하는 인물들이 있다. 이들은 경제력과 해외 체험을 바탕으로, 대중불교만으로는 벌일 수 없었던 전국적 규모의 일들을 수행했다. 의상은 화엄 10찰이라고도 하는 사찰들을 전국 각지에 조성하였고, 자장은 석가모니의 진신사리를 모시고 귀국했다는 권위와 권력에 힘입어 전국 사찰에 속한 승려들의 계율을 정하고 수행 방법을 제시했다.

이렇듯 동과 서 양쪽의 인물들은 5명이 한 묶음이 아니라, 각자 마주 보며 대칭되는 방식으로 신라 불교의 시작과 그 전성기의 끝, 희생으로서 죽음과 깨달음으로서 죽음의 극복, 자연과 인간의 규정을 벗어난 대중불교 성자의 일생, 인도와 중국의 불교를 수용하여 자기화했던 과정, 새로운 사상을 수입하여 사찰을 만들고 계율을 정비했던 귀족불교의 실천 등의 요소가 빠짐없이 각각을 대표하는 캐릭터들의 얼굴로 상징화되어 있다. 이는 무한을 향한 상상력 못지않게 중요한, 우리가 속한 한국, 옛 신라 공동체의 구성 원리와 가치관을 한눈에 보여주는 공간이자 시간이기도 했다.

의상의 〈법성게〉와
화엄일승의 시어

1부는 의상義相의 〈법성게法性偈〉와 향가의 언어 인식을 다룬다.

우선 원측圓測과 의상의 언어관과 향가, 게송을 비롯한 신라문학사와의 관련 가능성을 제기하고자 한다. 원측은 언어로 표현된 대상의 실재성 여부보다는 주체의 내면에 자리하여 대상과의 관계를 통해 구체화되는 '식識'의 문제가 더욱 중요하다고 보았다. 주체와 대상의 고정된 역할보다는 상호 작용을 더 중시한 것이다. 이에 따라 논쟁 과정에서도 시비를 가린 끝에 어느 한쪽이 우세해진 모양보다는, 서로 대칭을 이룬 상보적 관계의 형성을 이상으로 삼았다. 반면에 의상은 원측과는 대조적으로 언어의 목적과 수사방식이 다르다면, 그 다른 언어가 각자 갖는 역할과 영역을 구별해야 한다고 보았다. 따라서 언어의 제 요소들 사이의 차이점과 단계의 상하 관계에 주목하였다.

이들이 활동했던 7세기 무렵의 향가는 이들의 언어관 사이의 대칭을 연상시키는 흐름을 보인다. 그것은 ① 주체와 대상 사이의 관계에 주목한 경우, ② 서로 대칭되는 인간관계가 등장한 사례, ③ 시어의 비유와 상징을 활용한 작품 등이었다. 이들에 대한 분석으로부터 앞서 제시한 언어관의 대칭 양상을 확인할 가능성을 개진하였다.

다음으로 화엄사상을 둘러싼 의상과 균여^{均如}의 법맥이 지닌 문학사적 의미를 살핀다. 그들은 각각 7세기의 〈법성게〉와 10세기의 〈보현십원가〉를 지은 시인이기도 하기 때문이다. 《균여전》에 따르면 균여는 송나라 사신도 만나고 싶어 했고 훗날 일본에서 그가 환생했다고 하는 등 해외에도 널리 알려진 인물로 보이는데, 이는 그의 저술이 중국의 현수^{賢首} 이래로 이어져 온 의상 화엄학의 국제적 성격에 어긋나지 않았기 때문이다.

이렇게 의상과 균여는 사상적으로 서로 통할 뿐 아니라, 시에 대한 공통의 창작 동기도 지니고 있었다. 그들은 《화엄경》은 부분과 전체 사이가 두루 넘나들고 통하는 글이기 때문에, 시로써 《화엄경》을 요약, 압축할 수 있다면 그 원뜻을 훼손하지 않으면서도 더욱 많은 독자층에 전달할 수 있다고 믿었다. 이에 따라 의상은 10만여 자의 《화엄경》을 〈법성게〉 210자로 압축하여 독자층을 넓히고자 한다. 그리고 3세기 후의 균여도 한마디 말로 전체를 꿰뚫을 수 있다는 원음^{圓音}의 효력을 근거 삼아, 《화엄경》의 마무리 부분에 해당하는 〈보현행원품〉을 〈보현십원가〉 11수로 재구성하고는 《화엄경》과 같은 효과를 거두고자 했다. 의상은 〈법성게〉에서 단계상으로는 자기 수행보다 나중에 오는 과정인 중생 구제를 더 앞서 배치하는가 하면, 초발심의 경지를 전반부 마지막에 배치함으로써 처음의 초발심이 끝까지 이어져야 함을 강조한다.

처음과 끝, 먼저와 나중의 순서를 뒤바꾼 도치^{倒置}와 순환은 작품 자체가 그리고 있는 도인^{圖印}의 회귀적 흐름과도 맞물려 있다. 균여 역시 〈보현십원가〉 곳곳에서 '미오동체^{迷悟同體}'라는 표현을 비롯하여 불·보살과 중생, 남과 나의 분별을 넘어서는 상대주의적 관점을 유지하고 있다. 이는 〈법성계〉가 추구한, 남과 나, 개체와 전체를 구별하지 않는 중생 구제의 구체적 실천 방법과도 맥을 같이 하는 것이었다. 여기에 균여는 신라의 불교문학 전통에서 중시했던 참회의 요소를 가미하여 접근성을 더욱 높이고자 했다. 의상과 균여의 시 창작 동기와 독자에 대한 태도는 문학사 속에서 하나의 맥으로 이어진 것이었다.

7세기의 의상과 10세기의 균여 사이에는 명효明晶가 지은 《해인삼매론海印三昧論》의 게송 3편이 자리한다. 명효와 게송은 그간의 문학 연구에서는 거론된 적이 드물지만, 의상과 균여 사이의 시대에서 화엄 시학의 성취를 보여준다는 점에서 가치가 있다. 본 작품은 서시序詩와 본문인 다라니송陀羅尼頌, 마지막의 회향게廻向偈 등으로 이루어졌다. 서시에서는 근본으로 돌아오는 여정이 곧 깨달음의 과정이었다는 점을 모든 중생에 널리 알리기 위해 자비의 실천을 내세웠다.

본문인 다라니송에서는 생사와 번뇌가 열반과 보리의 원인이라고 했다. 현실 속의 인간이라면 삶과 죽음을 거듭하는 윤회, 번뇌에 빠졌다가 참회하는 체험을, 열반과 보리를 위해 반드시 거칠 수밖에 없어서이다. 이렇게 인과 관계를 동시의 것, 인접한 것으로 이해하기 위해서 부분을 통해 전체를 이해한다거나, 여러 세상의 다양성을 포용하거나, 크고 작은 존재들이 무한한 공간 안에서 평등하다고 간주하거나, 일념으로 무한한 시간을 마주할 수 있다는 등의 통섭적 발상이 필요했다. 이런 발상 자체가 화엄사상의 평등과 조화를 포함한 것이기도 했다.

그리고 회향시는 본문에서 깨달은 내용을 이론과 실천의 양쪽 요소

를 모두 고려하여 정리해 주었다. 한편 본문에 덧붙은 논論에서는 아만
我慢을 경계하고 참회를 강조했다. 다라니송이 간결했던 이유는 자칫 아
만의 계기가 될 과도한 지식을 경계한 것이었다고 한다. 화엄사상의 특
징과 해인삼매의 대의는 최대한 간략하게 서술하였고, 그 대신 현실적
인 실천과 수행을 더 중시했다. 끝으로 자신의 깨달음을 남들과 공유하
려는 문학적 시도를 긍정하며 수행 방법으로서 참회의 중요성을 역설
하였다. 바로 앞 시기 의상의 〈법성게〉에 비하면 《해인삼매론》은 본문
의 생사−열반과 번뇌−보리, 서시와 회향시의 자비, 논論의 참회 등 여
러 주제가 서로 의존적이면서도 자립적이었다. 또한 참법懺法으로 보현
행원을 분석했던 시각을 토대로, 본 작품의 실천과 참회, 화엄 교학의
참법 등을 〈보현십원가〉와 견주어 거론할 필요가 있다.

제2장

원측과 의상
그리고 초기 향가의 언어

1. 7세기 문학의 언어

　여기서는 현존 신라 향가와 게송偈頌이 나타나기 시작한 7세기 무렵, 언어와 시어의 역할에 고심했던 두 사람의 사상가—원측圓測: 613~696[1]과 의상義相: 625~702[2]의 언어관을 탐색함으로써 신라 종교계의 언어관에 따른 텍스트 분석의 가능성을 개진한다. 남아 있는 논거의 제약 탓에 불교계의 입장을 주로 다루게 되었지만, 불교 이론 자체보다는 언어와 시어에 대한 인식과 문학사에 끼친 영향을 우선시하고자 한다.

　원측과 의상은 신라의 문학사상사 연구에서 그리 주목받았던 사상가는 아니었다. 반면에 상대적으로 원효元曉: 617~686는 몇 차례 주목받기는 했다.[3] 그래도 원효에 대한 주목을 작가로서 최치원崔致遠: 857~?에 쏠렸던 관심에 비할 바는 아닐 것이다. 그렇지만 9세기 빈공제자賓貢諸子로서 신라문학의 보편성을 확립해 간 최치원과는 달리, 통일 이전의 문화적 격동기라 할 수 있는 7세기에 유학의 체험도 없이 나름의 고유성과 보편성을 겸비했던 원효의 사상과 언어, 수사방식에 쏠렸던 관심은 당연하다. 또한 그 근거가 되는 원효의 《대승기신론소大乘起信論疏》에 제시된 수사방식에 관련된 논의와 《금강삼매경론金剛三昧經論》과 그 서문의 통합적 인식구조, 그 유명한 '화쟁和諍'의 사고 등은 문학적 언어의 출현을 상징하는 것이었다. 따라서 원효는 다른 사상가에 비해 문학과의 상관성을 논의하기에 비교적 용이했다. 그러나 원효가 지닌 비중과 그의 통합사상에 대한 관심이 정당하다 해서, 주목받을 자격이 충분한 다른 사상가들의 언어관과 문학론을 살펴볼 필요가 사라지는 것은 아니다.

이와 관련하여 이 글은 두 가지 문제의식을 지니고 있다. ① 원효의 언어관만으로 신라 당대 텍스트와 문화사의 전개 양상을 온전히 파악할 수 있는가? ② 시어에 관한 인식의 형성 과정에서 원효 이외 다른 사상가들의 역할은 구체적으로 어떠했는가? 이 가운데 ①은 원효를 이시기 언어관의 유일한 척도로 보지 않는다는 전제와, ②는 원효 이외의 인물이 지닌 역할을 재고해야 한다는 방향과 관련되어 있다. 다만 이글은 신라의 문학사상사에서 원효의 역할이 과장되었다거나, 그의 자취를 낮춰 보아야 한다고 보지 않는다. 그보다는 원효가 지닌 우뚝함에도 불구하고, 그의 영역에 포함되지 않았던 다양성 또한 존재했음을 새삼 지적하려는 쪽이다. 이 글의 성과가 추후 원효에 대한 성찰과 맞물렸을 때, 이 시기의 실상과 원효에 대한 적절한 평가가 비로소 가능하리라 생각한다.

먼저 ①과 관련하여 다음 자료를 보면, 원효가 본인의 창작 과정에서 드러난 한계를 그와 대비되는 위치의 사복이라는 이의 지적을 받아바로잡는 모습이 보인다. 앞서 총론에서 살폈던 《삼국유사》의 〈사복불언蛇福不言〉(31~32면 참조)에 따르면 애당초 원효는 '말을 번잡스럽게 하는 사람'처럼 여겨진다.

해당 설화는 뒷동산의 풀뿌리를 뽑으면 '연화장세계'라는 이상향에 도달할 수 있다는 독특한 사유방식을 보이는 점이 흥미롭다. 또한 이상향에 도달할 수 있는 근거를 사생死生을 동일시한 단 하나의 문장으로부터 찾았다는 점도 주목해야 한다. 원효 역시 같은 의미의 텍스트를 애초에 창작했지만, 반복적 구성은 말을 번거롭게 하는 장치에 불과할 따름이라는 사복의 지적을 받아들임으로써 더욱 유효한 텍스트로 개정하게 되었다.

단편적 자료 하나만으로 원효에 대한 이와 같은 비판적 시선을 당대 일반의 것이라 간주하기는 어렵다.[4] 그러나 사복이 평가했던 "사번詞煩"이라는 문제를 다시 한번 생각해 보자. '사'와 '생'을 대구·대칭으로 나누어 번거롭게 서술함으로써 분별적 사유를 조장한 점은 '우리에게 알려진' 원효가 추구한 통합적 사유에도 어긋난다. 여기서 시야를 확장하여 원효 개인에 대한 집중보다 "사번"이라 말했던 비판적 언어관의 기원에 주목할 필요가 있다.

이 글에서는 이러한 통합적 사유의 단초를 보이는 원측과 더불어 시어와 일상어의 차이에 주목한 의상의 저술에 나타난 언어관을 정리함으로써, 그 성과를 향가를 중심으로 한 7세기 문학사의 동향과 견주어 볼 가능성을 검토한다.[5] 이로써 언어의 본질과 효과에 관한 종교계의 인식이 문학 텍스트와 맺은 인연을 성찰할 단서를 마련해 보고자 한다.

2. 원측의 언어관
― '식'의 주·객체와 화쟁의 단초

원효를 유식학자로 간주하는 입장에서 원측과 원효의 유사성이 주목받기도 했다.[6] 그것은 이들이 지닌 '심心'의 작용에 관한 통합사상의 면모에 힘입은 바 크다. 달리 말하면 원효가 이룩한 성과의 전제 또는 토대로서 원측의 역할에 주목해야 한다는 관점이었다. 그러나 여기서는 원측과 원효의 동이同異 여부에 천착하기보다는, 원측이 주목했던 '식識', 다시 말해 주체가 대상을 언어로 표현하기 이전에 자신의 내면에서 인식해 가는 과정을 화제로 삼고자 한다. 말하자면 내면의 '식'을 어떻게 이해해야 하는지, 그리고 그것을 어떻게 언어로 표현해야 하는지에 대한 원측 자신의 설명을 정리함으로써 그의 언어관을 해명하는 쪽에 초점을 맞춘다.

1) '식識'에서 주체와 대상의 문제

우선 내면의 '식'에 대한 원측의 입장을 인용한다. 일단 원측은 중국에서 유식학파를 나누어지게 했던 '식의 대상이 실존하는지 여부'에 대한 소모적인 논쟁으로부터 벗어나자는 입장을 취했다. 그에게 더 중요한 것은 인식 대상의 실존 여부보다는 내면으로부터 촉발, 형성되는 '식'이었다.

오로지 '식(識)'이 있다는 입장은 '식'을 관(觀)하게 함으로써 바깥으로부터의 영향〔外塵〕을 버리기 위한 것이다. 바깥으로부터의 영향을 버린다면 그에 따라 헛된 마음〔妄心〕이 그치고, 헛된 마음이 그친다면 중도(中道)를 깨달을 수 있다. (…) 어리석은 이들은 말초적인 맛을 탐닉하여 온갖 즐거움을 향한 욕구를 버리고 떨칠 마음이 없으니, 삼계(三界)에서 생사윤회(生死輪回)를 되풀이하며 온갖 괴로움을 겪을 뿐 해탈할 만한 인(因)이 없다. 자비로운 여래가 방편(方便)으로써 말하기를, 모든 것이 다만 식(識)이라 하여 바깥으로부터의 영향을 버리도록 한다. 바깥으로부터의 영향을 버리면 헛된 마음이 그치고, 헛된 마음이 그친다면 곧 열반을 얻는다.[7]

원측은 '유식唯識'이라는 용어를 식識을 관觀하여 바깥으로부터의 영향〔外塵〕을 버리는 것으로 풀이하였다. 자신의 내면을 바라봄으로써 외부로부터의 좋지 않은 영향을 줄여야 한다는 것이다. 식의 상태를 지켜나가야 하는 이유는 그것이 성불의 근거로서 중요하기 때문이다. 원측은 근기가 아무리 박약한 존재일지라도 성불의 가능성을 지니고 있다는 관점을 취하고 있는데, 이것은 원효가 성불의 소질로서 '여래장如來藏'을 중시했던 시각과도 상통한다.[8] 우유가 있으면 요구르트〔蘇耶〕가 없어도 우유를 재료로 삼아 그것을 만들 수 있기에, 누가 요구르트가 있는지 물으면 있다고 대답하는 상황[9]을 예로 들어 자신의 시각을 구체화시키고 있다.

요컨대 원측은 자신의 내면, 곧 누구에게나 자재自在한 '본성本性—불성佛性'을 관觀하는 것을 유식학의 본질로 생각했다. 그러나 그것은 내면 그 자체로서 전제한 '심'의 성격보다는 외물에 대한 인식을 뜻하는 '식'의 측면을 강조하는 방향으로 나아가는 것처럼 보인다.[10] 달리 말하여 자신의 내면으로서 전제되어 있는 마음〔心〕보다는 주체와 대상, 화자와 수신자 사이의 관계를 통해 형성되는 작용과 인식〔識〕에 주력했던 것이다.

밑줄 친 부분의 '방편'에 대한 이야기는 그러한 이해의 가능성을 높이고 있다. 방편이란 깨달은 이가 병에 맞추어 약을 주듯 중생의 근기에 적합하게 가르침을 주는 것이다. 깨달음의 차원에서 보면 방편이 곧 진리라는 것이다. 따라서 《화엄경》에 대한 방편설의 성격을 지녔던 훗날의 〈보현십원가〉는 그 효용과 의미상 원전 《화엄경》과 다르지 않다. 원전의 가치를 손상시키지 않고 더 넓은 소통의 범위를 획득하는 것에 방편설의 위대함이 있다. "방편으로써 말하기를, '모든 것이 다만 식識' 이라 하여 바깥으로부터의 영향을 버리도록 한다(方便爲說, 諸法唯識, 令捨外塵, 捨外塵已)"라는 표현은 방편설이야말로 온갖 사물이 오로지 주체와 객체, 화자와 수신자 사이의 관계망을 통하여 이루어진 '식〔唯識〕'임을 깨달아 외진外塵의 요소를 버리게끔 할 수 있는 바탕임을 강조한다. 말하자면 여기서의 '식'은 주체와 대상 사이의 관계를 통해 만들어진 '식'의 한 작용인 셈이다. 수신자의 근기와 자신의 내면을 조응시켜 발생하는 방편설이 '식'의 표현 매체로서 중요하다는 관점으로부터 방편설을 통한 소통의 기반과 단서에 관한 원측의 사유 방식을 읽어 낼 수 있다. 이와 같은 방편설과 소통에 관한 사유로부터 우리는 원측이 구상한 언어 텍스트〔방편설〕와 소통 환경을 비롯한 언어관을 향한 단서를 얻을 수 있을 것이다.

원측은 바깥〔外塵〕으로부터의 영향을 받지 않는 주체의 '식'을 설정하였다. 그러나 여기서의 '식'은 내면만을 관조하는 것이라기보다는 외부의 수신자와의 상호 작용에 따라 변화할 가능성을 지닌 것이다.[11] '외진'에 대한 언급 자체를 상황에 맞춘 방편설로 설정한 이유가 그 때문이다. 그리고 그 변화의 가능성은 주체가 많은 대상과 만나고 논쟁함에 따라 달라지는 것처럼 보이기도 한다.

2) 논쟁으로부터 원융圓融에 이르는 단서

원측에게 '식'은 주체와 대상 사이의 관계를 통하여 주체의 내면에 형성되는 것이었으며, 그 구체적인 매개로서 방편설의 역할이 중요한 것이었다. 이에 따르면 원측에게 고정된 '심'을 묵수하는 주체란 무의미한 것이었으며, 주체는 대상과 영향을 서로 주고받으면서 변화, 성장할 때 구체적인 의미를 갖게 된다. 그 변화와 성장의 과정에서 필요한 것이 대상과의 관계, 주변 상황의 국면에 따른 방편方便이라 하겠다. 따라서 원측에게는 방편에 따른 발화가 가장 효과적인 것이었을 뿐, 어느 한쪽이 언제든지 옳다는 생각은 취할 수 없는 것이었다. 따라서 초기 대승불교에서 흔히 거론되는 청변淸辨과 호법護法의 논쟁, 이른바 중관中觀과 유식唯識 사이의 논쟁에 대하여 원측은 다음과 같은 입장을 갖게 된다. 이로부터 논쟁 혹은 담화에 관한 원측의 일반론적 입장을 추론할 만하다.

두 보살(菩薩)이 있어 함께 세상에 나오니 하나는 청변(淸辨), 다른 하나는 호법(護法)이었다. 중생[有情]이 불법(佛法)에 들게 하고자 공(空)·유(有)의 가르침[宗]을 세우니, 더불어 부처님 뜻을 이룬 것이다. 청변보살은 공(空)을 잡고 유(有)를 버려 유(有)에 대한 집착을 사라지게 하고, 호법보살은 유(有)를 세우고 공(空)을 버림으로써 공에 대한 집착을 버리게 하였다. 그러한즉 공은 유가 곧 공이라는 이치에 어긋남이 없고, 공은 곧 색(色)이라는 설에도 어긋나지 않아 스스로 이루어지지 못할 것이 없다. 공이면서 유임을 알면 순조로이 두 가르침[二諦]을 이루고, 공도 유도 아님을 알면 중도와 모두 만날 수 있으니, 불법(佛法)의 큰 가르침이 어찌 이것이 아니겠는가?

물음에 유·무(有·無)의 어그러짐과 다툼이 있다면 어찌 부처님 뜻에 수순(隨順)할 수 있으며, 답에 외고집을 부려 논쟁에 이기고자 하는 뜻이 있다면 성스러운 가르침에 어긋나는 것이 심하다. 부처님께서 스스로 해탈하여 보살이 되는 것을 허락하셨거늘, 하물며 두 보살이 서로 영향을 주고받아 물생(物生)을 해탈시키려 한 것이 부처님 뜻에 어긋나겠는가?[12]

원측에 따르면 이들의 논쟁은 공과 유 가운데 어느 한쪽에 집착한 것처럼 보이지만, 실상 양쪽을 모두 긍정하면서도 부정하는 역설적·역동적 관계를 형성하고 있다는 것이다. 그러므로 한쪽이 사라지면 다른 한쪽이 이기는 것이 아니라, 오히려 아예 존재할 수 없게 된다. 각자 따로 존재해서는 아무런 의미가 없으며, 함께 존재하며 서로에게 영향을 주고받을 때 진리에 나아갈 수 있다는 것이다. 마치 음과 양 어느 한쪽만 존재해서는 의미가 없는 것처럼, 중관과 유식은 함께 대칭을 이루어야만 한다는 것이다. 이렇게 대칭 혹은 종합을 중시하는 관점은 원측이 방편과 중도라는 틀을 통해 서로 모순되는 것처럼 보이는 견해들을 자신의 사상 체계 속에 포섭하면서 신·구 유식의 서로 다른 이론들을 비판적으로 종합할 수 있었다는 평가[13]와도 상통한다. 또한 원측은 유식 관련 저술뿐만 아니라 반야중관般若中觀 계통의 경전에 대한 찬술도 병행했는데, 이는 현장 계통만을 중시했던 중국 자은학파의 유식학과는 구별되는[14] 태도라고 한다. 앞서 살펴봤던, 언제나 어디서나 통하는 진리보다는 근기와 상황에 알맞은 방편설을 중시했던 관점을 지속하고 있다.

이런 맥락에서 원측의 유식사상을 '화쟁적和諍的 유식사상'으로 부르기도 한다. 이 견해는 원측이 호법의 견해를 취하면서도 그와 상충되는 여러 유식 경론의 문구를 회통시키고자 한 점[15]에 주목한 것으로 일리가 있지만, 화쟁이라는 범주 자체의 복잡성을 고려한다면 '원융적圓融的 유식' 정도로 부르는 편이 타당할 것이다.[16] 특히 원측은 종종 다음과 같은 표현으로써 자신의 저술에 대한 도론을 이끌어 내는데, 이것은 그가 언어를 그 종宗과 체體, 능전能詮과 소전所詮으로 구별한 자취로서 의미가 있다.

경(經)의 종(宗)과 체(體)를 밝힌다. 체(體)는 능히 나타내는 설법자의 언어[能詮]가 가리키는 본체[教體]를 통틀어서 밝힌 것이며, 종(宗)은 가르침의 내용으로 나타내는 것[所詮]을 구별하여 드러낸 것이다.[17]

이렇게 놓고 보면 자칫 능전과 소전 사이에 우열 관계가 형성된 것처럼 보이기도 한다. 그러나 원측의 관점에 따르면 그렇지 않다. 체와 종은 각각 추상적 지칭 대상과 구체적 지칭 내용이라는 쌍을 이루고 있기 때문에, 어느 한쪽이 더 열등하거나 우월하다면 그것은 제대로 된 언어 표현이 아니다. 마치 청변과 호법, 중관과 유식의 관계처럼 이들은 상호 의존적이고 상보적이다. 오히려 방편설의 맥락에서는 더 많은 수신자가 체험하게 될 소전을 어떻게 만들어 냈지 여부가 능전을 깨달아 갖추는 것보다 더 효과적일 수도 있다. 다음 절에서 거론하겠지만 이렇게 소전을 흥미롭고 다양하게 창작하는 것은 삼승三乘과 회삼귀일會三歸一의 언어관에서 더욱 중시한 요소이기도 하다. 그런가 하면 원측은 언어 표현의 묘미를 다음과 같이 찬탄하기도 했다.

> 가만히 생각하면 진성(眞性)은 매우 깊어 온갖 형상을 뛰어넘어 형상을 짓고, 원음(圓音)은 그윽하여 온갖 말을 펼침으로써 말하지 않나니, 이것은 곧 말하되 말하지 않는 것이다. 형상이 없지만 형상을 드러내니, 이치를 드러냄에 비록 고요해도 이야기할 만하다. 말하되 말하지 않으니, 가르침이 비록 넓어져도 말할 수 없는 것이다.[18]

온갖 말을 펼치되 말하지 않았다는 역설은 노장사상에서도 보이는, 다소 흔한 역설이다. 그러나 노장사상에서 이 역설의 의미와는 별도로 원측의 상대주의적 '식' 논의와 능전과 소전의 역동적 관계에 대한 입장을 고려한다면, 이 문장의 의미는 '언어의 의미는 고정되어 있지 않다'는 쪽에 더 가까울 것이다. 따라서 근기와 상황에 맞추자면 더욱 많은 방편설을 말해야 하지만, 시간이 변하고 공간이 달라짐에 따라 그 의미가 달라져서 결국 말하지 않은 셈이 된다. 그러니까 또 다시 말해야 한다. 이렇듯 시공時空을 넘어서 영원히 멈추지 않는 말이 '원음圓音'이지만, 그것은 고정된 실체로서의 언어로 드러날 수 없다. 이렇게 원측은 언어와 인식·표현주체 사이의 관계를 그 상황과 처지에 따라 가변적, 역동적인 것으로 꾸준하게 파악하고 있다.

정리하면 원측은 이러한 성격의 논쟁은 대립을 통한 시비 분별이 그 목적이 아니라, 양자가 균형을 이루어 서로에게 영향을 주고받는 것에 그 미덕이 있다고 보았다. 이와 관련한 성과로 8세기 이후 향가에 보이는 대칭적 심상의 구성[19]을 거론할 만하다. 예컨대 〈제망매가〉에서 '생사로'와 '미타찰'의 대칭이나, 〈찬기파랑가〉에서 기파랑의 자취와 주변 풍경의 대비, 〈우적가〉에서 영재와 도적들의 관계, 〈처용가〉에서 처용과 역신疫神의 대립 등을 재고할 만하다. 이들은 그 존재 양상이 상대방을 통해 명료해졌던 사례이기 때문이다.

원측은 수신자의 근기와 자신의 내면을 조응시켜 발생하는 방편설이 '식'의 표현 매체로서 중요하다는 전제를 내세웠다. 그리고 그 위에 일면 대립하는 것처럼 보이는 존재들이 상호 의존·대칭하는 관계망을 표현하였다. 이러한 양상은 하나의 깨달음에 도달하는 방편으로써 다양한 표현 방식이 이루어질 수 있다고 본 삼승三乘과 회삼귀일會三歸一의 언어관을 연상시키기도 한다.

3. 의상의 언어관
ㅡ즉·중의 관계와 화엄일승

의상의 언어관은 〈법성계〉와 〈추동기錐洞記(華嚴經問答)〉를 통해 접근할 수 있다. 의상은 언어를 불완전한 소통 체계로 생각하였으므로, 언어에 기대기〔依言〕보다 언어를 떠난〔離言〕 교감의 획득을 중시했던 사상가로 알려져 있다.[20] 따라서 그리 많은 저술을 남기지는 않았지만, 반시槃

詩 형태의 〈법성게〉를 남겨 '이언離言'의 수사방식을 활용한 시의 효용과 더불어 즉卽·중中의 관계에 주목하는 한편, 〈추동기〉에서의 본격적인 논의를 통해 원측과는 대칭적인 언어관에 이르기도 한다.

1) 〈법계도法界圖〉와 즉卽·중中의 대칭

〈법성게〉의 전체적인 맥락은 다음 장에서 자세히 보기로 하고, 여기서는 의상이 '이언'을 시도하는 과정에서 구축했던 '즉'과 '중'의 용례를 중심으로 논의를 전개한다. 일반적으로 즉은 동질 관계, 중은 포함 관계를 뜻한다. '상즉相卽'과 '상입相入' 역시 이 관계를 표현한 것이다. 한편 비유의 두 가지 방법으로서 은유는 동질 관계, 환유는 포함 관계를 통해 조직되는 것으로 알려져 있다. 그렇다면—'즉'과 '중'을 이 관계항에 바로 대응시킬 수는 없겠지만—이들 사이에 일종의 비례식을 연상시키는 유추 관계가 있음은 인정할 수 있다.[21] 가령 〈법계도〉의 7·8구에서는 "즉"과 "중"의 관계가 한결 다채롭게 나타난다.

제7구: 一中一切多中一

하나 가운데 일체가 있고, 많은 것 가운데 하나가 있으며

제8구: 一卽一切多卽一

하나가 곧 일체이며, 많은 것이 곧 하나이다.[22]

7·8구는 포함 관계〔中〕 및 동질 관계〔卽〕에서의 분별적 인식을 폐기할 것을 주장하고 있다. 이어지는 내용은 공간과 시간에 대한 분별적

인식도 초월하라는 의미이다. 이것은 앞서 살펴본 원측의 '원음'에 대한 설명을 연상시키기도 한다. 그러나 이들 사이에는 근본적인 차이가 있다. 원측은 끊임없는 변화 탓에 고정된 의미의 실체가 존재할 수 없다는 점을 역설적으로 표현한 반면에, 의상은 하나를 말하면 곧 그것이 부분과 전체를 모두 아우를 수 있다는 점을 역설하고 있다.

원측이 다원주의적이라면, 의상은 일원론적인 방향을 취한 셈이다. 원측에게 언어가 시간과 공간, 주체와 대상의 상호 작용에 끊임없이 견인될 운명에 처한 것이라면(바로 그 때문에 원측에게 언어가 소중한 것이기도 하지만), 의상에게 언어는 시간과 공간, 나아가 주체와 대상을 모두 존재할 수 있게 한 바탕이었다.

이러한 차이가 생긴 이유는 이들이 언어를 바라보는 관점이 달라서가 아니라, 이들이 지칭하는 언어의 개념이 서로 달랐던 탓에 있다. 원측의 언어가 우리의 시공간 속에서 나날이 구체적으로 활용하는 일상적 소통 수단이라면, 의상의 언어는 초월적 깨달음을 전달하기 위해 새로이 조직된 비일상적인 비유와 상징의 표현에 가깝다. 그 언어의 '조직'에 관여하는 것이 '즉'과 '중'으로 맺어진 비유이다.

제9구 : 一微塵中含十方	한 티끌 속에 시방을 포함하고
제10구: 一切塵中亦如是	모든 티끌 중에도 이와 같다
	― 공간적 분별의 폐기
제11구: 無量遠劫卽一念	한량없이 오랜 겁이 곧 일념이요
제12구: 一念卽是無量劫	일념이 곧 한량없는 겁이다.
	― 시간적 분별의 폐기

13구 이하는 "처음 발심할 때가 곧 정각이요初發心時便正覺(15구)", "생사와 열반은 언제나 함께 어우러져 있다生死涅槃常共和(16구)" 등의 대립적 소재들을 'A = B' 형식으로 연결시킨 명제들이 연이어 등장하고 있다. 이들은 논리적 연관 관계가 불투명하고, 말뜻이 확실치 않으므로 일상적인 인과성에 충실한 언어라 하기는 어렵다. 그보다는 논리적 언어로는 밝히기 어려운 종교적·서정적 차원의 진실을 머금고 있다. 이러한 언어는 시간과 공간의 영향을 받지도 않으며, 주체와 대상 사이의 관계 때문에 달라지는 것도 아니다. 한마디로 의상의 언어는 원측이 구상했던 언어관의 영향을 받지 않는다. 그렇다면 **의상은 한국문학사상사에서 시어의 본성에 처음 주목한 인물**이라 하겠다.

이와 같은 초월적 인식은 화엄사상 일반에서 널리 보이는 요소이기도 하다. 그러나 의상은 이와 같은 진술을 사상적 담론의 범위에 국한시키지 않고 반시라는 양식을 통해 표현함으로써 '즉'과 '중'을 서정시의 수사방식에 포함시켰다. 그의 실천을 통해 서정시다운 절제된 언어로써 오묘한 사상을 표현할 가능성이 비로소 실현되었던 것이다. 그의 언어관은 〈추동기〉에서의 논쟁에서 더 정교하게 서술된다.

2) 〈추동기錐洞記(화엄경문답)〉와 화엄일승의 언어

〈추동기〉는 의상의 제자 진정眞定의 모친이 타계했을 때 의상이 했던 설법을 기록한 강의록이다. 《대정신수대장경》 권45에 의상의 동문인 당나라 법장화상法藏和尙 현수賢首의 〈화엄경문답華嚴經問答〉이란 이름으로 실려 있다가, 고려 초 균여의 저술에 15차례 인용된 〈추동기〉와의 대조를 통해 이본 관계의 동일 저술임이 밝혀졌다.[23] 게다가 〈추동기〉의 언어관과 성기사상性起思想이 의상의 다른 저술 내용과 동궤임도 드러났다.[24] 따라서 현존하는 〈추동기〉를 의상의 저작으로 보아도 무리는 없다. 게다가 〈추동기〉를 통해 〈법계도〉 이후의 의상 사상의 영향과 변화 추이 등을 살펴볼 수 있는 가능성도 크며, 3개의 단락에 거쳐 교판론, 중도론, 연기론과 성기론 등 의상 사상의 많은 부분이 포함되어 있다.[25]

〈추동기〉에서 언어관과 관련된 부분은 말이나 의미를 만들어 내거나[生] 또는 그렇지 않은 것[不生]에 대한 분별과 그 초월로부터 시작한다. 원측이 언어를 만들어 내는 '식識'을 설정하고 수신자와의 관계망 형성을 중시한 것과는 달리, 의상은 언어의 생성 자체에 관한 논의로부터 출발한다. 그런데 의상의 독특한 점은 "만약 생生으로써 다스릴 수 있으면 곧 생으로써 하고, 만약 불생不生으로써 다스릴 수 있다면 곧 불생으로써 하는 것이다."[26]라고 하여 수신자를 치유하는 효과를 거둘 수만 있다면 발화 자체에 집착하지 않는다는 효용론적 관점을 취했다는 것이다. 이어지는 부분에서도 오직 발화 여부에만 집착하여 물음을 계속하는 제자에게 "가르침은 상황에 따라 있는 것이지 법에 있는 것은 아니라"[27]고 밝히고 있다.

여기까지는 여느 승려의 방편설과도 크게 다르지 않다. 앞서 살펴본 원측의 방편설 역시 '식'의 진리값을 설명하기 위해서는 수신자의 근기를 고려해야 한다고 했다. 그러나 '식'은 대상 또는 수신자와의 관계를 어느 정도 감안했던 것임에 비해, 〈추동기〉에서는 상황의 변화에 관계없이 두루 통하는 보편적 성격의 법을 찾기 위한 고심이 함께 드러난다.

"묻습니다. 그 법이라는 것은 무엇입니까?"

"답하겠다. 이것은 곧 모든 존재의 참다운 본성으로서 머묾이 없는 본래의 도리이다. 머묾[住]이 없는 본래의 도리이기 때문에 곧 가히 매임[約]이 없는 법이며, 가히 매임이 없는 법이기 때문에 곧 분별상(分別相)이 없고, 분별상이 없기 때문에 곧 마음이 움직인 곳이 아니다. 이것은 오직 증득한 자의 경지이고 아직 증득치 못한 자가 알 바는 아니니, 이것을 존재의 실상(實相)이라 부른다. 모든 존재가 그러하니, 여기가 십불(十佛)의 보현경계(普賢境界)이다."[28]

모든 존재는 머무름과 매임, 다시 말해 고정된 의미망에 대한 집착을 벗어나야 분별이 없어지고 "증득"의 경지에 이를 수 있다고 하였다. 증득의 다른 말인 "십불의 보현경계"란 《화엄경》 전체의 결론인 〈보현행원품普賢行願品〉의 경지를 이른 말이다. 주지하듯 《화엄경》은 언어로 표현 불가능한 경지를 가장 화려한 언어의 조탁을 통해 실현한 경전이다.[29]

〈추동기〉에서는 《화엄경》의 결론을 언어의 이상적 경지로 보았는데, 그것을 유동적·가변적인 의미망의 무한 생성을 통한 증득으로 표현하였다. 《화엄경》의 화려한 언술은 무한한 의미망의 생성을 위한 장치라는 셈이다. 언어가 겉으로 드러나는 표현에 머물고 매인다면 보편적 가치를 표현할 수 없고, 그때그때의 상황에 따른 임시의 방편만이 존재하리라는 것이다. 다음 기록을 보면 의상의 언어에 대한 이원론적 인식이 드러난다.

"묻습니다. 이미 보현의 경계라 한다면, 보현은 곧 상황〔機緣〕을 대함에 있어서 남기는 바가 없습니다. 이러한데도 또한 모든 존재의 실상이 곧 다른 사람들의 경계일 수 있습니까?"

"답하겠다. 또한 그럴 수 있다. 보현은 자신이 증득한 법과 같이 상황에 남기는 바가 없기 때문이다. '정의(正義) 가운데는 의어(義語)를 따르고, 정설(正說) 가운데는 어의(語義)를 따른다.'고 하는 경전의 말이 그 뜻을 말하는 것이다."

"묻습니다. 무슨 뜻인지 모르겠습니다."

"답하겠다. 정의(正義)라 하는 것은 일승(一乘)의 뜻이고, 정설(正說)이라 하는 것은 삼승(三乘)의 뜻이다. 삼승의 뜻에서는 정식(情識)에 따라 안립(安立)하기 때문에 그 뜻이 단지 말 가운데 있을 뿐이다. 말로써 뜻을 포섭하기 때문에, 뜻이 곧 말에 있다. 일승에서는 언어가 곧 뜻의 언어〔義語〕이기 때문에 모든 언어가 뜻의 언어〔義語〕이고, 뜻이 곧 언어의 뜻〔語義〕이기 때문에 모든 뜻이 언어의 뜻〔語義〕이다. 언어가 곧 뜻이기 때문에 뜻치고 언어가 이르지 못하는 것이 없고, 뜻이 곧 언어이기 때문에 언어치고 뜻이 이르지 못하는 것이 없다. 뜻과 언어, 언어와 뜻이 무애자재(無碍自在)하고 원융무애(圓融無碍)하기 때문이다. 이런 까닭에 그 연기(緣起)의 머묾 없음을 나타낼 수 있게 말을 함에 있어, 종일토록 말하여도 말한 것이 없다. 말한 것이 없으므로 말하지 않은 것〔不說〕과 다름이 없는 말이다. 말이 이미 이러하니, 능히 듣는 것도 또한 이러하다. 하나를 듣는 것이 곧 일체를 듣는 것이니, 생각해 보면 알 수 있을 것이다."[30]

회삼귀일의 언어를 표방했던 《법화경》의 논리에 따르면 진리라는 하나의 목적지에 도달하기 위하여 여러 종류의 수레〔乘〕가 존재할 수 있다. 그 때문에 하나의 주제를 여러 가지 방법으로 설명하게 된다. 반면에 《화엄경》의 입장에 따르면 진리를 표현할 단 하나의 방법〔一乘〕으로서 《화엄경》 중심의 교판론이 설정된다. 진리에 도달하는 방법에 관한 다원론과 일원론 사이의 대립이다.

위의 글에서는 '정의正義'를 '의어義語'에, '정설正說'을 '어의語義'에 각각 대응시킨 다음, '정의'와 '정설'을 각각 일승과 삼승三乘의 언어로 구별 짓고 있다. 일승의 언어라는 정의正義가 '뜻의 언어', 곧 '義=語'의 경지를 이루는 것과는 달리, 삼승의 언어인 정설正說은 어의, 곧 사전적 의미의 재현에 충실하다. 일승의 언어와 삼승의 언어에 대해서는 의상의 스승인 지엄智儼이 《화엄공목장華嚴孔目章》에서 제기한 이래로 통칭 삼승일승설三乘一乘說이라 하여 여러 가지 논의가 이루어져 왔다. 관련 내용은 다음과 같이 정리되고 있다.

불교에는 껍질과 알맹이가 있다. 말과 글과 이론과 형식은 그 껍질이며, 사심 없는 마음됨, 훌륭한 말과 행동이 저절로 뒤따르는 마음됨, 이러한 마음됨은 그 알맹이다. 전자를 또 불교에서는 삼승, 세 가지 가르침, 또는 세 가지 길이라고 하고, 후자를 삼매에서 나오는 일승이라고 부르기도 했다.[31]

균여를 비롯한 화엄승려들의 교판론敎判論에서 《법화경》과 《화엄경》 사이의 관계를 단계적인 것으로 본 근거는 경전의 언어 자체가 지닌 차이에도 있다. 《법화경》은 서사적 구성을 갖춘 설화가 많이 실린 반면, 《화엄경》은 난해한 비유와 상징이 많이 나타나는 경전으로 알려져 있다. 흔히 《법화경》의 가르침을 '회삼귀일^{會三歸一}'이라 하여 다양한 모습의 수레〔三乘〕를 통해 한결같은 깨달음〔一乘〕에 이르는 것이라고 한다. 그 성과에 주목하여 '일승교^{一乘敎}'를 포함한 것으로 불리기도 했지만,[32] 《법화경》의 본질은 일승에 이르기까지의 다채로운 과정을 구체적이면서 알기 쉬운 산문을 통해 드러냈다는 점에 있다. 이는 《화엄경》이 단일한 층위의 깨달음을 추상적·상징적 어휘의 연쇄와 열거로 표현했던 방식과는 대조적이다. 이들이 주제로 삼은 깨달음의 본질은 온전히 같은 것임에도 불구하고, 이들이 활용한 언어와 표현에는 대조적인 국면이 있다.

다시 말해 《법화경》이 다양한 서사물의 연쇄 또는 연계를 통한 서사·산문의 언어를 추구했다면, 《화엄경》은 복잡한 비유·상징을 거친 단 하나의 수사, 곧 일승의 언어를 지향했다는 차이가 있다. 그렇다면 《법화경》과 《화엄경》의 언어적 대립은 원측과 의상의 언어관의 차이를 연상시키는 일면이 있다. 원측이 중관과 유식의 상호 의존성과 대칭적 국면에 초점을 맞춘 것과는 달리, 의상은 언어 자체에 단계의 선후 혹은 상하 관계가 내재한 것으로 파악하고 있기 때문이다. 여기서 보이는 단계의 상하를 《법화경》의 산문성과 《화엄경》의 시성으로 파악해도 좋을까? 시어의 시성^{詩性}이 비유와 상징을 통해 언어의 제약을 넘어선 깨달음의 실질을 표현했다는 점에 있다면, 《화엄경》의 언어는 일승의 언어와 상통하는 면이 있다.

요컨대 종교의 언어는 언어 이론과 형식에 따른 껍질〔三乘, 會三歸一〕과 종교적 가치를 지닌 마음됨〔一乘〕으로 이루어진다. 그러나 이것이 형식과 내용의 표리 관계만을 뜻하는 것은 아니다. 그보다는 텍스트 사이의 차별상을 거론한 것에 가깝다. 여기서 삼승의 언어가 말·글·이론·형식 등 인과적 상식의 논리에 어긋나지 않는 것이라면, 일승의 언어는 '삼매三昧'라 불리는 종교적 경지를 담보한 상태에서 초논리적 원리에 의하여 발현되는 것이다. 따라서 일승의 언어는 A이면서 not A일 수도 있는, 삼승의 언어로서 표현 불가한 깨달음의 상징과 역설을 다룬 일종의 시적인 상태에 관한 진술이 될 수 있다. 그렇다면 삼승과 일승의 분별로부터 논리와 감성, 산문과 시의 차이를 유추할 수도 있을 것이다. 나아가 일승의 一이 多를 포함한 一이라면, 그것은 문학적 상징이 지닌 다의성과도 연결되는, 언어를 넘어선 깨달음을 표현한 수사에 해당할 것이다.

"묻습니다. 이와 같이 능히 들을 수 있는 사람이라면, 하나를 듣는 것이 곧 일체를 듣는 것이고 일체를 듣는 것이 곧 하나를 듣는 것입니다. 그런데 만약 삼승(三乘)의 법이 단지 언어만 있는 것이라면, 곧 나타내는 뜻이 없는 것입니까?"

"답하겠다. 나타내는 뜻이 없는 것은 아니다. 그러나 그 나타내는 뜻은 단지 언어로 나누어 놓은 것에만 있다. (삼승의) 일상법문(一相法門)이 말하는 있음[有]이란 것은 단지 있음 가운데 끝나니 있지 않음[不有]은 아니며, 있지 않음[不有]이란 것은 곧 있지 않음 가운데 끝나니 있음의 뜻은 아니다. 이와 같은 일상법문은 비록 이체(二諦)가 없고 상즉상융(相卽相融)하지만 그 사법(事法)에 즉(卽)하여 서로 원융자재(圓融自在)하지는 않기 때문이다. 따라서 언어와 뜻의 나타내는 것과 나타내지는 것이 나뉘어 섞이질 못한다. 그런데 일승(一乘)의 정의(正義)에서는 이와 같지 않다. 일법

(一法)을 거론함에 따라 일체법을 남김없이 포섭하기 때문이며, 즉(卽)과 중(中)의 관계 속에서 자재(自在)롭기 때문이니, 생각해 보면 알 수 있을 것이다."[33]

삼승의 언어로는 '소전지의所詮之義'를 갖출 수 없느냐는 질문에, 의義가 아예 없는 것은 아니지만 그 의義가 어語에만 드러나 있을 뿐 능전能詮의 '어'와 소전所詮의 '의'가 괴리되어 동일성을 지닐 수 없다고 답변한다. 일승의 언어가 동일성을 추구한다면 삼승의 언어는 어느 정도 괴리와 차별이 존재하는 바탕 위에서 언술을 진행한다는 것처럼 보인다. 이어서 일승의 언어만이 이런 한계를 벗어날 수 있다고 하는데, 그 근거로 '즉'·'중'의 관계가 자유롭다는 것을 들고 있다.

4. 종교계의 언어관에 따른 7세기 향가의 분석 가능성

지금까지 살펴본 원측과 의상의 언어관을 정리하면 다음과 같다.

① '방편설(方便說)'의 범주
  - 원측: 수신자의 근기(根機)와 자신의 내면(內面)을 조응시켜 발생하는 방편설을 '식(識)'의 표현 매체로서 중시하는 관점
  - 의상: 화자와 수신자 사이의 언어적 발화를 통한 매개 자체에 집착하지 않는 대신, 상황에 관계없이 적용되는 보편적 '법(法)'을 추구하는

관점

② 원측은 중관과 유식의 관계로부터 유추한 상호 의존적 대립과 상보적 대칭을 통한 일상적 수사 방식을 정립하였는데, 이는 시간과 공간의 변화에 따른 영향을 크게 받는 것으로 보았다.

③ 의상은 '즉'과 '중'의 관계로써 일상어와 구별되는 시적(詩的) 수사방식을 확립하고, 일승의 시어를 삼승이나 '회삼귀일'의 언어와 구별되는 상위의 것으로 간주하였다.

이들은 화자와 수신자, 주체와 대상 사이에 맺어지는 방편설의 관계에 주목했다는 공통점을 지닌다. 다만 원측은 그것을 주체의 내면에 지닌 구체적 상황 속의 '식'의 문제로 생각했다면, 의상은 보편적인 '법'을 추구하는 쪽에 더 관심을 두었다. 그리고 원측이 상호 의존적·상보적 관계에 관심을 가진 것과는 달리 의상은 '삼승/회삼귀일'과 '일승'이라는 단계적 언어 관념과 더불어 관념들 사이의 연결·포함 관계까지도 이론화하고자 했다는 차이점이 있다. 그러나 이러한 차이점에도 불구하고 수신자의 근기를 고려하여 불설佛說을 논리적·감성적으로 전달할 수 있는 수단으로써 언어의 효용과 본질에 주목했다는 점은 양자가 다르지 않았다.

지금까지 논의한 원측과 의상의 언어관을 7세기 향가와 견주어 논의할 수 있는 방향을 모색하고자 한다. 향가는 시 텍스트와 그 전승에 관계된 산문 기록이 결합된 모습으로 남아 있다. 특히 산문 기록은 시 텍스트의 발신자와 수신자가 소통하는 다양한 맥락을 보여줌[34]으로써 인식의 문제와 방편설의 역할을 떠올리게 한다. 이는 원측의 성과와 맞물릴 수 있는 부분이다. 한편 향가의 시적 성취는 그 주제로서 종교성의 심화와 불가분의 관계에 놓여 있는데, 의상을 비롯한 화엄사상가의 성과와의 연결점을 생각할 여지가 크다.

그러나 여기서는 분석의 가능성만을 제시하는 데 그치고자 한다. 그 이유는 둘이다. 첫째로 원측·의상의 언어관은 원효의 언어관과 아울러 파악했을 때 당대 문학사의 배경으로서 온전한 의미를 갖춘다. 둘째로 신라 문화사의 원숙기인 통일 이후 8~9세기의 향가까지 모두 논의에 포함시켜야 향가론으로서 가치가 있다. 이와 같은 제약이 있지만, 원측과 의상의 언어관이 향가 텍스트 분석의 준거로서 적지 않은 가능성이 있음을 밝히고 싶다. 7세기의 향가는 진평왕 대의 〈혜성가〉와 〈서동요〉, 선덕여왕 대의 〈풍요〉와 〈원왕생가〉, 그리고 효소왕 대의 〈모죽지랑가〉 등 5편이 있다. 널리 알려진 작품들이므로 인용은 가급적 생략한다.[35]

〈혜성가〉와 〈서동요〉는 인식의 문제와 관련이 있다. 먼저 〈혜성가〉는 혜성과 왜병의 출현에 대한 잘못된 인식을 그 명칭을 달리 부르거나 존재 자체를 부정하는 쪽으로 해결하고자 한다. 이와 같은 인식과 존재의 전환을 위한 매개로서 향가를 가창했다는 점은 흥미롭다. 다시 말해 향가가 수신자들의 인식을 전환시키고, 나아가 상황 자체를 변화시킬 수 있었다는 것이다. 지상과 천상의 조응과 향가 가창으로 인한 변환 역시 수신자의 근기와 자신의 내면을 조응시킨다는 측면에서 원측의 '식'을 연상시키는 방편설로 생각할 가능성이 있다.

〈서동요〉는 선화공주와 서동 사이의 관계에 대한 '식'을 생각해 볼 가능성이 있다. 널리 알려졌듯이 〈서동요〉 전승담의 서사는 후반부로 갈수록 서동의 역할은 축소하고 선화공주의 역할이 커지는 것으로 이루어

져 있다. 이것은 서동이 선화공주를 얻기 위한 모략을 꾸미는 것임에도
불구하고 서동이 아닌 선화공주가 〈서동요〉의 행위주체로 등장하는 문
맥과도 상통한다. 언어의 발화자와 발화 내용의 주체, 계기를 만든 이
와 그 계기의 영향을 받는 이 사이의 관계가 서로 어긋나는 상황은 주객
의 관계를 한결 입체적으로 만든다. 그럼으로써 다양한 주체들 사이의
인식과 인식이 교차하게 되고, 향가의 문맥은 다채롭게 바뀐다.

　다음 세대의 〈풍요〉와 〈원왕생가〉는 작품 속의 화자[서정주체]에 대
한 수신자의 공감이 중요해지면서 방편설의 성격이 한결 강해진다.
〈풍요〉는 단문의 열거로 구성된 점이 독특한데, 오분절誤分節 가능성에
착안하여 매기고 받는 방아노래의 구성에 가깝도록 재구성되기도 하
였다.³⁶ 그런데 〈풍요〉의 향유 현장에서 유의할 점은 이 노래의 창자들
이 곧 승려 양지良志의 미술품에 대한 향유자였다는 사실이다. 〈풍요〉
는 양지의 미술품에 재료를 공급하는 공덕을 닦았던 사람들의 노래
였다. 의상이 〈추동기〉에서 언어를 통한 발화를 의사 전달에 필수적인
것으로는 생각하지 않았던 점을 상기해 본다. 요컨대 〈풍요〉는 언어
적·비언어적 향유가 함께 어우러져야 서정시로서 제몫을 할 수 있었던
작품이었다.

　〈원왕생가〉는 광덕 작가설이 분명함에도 엄장 작가설에 대한 미련
이 끊이지 않았던 작품인데, 이 작품은 엄장을 서정주체로 내세웠을 때
수신자의 공감대가 더욱 높아질 수 있다는 점이 거론되기도 하였다. 처
음부터 높은 근기根機(불교에서 소질, 가능성을 뜻하는 말)를 지닌 광덕
보다는 한 차례 실수하고 뉘우치는 엄장의 형상이 당대 일반인들에게
는 더욱 절실한 것으로 비쳤기 때문이다. 광덕과 엄장의 대립, 나아가

신라 설화에 종종 보이는 이른바 2인 성도담二人成道譚의 인물 간 대칭을 원측이 제시한 중관과 유식 사이의 대칭과 비교한다면 어떨까? 이러한 인물 군상의 대비가 바로 중관과 유식에 해당한다고 말한다면 지나치게 환원론적인 관점일 것이다. 그러나 양자가 각각 한쪽 끝의 극단을 상징하면서 서로 영향을 주고받아 수신자에게 진리값을 알려 준다는 이야기의 구성은 중관과 유식 사이의 대칭과 구조적인 유사성을 지닌다.

마지막으로 〈모죽지랑가〉는 제재인 죽지랑과 서정주체의 관계가 과거와 현재, 내면과 외면의 대비를 통해 묘사되고 있는 작품이다. 그 구성은 다음과 같다.

간 봄	(1행)-(과거): 흘러간 과거의 시간 배경
계시지 못한 시름	(2행)-(현재): 제재의 부재로 인한 현재의 "시름"
좋았던 과거의 모습	(3행)-(과거): 아름다웠던 과거의 형상
늙어 가는 현재의 모습	(4행)-(현재): 쇠락해 가는 현재의 형상
눈을 돌이키는 나	(5행)-(행동): 서정주체의 움직임
만날 수 있음(확신)/없음(불안)	(6행)-(내면): 현재 상황에 대한 마음의 정리
임을 그리워하여 가는 길	(7행)-(행동): 임을 향한 행동의 표현
다보짓 구렁에 잘 밤	(8행)-(내면): 서정주체의 확신과 의지

이 구성은 작품의 문면만을 고려하여 이루어진 것이다. 본 작품의 앞 2행이 탈락되었을 가능성[37]과, 이 작품의 전승담이 말해 주는 사건 자체가 죽지랑의 젊은 시절에 이루어졌을 가능성[38] 등을 감안하면 다소 수정되어야 할 여지가 있다. 그러나 이 작품이 과거와 현재 혹은 행동과 내면 등의 2개 항 사이의 대칭을 통해 시상을 전개하고 있다는 점은 동의할 수 있지 않을까 한다. 문헌변증의 성과를 토대로 앞서 제시한

②와 ③의 언어관에 비추어 작품의 수사방식과 정서를 고찰함으로써 이 작품을 이해하는 방법론적 준거가 마련될 수 있지 않을까 싶다.

7세기 향가 5편을 원측과 의상의 언어관을 통해 분석할 가능성을 모색하였다. 8세기 이후의 향가 또한 방편설이 성취해야 할 효용성과 시 텍스트 본연의 서정성이 병진並進한다. 8세기의 대표적인 향가 작가인 월명사와 충담사가 효용성과 서정성을 중시한 작품을 각 1수씩 남기고 있는 점이 이를 입증한다. 9세기의 영재와 처용이 보여준 적대자와의 소통 또한 방편설과 소통의 맥락에서 이해할 수 있다. 요컨대 원측과 의상의 언어에 대한 성찰은 향가 텍스트와 콘텍스트의 근간을 그 기저에서 이루고 이어 갔던 셈인데, 이에 대한 모색은 그다음 과제가 될 것이다. 또한 여기서 다소 환원론적이거나 추상적 모색에 그친 부분을 상세화·구체화할 단서를 더 마련할 수 있기를 기대한다.

5. 게송과 향가의 친연성

지금까지의 논의는 원측과 의상이 구상한 언어의 효력이 문학 텍스트에 반영된 모습을 재구성 혹은 복원하려는 시도였다. 원측과 의상을 비롯한 다채로운 언어관이 등장함으로써 신라의 문학사가 풍성해진 점을 찾고자 했다.

원측은 언어가 표현하는 대상의 실재성 여부보다는 주체의 내면에 자리하여 대상과의 관계를 통해 구체화되는 '식'의 문제가 더욱 중요하다는 인식을 지녔다. 주체와 대상의 고정된 역할보다는 그 상호 작용을 더 중시함에 따라, 논쟁의 과정에서도 시비를 가려 어느 한쪽이 우세한 모양보다는 서로 대칭을 이루면서 상보적인 관계를 형성하는 것을 이상으로 삼았다. 이러한 점에 주목하여 원측의 유식사상을 화쟁적·원융의 성격으로 평가할 수 있었다.

이와는 달리 의상은 서로 다른 특질을 지닌 언어의 상호 작용 또는 상보적 관계에 착안하지 않았다. 그보다는 목적과 수사방식이 다른 언어가 각자 갖는 역할과 그 영역을 구별해야 한다고 보았다. 따라서 의상은 언어의 여러 요소 사이의 차이점과 단계의 상하 관계에 주목하였다. 〈법계도〉에서 '즉'과 '중'의 개념적 차이에 주목한 것이나 〈추동기(화엄경문답)〉에서 삼승과 일승의 언어를 구별하여 산문의 언어와 시어를 분별한 성과 등이 그러한 토대에서 말미암았다.

이들이 활동했던 7세기의 향가는 그 성격과 형성 시기를 고려하면 크게 세 가지 계열로 구분할 수 있다. 그것은 ① 주체와 대상 사이의 관계에 주목한 경우(〈혜성가〉, 〈서동요〉), ② 서로 대칭되는 인간관계가 등장하는 사례(〈풍요〉, 〈원왕생가〉), ③ 시어의 비유와 상징을 활용한 작품(〈모죽지랑가〉) 등이다. 이들은 각각 원측과 의상의 문학사상에 보였던 대칭을 연상시킨다. 이들뿐만 아니라 계송과 문학사상가들의 이론에 구애받지 않았던 요소 등의 모든 측면을 아울러 향가와 계송이 창작된 원리를 해명하는 작업이 더 필요하다.

제3장

〈법성게〉와
균여의 〈보현십원가〉

1. 법맥과 문학사적 맥락

여기서는 의상義相: 625~702과 균여均如: 923~973의 화엄사상을 둘러싼 법맥이 문학사적으로도 유의미한지 검토한다. 이를 위해 의상의 〈법성게法性偈〉[1], 혹은 〈화엄일승법계도華嚴一乘法界圖〉라고도 불리는 작품과 균여의 〈보현십원가〉 사이의 관계를 파악할 것이다. 이는 7세기와 10세기라는, 각각 현존 향가의 거의 처음과 마지막을 나란히 해 온 종교시의 전통을 되새기는 일이기도 하다.

널리 알려졌듯 균여는 향가 〈보현십원가〉를 통해 《화엄경》과 그 사상을 시로 압축하여 풀이하였으며, 《균여전》의 〈역가현덕분譯歌現德分〉에 따르면 그 한역시가 중국에 알려져 송나라 사신이 균여를 만나러 찾아왔을 정도였다.[2] 한편 같은 책 마지막의 〈변역생사분變易生死分〉에서 죽은 균여가 일본에 환생하리라는 전승도 남아 있는 것을 보면, 당시에 그의 사상과 시가 중국과 일본을 비롯한 해외에도 제법 알려졌다고 추정할 수 있다.[3]

이러한 사실은 균여라는 사상가가 홀로 우뚝해서라기보다는 그의 저술이 한국과 중국의 화엄사상에 대한 주석과 계승에 철저했던 것에 더 큰 원인이 있지 않을까 한다. 가령 균여의 편저 가운데《법계도기총수록法界圖記叢髓錄》이 있는데, 이 글에서 살필 의상의 〈법성게〉에 관한 여러 주석을 모은 것이다. 이렇게 다른 이들의 주석을 모으는 한편, 균여는《일승법계도원통기一乘法界圖圓通記》라는 자신의 주석서를 남기기도 하였다. 또한 〈균여전〉을 부록으로 실었던《교분기원통초敎分記圓通抄》를 비롯한 다수의 책에 '원통圓通'이라는 자신의 이름을 붙이는가 하면, 의상의 동문 법장화상法藏和尙 현수賢首: 643~712의 저술[4]을 주석하기도 하였다. 그렇다면 균여의 사상과 시 작품에서 중요시된 '화엄'에는 한국과 외국의 요소가 함께 포함되었을 가능성이 있다. 그 덕분에《균여전》의 주인공으로서 균여는 중국과 일본에까지 그 위상이 확장할 수 있었다.

그런데 이러한《균여전》의 평가가 사상사적으로, 나아가 정신사적으로는 중요한 화두일지라도, 문학사적 중요성은 또 다른 차원의 문제이다. 균여가 의상이 이룩한 한·중 화엄의 법맥을 계승했다는 평가가 문학적으로도 유의미한 것이 되려면, 의상과 화엄사상이 의상이 살았던 7세기 한국문학사에 나름의 비중을 차지하고 있어야 할 것이다. 과연 그러한지 의상이 지었다는[5] 〈법성게〉의 시적 역할을 자리매김함으로써 돌이켜 보려고 한다. 여기서 〈법성게〉란 '게偈'라는 문학적 장르를 고려한 명칭이며, 도인圖印의 모양을 띠었다는 점을 드러내기 위해 〈화엄일승법계도〉라고 부르기도 한다.

한국문학사에서 의상의 생존 시기는 매우 중요한 시대에 겹친다. 현존하는 가장 오랜 향가가 그 활동기인 신라 진평왕眞平王, 재위 579~632 무렵의 것이기 때문이다. 《삼국유사》는 현존 향가를 불교가 공인되고 약간 지난 무렵의 것들부터 싣고 있다. 이 때문에 7세기 향가와 불교와의 인연 역시 강조되어 있으며, 의상과 동시대의 인물인 원효는 〈원왕생가〉 배경설화에 직접 등장하기도 한다. 게다가 원효는 〈무애가無碍歌〉라는 노래를 직접 짓고 춤을 추기도 했으며, 〈대승육정참회大乘六情懺悔〉라는 장시長詩로써 포교와 실천을 종용하는 수사 기법을 마련하기도 했다.[6] 이 때문에 문학사상사의 벽두에 원효의 자리를 두기도 했으며,[7] 일부 연구에 따르면 원효가 '화쟁和諍'을 통한 문화기호학의 기반을 마련하여 후대의 서정시에까지 영향을 끼치고 있다고도 한다.[8]

한편 의상은 원효와 거의 같은 시기의 인물로, 〈법성게〉와 〈추동기錐洞記(이본명 화엄경문답華嚴經問答)〉[9]를 통해 화엄일승華嚴一乘의 '언어'가 갖추어야 할 요건에 대하여 진지하게 고민하였다. 그러나 원효에 비하면 현존 저술이 희소하고, 향가와의 인연이 직접 묘사되지는 않았다. 그렇지만 사실상 최후의 향가 작가로 다작한 균여에게 끼친 그의 사상적 영향력을 고려하면, 그의 시 〈법성게〉의 성취와 가치는 반드시 살펴보아야만 한다.

이 글에서는 우선 의상과 균여 사이의 관계를 《균여전》과 화엄 관계 저술 일부를 통해 정리하고, 다음으로 그 토대 위에 〈법성게〉의 역할과 〈보현십원가〉 내용 일부와의 비교를 수행하고자 한다.

2. 의상과 균여의 법맥과 언어 인식

의상과 균여에게는 화엄사상가라는 공통점이 있는데, 《균여전》은 서두부터 이 점을 강조하고 있다. 그 첫 문장부터 《화엄경》 10만 게송偈頌이 부흥하게 된 공로자로 3인을 들고 있다. 그들은 인도의 용수龍樹(Nāgârjuna): 150?~250?, 신라의 의상, 고려의 균여 등이었다. 이렇게 기존의 권위를 활용하여 입전 인물의 가치를 높이는 소개 방식은 새삼스러운 것이지만, 후반부에 가면 균여를 생불 또는 석가모니 이전 시대 부처의 화신으로 더욱 높이기도 한다. 그런 맥락에서 신라 의상이 《균여전》 서두에 거론되는 것은 당연한 일이다.

나아가 《균여전》의 6장인 〈감통신이분感通神異分〉에서는 다른 화소를 추가 도입하여 의상과 균여의 인연을 더욱 직접적인 것으로 주장하고 있다. 958년光宗 9년 균여의 나이 35세이던 해, 개경 근교의 불일사佛日寺에 벼락이 떨어지자 균여가 21일간 강연을 했다. 당시 균여보다 선배로서 승통僧統에 해당했던 오현 철달悟賢 徹達이 균여가 문답할 때 예절이 없다고 불평하였다. 그러자 어떤 거사가 다음과 같이 말한다.

> 너는 그를 미워할 필요가 없다. 오늘의 강사는 너희 선조 의상의 제7신인데, 불교를 널리 펴고자 했기 때문에 다시 인간에 온 것이다.[10]

이 한마디만으로 오현의 불만은 사라졌다고 한다. 이 화소가 실려 있는 장의 제목 자체가 감통과 신이를 내세운 것을 보면, 이 말을 한 거사 역시 평범한 인간은 아닐 것이다. 이 화소가 어느 정도 현실을 반영했다면, 균여는 실제로 승통에 해당하는 고위직 선배에게 예의를 갖추지 않았거나 혹은 적어도 그런 평을 들었을 것이다. 균여는 이 사건뿐 아니라 때때로 대인관계가 원만하지 않았던 모습을 보이곤 하는데, 훗날 '이정수행異情修行' 때문에 광종과의 관계도 서먹해지고, 보기에 따라서는 그것이 죽음의 간접적 계기라고도 할 수 있을 정도이다. 물론 그 상황에서도 신인神人이 광종의 꿈에 나타나 균여가 누명을 쓴 '법왕法王'이라 해명하며 도와주는데, 그 장면에서 신인의 역할은 이 거사를 연상하게 한다. 다만 거사는 균여의 저술과 활동에 어느 정도 근거를 두고 '의상의 제7신'이라는 권위를 내세우지만, 훗날의 신인은 별다른 근거를 내세우지 않고 법왕으로 신격화를 시도한다는 차이는 있다. 균여에 대한 다소 무리한 신격화는《균여전》후반부로 갈수록 심해져, 마지막에는 균여가 일본에 환생할 것을 예고하며 과거 7불의 제1불인 '비바시毘婆尸'를 자처하기까지 한다.

여기서 '제7신'이라는 표현도 흥미롭다. 그렇다면 의상의 응신應身에 해당하는 인물들이 균여 이전에도 여럿 있었다는 말인데, 이른바 '의상계'에 속한 화엄학자들[11]이 여기 대응되어 균여처럼 설화적 전승의 주인공이 되었을 가능성도 떠올릴 수 있다. 이러한 전승의 구도가 복원될 수 있다면, 의상계 화엄의 대중화 방향에 관한 단서도 마련될 수 있을 것이다.

윗글에서 거사의 말에 따르면, 균여 생존 당시에도 의상과 균여의 사상사적 법맥은 매우 뚜렷이 인식되었다. 균여의 저술 다수가 의상 또는 그의 동문 현수와 관계된 것이고, 그런 만큼 균여에게서 의상의 흔적을 찾기란 오늘날에도 어렵지 않다. 그러나 여기서는 이들의 법맥 전체를 다시 짚어 보는 대신, 주제의 범위에 한정하여 의상과 균여의 언어 표현에 대한 인식과 태도를 소략하게 언급하고자 한다.

2장에서 보았듯이 〈법성게〉는 7행부터 중中과 즉卽의 연쇄를 통해 시상을 전개하고 있다. 이는 일一과 일체一切라는 부분과 전체의 사이, 일진一塵과 시방十方이라는 공간의 사이, 일념一念과 영겁永劫이라는 시간적 단위 사이의 관계를 두루 해명하기에 편리한 용어였다. 이들을 거칠게 요약하자면 모두 상대주의적 인식이라 할 수 있을 텐데, 의상은 〈추동기華嚴經問答〉에서 이를 삼승의 언어와 구별되는 일승의 언어가 지닌 특징으로 파악하고 있다.

문: 이와 같이 들을 수 있는 사람이면 하나를 듣는 것이 곧 일체를 듣는 것이고 일체를 듣는 것이 곧 하나를 듣는 것입니다. 그런데 만약 삼승(三乘)의 법이 단지 언어만 있는 것이라면, 곧 나타내는 뜻이 없는 것입니까?

답: 나타내는 뜻이 없는 것은 아니다. 그러나 그 나타내는 뜻은 단지 언어의 영역에만 한정되어 있지 않다. 일상법문(一相法門)이 말하는 '있음〔有〕'이란 것은 단지 있음 가운데 끝나니 '있지 않음〔不有〕'은 아니며, '있지 않음'이란 것은 곧 있지 않음 가운데 끝나니 '있음'의 뜻은 아니다. 이와 같은 일상법문은 비록 유(有)와 무(無)의 이체(二諦)가 상즉상융(相卽相融)하지만 그 사법(事法)에 즉(卽)하여 서로 상용자재(圓融自在)하지는 않기 때문이다. 따라서 언어와 의미가 되는 나타내는 것〔능전(能詮)〕과 나타내지는 것〔소전(所詮)〕의 영역은 서로 참여하지 못한다. 그런데 일승(一乘)의 정의(正義)에서는 이와 같지 않다.

일법(一法)을 거론함에 따라 일체법을 남김없이 포섭하기 때문이며,
즉(卽)과 중(中)의 관계 속에 자재(自在)롭기 때문이니, 생각해 보면
알 수 있을 것이다.[12]

답에 따르면 삼승의 언어는 어語와 의義에 따라 능전能詮과 소전所詮이
서로 괴리되어 완전히 동일시될 수는 없는 한계를 지니지만, 일승의 언
어는 즉卽과 중中이라는 서로 넘나듦의 관계를 통해 자재自在할 수 있으
므로 완전한 동일성을 얻을 수 있다. 삼승의 언어는 다른 표현으로 대
체할 수 있지만 불완전하고, 불완전하므로 끊임없이 대체되는 것이다.
반면에 일승의 언어는 대체할 수 없는 완전한 것으로, 완전하기 때문에
부분과 전체를 넘나들 수 있다. 일승의 언어는 대체 불가라는 조건이
충족되어야, 비로소 하나를 듣는 것이 곧 일체를 듣는 것이 되는 효과
를 얻게 된다.

'하나를 듣는 것이 곧 일체를 듣는 것과 똑같다.'는 꼭 필요한 전제
이다. 이것이 가능해야 《화엄경》 일체를 하나의 게송이나 도안으로 압
축하여 줄일 수 있고, '나무아미타불'과 같은 함축적 진술의 반복만으로
모든 경전을 다 읽은 것과 마찬가지의 성과를 거둘 수 있기 때문이다.
〈법성게〉의 창작 과정에 대한 서술[13]을 보면 내용을 줄이고 또 줄이는
과정이 반복적으로 묘사되어 있는데, 극심한 압축과 요약을 할 수 있었
던 근거는 '하나＝일체'라는 전제에 있다. 그것은 곧 《화엄경》 자체를
'중'과 '즉'의 연쇄로 짜인 텍스트로 파악했기 때문이다.

한편 균여는 이러한 《화엄경》의 특징을 원만圓滿한 것으로 보았고,
그래서 '원통圓通'을 자칭으로 삼기도 했다. 그리고 그의 저술에서 의상

과 마찬가지로 '하나를 읽는 것이 곧 일체를 읽는 것과 똑같은' 상황을 전제한다.

'하근기의 열등한 중생을 위하여 다함이 없이 설하는 가운데에서 이러한 것들을 대략 취하여 결집하고 유통하였기 때문에 이러한 일부의 경전이 있는 것이다.'라고 답하였다. 그것을 보고 듣게 하여 방편으로 끝이 없는 가운데 끌어들인 것이 마치 창문의 틈으로 보아도 끝이 없는 공(空)을 보는 것과 같으니, 여기에서의 도리(道理)도 또한 그러함을 마땅히 알아야 하는 것이다. 그러므로 이 일부의 경전을 보아도 가없는 법해(法海)를 보는 것이다. 모아져서 두루 통하는 글은 분제(分際)가 없었기 때문에 하나를 설한 것이 곧바로 일체를 설한 것이 되기 때문이다.[14]

의상은 비슷한 내용을 '중'과 '즉'의 관계를 토대로 어語와 의義의 개념을 날줄과 씨줄처럼 엮어 교의적敎義的으로 설명했지만, 균여는 그것을 더 간명한 방식으로 말하고 있다. 경전은 모여서 두루 통하는 글로서 반드시 원음圓音의 성격을 지니고 있어서, 한마디 말로도 전체를 대표할 수 있다. 이런 근거에서 전체 불경 가운데 '일부의 경전'에 해당하는 《화엄경》의 일부분인 〈보현행원품〉의 내용을 간추려 〈보현십원가〉로 창작하였다. 이런 방식을 더욱 극단적으로 말하자면 그 11수 가운데 한 작품의 1행이라도 전체 불경과 같은 비중, 질적으로 같은 성취를 담보하는 것이라 하겠다. 이런 태도는 의상이 《화엄경》을 줄이고 줄여 〈법성게〉를 지은 창작 동기와 크게 다르지 않으며, 보기에 따라서는 한 걸음 더 나아간 것이었다.

이상으로 〈법성게〉의 한 줄기를 이루는, 전체와 부분의 관계를 언어로 표현하는 방식에 대한 의상과 균여의 공통적 태도를 살펴보았다. 이들이 《화엄경》을 압축한 시를 창작할 결심을 하게 된 배경에는 이러한 요약과 압축을 통해, 경전의 원의를 훼손하지 않으면서 더욱 많은 이들에게 성공적으로 포교할 수 있으리라는 확신이 자리했을 것이다. 독자를 향한 열린 태도는 문학사적으로도 가치가 있다.

그리고 균여의 〈보현십원가〉에는 그 원전인 〈보현행원품〉에는 없는 표현과 내용이 상당히 있다. 이 때문에 〈보현행원품〉만이 아닌, 여러 《화엄경》 주석서를 그 선행 저본으로 보아야 한다는 가설도 있었다.[15] 그러나 그런 요소들은 원효와 진표眞表: ?~?(8세기 중엽)를 비롯한 신라 불교의 실천자들이 꾸준히 강조해 왔던 신라 불교의 '참회' 전통과 더욱 관계가 깊어 보인다.[16] 가령 〈참회업장가懺悔業障歌〉에서 불·보살을 직접 만나 그들이 화자의 참회를 증언한다는 내용이나, 〈보개회향가普皆廻向歌〉에서 참회해야 할 "머즌 업業"을 "법성法性 집의 보배"와 동일시하는 내용 등은 신라 불교에서 참회 관련 설화와 시를 구성할 때 나타났던 내용과 유사하다. 이를 고려하면 〈보현십원가〉에 반영된 전통을 화엄 교학의 줄기 하나만으로 파악할 필요는 없다. 오히려 신라 불교문학의 전통 전체를 존중한 표현 기법과 화소의 흔적을 더 찾아야 할 것이다. 특히 〈보개회향가〉의 "머즌 업"과 "법성 집의 보배" 사이의 관계는 〈법성게〉에도 나온 바 있는, 분별을 넘어선 상대적 인식을 기반으로 한 것이라는 점에서 더욱 주목된다.

3. 〈법성게〉의 시적 역할과 균여

의상은 〈법성게〉를 통해, 균여는 〈보현십원가〉를 통해 각각 《화엄경》의 정수를 더 많은 이들에게 전달하고자 하였다. 《화엄경》 자체가 게송, 곧 시이기는 하지만, 10만 자^字로까지 일컬어지는 그 광활함 때문에 접근성이 그리 좋다고는 할 수 없으며 내용도 추상적이고 난해하다. 따라서 그들은 원전의 취지를 존중하면서도, 전달력을 높이기 위한 언어 표현을 찾아 각각의 시 작품을 창작하였다. 그런 점에서 시를 통해 이루어진 이들의 법맥은 곧 문학사의 한 맥을 구성하고 있기도 하다. 여기서는 상대적으로 관심을 덜 받았던 〈법성게〉의 문학적 분석에 유의하고, 필요한 경우에 〈보현십원가〉를 비롯한 균여 사상과의 비교를 아울러 시도하겠다.

〈법성게〉는 다음 면처럼 도인^{圖印}의 형태로 되어 있다. 가운데 부분의 '법^法'에서 출발하여 54각에 걸친 굽이를 여러 차례 그리다가 그 아래의 '불^佛'로 돌아오는 회귀의 형태를 띠고 있다. 글자끼리 이어지며 굽이치는 모양은 '즉^卽'과 '중^中'으로 이어지는 개념과 시·공간에 대한 인식을 상징하는 것처럼 보이기도 한다. 이러한 문양의 시각적 효과와 상징성도 성찰할 가치가 있겠지만,[17] 여기서는 일단 그 내용만을 대상으로 삼겠다.

〈법성게〉의 내용은 시간과 공간의 상대성을 상술한 셋째 단락을 제외하면, 대체로 4행을 기준으로 구분했으며 총 7개로 나눌 수 있다. 위의 도인을 보면 '법^法'의 자각에서 시작하여 '불^佛'의 완성으로 끝나는 모습이지만, 둘째 행과 마지막 행에서 모두 '부동^{不動}'의 상태를 자각과 완

法界圖記叢髓錄卷上之一
一乘法界圖 合詩一印 五十四角 二百十字

法性圓融無二相　諸法不動本來寂
無名無相絕一切　證智所知非餘境
真性甚深極微妙　不守自性隨緣成
一中一切多中一　一即一切多即一
一微塵中含十方　一切塵中亦如是
無量遠劫即一念　一念即是無量劫
九世十世互相即　仍不雜亂隔別成
初發心時便正覺　生死涅槃常共和
理事冥然無分別　十佛普賢大人境
能仁海印三昧中　繁出如意不思議
雨寶益生滿虛空　衆生隨器得利益
是故行者還本際　叵息妄想必不得
無緣善巧捉如意　歸家隨分得資糧
以陀羅尼無盡寶　莊嚴法界實寶殿
窮坐實際中道床　舊來不動名爲佛

〈법성게〉,《고려대장경》 45 보유 2(1236~1251).
(합천 해인사 소장)

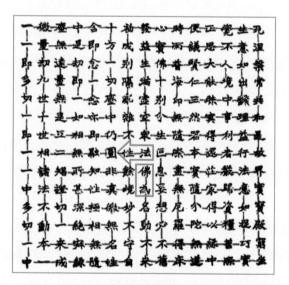

〈법성게(도인)〉
(출처: 부석사, 처음의 화살표와 끝의 사각형은 인용자 추가)

성의 근거로서 구체적으로 제시하고 있다는 점 또한 눈에 띈다. 논의의 편의를 위해 각각의 내용을 구분하고 소제목을 붙여 보았다.

구분	내용	분량	성격
전반부	[1] 법성(法性)의 불이(不二)와 부동(不動)	1~4행	이론적
	[2] 중(中)과 즉(卽)의 관계	5~8행	
	[3] 시간과 공간의 상대성	9~14행	
	[4] 처음과 끝의 분별 없음	15~18행	
후반부	[5] 중생을 돕는 자세	19~22행	실천적
	[6] 자신을 위한 수행의 첫걸음	23~26행	
	[7] 끝에서 다시 처음으로[不動]	27~30행	

이렇게 놓고 그 흐름을 살펴보면, 우선 전반부는 법성의 개념을 전제하고 그 작용을 '즉'과 '중'으로 해명한 다음 그에 따른 상대적 인식과 분별을 넘어선 경지를 제시하고 있다. 이렇게 [4] 부분까지는 교학의 이론적 설명에 한결 충실한 모습이다. 이와는 달리 후반부의 [5]부터는 대체로 실천과 관련한 양상을 드러내고 있는데, 먼저 중생을 돕되 자신의 수행을 위한 첫걸음을 잃지 않음으로써 성불을 이루지만, 결국 마지막의 성불이 처음의 '부동'과 다르지 않다는 순환과 회귀의 모습이다.

다른 불교시에 비해 두 가지 특이한 점이 있다. 첫째로 중생을 돕는 내용이 자기 수행 관련 내용보다 먼저 나오는 것처럼 보인다는 점이다. 이렇게 되어 있다면 자기 수행이 먼저 나오는 일반적인 구성과는 반대인 셈이다. 하지만 이것은 [1]~[4]를 곧 자기 수행 과정에서 이루어지는 인식의 흐름으로 보았기 때문이 아닐까 한다. [4]에서 전반부를 정리하여 '초발심'을 언급한 것도, 전반부의 전체 내용이 곧 자기 수행의 과정이라는 뜻이기도 하다. 둘째로 수행의 첫걸음에 해당하는 '자량위資糧位'가 작품의 가장 마지막에 등장한다는 점 역시 독특한데, 이러한 도치는 역시 작품 전체가 지닌 회귀의 흐름 때문에 빚어진 일이다.

[1] 법성(法性)의 불이(不二)와 부동(不動)[18], 1~4행

法性圓融無二相　법성(法性)은 원융하여 두 가지 상(相)이 없으며

諸法不動本來寂　모든 법은 움직이지 않고 본래부터 고요한 것

無名無相絶一切　이름도 없고 상도 없어서 일체에 초절(超絶)하고

證智所知非餘境　증득한 지혜로써 아는 것이지, 그 밖의 경계는 아니다.

첫 행은 '법'과 '성'에 대한 규정으로부터 출발하였다. 도식적으로 구분하여 법을 인식의 대상이라 한다면, 성은 인식의 주체에 속한다고 할 수 있겠다. 이들의 '상相'이 구별되지 않으므로 원융하다고 했는데, 그 근거는 온갖 법이 '부동不動'하기 때문이다. 일단 움직임(動)을 보이면 상이 여럿으로 나뉠 수밖에 없으므로 첫 행처럼 '무이상無二相'이라 할 수 없다. 따라서 본래의 법과 성을 유지하기 위해서는 필연적으로 이름도 모습도 없는 적막한 상태를 지속해야 한다.

실상 1~2행이 이 작품의 주제로서 그 자체로 완결되었다. 처음부터 이런 내용을 마주하는 것은 문면에도 밝혔듯이 '적寂'한 일이겠지만, 이 작품은 처음 내용이 작품의 마지막과도 이어지는 순환·회귀의 구성임을 고려하면 나름대로 타당한 출발이다. 마치 태어나기 이전 상태를 모르는 것이 죽은 다음의 일을 모르는 것과 다르지 않기 때문에 태어남(生)과 죽음(死)은 같다고 말하는 것처럼 들리기도 한다.

그러나 윤회 속에서 나고 죽기를 되풀이할 수밖에 없는 것처럼, '부동'은 '동動'의 상태로 바뀌고 적막한 무이無二의 모습은 여러 가지 작용의 상相으로 갈라질 수밖에 없다. 그 작용의 두 가지 측면을 [2]에서 '중'과 '즉'이라는 양상을 통해 정리하고 있다.

[2] 중(中)과 즉(卽)의 관계, 5~8행

眞性甚深極微妙　참된 성품은 매우 깊고 지극히 미묘해서

不守自性隨緣成　자기의 성품을 지키지 않고 인연을 따라 이룬다.

一中一切多中一　하나 가운데 일체(一切)이고, 많은 것 가운데 하나이다.

一卽一切多卽一　하나가 곧 일체이고 많은 것이 곧 하나이다.

부동의 상태를 버리고 작용하여 움직이는 모습을 6행에서 '자성'을 버리고 '연緣'을 따라 이루어진 것으로 보았다. 연에 따라 이루어지는 것은 개체와 개체의 만남과 이별이기도 하지만, 여러 개체의 여러 작용은 개성과 보편성을 함께 지니고 있기도 하다. 예컨대 〈제망매가〉에서 누이의 요절을 겪은 슬픔은 작가 월명사만의 개성에 속한 것이기도 하지만, 그런 경험이 없는 사람도 충분히 공감할 수 있다는 점에서는 보편적인 것이었다. 그러므로 '연'에 얽힌 개체의 개성과 그에 대한 보편적 공감이라는 두 가지 측면의 화두가 생겨나고, 개체〔一〕와 전체〔一切〕, 작은 것〔一微塵〕과 큰 것〔十方〕 사이의 존중과 공감을 절실한 문제로 생각하게 되었다.

이러한 상대주의적 인식은 의상이 처음 생각한 것도 아니고, 화엄사상에서만 고유하게 나타나는 것도 아니다. 이는 원효에게도 나타나고, 노장사상에도 보이는 것으로 근원을 따지기 어려울 정도이다. 그런데 〈법성게〉의 특징은 이러한 상대주의를 '중'과 '즉'이라는 두 가지 작용을 통해 구분하고 있다는 점에 있다. 도식적으로 풀이하면 중은 상하·포함 관계를, 즉은 인과 관계를 뜻한다고 볼 수 있다. 그런데 A와 B가 서로 포함되기도 하고, 서로 인과 관계를 맺는다는 것은 공간의 크기,

시간의 선후를 아예 무시했을 때 비로소 가능한 일이다. 〈법성게〉는 즉
과 중의 문제를 제기함으로써, 상대주의를 공간과 시간의 문제로 특화
하고 있다.

[3] 시간과 공간의 상대성, 9~14행

一微塵中含十方	하나의 티끌 가운데 시방을 포함하고
一切塵中亦如是	일체의 티끌 가운데서도 이와 같다네.
無量遠劫卽一念	한량없이 먼 겁(劫)도 곧 한 생각이며
一念卽時無量劫	한 생각이 곧 이 한량없는 겁(劫)이다.
九世十世互相卽	9세와 10세가 서로 같지만
仍不雜亂隔別成	뒤섞이지 않고 제 모습을 이루네.

[2]에서 '중'을 공간적 포함 관계에, '즉'을 시간적 인과 관계에 각각
연결함에 따라 9~10행은 공간의 문제를, 11~12행은 시간의 문제를 다
룬다. 다루는 내용은 큰 차이 없이 상대주의적 인식을 공통으로 내세우
고 있다. 이 주제는 철학적으로 여러 번 다루어진 깊이 있는 것이기는
하지만, 여기서는 이 상대주의가 작은 것, 사소한 것을 존중하려는 입
장에 가깝다는 점만을 환기하고자 한다. 13행에서 여러 '세상'은 다 이
어진 것이고 서로를 다 포함하고 있는 것이지만, 그러나 14행에서는 어
지러이 섞여 간섭하지 않고 각자의 것들을 따로 이루어간다고 하였다.
세상의 차원에서의 원리가 그럴진대, 한 개체의 차원이라고 크게 다르
지 않을 것이다. 뒤에 살필 [5]의 경우처럼 '중생의 그릇에 따른 이익'을
베풀어 주기 위해서는 보편적·전체적인 깨달음의 세계를 강요하기

보다는, 중생의 입장에 '즉'하고 '중'하여 살펴야 하지 않을까 한다. 문학 작품을 통한 공감을 얻기 위해서는, 자신의 논리적 우월성을 내세워 승리하기보다는, 상즉상입相卽相入의 실천을 통한 상대성의 배려가 더욱 필요할 것이다.

13행에서 "9세와 10세"로 풀이한 부분은 의상의 스승 지엄智儼: 602~668의《공목장孔目章》에서 유래한 표현이다.

> 《화엄경》에서는 하나의 미세한 먼지 가운데서 삼세를 이루고 모든 부처가 법륜을 굴린다고 했는데, 지금의 일승교가 바로 그것임을 알아야 할 것이다. 9세에 의지해 지(智)에 들어가 9세법을 모두 아울러 10세를 이룬다. 말하자면 과거의 과거세, 과거의 현재세, 과거의 미래세, 현재의 과거세, 현재의 현재세, 현재의 미래세, 미래의 과거세, 미래의 현재세, 미래의 미래세, (그리고 마지막으로 과거, 현재, 미래의) 3세가 서로 즉(卽)하고 서로 입(入)하여 10번째 세를 이룬다.[19]

이에 따르면 10세는 세상 그 자체가 아니라, 3세 각각의 하부 3세에 대한 총괄적 인식 그 자체이다. 요컨대 9가지로 나누어진 분별 자체를 부정하고 넘어설 것을 촉구하고 있다. 그러나 14행에서의 '불不'은 이와 달리 잡다한 수준의 융·복합을 경계하고 각자의 개성을 존중하고 지켜야 한다고 말하고 있다. 이 부분은 양자의 입장이 딱히 다르다기보다는, 작품의 마지막 부분에서도 강조했듯이 중도中道의 자리에 서자는 것으로 절충할 수 있다.

[4] 처음과 끝의 분별 없음, 15~18행

初發心時便正覺　처음 발심할 때가 곧 바른 깨달음이어서

生死涅槃常共和　생사와 열반은 항상 함께하고,

理事冥然無分別　이치와 일은 아득하여 분별이 없으니

十佛普賢大人境　모든 부처님과 보살님과 큰사람의 경지네.

전반부가 거의 끝나가는 시점에서 '초발심'과 '정각正覺'의 동시성同時性을 확인해 주고 있다. 이들은 서로 '즉'의 관계에 있기 때문이다. 마찬가지로 생사와 열반의 길, 이理와 사事 또한 분별할 수 없는, 분별을 넘어선 길임을 다시 힘주어 말한다.

다음의 [5]는 중생을 도와 이익을 얻게 하는 자세를 보이는데, 분별을 넘어선 깨달음과 중생의 이익이라는 덕목 사이가 연결이 잘 안 되는 것처럼 비치기도 한다. '해인삼매海印三昧'라는 표현이 있기는 하지만, 교리상의 개념이라 하나의 뚜렷한 형상으로 비치지 않을 수도 있다. 그런데 균여의 〈항순중생가恒順衆生歌〉가 바로 깨달음의 세계에서 중생 구제의 현장으로 자연스럽게 넘어가는 사고의 과정을 보인다. 이해를 돕기 위해 해당 작품을 인용한다.

菩提樹王은　　　　　　보리수왕(菩提樹王 : 부처님)은

이브늘 불휘 사므시니라.　미혹을 뿌리 삼으시니라.

大悲ㅅ믈로 저적　　　대비(大悲) 물로 젖어서

안들 이브ᄂ오롯ᄃ야.　이울지 아니하는 것이더라.

法界 ᄀ득 구믈ㅅ구믈ㅅ　법계(法界) 가득 구물구물

ᄒᆞ야늘 나도 同生同死	하거늘 나도 동생동사(同生同死)
念念相續无間斷	염염상속무간단(念念相續无間斷)
부텨 ᄃᆞ빌다 고맛 훗ᄃᆞ야.	부처 되려 하느냐 공경했도다.
아야, 衆生 便安ᄒᆞ늘ᄃᆞᆫ	아아, 중생 편안하면
부텨 ᄇᆞ롯 깃그시리로여.	부처 바로 기뻐하시리로다.

— 〈항순중생가〉, 김완진 해독

깨달음을 얻은 보리수왕, 곧 부처는 미혹한 중생을 뿌리 삼고 있다.[20] 이러한 역설은 앞서 말한 상대주의적 인식과도 상통한다. 그를 시들지 않게 하는 대비大悲의 크기는 법계 가득 구물구물하는 중생의 수와 일치한다. 그래서 '나'도 함께 나고 죽겠다 하였는데, 여기서 '나'가 화자라면 함께 나고 죽는 이들은 부처에서 중생까지 그 모두를 포함할 것이다. 이렇게 〈항순중생가〉는 깨달음 이전과 이후를 구별하는 태도를 벗어남으로써 초발심과 정각을 동일시하고, 나아가 동시적인 것으로 파악할 단서를 마련하고 있다. 따라서 '초발심＝정각'임을 깨달은 그 순간에, 무엇보다 먼저 실천해야 할 일은 중생을 편안하게 하는 것이다.

[5] 중생을 돕는 자세, 19~22행

能入海印三昧中	부처님의 해인삼매(海印三昧) 가운데서
繁出如意不思議	여의를 여럿 나타나게 하는 부사의(不思議)함으로
雨寶益生滿虛空	중생을 이롭게 하는 보배비가 허공에 가득하니
衆生隨器得利益	중생들은 그릇〔根機〕 따라 이익을 얻네.

[5]만을 놓고 보면 과연 자신이 얻은 깨달음의 성과를 있는 그대로 중생과 나누는 것인지는 분명하지 않다. 오히려 중생의 그릇〔器〕, 곧 각자의 소질에 따라 상황은 달라지는 것처럼 보인다. 한국과 중국의 불교 수용 과정에서 불교를 믿고 "복을 구하라.", "이익을 구하라." 운운하는 표현은 널리 등장하기는 하지만, 여기서 '이익'이 앞서 나온 '정각'과 같은지 다른지를 섣불리 판단하기는 어렵다. 그러나 그릇이 각기 다른 중생의 신앙이 그 어떤 경우라도 화자와 똑같다고 예단하는 것은 더욱 무리일 것 같다. 그러므로 여기서는 화자의 경험과 정각만이 유일한 길이라 하지 않고, 뜻대로 '번출繁出'한 여의如意, Anarudda(승려가 설법할 때 지니는 도구)[21]의 모습을 통해 저마다 다른 중생의 그릇을 채우는 모습을 표현한 것으로 보겠다.

[6] 자신을 위한 수행의 첫걸음, 23~26행

是故行者還本際　그러므로 행하는 이가 본제(本際)로 돌아가되

叵息妄想必不得　허망한 생각을 쉬지 못하면 반드시 얻지 못하리라.

無緣善巧捉如意　무연(無緣)의 훌륭한 솜씨〔선교(善巧)〕로 여의(如意)를 잡아서

歸家隨分得資糧　분수에 따라 자량(資糧)을 얻어 집〔불성(佛性)〕에 온다.

[6]에서는 다시 본래의 자리, 그러니까 [1]에서 말한 경지로 돌아올 것을 촉구하고 있다. 본래의 자리는 '부동'의 상태이기 때문에 망상의 작용이 전혀 일어나지 않고, '연緣'의 작용 또한 사라진 상태이기 때문에 여기서는 '무연無緣'의 좋은 재주를 잡으라 하고 있다. [2]에서의 '연

성緣成'과 함께 시작한 존재의 여정은 여기서 마무리되거나 혹은 처음으로 다시 돌아가는 모습을 하고 있다. 처음과 끝을 분별하지 않았던 것처럼, 끝과 처음도 구별하지 않고 있다. 그리고 이 작품에 한정하여 말하자면, 여기서 "집"은 맨 처음 출발한 글자였던 "법"이기도 하다. 작품 첫머리로 돌아올 것을 예고하는 셈이다.

한 가지 유의할 점은 여기서 [5]의 중생을 구하는 길과 [6]의 자신을 위한 길이 꼭 서로 다른 것만은 아니라는 점이다. 자력신앙과 타력신앙의 열반이 서로 다르지 않다는 점을 인정할 수 있다면, 자신의 성과와 남의 성과를 굳이 구별할 필요는 없을 것이다. 이러한 경지를 균여는 〈수희공덕가隨喜功德歌〉에서 다음과 같이 노래하고 있다.

迷悟同體ㅅ	미오동체(迷悟同體)를
綠起ㅅ理라 차작 보곤	연깃리(綠起ㅅ理)에 찾아 보니
부텨 뎌 衆生 업드록	부처 되어 중생(衆生)이 없어지기까지
내이 모마 안던 사룸 이샤리.	내 몸 아닌 사람[22]이 있으리.
닷ㄱ시른 ㅂ른 븟 내이 닷골손뎌.	닦으심은 바로 내 닦음인저.
어드시리마락 사룸이 업곤	얻으실 이마다 사람이 없으니
어느 사룸이 ㅁ른 돌사	어느 사람의 선업(善業)들이여
안둘 깃글 두오릿과.	기뻐함 아니 두리이까
아야(後句), 뎌라 비겨 녀든	아아, 이리 비겨 가면
嫉妬ㅅ ㅁ숨 니를올가.	질투(嫉妬)ㅅ 마음이 이르러 올까.

— 〈수희공덕가〉, 김완진 해독

1행에서 '미迷'와 '오悟'를 '동체同體'라고 한 것은 앞서 본 〈항순중생가〉에서도 보였던 상대적 인식으로, 〈법성게〉 전체를 가로지르는 주제이기도 하다. 다만 여기서는 누가 미 또는 오인지 단정하지 않았기 때문에, 나 또는 다른 사람들 가운데 누구든 미가 될 수도, 오가 될 수도 있다. 그런 의미에서 6행에서 "얻으실 이마다 사람[남]이 없으니"라고 말할 수 있으며, 모든 이의 성취가 순연한 기쁨이 될 수 있는 것이다. 특히 균여는 원전 〈보현행원품〉에는 없었던 9·10행의 내용을 추가하여, "질투의 마음을 먹을 수 없다."라는 (당위에 가깝기는 하지만) 진솔한 감정을 드러내고 있다. 요컨대 의상은 [5]와 [6]의 관계를 병렬적으로 놓고 더 파고들지는 않았지만, 균여는 〈보현십원가〉의 한 부분인 〈수희공덕가〉를 통해 이 관계를 앞서의 상대주의적 관점의 연장선상에서 이해할 가능성을 열어 주었다.

[7] 끝에서 다시 처음으로[부동(不動)], 27~30행

以陀羅尼無盡寶	다라니(陀羅尼)[연기실상(緣起實相)]의 다함없는 보배로써
莊嚴法界實寶殿	법계의 참된 보배 궁전을 장엄하게 하여
窮坐實際中道床	마침내 실제 중도의 자리에 앉으니
舊來不動名爲佛	예부터 움직이지 않아 부처라 이름하네.

마지막 부분은 첫 부분에 나왔던 '부동'의 태도를 다시금 환기하고, 보배전을 짓고 실제와 중도의 자리를 잡아 성불하는 내용으로 이루어져 있다. 한편 '실보전實寶殿'을 연상하게 하는 표현이 〈보현십원가〉의

〈보개회향가〉에도 등장한다. 그 6~7행에서 "懺ㅎ더온 머즌 業도 / 法性 지밧 寶라."고 하여, 참회의 대상이었던 험한 업이 법·성의 보전을 이루는 바탕이 된다는 상대주의적 역설을 되풀이하고 있다. 그러나 원효, 진표, 균여 등의 경우와 달리 의상의 사상에서 참회를 통한 실천은 그동안 뚜렷이 주목받은 요소가 아니었으므로, 직접 대비하기 위해서는 더 밝혀야 할 측면이 있다. 그리고 여기서 '부동'은 불교적으로는 '생사에 얽매이지 않고 오롯함'[23]이란 의미로, 이러한 태도를 공유함으로써 끝은 다시 처음으로 이어지고, 마지막의 불佛은 다시 처음의 법法으로 환원될 것이다.

　의상은 〈법성게〉 전체를 통해 서로 대칭되는 요소들 사이의 분별을 넘어서는 상대주의적 인식을 촉구하고 있다. 그것은 이런 태도가 사상적으로 수준이 높은 것이었기 때문이기도 하겠지만, 문학적으로 더욱 중요한 것은 그런 논리적 타당성보다는 작은 개체, 사소하거나 열등한 것들까지 두루 바라보는 연민과 공감이 아닐까 한다. 그런 이유에서 중생의 입장을 고려한 구원의 방식, 모든 것을 깨달은 뒤에도 다시 처음으로 돌아가 초발심의 위대함을 깨닫는 태도를 강조했던 것으로 본다. 균여 역시 〈보현십원가〉 연작에서 상대주의적 인식을 통해 중생이 결코 열등한 존재가 아님을 밝히고, 나와 남의 분별을 넘어선 기쁨의 가치를 역설하고 있다. 이것은 의상의 〈법성게〉에서 이어받은 유산으로, 부분적으로는 〈법성게〉에서 공백으로 남았던 곳을 채우기도 하였다. 그러나 또 한편으로 〈보현십원가〉는 이 글에서 2절 후반부에 언급했던 '참회' 전통을 비롯한 의상 이외의 신라 불교의 전통을 함께 수용한 부분도 있어, 그 주제의 범위를 넓히고 있다.

4. 화엄의 문학사를 향하여

의상과 균여의 법맥은 《균여전》에서부터 내세웠던 것으로, 사상사 학계에서는 많이 거론됐지만 문학적으로는 주목받지 못했다. 그것은 의상의 〈법성게〉가 남긴 유산이 〈보현십원가〉에 있으리라는 가능성을 생각하지 않았기 때문이다. 이에 이 글에서는 〈법성게〉 전체를 관통하는 상대주의적 인식에 주목하고, 의상이 '중'과 '즉'의 작용을 통해 하나와 전체, 시간과 공간뿐만 아니라 불·보살과 중생, 깨달음과 무명無明의 상태에 대한 분별까지 넘어선 것을 환기하였다. 이는 균여의 〈보현십원가〉에서도 중시했던 요소였으며, 균여는 이에 더욱 천착하여 〈법성게〉에서 공백으로 남은 부분까지도 다룰 수 있었다. 의상과 균여는 거의 같은 목적으로 《화엄경》을 압축하여 시로 재창작함으로써, 더욱 많은 독자와 공유, 공감하고자 했다. 두 사람의 작품을 통해 그 창작 방식의 일단一端이나마 간략하게나마 살필 수 있었다.

깊이 다루지는 못했지만, 의상과 균여의 중간 지점에 해당하는 9세기의 한국 시는 최치원의 귀국과 함께 점차 한시 중심으로 재편되었다. 우연일 수도 있겠지만 9세기 무렵의 향가는 2편밖에 남아 있지 않아 다소 위축된 모습이기도 하다. 최치원 역시 〈사산비명四山碑銘〉을 비롯하여 불교계와 교류한 흔적을 다수 남기고 있다. 따라서 원효와 의상, 최치원과 균여에 이르는 궤적을 서정시의 근간을 이루는 종교적 문학사상의 한 흐름으로서 더욱 깊이 고찰할 필요가 있다.[24] 〈법성게〉의 분석과 자리매김은 이를 위해서도 필요한 작업이다.

제4장

명효의 《해인삼매론》에
실린 반시

1. 화엄사상의 실천

여기서는 신라 후기 승려 명효明晶: ?~?, 7세기 말~8세기 활동의 《해인삼매론海印三昧論》[1]에 수록된 게송偈頌의 성취를 살핀다. 이 작품은 신라문학 연구에서 언급된 적이 거의 없었지만, 《화엄경華嚴經》을 바탕으로 한 불교시를 지었던 의상義相: 625~702과 균여均如: 923~973의 중간 시대에 위치하여 양자를 연결해 주고 있다. 화엄사상의 실천에 관한 의상계 화엄학자들의 꾸준한 모색은 사상사에서 큰 비중을 차지하고 있는데,[2] 그에 대한 시적詩的 성찰 역시 7~8세기 그리고 나말 여초에 걸쳐 끊이지 않았음을 명효의 게송을 통해 알아보려는 것이다. 여기서 '해인삼매'란, 잔잔한 바다에 온갖 물상이 비치듯, 삼라만상과 일체의 법을 망라하는 총괄적인 《화엄경》의 총정總定을 이르는 말이다.[3]

제목에 '론'이 붙어 있어 전체적으로 논설문일 듯하지만, 《해인삼매론》은 7언 28구 196자로 이루어진 도인圖印을 취한 게송의 앞뒤에 서문과 서시序詩, 논論, 회향게廻向偈 등을 덧붙여 이루어졌다. 그러므로 본문

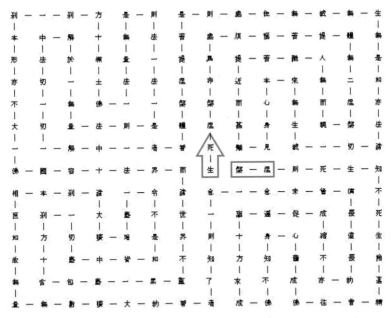

《해인삼매론》 본시(本詩) (처음의 화살표와 끝의 사각형은 인용자 추가)

과 서시, 회향시 등 3편의 불교시를 포함하였고, 논論 부분 역시 시에 관한 보충과 상세 설명이 큰 비중을 차지하고 있다. 여기서는 시 3편 및 논論의 관련 부분을 대상으로 논의하겠다. 《해인삼매론》의 본시本詩는 《화엄경》에서 해인삼매에 관한 내용을 중심으로 위와 같은 형태와 모양으로 압축한 것이다.

중앙의 화살표 부분 "생사生死"를 위로 읽으며 시작하여, 오른쪽 위부터 빙글빙글 돌아 첫 글자 '생生'의 오른쪽에 있는 '반槃'에서 끝나는 회귀적 구성을 취하였다. 이런 도인을 취한 한국의 시 가운데 가장 유명한 작품은, 명효보다 앞선 시기에 활동했던 의상의 〈법성게法性偈(華嚴一乘法界圖)〉였다. 〈법성게〉는 60권 《화엄경》을 거듭 요약하여 7언 30구

210자로 이루어졌다. 그러나 단순한 요약이 아니라, 일연의 《삼국유사》에 따르면 솥의 국을 한 숟가락만으로 그 맛을 알 수 있는 것처럼,[4] 화엄의 모든 것을 포괄했다는 평가를 받았다.

《화엄경》을 그렇게 줄여서 한 부분만 읽더라도 과연 전체를 다 읽은 것과 마찬가지 성과가 있을까? 이에 대해서 의문을 떠올리기보다는 신앙으로 받아들였던 사상가와 시인들이 많았던 듯하다. '일즉다, 다즉일 一卽多, 多卽一'이라는 《화엄경》의 취지 역시 부분과 전체의 동질성을 강조했던 것이며, 염불 두어 마디를 반복적으로 암송하는 것만으로 정토왕생이 가능하리라 믿었던 이들의 태도[5] 역시, 불교의 모든 교리와 이론을 '나무아미타불 관세음보살'이라는 염불로 압축할 수 있다는 신앙을 전제한 것이었다.

그리하여 명효의 다음 세대에서 의상의 화신이라는 평가를 받은 10세기의 균여 역시 《화엄경》의 전체 결론에 해당하는 〈보현행원품普賢行願品〉을 바탕으로 〈보현십원가普賢十願歌〉를 창작하였다. 여기서 살필 명효 또한 의상과 균여의 시대 사이에 해인삼매와 〈십지품十地品〉[6]에 주목하여 《해인삼매론》을 게송의 형태로 남겼다. 이렇듯 균여와 명효는 《화엄경》의 전체 혹은 부분을 대상으로 했다는 차이점은 있을지언정, 심오하고 어려운 《화엄경》을 더 널리 쉬운 시어詩語로 알리고자 했다는 창작 동기에는 차이가 없었다. 이러한 창작이 중생을 이롭게 하겠다는 자비와 회향廻向의 실천이었다는 것 역시 똑같았다.

여기서는 2절에서 《해인삼매론》의 서시-본 작품-회향시 등을, 작품의 주안점이었던 '아我'라고 명시된 주체의 깨달음을 중심으로 알아본다. 이어서 3절에서 시와 결부된 논論의 내용을 통해 깨달음의 실천에서 강조했던 참회의 역할을 살핀다. 그리고 4절에서는 의상과 명효, 균여의 작품에 나타난 참회 제재를 통해 명효의 게송이 지닌 문학사적 위상을 조명한다. 이 과정에서 교리 자체에 관한 설명은 최소화하고, 주체(화자)의 깨달음과 실천에 관한 문학적 접근을 우선하였다. 이 글은 주목받지 못했던 게송의 가치를 드러내는 동시에, 명효와 《해인삼매론》 소재 게송이 의상과 균여의 맥을 잇고 있는지 돌이켜 볼 것이다.

2. 시의 구성과 주체의 깨달음

어떤 사상이든 이론과 실천의 병행을 중시하는 것처럼, 불교 역시 불상의 좌우에 각각 지혜와 자비를 상징하는 보살상을 배치함으로써 지혜-이론과 자비-실천을 균형 있게 겸비한 모습을 보여주고 있다. '지혜-이론'의 자리에는 다채로운 성격을 지닌 보살이 그때그때 달리 나타나기도 하지만, '자비-실천'의 자리는 대체로 관음보살이 차지한다. 관음보살의 인기와 지명도를 새삼스럽게 이야기할 필요는 없겠지만, 《화엄경》에서도 역시 관음보살이 중요한 역할을 맡고 있었고,[7] 의상이 화엄사상을 한국에 정착시키는 과정에도 관음보살과의 만남이나 관음성지의 구현이 중요한 역할을 맡았으며,[8] 이러한 공간의 상상력이 불국사의 '화엄불국'으로 구현되기도 하였다.[9]

의상의 설화와 불국사에서 관음보살의 역할이 크다는 것은, 그의 화엄사상이 지닌 실천적 성격을 암시하는 것으로 볼 수 있다. 의상보다 약간 후대에 이루어진 《해인삼매론》 역시 실천을 강조하는 지향이 큰

데, 종래에는 밀교와의 연관에 따른 것으로 이해해 왔다.[10] 그러나 밀교와의 연관은 도인이 지닌 도상圖像의 성격 때문이라 하는데, 이는 의상의 〈법성게〉 역시 지니고 있었던 특질이다. 따라서 이 작품의 실천적 성격 역시 의상 화엄사상의 실천성에서 유래한 것으로 보는 편이 어떨까 한다.

이 작품에 관음보살이 직섭 등장하지는 않지만, 서시의 7~8행에서 이타적 자비의 필수 불가결함을 강조하기도 했고, 마지막의 회향시 5~6행에서 "글 썼던 온갖 공덕 / 중생의 무리에 다 베풀리라〔所述諸功德 / 普施衆生類〕."고 하여 중생에 자비를 베풀고 회향하는 관음보살과 같은 역할을 이룬 다음에, 7~8행에서 보살도 되고 성불도 이루자는 마무리를 하고 있다. 중생을 돕는 관음보살과 같은 실천을 관음신앙의 필수 요소로 생각한다는 것이다.

이제 서시와 본문에 해당하는 다라니송陀羅尼頌,[11] 마지막의 회향시 등의 순서로 시의 내용을 살펴보겠다. 대체로 4행을 기준으로 단락을 구분하고, 각 단락을 읽어 본 다음 전체적으로 정리한다.

1) 서시序詩에 나타난 주체[我]의 발원

[1-1] 창작 동기, 1~4행

歸命盡十方	명을 바쳐 나아갑니다. 온 세상의
法界中三寶	온 사물 속 불·법·승(佛·法·僧) 삼보에
我欲報佛恩	나 부처님 은혜를 갚으려고
略演契經義	《화엄경》의 뜻을 간추리네.[12]

서시는 창작 동기를 밝히는 것으로 시작한다. 온 세상 온 사물에 깃든 불·법·승佛·法·僧 삼보를 향해 명을 바쳐 나아가겠다고 했는데, '귀명歸命'이란 말 자체에 삼보에 귀의, 복명한다는 뜻이 이미 있으므로[13] 개념을 단순히 풀이하여 늘어놓은 것도 같다. 그러나 널리 쓰이는 표현일지라도, 여기서는 뒤에 나올 본시本詩 내용에서 주체의 깨달음을 유도하기 위한 서시의 첫 시작이란 점을 고려하려고 한다.

삼보가 시방十方, 법계法界에 두루 자재自在하다는 점을 새삼스럽게 내세운 것은 온 세상, 온 사물 속에 이미 불성이 포함되어 있다는 점을 자각하고 시작하자는 뜻이기도 하다. 1절에서 보았듯, 본시에서 '생사生死'로 시작한 본문 바로 옆에 '열반涅槃'이라는 마무리가 이미 자리 잡고 있었다. 그렇게 출발점 바로 옆에 궁극의 마지막 지점이 있다는 것을 깨닫는 과정이 곧 돌아옴[歸], '귀명'이라 할 수도 있을 것이다. 귀명은 이런 성격의 회귀, 나아가 마지막 회향시의 회향과도 어느 정도 통할 여지가 있으리라 판단하였다.

이러한 귀명-회귀-회향을 통해 '생사=열반', 온 세상 온 사물[十方法界]과 삼보의 동질성을 깨닫게 된 주체[3행의 '나']의 자각이 곧 부처님의 은혜이며, 그것을 갚기 위해 누구나 이 뜻을 알도록 《화엄경》을 요약하겠다고 창작 동기를 밝혔다. 다음으로 누구나 이 뜻을 알게 하려는 창작 동기가 성취되기를 기원한다.

[1-2] 작품의 성취 기원, 5~8행

| 普令衆生類 | 그렇게 해서 온 중생의 무리가 |
| 得大涅槃樂 | 큰 열반의 즐거움 얻도록, |

願慈加護念	자비로 더욱 지켜 주시길 바라옵고
滿我本誓願	제 맹세도 가득 채워지길 비나이다.

온 중생이 큰 열반의 즐거움을 얻게 하는 것이 작품의 목적이자, 성취 효과라 하겠다. 대아大我 곧 무아無我의 열반이므로 대열반이라 하였겠지만, 그것이 일부에만 한정되지 않고 '널리〔普〕' 이루어져야 한다는 게 창작 주체〔3행의 '나'〕의 더 큰 고민이었을 것이다.[14] 그러므로 대열반이 보편성을 갖도록, 일부 한정된 사람들만이 수행하여 얻은 공덕을 스스로에게 돌리며自利 만족하는 상황을 벗어나 자기가 얻은 공덕과 이익을 다른 이에게 베풀어 주며 중생을 구제하는利他 실천성을 지니도록 7행의 자비가 필요하다. 자비의 실천이 더해진다면, 8행에서 '나〔我〕'의 맹세도 가득 채워진다고 하였다. 그런데 여기서 자비심은 불·보살이 중생에 일방적으로 베풀기만 하거나, 창작 주체 한 사람의 실천에만 한정되지는 않겠다. 자비의 맹세와 실행이 이 글을 읽은 사람과 사람들이 서로에게 자비를 베풀 경지에 미쳐야, 대아와 무아를 이루어 크나큰 열반의 장면이 다가올 수 있을 것이기 때문이다.

서시에서 창작의 동기는 귀명, 근본으로 돌아오는 여정이 곧 깨달음의 과정이었다는 점을 모든 중생에 널리 알리는 것에 있었다. 그 과정에서 필요한 것은 자비의 실천이었고, 자비의 실천은 창작 주체만이 아닌 세상의 모든 주체를 통해 이루어지는 것이었다. 그렇게 이루어진 확장된 주체가 대아, 무아였고, 대열반을 이루게 될 주체였다.

2) 다라니송陀羅尼頌의 화엄과 주체의 깨달음

선행 연구에서 '다라니송'이라 부르기도 했던 《해인삼매론》 본문은 7언 28행 192자로 이루어져, 4행씩 7개의 단락으로 나눌 수 있다. 도인에서 첫머리의 '생사'와 마무리의 '열반'이 이웃해 있듯이, 생사와 열반이 다르지 않다는 점이 작품 첫머리와 마지막에 반복되고 있다.

이 글의 한 토대였던 《화엄경》의 〈십지품〉은, 제목처럼 10지의 각 항목에 대하여 금강장보살이 설법하고 그 첫 항목인 환희지歡喜地를 10대원大願으로 풀이하고 있기도 하다.[15] 이것을 매거枚擧한다면 충실한 요약이 되겠지만, 《화엄경》을 잘 모르는 독자들은 이해하기 쉽지 않을 테고, 온 중생에 널리 알리겠다는 동기도 충족되기 어려웠을 것이다. 그래서 의상이 〈법성게〉를 창작하며 그러했듯, 화엄과 관련한 핵심만을 제시하였다.

'생사＝열반', '번뇌＝보리'라는 핵심을 첫 두 단락과 마지막 단락에 걸쳐 간결하고 반복 제시하여 외울 수 있게 간추렸다. 그리고 그 근거를 화엄의 여러 속성을 통해 밝혔다. 셋째 단락에서 전체와 부분이 상통한다는 일관성, 넷째 단락에서 여러 세상의 모습과 성질이 단 하나도 겹치지 않는다는 다양성, 그리고 다섯째 단락은 무한한 공간, 여섯째 단락은 무한한 시간을 상상하였다. 이렇게 일관성이 있으면서도 다양하고, 모든 공간과 시간을 담아내는 포괄성과 보편성을 지니고 있으므로, 가장 낮은 단계의 생사윤회와 번뇌부터 가장 궁극의 열반과 보리심까지 화엄의 세계 안에서 다 체험할 수 있다는 것이었다. 이제 각각의 단락을 통해, 주체가 화엄을 깨닫고 실천하는 양상을 살펴보자.

[2-1] 열반과 보리의 문제, 1~4행

生死涅槃非異處 생사와 열반은 따로 머물지 않고,

煩惱菩提體無二 번뇌와 보리의 실체도 다르지 않다.

涅槃親而無人識 열반을 곁에 두고도 몰라보고,

菩提近而甚難見 보리를 가까이 두고도 알아차리지 못하다니.[16]

생사와 열반, 번뇌와 보리가 함께 머물며 똑같은 실체를 지녔다는 말은, 어쩌면 죽은 비유처럼 상투적인 인상을 줄 수도 있겠다. 그러나 원래의 개념과 취지를 돌이켜 보자.

우리는 열반에 들기 위해 생사의 갈림길과 윤회를 무수히 거쳐야 한다. 그 때문에 월명사가 〈제망매가〉에서 요절한 누이를 위해 슬퍼한 이래로, 많은 시인이 늙음과 죽음의 문제를 한탄해 왔다. 그러나 하나하나의 삶과 죽음, 낱낱의 윤회는 지루하고 길지라도, [2-6] 단락에서 살필 무한한 시간에 비한다면 상대적으로 잠깐이라 할 만큼 짧은 시간이기도 하다. 생사를 겪어야만 열반에 이른다는 의미에서도, 삶과 죽음을 거쳐 열반에 이르는 시간이 무한에 비하면 찰나에 불과하다는 점에서도, 생사와 열반은 다른 곳[異處]에 머물지 않는다고 할 수 있다.

번뇌와 보리[17]의 관계 역시 비슷하다. 다만 한 가지만 더 떠올려 보겠다. 번뇌를 거치지 않은 보리가 가능할까? 불교 설화에는 종종 번뇌를 겪지 않고 깨달음을 얻은 듯한 존재가 등장하곤 한다. 가령 향가 〈원왕생가〉 이야기에 등장하는 광덕 같은 사람은 욕망과 오해에 전혀 휘둘리지 않아, 번뇌가 없는 사람처럼 보이기도 했다. 그런 사람은 이상형이다. 마치 죽음을 겪지 않고 열반에 드는 것처럼 말이다. 그런 사람들이 있을 수 있다고 가정하고 상상할 수는 있겠지만, 일상적으로 현실에 부대끼는 중생은 죽음과 번뇌 그리고 그 과정에서 수반되는 참회를 통해서만 열반과 보리에 들 수 있다.

3~4행에서 열반과 보리를 곁에 두고 몰라본다는 말에서, 중생이 더 가까이 해야 할 것은 열반과 보리가 아닌 생사와 번뇌이다. 생사−번뇌가 곧 열반−보리의 원인이자 단서이므로 양자를 구별하지 말아야 하기 때문이다. 열반과 보리를 멀리서 찾지 말고, 늘 접하는 생사와 번뇌의 문제에서 찾으라는 것이다. 지금 여기 없는 것들〔열반−보리〕은 여기 있는 것들〔생사−번뇌〕에 대한 자각과 고민에서 찾을 수 있다는 뜻이다. 여기서 파생된 '있음과 없음〔無〕'의 문제는 [2-2] 단락에서 다시 한번 환기된다.

[2-2] 열반과 보리의 본체 없는 본체, 5~8행

身心本來無生滅　몸과 마음은 본디 생기지도, 없어지지도 않는데,

一切諸法亦如是　모든 사물도 매한가지라.

無生無滅無住處　생기지도, 없어지지도, 머물지도 않는 게,

則是菩提涅槃體　보리와 열반의 본체라.

열반과 보리가 지금 이 자리에 없으므로 언제 어디서나 없다고 할 수는 없다. 그렇듯 몸과 마음 그리고 온갖 사물〔法〕의 생멸도 없지만, 그 없음이 보리와 열반의 체體라고 하였다. 글자 그대로 보자면 '없음'이라는 규정 자체를 없애고 넘어서라는 쪽인데, 그래야 할 이유는 보리와 열반을 머금은 화엄의 세계가 무한하기 때문이다. 그 무한성을 이하의 단락에서 부분과 전체, 같음과 다름, 공간과 시간의 범위 등을 통해

구체적으로 묘사하고 있다.

[2-3] 화엄의 일관성, 9~12행

智者一中解一切 지혜롭다면 하나를 보아 전체를 알고
一切法中解於一 전체를 보고도 일부를 알 수 있으리라.
無量法則是一法 수많은 법은 곧 하나의 법,
一法則是無量法 하나의 법은 곧 수많은 법이라.

전체와 부분, 같음과 다름의 문제는 화엄사상에서 자주 거론되는 것이다. 과거에는 전체와 같음에 얽힌 부분에만 주목하기도 했지만, 양자 사이의 균형과 조화를 추구하는 경향이 '평등과 조화의 화엄사상'[18]에는 더 걸맞을 것이다. [2-3]과 다음의 [2-4] 역시 전체와 같음만이 아닌, 부분과 다름에도 주목하고 있다.

9행에서 하나를 보면 전체를 알 수 있다는 관점은, 의상과 명효, 균여 등이 각자의 시대에서 《화엄경》을 압축, 요약하되 특정 부분에 집중할 수 있었던 근거가 되었다. 특히 명효가 〈십지품〉을 있는 그대로 인용하지 않았고, 균여가 〈보현행원품〉의 내용을 재구성하거나 원문에 없던 묘사도 추가할 수 있었던 바탕에는, 부분과 전체의 넘나듦에 관한 적극적인 이해가 자리하고 있었다.[19]

10행에서의 전체(혹은 통일)는, 어느 한 주체 이를테면 전제군주나 초월적인 민족혼 같은 것을 뜻하지 않아 보인다. 다음 [2-4]에서는 이 '전체'를 온 세상이 모인 불토, 불국 등으로 표현하고 있는데, 그리 크지 않지만〔不大〕여러 세상끼리 겹치거나 얽힌 것도 없다〔不重累〕고 한다.

[2-4] 화엄의 다양성, 13~16행

一佛土滿十方刹　불국토 한 곳이면 온 세상 채우리라.

一刹本形亦不大　본디 모습 크지 않아도 다 들어간다.

一佛國容十方界　불국토 한 곳에 온 세상 다 들어가도,

而諸世界不重累　여러 세상 단 하나도 겹치거나 얽히지 않으리라.

불토와 불국이 의미상 크게 다르지 않으므로 똑같이 불국토라고 해석했다. 여기서 불국사의 원래 이름 '화엄불국사'의 화엄불국이라는 표현이 연상된다. 불교의 이상향에 해당할 정토는 대개 저승의 의미에 가까웠다.[20] 연화장세계蓮華藏世界라고도 불렸던 화엄정토 역시 결국은 사후세계로서 저승에 가까웠으므로, 불국사는 내세의 화엄정토에 현세의 이상향 불국토라는 의미까지 함께 구현하고자 화엄불국이라는 이름을 취한 것으로 보인다.[21] 실제 건축물은 유한할 수밖에 없었지만, 의상과 원효를 비롯한 화엄사상가들의 계송에는 무한한 공간적 확장이 이루어지고 있었다.[22]

다시 '전체'에 관한 원래 논의로 돌아가겠다. 크지 않아도 온 세상 다 들어간다는 표현은 화엄의 신비성을 역설적으로 드러내기 위한 것처럼 보인다. 그러나 '부대不大'에는 그런 뉘앙스만 있는 것은 아닐 듯하고, 자신을 크다고 내세우지 않으므로 모든 것을 포용하고 감화시킬 수 있다는 의미가 담길 수도 있지 않을까? 온 세상 사람들을 다 포용하고 공감하게 하려면 필요한 것은, 절대군주의 막대한 권력은 아닐 것이다. 억센 바람이 아닌 따스한 햇살이 나그네의 옷을 벗게 하듯, 누구의 말이라도 경청하고 관용하는 이해심이야말로 온 세상을 다 담을 그릇이 아닐까? 그것을 '부대'라는 글자에 담고자 한 것은 아닐지 추정해 본다.

이런 추론이 가능하다면, "여러 세상 단 하나도 겹치거나 얽히지 않으리라.〔而諸世界不重累〕" 역시 이런 맥락에서 이해할 수 있다. 글자 그대로 공간이 넓어서 겹치거나 포개지지 않는다고 단순하게 보아도 무방하겠다. 그렇지만 겹치거나 얽히지 않는다는 말은 개체의 개성에 중복되는 게 없고, 각자의 개성이 서로에게 간섭받지 않으며 나름의 영역을 차지하고 있다는 뜻이 될 수도 있다. 이런 모습은 전제 왕권 치하에서 강제로 하나된 게 아니다. 자신이 크고 강하다고 내세우지 않는 주체의 포용력과 관용을 통해 가능한 것이다. 그리고 모든 사람이 서로에게 이런 존중심을 발휘하고 실천한다면, 화엄의 세계 역시 무한한 공간과 시간 안에 펼쳐질 것이다. 다소 무리일 수 있지만, 그런 의도에서 '부대'라는 용어에 큰 의미를 부여했다.

[2-5] 화엄의 무한한 공간, 17~20행

一塵包含十方刹　티끌 하나면 온 세상 다 들어갈 텐데,

一切塵中皆如是　티끌마다 다 그렇게 들어가 있겠지.

不令一塵增曠大　티끌 하나도 늘리거나 키우지 않았건만,

諸刹本相恒如故　모든 곳 본래 모습이 다 같기 때문이라.

앞에서 불국토의 역할이 '티끌 하나〔一塵〕'로 줄어들었다. 마치 우리 관점에서 지구는 상당히 크지만, 태양계와 우리은하, 그 이상을 생각하면 한없이 작아지듯, 온 세상이 담긴 불국토도 더 넓은 관점에서는 티끌 하나, 그러나 모든 티끌 하나하나가 더 늘리거나 키우지 않아도 그렇게 클 수 있다고 한다. 관점을 달리해서 우리가 보는 티끌 하나에도 무수한 우주와 사물이 담길 수 있겠다. "모든 곳의 본래 모습은 다 같기 때문[諸刹本相恒如故]"에 그렇다고 했다. 여기서 '같음'이란 통일성이기도 하겠지만, 그보다는 평등한 속성을 내세우기 위한 표현으로 보인다. 우리 우주도 관점을 넓히면 티끌 하나, 티끌 하나도 관점을 좁히면 나름의 우주라는 뜻이기 때문이다. 화엄의 세계에 무한한 공간이 있는 이유는, 바로 이렇게 관점을 마음껏 넓혔다 좁혔다 하며 모든 개체의 평등함을 발견하기 위해서였다. 그런데 무한한 공간이 평등을 위해서라면, 무한한 시간은 어째서 필요할까?

[2-6] 화엄의 무한한 시간, 21~24행

無量無數曠大劫	수량 없는 거대한 시간도,
智者了知則一念	지혜롭다면 끊임없이 생각하여 깨달으리라.
一念未曾演長遠	하나의 생각 더 늘린 적도 없고,
長劫亦不縮成促	기나긴 시간 급히 줄이지도 않았다네.

지혜로운 사람[智者]이 구체적인 인식의 주체로서 등장하고 있다. 이 주체는 우리와 마찬가지로 제한된 시간(과 공간)만을 누리게 될 것이다. 그러나 '생각하는 갈대'처럼, 수량 없는 거대한 시간을 '일념一念'으로 깨달을 수 있다. 더 늘리거나 줄일 것도 없다고 했다.

여기서 일념을 삼매三昧라 할 수도 있고, 진심으로 염불하는 행위와 마음 상태라 할 수도 있다. 개념과 기능은 다양해질 수 있겠지만, 그런 무한의 시간을 마주하기 위해 지자智者가 되어야 한다는 점은 변함없다.

그런 지혜를 갖추기 위해서는 무엇이 필요할까? 삶과 죽음의 윤회와 갈림길, 그리고 번뇌와 그에 한 참회의 경험을 통해 십지十地의 단계에서 한 걸음 한 걸음 성장해 간다면 지혜가 쌓일 듯하다. 그리하여 다시 생사와 열반의 관계를 떠올린다.

[2-7] 화엄의 동시성과 인접성, 25~28행

遍詣十方求成佛	온 세상 다니며 성불할 방법 찾으면서도
不知身心舊成佛	몸과 마음이 예전에 성불한 줄 몰랐구나.
往昔精進捨生死	예전부터 도 닦아 생사를 버렸다면서도
不知生死則涅槃	생사가 열반인 줄 진작 몰랐더라.

[2-3]에서 [2-6]에 이르는 여정은 25행처럼 "온 세상 다니며"라 할 만하다. 실제 《화엄경》도 온 세상 다니는 이야기이기도 하다. 여기서는 매우 간략한 형태이지만, 전체-부분, 같음-다름, 무한의 시·공간이라는 화엄사상의 주요 요소는 모두 포함되어 있었다. 다른 게송에 비하면 어려운 개념이나 상징도 그리 남발하지 않았다.

마무리하며 다시금 강조하는 것은, 26행에서 말했듯이 '당신은 예전에 이미 성불했다.'라는 것이었다. 그렇지만 삶과 죽음의 경험에 치인 까닭에 뒤이을 열반을 떠올리지 못했으므로, 그 원인에 해당하는 생사를 버리는 것만으로는 열반의 성과에도 도달할 수 없었다는 것이다. 대단한 깨달음이 어디 초월적인 곳에 따로 있는 게 아니라, 당신이 느끼는 나날의 일상, 생사의 고민과 번뇌 자체에 자리하고 있다는 것이다. 마치 똥에도 도道가 있다는 장자의 말처럼, 일상과 현실을 치열하게 바라보는 태도 이외에 성불이 따로 있지 않다고 한다. 그리하여 마지막의 열반은 다시 첫머리의 생사를 부르게 된다.

생사와 번뇌가 소중한 이유는 그것이 열반과 보리의 원인, 말하자면 서로 인연이 있기 때문이었다. 현실 속의 인간이라면 삶과 죽음을 거듭 하는 윤회, 번뇌에 빠졌다가 참회하는 체험을, 열반과 보리를 위해 반 드시 거칠 수밖에 없었다. 이렇게 인과 관계를 이룬 개념을 동일시하기 위해서는 여러 가지 비약과 초월이 필요했다. 부분을 통해 전체를 이해 한다거나, 여러 세상의 다양성을 포용하거나, 크고 작은 존재들이 무한 한 공간 안에서 평등하다고 간주하거나, 일념으로 무한한 시간을 마주 할 수 있다는 등의 발상은 인과 관계를 동시의 것, 인접한 것으로 이해 하려면 필요한 발상이기도 하지만, 그 자체가 화엄사상의 평등과 조화 를 포함한 것이기도 했다. 이런 발상과 사상을 간결하고 부담 없는 서 술과 분량을 통해 표현했다는 점이 본문의 중요한 가치라 하겠다.

3) 회향시, 주체[我]의 회향과 성불

마지막으로 회향시는 다시 '나[我]'라는 표현을 써 가면서, 본문에서 깨달은 내용을 이론과 실천의 양쪽 요소를 모두 고려하여 정리해 주 었다.

[3-1] 이론의 능소능대(能小能大), 1~4행

| 佛法甚廣大 | 불교의 가르침이 깊고도 넓어 |
| 量同於虛空 | 저 허공과 같다지만, |

我已所述義	내 이미 썼듯이
如一毛孔分	털구멍 하나 나누듯 섬세하기도 하다.[23]

앞서 서술한 화엄사상의 여러 특질을, 광활하면서도 섬세하다는 평가로 요약하고 있다. 널리 보면 온 우주가 하나겠지만, 좁혀 보면 티끌 속 세상도 서로 겹치거나 얽히지 못할 다양성을 지니고 있다. 그것을 "허공과 같다지만", "털구멍 하나 나누듯 섬세함"으로 중첩하여 묘사하였다. 이어지는 내용에 따르면, 이 깨달음은 혼자만 간직할 것이 아니라, 서시序詩에서도 강조했듯 온 중생의 무리에게 회향해야 하는 것이다.

[3-2] 실천의 회향과 성불, 5~8행

所述諸功德	글 썼던 온갖 공덕
普施衆生類	중생의 무리에 다 베풀리라.
速登十地位	그렇게 어서 보살이 되고 나서
皆共成佛果	모두 함께 성불의 성과 이루세.

서시의 내용과 일맥상통하는 마무리이다. 본문에서는 화엄사상의 특징과 깨달음의 속성을 묘사, 서술하기에 초점을 맞추었지만, 〈십지품〉의 목적은 이 성과를 널리 보급하는 쪽에도 있었다. 서시와 회향시를 통해 그런 부분을 보완하고 있지만, 본격적인 실천에 관해서는 시에 딸린 논論에 나타나 있기도 하다. 3절에서 이에 대하여 논의하겠다.

3. 실천의 단계에서 참회의 역할

앞서 2절 2)에서 다룬 다라니송 본문에 대한 해설과 문답식 설명이 '논論'의 상당 부분을 차지하고 있다. 여기서는 그 내용 가운데 일부를 통해, 본문에서 상세히 다루지 않았던 실천에 관한 서술을 보충한다. 논論 부분은 ① 게송이 지나치게 간략하지는 않은지, ② 왜 실천과 수행 방법으로서 참회가 중요한지, ③ 깨달음을 얻었다는 아만我慢의 함정을 어떻게 극복할 수 있을지 등을 상세히 설명해 준다. 이런 내용은 시 부분에서 간략하게 압축적으로 처리했지만, 깨달음을 얻기 위한 주체라면 늘 경계하고 조심해야 할 것이다. 세 가지 내용을 차례로 살핀다.

우선 서술이 간략해진 이유를 다음과 같이 비교적 후반부에 이르러 비로소 해명하고 있다. 요컨대 상세한 이해는 각자 판단에 맡기고, 모두가 교만하지 않은 마음으로 수행과 실천에 전념하길 바랐던 것이다.

어찌하여 게송의 뜻을 자세하게 해석하지 않았는가?

수행하는 이로 하여금 짧은 문장 가운데 많은 뜻을 이해하게끔 하고자 하였기 때문이다. 여러 수행자들이 근본을 버리고 지말을 좇아 수가 많은 글만을 탐착하여 큰 이익을 잃을까 저어하였기 때문이다. 경에서 말하기를, '적게 들은 것으로 뜻을 많이 이해할지언정 많이 듣기만 하고 뜻을 이해하지 못하기를 바라지 않는다.'고 한 것과 같이, 수행자들이 얻는 이익의 많고 적음과 근기의 깊고 얕음을 시험하여 수행이 익도록 하고자 하였기 때문이다. 작은 견해의 교만한 중생으로 하여금 올바른 가르침을 중시하는 마음을 내도록 하고자 하였기 때문이다.[24]

192자는 《화엄경》의 해인삼매나 〈십지품〉 하나만 요약하여 담기에 도 너무 적다. 일념一念이 삼매와 통할 수 있다는 것 이외에는 해인삼매를 직접 연상하게 하는 표현도 절제했다. 그런 상황에서 더 자세히 설명하는 대신, 수행자들의 각자 다른 이익이나 근기에 따라 달리 이해하도록 하고 수행 곧 실제 행위에 치중하도록 했다는 것이다. 다라니송 본문에는 실천과 연관된 표현이 거의 없었지만, 이렇게 절제된 언어의 여백을 수행과 실천으로 대신 채우라는 가르침이 나와 있었다.

이렇듯 간명함을 무엇보다 중시했던, 이 다라니송의 가치를 《해인삼매론》에서는 다음과 같이 규정하고 있다.

> 과거 현재 미래의 모든 부처님의 비밀스러운 법장(法藏) 가운데 이 다라니송보다 나은 것은 없다. 만일 위 없는 깨달음을 성취하고자 하는 수행자가 있다면, 마땅히 먼저 광대하고 오묘한 발원을 하여 모든 중생들에게 큰 자비심을 일으키고, 선지식들은 만나기 어려운 귀한 분들이라는 생각을 내며, 삼보를 공경하고 중히 여겨 아만(我慢)을 부수어 없애고, 대승 경전에 의지하여 지극한 마음으로 모든 죄와 업장을 참회해야 한다. 그런 뒤에 오로지 큰 선지식을 구하여 불법의 요체를 묻고, 설법을 다 듣고 난 다음에는 그 가르침을 붙들어 매어 사유하며, 〔스승님이〕 설한 바 그대로 수행하여, 한마디도 〔수행하는〕 마음이 끊어짐이 없게 해야 할 것이다. 만일 이와 같이 할 수 있다면 오래지 않아 마땅히 다라니문에 들어갈 것이다.[25]

다라니송의 첫 단락, [2-1]에 삼보에 귀의한다는 표현이 있었는데, 여기서는 그 내용에 잘난 척하는 마음〔我慢〕을 없애고, 모든 죄와 업장을 참회하라는 것으로 그 내용이 구체화되어 있다. 아만을 없애고 참회하라는 수행 방법은 원광圓光: 542~640이 참법懺法을 강조했던 기록과, 자장慈藏 · 원효元曉 · 경흥憬興 등의 설화에서 거듭 강조한 내용이다.[26] 자장이 초라한 옷차림의 문수보살을 만나고도 무시했던 일이나, 원효가 관음보살의 화신을 희롱했다가 다시 만나지 못하게 된 일, 비슷한 상황에서 경흥은 치열하게 참회하는 등의 이야기는 당시 신라 불교에서 교만이 문제시되고 참회가 수행 방법으로서 주목받았던 상황을 반영한 것들이다. 자장이나 원효 같은 특정 인물을 비판한다기보다는, 그런 위대한 성자들도 아만, 교만의 함정을 피하기 지난至難했으리라는 상상이 발현된 쪽이 아닐까 한다. 명효가 활동했던 시기에도 이런 분위기는 그리 다르지 않았던 것 같다. 다음과 같이 수행과 실천에서 무엇보다 교만에 대한 참회를 중시하기 때문이다.

　　이러한 무리들은 서로 헐뜯어 말하기를,

　　"나의 지혜는 뛰어나고 저들의 지혜는 틀림없이 열등하다. 그래서 오직 나만이 부처님의 가르침을 다 이해할 수 있다."라고 한다. 이와 같은 무리는 매우 불쌍하다. 5척밖에 안 되는 몸으로 자아에 대해서 크나큰 집착을 일으키고, 사방 한 마디[寸] 밖에 안 되는 마음(심장)으로 허공을 다 헤아리려고 한다. 또한 어린아이가 표주박으로 바다를 긷고서 말하기를, '오직 나만이 큰 바다를 다 재었다.'라고 하는 것과 같으니, 견해가 작은 중생들이 불법을 재어 헤아리는 것이 이와 같다.

　　저들이 만일 아만을 부수어 없애지 않고 본심을 참회하지 않는다면, 〔그들에게 참된 불법을〕 가르쳐 보이기 힘들 것이다. 설사 입으로 읊조린다 하여도 깊은 이치를 이해하지 못하며, 비록 많이 듣게 한다고 하여도 오직 오만한 마음만 키울 뿐이어서, 헛되이 수고롭기만 하고 아무런 이익이 없다. 경전의 게송에서 "마치 빈궁한 사람이 밤에 다른 사람의 보배를 헤아려 보았자 자기에게는 반 푼어치의 이익도 없는 것처럼, 많이 듣고 아는 것이 〔허망하기가〕 또한 이와 같다."라고 한 것과 같다.27

첫 단락에서 자신만이 깨달음을 얻었다는 아만은, 어린아이가 표주박에 바닷물을 조금 담아 놓고 자신만이 바다를 안다고 하는 것과 다를 바 없다고 했다. 앞서 [2-3] 이후로 부분을 알면 전체를 안다고 했고, 우리는 이를 전제로 의상과 명효, 균여 등이 《화엄경》의 전체 혹은 부분을 요약한 시를 지을 수 있었다고 했다. 이런 성과가 표주박에 담긴 바닷물과 구별되는 점은 무엇일까? 우선 그들은 아만의 태도를 지니지 않았으며, 다음으로 깨달음의 성과를 자신만의 것으로 독점하는 대신, 쉬운 문학 작품을 통해 모든 중생에 널리 알리고 싶어 했다. 아만을 버리고 요익중생饒益衆生 하려는 의도에 충실했으므로, 이 시인들은 자장·원효·경흥 등의 설화에 보였던 함정에 빠지지 않았다.

둘째 단락은 아만의 함정을 벗어날 수행 방법으로 참회를 제시한다. 참회에 관해서는 원효의 장편 게송 〈대승육정참회大僧六情懺悔〉와 《이장의二障義》 등에서 상세화되었으며, 여기서도 참회하지 않는다면 많이 듣고 안들 허망하다고 하였다. 교리에 대한 지식과 소질이 아무리 커도, 참회를 통해 아만을 부수어 없애지 않는다면 다 부질없다는 것이다.

다라니송의 간명한 서술은 자칫 아만의 계기가 될지 모를 과도한 교리 지식을 경계하였다. 화엄사상의 특징과 해인삼매의 대의는 최대한 간략하게 서술하였고, 화엄 시학에서 흔히 나오기 마련인 비유와 상징 역시 최소화되어 있었다. 대신 현실적인 실천과 수행을 더 중요시했으며, 자신의 깨달음을 남들과 공유하려는 문학적 시도를 긍정하며 수행 방법으로서 참회의 중요성을 역설하였다. 이제 이 작품이 지닌 문학사적 가치를, 신라 〈법성게〉와 고려 〈보현십원가〉 사이에서 조명한다.

4. 〈법성게〉와 〈보현십원가〉 사이에서

《해인삼매론》 소재 게송들의 문학사적 가치는 7세기 의상과 나말 여초 균여의 시대 사이인 8세기의 화엄 시학을 보여주는 자료라는 점에 있다. 의상과 균여는 난해한 《화엄경》의 내용 전체를 시로 압축하여 수행과 실천에 도움을 주리라는 의도를 짙게 드러냈는데, 이렇게 시의 역할과 효용에 주목했던 태도를 명효 역시 유지하고 다음 세대에 전달한 것이었다. 어려운 내용을 쉽게 풀이했다는 점에는 사상사적 가치만 있고 문학사적 가치는 없다고 할지 모르지만, 언어를 통한 사상의 표현을 문학에서 완전히 배제, 축출할 수도 없을 것이다.

명효는 의상의 바로 다음 세대에 활동하였으므로, 《해인삼매론》 역시 의상의 〈법성게〉와 유사점이 있다. 특히 저술 동기에 유사점이 있다고 하는데,[28] 불교 용어를 걷어 내고 보면 화엄사상을 더 간결하고 쉬운 언어로 표현하겠다는 의도였다 할 것이다. 다만 〈법성게〉가 추상적 개념어를 다수 활용했던 것에 비해 《해인삼매론》, 특히 본문이라 할 수 있는 다라니송은 한층 간결하고 명료한 구성을 취하고 있다. 대신에 서시, 회향시와 논論 등을 통해 못다 한 이야기를 보충하고 있는 셈이다. 덕분에《해인삼매론》게송의 언어는 화엄사상의 저술 가운데 중의적·상징적 표현이 많지 않은 편안한 가독성을 갖추었다.

양자의 공통점과 차이점에 관해서는 여러 차례 비교가 이루어졌는데, 근래에는 〈법성게〉를 결과 중심으로,《해인삼매론》을 과정 위주로 이해하기도 한다.

> 그런데 이《해인삼매론》의 다나리송은《법계도》송과 비교하여 매우 흥미 있는 점이 발견된다.《법계도》송은 법성(法性)에서 시작하여 불(佛)로 끝나는 연기(緣起) 게송으로 불(佛)이 중생을 섭화하는 교화의 과정이다. 성불을 수행의 궁극적 목표로 볼 때, 불과를 얻는 것은 그 결과가 된다. 따라서《법계도》의 연기는 결과가 연기한 과(果)상의 연기가 된다. 이에 반해 해인도송은 생사에서 시작하여 열반(涅槃)으로 끝나는 게송으로 중생이 성불로 향해 가는 수행의 과정이다. 이는 수행이라는 원인으로 성불이라는 결과에 이르기 때문에 해인삼매도의 연기는 인(因)상의 연기(緣起)라 할 수 있는 것이다. 다시 말하면《법계도》송은 법성(法性)인 구래불(舊來佛)이 이타행을 실천하는 하향적(下向的) 연기인 데 비해 해인도송은 수행자가 성불을 위해 자리(自利)를 실천하는 향상적(向上的) 연기이다. 또《법계도》송은 법성이라는 진리 곧 불(佛)이 중심이 된 중생교화의 과정이지만, 해인도송은 생사 중의 수행자가 주체가 되어 성불로 가는 실천의 과정이다.(밑줄은 인용자, 이하 같음)**29**

〈법성게〉는 '법法'에서 시작하여 '불佛'로 끝날 만큼 추상적인 시어가 많지만, 그 후반부는 중생을 먼저 돕고 자신을 위한 수행을 나중에 내세울 정도로 실천을 문면에 내세웠다.[30] 그런 내용 덕분에 윗글에서 "구래불舊來佛의 이타행 실천"이라는 평가를 내린 것이다. 그에 비하면 본 작품의 다라니송은 상대적으로 자리自利, 향상적向上的인 성장의 과정 으로 읽힐 여지가 있다. 그러나 서시와 회향시에서는 자비의 실천을 중 시했으며, 논論에서는 참회의 중요성 역시 강조하고 있다는 점에서 본 작품에 실천과 이타利他의 요소가 없다고 하기 어렵다. 왜 그런 내용을 낱낱이 밝히지 않았는지도 논論을 통해 밝혀 놓았다. 따라서 위와 같이 작품 단위로 대조하기보다는, 명효가 텍스트의 성격과 주제를 가능한 한 분리하여 각각 초점을 단순 명료하게 맞추었음에 유의할 필요가 있 어 보인다. 간결하게 분리된 텍스트들이 《해인삼매론》이란 하나의 글 로 모이고, 그 글 안에서 각자의 유형과 주제를 따로 전개하고 있다. 이 런 흐름 자체가 [2-5]에서 제시했던, 여러 세상이 모여 다양하고도 평등 한 관계를 이루었던 양상을 실현하고 있는 건 아닐까 한다.

〈보현십원가〉에는 바다와 관련되었거나, 바다를 연상하게 하는 표 현이 더러 등장한다. 그러나 '해인삼매'와 직접 관련된 표현을 찾지는 못했다. 근래에는 〈보현십원가〉를 화엄학 교학사 일반을 고려하여 살 피자는 견해[31]가 있는데, 다음에 인용된 고려 후기 혜각慧覺의 《화엄경 해인삼매참의華嚴經海印三昧懺儀》(이하 《참의》)에서는 〈보현십원가〉의 원전 인 〈보현행원품〉을 다음과 같이 참법의 관점에서 해설하고 있다.

이 10문은 ① 광수공양과 ③ 예경제불의 순서가 서로 바뀐 것 외에 《화엄 경》 보현행원품의 십대원과 일치한다. 보현행원품은 보현행원으로 끊임없 이 실천 수행한다면 보현보살의 광대한 원을 성취한다고 설하고 있다. 《참의》의 주석은 보현십대원을 비로자나의 다함이 없는 경계로 들어가는 미묘한 관문으로 해석한다. 즉 《참의》는 이러한 참법이 모두 번뇌를 끊고 보현행의 바다에 이르기 위한 과정이라는 것이다. 《참의》는 《화엄경》 보현행원품을 다음과 같이 설명한다. ① 예경제불: 만심을 끊고 존귀한 자재의 몸을 얻는다. ② 칭찬여래: 두 가지 구업을 제거하고 무애변설이 변만함을 얻는다. ③ 광수공양: 복덕을 증성시켜, 얻고 섭수하는 이종성취를 얻는다. ④ 참회업장: 4장(四障) 또는 10장(十障)을 끊고 세간, 출세간의 일체 공덕을 성취한다. ⑤ 수희공덕: 다른 사람의 영예를 좋아하지 않거나 질투하는 장애를 끊고 이루 말할 수 없는 공덕을 이룬다. ⑥ 청전법륜: 법을 위반하거나 법을 비방하는 장애를 끊고 다문 총혜의 수승한 공덕을 얻는다. ⑦ 청불주세: 불을 비방하거나 폄훼하며 보살과 선지식을 미워하여 그들이 세상에 머무는 것을 좋아하지 않는 장애를 끊고 금강불괴장수(金剛不壞長壽)의 몸을 얻는다. ⑧ 상수불학: 불이나 선지식을 위배하지 않는 장애를 끊고 불보살의 무진공덕을 얻는다. ⑨ 항순중생: 중생이 불을 수순하지 않는 장애를 끊고 광대한 선지식을 권속으로 삼음을 얻는다. ⑩ 보개회향: 좁고 하열하여 보리심을 발하지 못하는 장애를 끊고, 십바라밀이 원만함과 십신과를 얻는다. 이상이 《참의》의 《화엄경》 보현행원품의 보현십원에 대한 해석이다.[32]

앞 절에서 살핀 논論 부분에서, 아만을 벗어나기 위해 참회를 강조했다. 〈보현십원가〉는 〈참회업장가〉와 〈보개회향가〉 등 일부 작품에 참회가 직접 등장하는 정도였지만, 위의 《참의》에서는 모든 항목에서 장애를 끊고 참회하는 수행이 등장하고 있다. 이런 관점이 〈보현십원가〉와는 구체적으로 어떻게 연결되어 있는지, 나아가 《해인삼매론》의 참회에 대한 시각이나 화엄 교학 일반의 참법과는 어떤 관련 양상을 지니는지 등을 성찰한다면 화엄학자이자 시인으로서 명효와 균여의 관계도 한결 분명히 밝힐 수 있으리라 예상한다.

〈법성게〉는 추상적 어휘에 대한 주석서, 주석의 역사가 나름 방대하더라도 한 편의 단독 텍스트라 할 만하다. 반면에 《해인삼매론》에서는 본문의 생사─열반과 번뇌─보리, 서시와 회향시의 자비, 논論의 참회 등 여러 주제가 자립적이면서도 서로 의존하는 상황이었다. 이렇게 다양성과 일관성이 공존하는 상황이 일종의 화엄세계에 가까워 보인다고 평가하였다. 〈보현십원가〉는 아직 직접적인 관계를 밝히기 어려웠지만, 참법으로 보현행원을 분석했던 성과를 바탕으로 본 작품의 실천과 참회, 화엄 교학의 참법 등을 함께 거론할 가능성을 전망하려고 한다.

《해인삼매론》의 게송은 다른 화엄 시학의 성과에 비해 간결하고 명료한 언어를 활용하고 있으며, 주체의 깨달음과 참회의 역할이라는 구체적 주제에 한정함으로써 새로운 성과에 이르고 있다. 이는 의상, 균여의 작품과는 구별되면서도 양자를 잇는 역할로 그 가치가 있다.

5. 현실로 나타난 화엄세계

신라문학 연구에서 그리 다루지 않았던 《해인삼매론》의 게송 3편을 살폈다. 이들의 문학적 성취와 앞으로의 과제는 다음과 같다.

첫째, 작품의 내용은 다음과 같다. 서시序詩에서는 근본으로 돌아오는 여정이 곧 깨달음의 과정이었다는 점을 모든 중생에 널리 알리고자 했다. 그 과정에서 필요한 것은 자비의 실천이었다. 본문인 다라니송에서 생사와 번뇌가 소중하다는 이유는 그것이 열반과 보리의 원인이었기 때문이었다. 현실 속의 인간이라면 삶과 죽음을 거듭하는 윤회, 번뇌에 빠졌다가 참회하는 체험을, 열반과 보리를 위해 반드시 거칠 수밖에 없다. 부분을 통해 전체를 이해한다거나, 여러 세상의 다양성을 포용하거나, 크고 작은 존재들이 무한한 공간 안에서 평등하다고 간주하거나, 일념으로 무한한 시간을 마주할 수 있다는 등의 발상은 인과 관계를 동시의 것, 인접한 것으로 이해하려면 필요한 발상이었다. 그리고 동시에 그 자체가 화엄사상의 평등과 조화를 포함한 것이었다. 그리고 회향시는 다시 '나〔我〕'라는 표현을 써 가면서, 본문에서 깨달은 내용을 이론과 실천의 양쪽 요소를 모두 고려하여 정리해 주었다.

둘째, 본문에 대한 논論에서 아만을 경계하고 참회를 강조했다. 본시의 간명함은 자칫 아만의 계기가 될 과도한 지식을 경계한 것이라고 했다. 화엄사상의 특징과 해인삼매의 대의는 최대한 간략하게 서술하였고, 그 대신 현실적인 실천과 수행을 더 중요하다고 했다. 자신의 깨달음을 남들과 공유하려는 문학적 시도를 긍정하며 수행 방법으로서 참회의 중요성을 역설하였다.

셋째, 인접한 시기 화엄사상가들의 작품과 견주어 볼 필요가 있다. 바로 앞 시기 의상의 〈법성게〉에 비하면 《해인삼매론》은 본문의 생사—열반과 번뇌—보리, 서시와 회향시의 자비, 논論의 참회 등 여러 주제가 화엄세계처럼 서로 의존적이면서도 자립적이라 평가하였다. 또한 후대의 〈보현십원가〉가 참법으로 보현행원을 분석했던 시각을 토대로, 본 작품의 실천과 참회, 화엄 교학의 참법 등을 거론할 필요가 있다.

제
2
부

원효의 〈대승육정참회〉와
참회의 길

　2부에서는 원효元曉의 〈대승육정참회大乘六情懺悔〉와 더불어 깨달음에 이르는 몇 가지 길을 살핀다.

　먼저 7세기 후반 원효의 게송偈頌 〈대승육정참회〉의 표현 방식을 통해 문학적 해석의 가능성을 조명한다. 〈대승육정참회〉는 4언 270행으로 이루어진 게송으로, 마음이 가려진 무명無明의 상태를 참회로써 극복하고 꿈의 삼매三昧를 통해 궁극의 깨달음에 이르는 여정을 묘사한 작품이다.

　본 작품은 크게 세 가지 표현상의 특징을 지니고 있다. 우선 화자와 청자 모두를 포함하여 '아등我等'이라는, 포교를 염두에 둔 표현을 사용하는가 하면, 때로는 아我와 중생衆生을 구별하여 드러냄으로써 각자의 상대적 관점 역시 고려하였다. 그러나 이들은 긍정적인 상황에서나 부정적인 상황에서나, 결국 분별지를 넘어선 동질성을 지니고 있다.

　다음으로 부정어의 연쇄를 통해 더 큰 범위의 긍정에 도달하고 있다. 작가는 비非, 무無와 말末 등의 부정어를 연달아 배치함으로써 내內, 외外의 공간, 과거·현재와 미래의 시간, 나아가 생生, 주住에 이르는 모든 개체의 존재 근거를 부정한다. 그러나 그런 부정은 결국 수행자의 주체적 사유만을 유일하게 긍정하고 강조하기 위한 일종의 억양법이었다. 끝으로 주체는 사유를 바탕으로 한 대승과 육정의 2가지 참회로 나아가, 꿈을 통한 관법〔夢觀法, 如夢觀〕과 삼매를 거쳐 모든 꿈을 벗어난 궁극의 경지에 도달하게 된다.

원효는 깨달음에 이르는 단계를 몇 가지 종류의 관법을 통해 묘사해 왔는데, 여기서도 참회를 통해 꿈에서 깨어나는 관법을 제시하고 있다. 작품에서 드러난 ① 포교를 위한 수사적 전략, ② 부정을 통한 주체의 발견, ③ 깨달음의 매개로서 꿈의 재인식 등은 고전문학의 종교적·사상적 배경으로서 불교의 수사 기법과 관련성이 있는데, 그와 관련한 초기의 문학적 성과로서 원효의 〈대승육정참회〉에 주목할 필요가 있다.

이렇듯 원효는 참회를 제재로 〈대승육정참회〉라는 게송을 지었고, 향가 〈원왕생가〉 전승담 후반부에서 참회하는 엄장에게 쟁관법을 가르쳐 주기도 했다. 〈대승육정참회〉는 270행으로 현존 게송 가운데 비교적 장형이며, 엄장이 참회하고 수행하여 깨달음을 얻는 과정과 유사한 전개를 지니고 있다. 그 66행에서 262행까지, 대략 여섯째 단락에서 열다섯째 단락까지의 화자는 ⓐ 다른 사람을 따라 죄를 범하려다가, ⓑ 참회를 통해 그 죄라는 개념이 애초부터 존재하지 않았음을 자각하고, ⓒ 꿈이라는 일상적인 경험을 관법으로 삼아 ⓓ 궁극적 깨달음을 얻기에 이른다.

이는 마찬가지로 원효가 등장하는 〈원왕생가〉 전승담 후반부에서 주인공 엄장이 ⓐ 광덕을 따라 그 아내와 동침하려고 하다가, ⓑ 광덕이 계를 범하지 않아 죄가 없음을 자각하고, ⓒ 일상적인 어구로 규정된 관법을 통해 ⓓ 광덕과 동일한 깨달음을 얻는 구성과 대략 일치한다. 더 세부적으로 보면, ⓐ와 ⓑ의 죄는 욕망과 오해로 말미암은 것이었는데, 이는 원효가 《이장의二障義》에서 내세웠던 번뇌장과 소지장, 게송의 육정–대승 참회의 대상에 각각 대응한다. ⓒ는 이야기에서는 쟁관법錚觀法, 게송에서는 몽관법夢觀法으로 달리 나온다.

그러나 원효가 《금강삼매경론金剛三昧經論》 등에서 수행의 위계, 자질에 따라 여러 관법을 마련했음을 고려하여, 개념의 실질은 달라도 기능에 차이는 없었으리라 추정했다. 추정의 근거로 원효의 깨달음 체험과 한국 불교문학에서 잠과 꿈의 역할 등을 제시했다. 참회와 관법을 비교하여 향가 〈원왕생가〉를 미타신앙 일변도로만 이해해 온 관점에서 벗어나, 원효 사상의 넓은 맥락 안에서 이해할 가능성이 열렸다.

이상과 마찬가지로 '참회'를 제재로 한 신라문학과 불교의 관련 양상을 살피고자 한다. 신라의 초기 불교에서는 원광圓光의 활동과 점찰법회占察法會의 유행을 계기로 '참회'라는 주제가 부각되었다. 따라서 참회와 관련한 인물에 대한 설화, 언어 표현에 대한 고민, 게송과 향가鄕歌 등의 문학 장르가 두루 나타나게 되었다.

먼저 인물에 대한 설화는 2인 성도담에서 참회가 필요한 인물과 그렇지 않은 인물을 대비하는 사례가 있는가 하면, 참회를 해도 효과가 없거나 분명치 않은 사례로 나뉘게 된다. 이 가운데 2인 성도담은 대개 재가신도이거나 승려로서 영향력이 크지 않은 이들이 주인공이다. 이경우 참회는 실수를 만회하고 또 다른 기회를 가질 수 있는 계기였다. 반면에 고승의 경우는 참회의 기회를 갖지 못하거나, 참회의 효과가 직접적으로 드러나지 않았다. 이는 근기가 높았던 고승들에게는 자신의 공덕에 대한 오만함 탓에 이루어진 죄업에 대한 참회뿐만 아니라, 공덕과 죄업 사이의 분별을 넘어서는 인식의 전환 역시 함께 요구되었던 것으로 보아야 한다.

한편 불교의 전래 시기까지 향가의 화자들은 언어를 통해 표현된 것들은 현실에 바로 실현된다는 믿음을 지니고 있었다. 이 믿음은 불교에서의 정토 관념을 비롯한 참회 인식의 심화와 더불어 여러 가지 사상사적 가능성을 보여주었고, 이를 통해 향가를 비롯한 서정시의 성장에도 기여하였다.

현존하는 가장 이른 시기의 향가 〈혜성가〉와 〈서동요〉, 〈풍요〉 등은 모두 그러한 인식의 전환을 각 작품마다의 배경에서 보여주고 있다. 그리고 〈원왕생가〉는 참회의 체험에 대한 청중의 공감과 함께, 작가와 구별되는 시적 화자의 등장을 암시하고 있다. 이것은 불교의 교리를 통한 종교적 가르침뿐만 아니라, 포교를 위한 언어의 활용을 더하여 이룩한 성과였다.

역시 참회를 소재로 삼았던 〈보현십원가〉는 《화엄경》의 〈보현행원품〉 내용을 시로 풀이한 연작이다. 따라서 기존 연구에서는 《화엄경》과 그 주석서의 내용을 어떻게 반영했던가에 주로 관심을 가져 왔다. 그러나 〈보현십원가〉에는 그 원전인 〈보현행원품〉과, 최행귀崔行歸의 한역인 〈보현행원송〉에는 나오지 않는 표현과 인식이 보인다. 이 글은 그런 부분을 주로 참회와 관련한 신라 불교 나름의 인식과 전통 위에서 이해하고자 한다.

7세기의 원효와 8세기의 진표는 모두 참회를 목적으로 한 점찰법회의 개최와 밀접한 관련을 지닌 인물이었다. 그리고 전자는 〈대승육정참회〉를 통해 죄업과 참회의 상호 관계에 대한 분별을 넘어선 참회를 추구하였고, 후자는 참회의 성과로서 미륵이라는 불·보살을 친견하여 신앙의 증거가 되는 뼈를 얻게 되는 과정을 보여주고 있다. 요컨대 신라 불교의 참회에는 점찰법회라는 의식을 배경 삼아 ① 분별을 넘어선 정신적 경지, ② 불·보살을 친견하리라는 신앙의 목적 등이 나타나 있다.

이것은 〈보현십원가〉 연작의 〈참회업장가〉, 〈보개회향가〉에서 각각 확인되는 내용으로, 원전 〈보현행원품〉 그리고 한역 〈보현행원송〉과 구별되는 특징이라는 점에 주목할 필요가 있다. 특히 이 가운데 〈참회업장가〉는 참회의 성과를 이룬 후에 만날 부처와의 친견親見을 내세우고 있다. 그리고 〈보개회향가〉는 참회의 원인이 될 "머즌 업業"을 법성法性의 보물로 불렀다. 그리하여 분별지分別智를 넘어 가장 낮은 상태와 가장 높은 경지를 동일시하는 융회적 인식을 지향하였다. 이런 특징은 모두 《화엄경》의 〈보현행원품〉, 최행귀가 한역한 〈보현행원송〉의 해당 부분에는 드러나지 않는다. 그 대신 7, 8세기 신라 불교의 전승에서 오랫동안 고민한 문제였던, 참회와 얽힌 친견과 분별지의 문제를 포함하고 있는 것이다. 이것이 〈보현행원품〉, 〈보현행원송〉과는 구별되는 〈보현십원가〉만의 개성적 요소 중 하나이다. 나아가 〈항순중생가〉에서는 참회를 개인적 과제로 한정하지 않고 중생을 향한 회향과 그 보리심을 일깨우는 것으로 확장하기도 했다.

제5장

원효의 장편 게송
〈대승육정참회〉

1. 원효에게 참회란

7세기 후반에 이루어진 원효의 게송偈頌 〈대승육정참회〉의 표현 방식을 통해 문학적 해석의 가능성을 조명해 본다.

이 작품은 문학 연구의 대상으로서 논의할 요소가 적어도 세 가지는 된다. 첫째, 270행의 장형 게송으로서 현존하는 최고最古의 향가鄕歌들과 인접한 7세기 후반에 이루어졌다. 둘째, 사상계에 큰 자취를 남긴 원효의 창작이다. 셋째, 한국문학의 주제 중 하나로 〈조신調信〉으로부터 〈구운몽九雲夢〉에 이르는 '꿈'과 인생의 문제를 다루었다는 점 등이 그것이다. 그렇지만 그간의 문학 연구에서는 그 장르적 성격을 게송으로 인정하고,[1] 이 시기 다른 승려들의 게송까지 포함하여 향가와 비교할 필요성을 촉구했던 기본적 전제 이상의 관심은 받지 못했다.

그동안 원효가 구사한 언어의 특징과 언어관, 수사학과 기호학적 특징 등에 주목한 성과가 더러 있었지만, 《금강삼매경론》과 《대승기신론소》를 필두로 한 산문에 기초한 것이었다.[2] 원효와 시문학 사이의 관계는 일각에서 〈원왕생가〉의 작자로 추정[3]하거나 〈서동요〉를 지은 서동의 정체[4] 가운데 하나로 가정하였던 것 외에는 찾기 어렵다. 그러나 여기서는 원효가 직접 창작한 문학 작품으로서 〈대승육정참회〉의 표현 방식에 주목함으로써, 원효의 문장론과 수사학이 문학이론의 측면뿐 아니라 구체적인 텍스트로 발현된 성과를 파악할 수 있을 것이다.

〈대승육정참회〉 자체는 그동안 사상사 차원에서 여러 차례 다루어졌다.[5] 대체로 작품의 불교적 개념에 대한 인식이 원효의 다른 저술과 어떤 공통점을 갖는지, 나아가 당대와 전후의 종교사상사에서 어떤 가치를 지니는지 등을 상세하게 연구해 왔다. 다만 다른 저술과의 비교가 중심이 되다 보니 특정한 사상 체계 안에서의 맥락을 밝히기에 주력하였고, 작품의 주제인 참회 그 자체에 대한 집중은 많이 진척되지는 못했다.[6] 따라서 이 작품의 수사적 표현과 참회라는 주제 자체에 대한 접근은 여전히 과제로 남았다 할 것이다.

〈대승육정참회〉의 표현 방식을 조명하고 문학사 안에서 그 좌표를 자리매김하기 위해, 먼저 270행 전체의 구성 방식을 정리하고자 한다. 그리고 원효가 관심을 지닌 주제였던 1) 참회의 필요성과 그에 이르기까지의 과정, 2) 참회의 방법을 마련하기 위해 필요한 개념상의 전제, 3) 참회의 방법으로서 제시한 꿈을 통한 관법觀法과 삼매三昧 등을 각각 살펴볼 것이다. 그런데 이상의 3가지 항목은 2절에서 정리하게 될 〈대승육정참회〉의 단락 구분과도 각각 대응한다. 따라서 3~5절은 본 작품을 순서대로 읽으며 살피는 방식이 될 것이다.

2. 〈대승육정참회〉의 배경과 구성

〈대승육정참회〉는 270행으로 이루어진 게송으로, 각 행은 대개 4언으로 이루어졌다.[7] 이 작품은 《대승기신론소^{大乘起信論疏}》를 비롯한 다른 원효의 저술과 공유하는 부분도 많지만, 참회를 논제로 내세운 점과 꿈의 역할이 강조된 장면은 이 작품만의 특징이기도 하다. 여기서는 먼저 원효의 사상 체계를 배경으로 참회의 성격을 정리하고, 참회와 꿈을 축으로 삼아 작품의 구성을 살피고 단락을 구분하겠다.

참회는 초기 불교에서 비중이 컸던 점찰법회^{占察法會}[8]라는 대중적 제의의 주된 동기였다. 점을 쳐서 참회하고 길흉을 따지는 것이 이 제의의 주된 목표였던 만큼, 점찰법회는 기복적인 대중 교화의 성격을 크게 지닌 것이었다. 원효 역시 불교의 대중화에 큰 족적을 남겼던 만큼 참회라는 마음 상태의 발생과 경과, 그 효험에 관한 관심이 매우 컸다. 이와 관련하여 원효가 사복의 어머니를 위해 포살계^{布薩戒}를 베풀어 사람들을 점찰회로 이끌었다는 설화에 주목하기도 했다.[9]

특히 그의 저술 가운데 《이장의^{二障義}》에서 마음속 장^障·애^礙를 각각 번뇌장^{煩惱障 또는 번뇌애(煩惱礙)}, 소지장^{所知障 또는 지애(智礙)}으로 나누어 살핀 점이 참회의 원인과 관련하여 주목된다. 이장^{二障}이라는 구도를 원효가 처음 제시한 것은 아니지만, 그 체계가 정립된 것은 원효에 이르러 비로소 가능했다.[10] 그리고 이장이라는 구도는 《대승기신론소》를 비롯한 원효의 다른 저서에 자주 인용될 만큼 중시되었다.[11] 다음의 《이장의》의 〈석명분^{釋名分}〉에 대한 요약적 설명에 따르면, 원효는 번뇌장과 소지장의 작용은 같더라도 그 내용은 차이가 있다고 보았다.

이상과 같은 번뇌장과 소지장은 마음을 장애하고 지혜를 차단하는 역할을 하는 작용은 서로 같으나 내용에서는 크게 다르다. 그것은 번뇌장〔人執〕은 작은 경계(境界)와 지혜를 장애하지만 무상(無上)의 보리(菩提)와 일체의 경계는 장애하지 못한다. 반면에 소지장〔法執〕은 무상의 지혜와 일체의 경계를 장애하기 때문이다. 이와 같이 번뇌장과 소지장은 내용 면에서 차이가 있다는 것이다.[12]

정리하자면 번뇌장에 해당하는 인집人執은 아집我執, 곧 자기 자신을 실재實在로 간주하는 집착이며, 소지장에 해당하는 법집法執은 교법敎法을 실재로 여기는 집착이다. 요컨대 아我와 법法이 각각 두 장애의 근본적인 원인이 되는 셈이다. 말하자면 〈대승육정참회〉라는 제목은 대승참회大乘懺悔와 육정참회六情懺悔라는, 참회의 두 원인을 아울러 내세운 것이었다.[13]

이 가운데 후자인 육정참회를 먼저 말하자면, 육정六情 곧 사람의 감각, 감정 때문에 생겨난 죄업에 대한 참회이다. 그런데 감각과 감정에 대한 집착은 '아'에 의해 이루어진다는 점에서, 앞서 말한 자신을 실재로 간주하는 번뇌장을 연상케 한다.

한편 전자인 대승참회는 감각, 감정보다는 교법에 대한 인식과 관련이 있는데, 《대승기신론소》에도 나오는 표현이다.

[1] 다시 이처럼 하나의 사법(邪法)을 일으킬 경우 만약 95종류의 외도(外道) 귀신법 중 하나의 귀신법과 상응하면서도 깨닫지 못한다면 이는 곧 저 외도를 생각하고 저 귀신법을 행하는 것이니, 이로 인하여 곧 귀신법 내에

들게 되고 귀신이 그 세력을 더해 주어 혹 모든 그릇된 정(定)과 모든 변재(辯才)를 일으켜 세간의 길흉을 알아서, 신통·기이하여 희유(希有)한 일을 나타내어 뭇사람을 감동시키기도 한다. 세상 사람들은 알지 못하고 다만 그가 남과 다름을 보고 성현(賢聖)이라 여겨 마음 깊이 신복(信伏)하지만 그러나 그의 내심은 오로지 귀신법만 행하고 있으니, 이 사람은 성인의 법도를 멀리 여의어 몸이 괴멸되고 목숨이 끝날 때에 삼악도(三惡道)에 떨어짐을 알아야 할 것이니, 이는 96 외도경(外道經)에서 널리 말한 것과 같다. 수행자가 만일 이러한 거짓된 모양을 깨달으면 앞의 방향으로 시험하여 다스려야 할 것이다.

[2] 그러나 그중에도 또한 옳고 그름이 있으니, 어떠한 것인가? 만약 그 그릇된 정[사정: 邪定]이 한결같이 마구니가 지은 것이라면 법으로 다스리는 것이니 마구니가 떠난 뒤에는 도무지 다시 털끝만큼의 선법(禪法)도 없는 것이다. 만약 내가 바른 정[正定]에 들어갔을 때에 마구니가 그 가운데 들어와서 여러 가지 거짓된 모양을 나타낸다면 법으로 물리쳐야 할 것이니 마구니의 삿된 장난이 이미 없어졌다면 곧 나의 정심(定心)이 맑아져서 마치 구름이 걷히고 해가 나타남과 같은 것이다. 만약 이러한 모양이 비록 마구니가 지은 것 같으면서도 법으로 다스려도 오히려 없어지지 않는다면 이는 자기의 죄장(罪障)으로 인하여 일어난 것임을 알아야 할 것이다. 이리하여 곧 대승의 참회를 부지런히 닦아야 할 것이니, 죄가 없어진 후에 정(定)이 스스로 나타날 것이다. 이러한 장애의 모습은 매우 은미하여 구별하기 어려운 것이니, 도를 찾고자 하는 이는 알지 않아서는 안 될 것이다.[14]

이에 따르면 잘못된 법法을 익혀서 설령 효험이 있더라도 결국 '대승참회'하지 않으면 정정正定에 이르지 못한다고 한다. 위의 [1]에 나온 외도에 따른 사법邪法 자체를 교법에 대한 집착과 완전히 동일시할 수는 없다. 그렇지만 [2]에서 정정正定에 이른 이후에 나타난, 법으로 다스려도 오히려 없어지지 않는 마구니의 장난은 곧 자신이 수행해 온 교법에 대한 집착과도 관계가 있다. 말하자면 대승참회는 '법'을 둘러싼 여러 인식과 관련되어 있다는 점에서 '아我'와 관련한 육정참회와는 대조적이다.

'육정참회-대승참회'의 구도가 과연 '번뇌장-소지장'의 관계와 정확하게 대응되는지에 대해서는 섬세한 고찰이 필요하다. 그러나 감각과 육정이 모두 '아'에 얽힌 것이라면, 교법과 대승은 모두 '법'과 관련한 것이었다. 말하자면 〈대승육정참회〉라는 제목은 《이장의》를 중심으로 한 원효의 번뇌관, 심식관心識觀 전체를 관통하는 흥미로운 접점을 지니고 있는 것이다.

여기서는 이장 전체에 얽힌 거시적인 통찰보다는, 우선 〈대승육정참회〉의 단락을 구분함으로써 그 세부 내용을 살필 기준을 마련하고자 한다. 〈대승육정참회〉는 크게 1) 참회에 이르기까지의 과정, 2) 참회를 위한 시간적 선후와 존재의 유무, 3) 참회의 방법으로서 꿈을 통한 관법〔몽관: 夢觀〕 등으로 내용이 구성되며, 세부적으로 나누면 이어지는 표와 같다.

중심 내용	세부 단락	행	세부 중심 내용
1) 참회에 이르기까지의 과정	①	1~12	유행자(遊行者)에게 요구되는 태도
	②	13~28	모든 부처의 활동
	③	29~37	불법(佛法)의 불이성(不二性)
	④	38~53	비로자나불이 법륜을 굴림
	⑤	54~65	참회의 이유
	⑥	66~85	참회의 시작
2) 참회를 위한 선후와 존재의 유무	⑦	86~101	죄는 어디에서 생겨나는가
	⑧	102~123	죄의 생겨남[生]과 유무(有無)의 문제
	⑨	124~135	유무의 분별을 초월한 업성(業性)과 불성(佛性)
	⑩	136~148	업이 과보(果報)가 되는 과정
	⑪	149~164	참회하는 자와 그렇지 못한 자의 대비
	⑫	165~184	**참회의 방법에 대한 의문**
3) 참회의 방법으로서 꿈을 통한 관법[夢觀]	⑬	185~206	죄업의 내용
	⑭	207~236	꿈의 비유
	⑮	237~262	**몽관(夢觀)을 통한 삼매(三昧)**
	⑯	263~270	사유와 참회의 중요성

중심 내용을 셋으로 나눈 근거는 세부 단락 ⑥에서 참회한다는 주체의 결심이 처음 나오는 것과, ⑫에서 참회의 구체적 방법에 대한 의문을 던지는 장면 등을 시적 전환과 관련한 것으로 보았기 때문이다. 그리고 중심 내용마다 각각의 장면을 중심으로 다시 세분하였는데, 장면 사이의 관계와 흐름은 다음 절에서부터 다룬다.

3. 참회에 이르기까지의 과정, 1~85행

1~85행은 참회에 이르기까지의 과정을 보이고 있으며, 그 흐름은 다음과 같다. 우선 이 작품을 읽는 행자^{行者}에게 가장 필요한 것들을 열거하고(①), 부처와 불법^{佛法}의 본성을 '불이^{不二}'에 바탕을 둔 것으로 설명한 다음(②~③), 비로자나불의 연화장세계를 통해 구체적으로 묘사(④)하여 긍정적 상태를 극대화한다. 여기까지는 종교적 이상향에 대한 예찬에 가깝다. 그러나 작품의 주제가 참회에 있는 만큼, 그러한 상태를 제대로 인지하지 못함으로써 참회해야 할 필요성과 이유가 생겨나고(⑤), 이에 따라 참회를 결심하는 주체의 모습(⑥)이 드러난다.

① 유행자(遊行者)에게 요구되는 태도, 1~12행

법계에 의지하여 노닐 행자라면

다니고 머물며 앉고 누울 때마다 헛되이 노닐지 말라.

늘 모든 부처님의 헤아릴 수 없는 덕을 되새기며

언제나 실상을 생각하여 업장을 녹여 내라.

널리 여섯 세상의 가없는 중생을 위하여.

시방 세상의 한없는 모든 부처님께 귀명(歸命)하라.

若依法界, 始遊行者.　　　　於四威儀, 無一唐遊.

〈恒〉**15**念諸佛, 不思議德.　　常思實相, 朽銷業障.

普爲六道, 無邊衆生.　　　　歸命十方, 無量諸佛.

①은 행자로서 지켜야 할 덕목들을 열거하고 있다. 가장 먼저 계율을 지킬 것을 내세운다. 4위의四威儀, 즉 다니고[行], 머물고[住], 앉고[坐], 눕는[臥] 등의 4가지 일상에서 계율에 따르라고 하면서 잠깐의 시간도 헛되이 보내지 말라고 한다. 그리고 실상實相과 업장業障의 대비를 통해 진실된 세계를 바라볼 때와 그렇지 못한 때를 대비하고 있다. 그러나 개인 윤리로서 계율만 지키면 된다고 하지는 않았다. 계율을 지켜온 바탕 위에 육도六道에서 윤회하는 모든 중생들을 위해 시방十方의 부처께 귀의하라고 하였다. 종교적 성취의 문제를 개인에 국한된 것만이 아닌 중생의 문제로 보았다는 점에서, 이 작품은 '대승大乘'의 방향에 한결 가깝다고 할 수 있다. 여기서 대승의 문제가 어느 한 개인만이 아닌, 중생 전체가 윤회를 벗어날 수 있는지 여부와 엮인 것임을 환기할 필요가 있다.

② 모든 부처의 활동, 13~28행

모든 부처님 다르지 않으시나, 똑같지도 않으셔서

한 분이 곧 일체이시고, 일체가 곧 한 분이시네.

머무시는 곳이 없다 하지만, 머물지 않으시는 곳도 없고

하시는 일이 없다 하지만, 하시지 않으시는 일도 없다네.

낱낱의 얼굴마다, 낱낱의 털구멍부터

가없는 경계(境界)까지 두루, 미래까지 다하도록

일체 장애가 될 것이 없으며, 차별은 두지 않으시고

중생을 교화하시느라 쉴 새 없으시다.

諸佛不異, 而亦非一.	一卽一切, 一切卽一.
雖無所住, 而無不住.	雖無所爲, 而無不爲.
一一相好, 一一毛孔.	遍無邊界, 盡未來際.
無障無礙, 無有差別.	敎化衆生, 無有休息.

②는 중생교화라는 말로 요약할 수 있는, 모든 부처의 활동을 제시하고 있다. 부처의 활동은 '일一'과 '일체一切'라는 부분과 전체로도, '주住'와 '위爲'라는 멈춤과 움직임으로도, 경계와 미래라는 공간과 시간으로도 설명할 수 없다. 불교에서 자주 말하듯이 그런 분별을 넘어섰기 때문이다. 여기서 만일 부분과 전체, 멈춤과 움직임, 공간적 경계와 시간의 흐름을 쪼개어 각각 인지한다면 그것이 곧 분별지이며, 그 인지의 수단이 곧 육정六情이다. 뒤에 살필 ⑬에서는 분별지를 내는 것〔生識〕을 인간의 감각, 육정에 말미암은 것으로 보았으며, 앞서 살핀 육정참회에 해당할 내용을 보이고 있다. 정리하면 부처의 활동은 육정에 따른 분별지로는 이해할 수 없으며, 만일 억지로 이해하려 한다면 육정참회가 필요해진다.

③ 불법(佛法)의 불이성(不二性), 29~37행

왜 그럴까?

시방과 3세는 한낱 티끌, 한순간이며

생사와 열반은 둘이 아니라 나눌 수 없으며,

대비(大悲)와 반야(般若)를 취할 수도 없고, 버릴 수도 없는 까닭은

불공성(不共法)을 얻어 서로 호응하기 때문이라네.

所以者何.

十方三世, 一塵一念.　　　　生死涅槃, 無二無別.

大悲般若, 不取不捨.　　　　以得不共, 法相應故.

③에서 불이不二, 분별지를 통해 둘로 나눌 수 없는 것이 불성임을 다시 한번 강조하고 있다. 분별을 금지한다면 극단적인 것들 사이의 분별 역시 넘어설 수 있다. 따라서 거대한 시방을 한낱 티끌에, 장구한 3세를 한순간으로 보는 관점에 다다르게 된다. 나아가 생사윤회生死輪回와 열반에 대한 분별까지 거부함으로써, 윤회와 열반이라는 개념까지 넘어설 것을 촉구하고 있다. 그러나 개념어가 만들어 낸 교법에 대한 부정은, 앞서 말한 소지장所知障을 없애기 위해서 필수적인 것이기도 하다. 가령 윤회를 부정하고 열반 한쪽만을 긍정한다면, 그것이 곧 대승참회가 필요한 상황일 것이다.

이렇게 윤회와 열반의 개념을 나누어 보려는 관점을 부정한 바로 그다음에 이어서, 대비大悲의 실천과 반야般若의 지혜 양자 사이에 균형을 이룸으로써 양자 모두를 긍정하자는 태도를 보이고 있다. 요컨대 생사−열반, 대비−반야의 연쇄를 통해, 서로 대립되는 두 개념에 대한 부정과 긍정을 모두 넘어서고자 하는 것이다.

②와 ③은 육정참회, 대승참회와 관련하여 분별지를 지양한 상태를 부처의 활동과 불성의 상태를 통해 드러내고 있다. 그러나 다소 추상적인 언술로 이루어졌기 때문에, ④에서는 다시 매우 구체적인 장면으로써 형상화하고 있다.

④ 비로자나불이 법륜을 굴림, 38~53행

지금 이곳, 연화장세계에는

비로자나불께서 연화대에 앉으셔서

가없는 빛을 베풀어 한없는 중생을 모으신다네.

굴려도 굴린 바 없는 대승의 법륜에.

보살과 대중은 두루 허공에 가득하다네,

받아도 받은 바 없는 대승의 법락에.

그리하여 우리는 여기 함께

하나의 실상과 삼보(三寶), 허물이 없는 곳에 있다네.

今於此處, 蓮花藏界.	盧舍那佛, 坐蓮花臺.
放無邊光. 集無量衆(生).	轉無所轉, 大乘法輪.
菩薩大衆, 遍滿虛空.	受無所受, 大乘法樂.
而今我等, 同在於此.	一實三寶, 無過之處.

④의 상징적 묘사는 여러 각도에서 분석할 수 있겠지만, 여기서 눈에 띄는 부분은 비로자나불과 중생, 보살과 대중의 만남에서 '두루 허공에 가득하다[遍滿虛空]'고 한 역설적 표현이다. 그리고 대승大乘을 두고 굴려도 굴린 바 없으며 받아도 받을 바 없는 법륜과 법락이라고도 했는데, 굴리고 받은 바 없더라도 그런 적이 있었던 것처럼 소통이 이루어진다는 뜻이기도 하다. 이러한 역설적 장면은 ②와 ③에서 추상적으로 설명했던 분별지를 벗어난 불성의 활동과 본질을 한결 구체적으로 묘사한 것이다.

그리고 법륜과 법락을 받아 즐기는 존재를 우리들[我等]이라 표현했
는데, 이렇게 화자와 청자 모두를 하나로 포괄한 표현은 이 작품이 포
교를 어느 정도 고려했던 자취이다. 또한 이 부분은 나와 남의 분별을
넘어선 것으로서, ②와 ③의 주제에도 부합하는 표현이다.

⑤ 참회의 이유, 54~65행

보지 못하고 듣지 못해 귀머거리인 듯 장님인 듯
불성이 없는지 있는지, 어째서 이 같이 하는가?
무명(無明)으로 넘어져 부질없이 바깥 경계를 짓고
아(我)와 아소(我所)에 집착하여 갖가지 업을 지었기 때문이라.
스스로 덮이고 가려 보고 들을 수 없게 되니
마치 아귀가 물을 불로 보는 것[16]과 같다네.

不見不聞, 如聾如盲.	無有佛性, 何爲如是.
無明顚倒, 妄作外塵.	執我我所, 造種種業.
自以覆弊, 不得見聞.	猶如餓鬼, 臨河見火.

그러나 ②~③처럼 추상적으로 설명해도, ④처럼 묘사를 통해 장면
화해 주어도 모르는 중생은 깨닫지 못한다. 그렇다고 그들에게 불성이
없다고는 말할 수 없다. 모든 중생이 지닌 불성의 가능성을 존중하는
것이 불교의 전제이기 때문이다. 그리하여 일단 아我와 아소我所, 번뇌
장 또는 육정참회의 원인이 되는 나와 나의 감각, 나의 소유물에 대한
집착을 그 원인으로 제시하였다. 반면에 법法과 관련한 장애 또는 참회

는 여기서 제시되지 않았는데, 그 대신 4절에서 다룰 작품의 둘째 단락에서 선후, 유무와 관련하여 교법에 대한 성찰을 다루고 있다.

일단 아我를 버리는 문제에서 참회의 동기가 마련되고, 주체의 참회는 비로소 시작된다.

⑥ 참회의 시작, 66~85행

그러므로 이제 부처님 앞에 깊은 부끄러움 나타내니

보리심을 내어 성심으로 참회하나이다.

나와 중생은 처음도 없던 그때부터

무명에 취하여 한없는 죄를 지었으니

오역(五逆)과 십악(十惡)을 저지르지 않은 적이 없어서

내가 범하면 남도 범하게 하고, 범한 걸 보면 따라서 기뻐했으니

이러한 여러 죄가 헤아리기 어려울 지경인 줄을

모든 부처님과 성현께서는 똑똑히 아시리라.

이미 지은 죄는 깊이 부끄러워하고

아직 짓지 않은 죄는 다시 감히 짓지 않겠나이다.

故今佛前, 深生慚愧.　發菩提心, 誠心懺悔.

我及衆生, 無始以來.　無明所醉, 作罪無量.

五逆十惡, 無所不造.　自作教他, 見作隨喜.

如是衆罪, 不可稱數.　諸佛賢聖, 之所證知.

已作之罪, 深生慚愧.　所未作者, 更不敢作.

앞서 ④에서 '아등我等'이라는, 화자와 청자를 모두 포함한 표현이 나왔는데, 여기 ⑥에서는 '아급중생我及衆生'이라 하여 화자와 중생을 따로 표현하는, 어찌 보면 분별지에 가까운 인식을 드러내는 것처럼 보인다. 그러나 "내가 범하면 남도 범하게 하고, 범한 걸 보면 따라서 기뻐했으니〔自作教他, 見作隨喜〕"라 하여, 안 좋은 의미에서 분별하려 해도 분별되지 않는 자타自他의 모습으로 이어지고 있다. 앞서 살핀 불성이 분별지를 넘어서 존재하듯, 죄업을 저지르는 남과 나 또한 분별지를 넘어선 동일한 존재들이다. 한편 '수희隨喜'는 〈보현행원품普賢行願品〉의 소제목 '수희공덕隨喜功德'처럼 남의 공덕을 자기 것처럼 기뻐할 때 썼던 표현인데, 여기서는 아이러니하게도 죄업과 연결되었다.

작품의 첫째 단락은 분별지를 넘어선 아름다운 불성과 연화장세계를 묘사하는 한편, 그것을 이루기 위해 중생과의 소통을 지속할 것을 내세우고 있다. 긍정적인 상황에서만 '아등我等'으로 어우러지는 것이 아니라, 부정적인 상황에서 '아급중생我及衆生'으로 서로 나누려 해도 죄업 역시 분별지를 넘어 나의 것과 남의 것이 통한다는 점을 언급하고 있다. 이는 이 작품이 중생 집단을 향한 포교를 지향하면서도, 또 한편으로 분별지에 관한 투철한 인식의 깊이를 지니고 있다는 뜻이다. 또한 육정참회와 대승참회, 번뇌장과 소지장과 관련한 내용 역시 앞으로의 내용을 전제, 예고하고 있다.

4. 참회를 위한 선후와 유무의 문제, 86~184행

86~184행은 참회의 원인이 되는 죄업의 기원(⑦)과 과거에 없던 업이 이제 생겨나게 된 유생有生, 무생無生의 문제(⑧), 유무의 분별을 벗어난 업성業性과 불성不成(⑨) 등의 죄업의 유무에 얽힌 문제를 차례로 서술하고 있다. 이어서 죄업이 과보가 되는 과정에 대한 《대반열반경大般涅槃經》의 비유(⑩)를 인용한 다음, 참회하는 자와 그렇지 못한 자를 대비(⑪)하고, 참회하지 못한 자처럼 되지 않기 위해 어떻게 참회할지에 대한 의문(⑫)을 던지고 있다.

⑦ 죄는 어디에서 생겨나는가, 86~101행

그러나 이 모든 죄는 실상 있는 것은 아니고

여러 연(緣)이 어울리면, 이름을 빌려 업(業)이라 하게 되니

연 하나만으로는 업이 없고, 연을 떠나서도 업은 없다네.

안에도 바깥에도 없고 중간에도 없다네.

과거는 이미 사라지고 미래는 아직 생기지 않았는데

현재는 머물러 주지 않으니, (죄업을) 지을 곳이 없네.

(현재가) 머물러 주지 않으면 (미래가) 생겨나지 않을 테니

애초에 있더라도 생겨나지 못하는데, 애초에 없었다면 어디서 생겨날까?

〈然〉此諸罪, 實無所有.　　衆緣和合, 假名爲業.

卽緣無業, 離緣亦無.　　非內非外, 不在中間.

過去已滅. 未來未生.　　現在無住, 故〈無〉所作.

以其無住, 故亦無生.　　　　先有非生, 先無誰生.

⑥에서 참회의 마음을 내고, 이미 지은 죄에 대한 부끄러움과 함께 앞으로는 죄를 짓지 않겠다는 결심을 굳게 보여주었다. 그렇지만 ⑦은 그런 죄들이 실상이 아니라, 여러 연緣이 어울려 거짓 이름을 빌린 것이라고 한다. '가명假名'은 《도덕경道德經》의 '명가명 비상명名可名 非常名'을 연상케 하는 표현인데, 원효 사상과 도가의 관계 역시 이미 밝혀진 것이기도 하다.

그러나 여기서 더 주목하려는 것은 행마다 나타난 부정적 표현들이다. 예컨대 87, 90, 91, 96, 97,[17] 98, 99, 101행 등에서 '무無'가 7차례, 92(2회), 100행에서 '비非'가 3차례, 93행에서 '부不'가 1차례, 95행에서 '미未'가 2차례 등 87~101행의 도합 16개 행에서 모두 13차례의 부정형 어휘가 나타나고 있다. 그뿐만 아니라 86행에서 이루어졌으리라 추정한 역접을 앞 문장에 대한 부정으로 볼 수 있다면[18] 89행의 '가假', 94행의 '멸滅'과 함께 의미상의 부정 역시 3차례 더 이루어졌다고 볼 수 있다. 어휘상으로도, 의미상으로도 부정이 이루어지지 않은 행은 88행 하나뿐이다.

이렇게 지나칠 정도로 자주 등장하는 부정의 표현은 원효의 문체적 특징 자체이기도 하다. 덧붙여 ⑦에서는 이런 부정적 표현들이 과거와 현재 또는 미래 가운데 어느 한쪽에 대한 선택과 배제를 거부하기 위한 것임을 되새길 필요가 있다. 부정어의 과도한 남발처럼 보이는 이 표현들은, 그만큼 분별지에 대한 경계를 매순간마다 철저히 해야 함을 종용한 것이었다. ⑦에서 시간을 임의로 나누어 과거, 현재 또는 미래라고 부르는 것 또한 육정의 감각에 따른 분별이다. 분별의 기준에서는 과거에 없던 것이 지금 있을 수 있지만, 분별하지 않고 모든 시간을 하나로, 동시로 본다면 본무本無와 금유今有는 동시에 있을 수 없는 것이다. ⑧은 과거, 현재, 미래의 시간으로 나누기 이전의 동시성의 관점에서 본무와 금유 사이의 모순을 다루고 있다.

⑧ 죄의 생겨남[生]과 유무(有無)의 문제, 102~123행

만일 원래 없던 것과 지금 있게 된 것을

그 둘의 뜻을 아울러 '생겨난다[生]'고 이름 짓는다면

본래 없었을 때는 지금 있는 것은 없었어야 하고

지금 있을 때는 본래 없었던 것이 있어야 한다네.

먼저와 나중이 서로 미치지 못하고, 있고 없음이 합치지 못하여

두 뜻을 합치게 할 수 없다면 어디에 유생(有生)이 있겠는가?

뜻을 합치려 했지만 이미 무너졌으니, 흩어져 다시 이룰 수 없도다.

합칠 수도 흩어질 수도 없고, 있지도 없지도 않으니

없을 때는 있는 게 없다지만 무엇에 대하여 없다 하는 것이며,

있을 때는 없는 게 없다지만 무엇에 기대어 있다 할 것인가?

먼저와 나중, 있음과 없음 모두 성립할 수 없다네.

若言本無, 及與今有.　　二義和合, 名爲生者.

當本無時, 卽無今有.　　當今有時, 非有本無.

先後不及, 有無不合.　　二義無合, 何處有生.

合義旣壞, 散亦不成.　　不合不散, 非有非無.

無時無有, 對何爲無.　　　有時無無, 待誰爲有.

先後有無, 皆不得成.

　시간의 개념이 다르기 때문에 시간적 선후도, 그에 따른 유무도 서로 미치지 못하고 합치지 못하는 것으로 제시되어 있다. 나아가 선후와 유무라는, 상태에 관한 개념어 자체를 벗어나야 할 분별지의 대상으로 보고 있다.

⑨ 유무의 분별을 초월한 업성(業性)과 불성(佛性), 124~135행

마땅히 알지니, 업의 성질은 본래 무생(無生)으로

본래부터 '유'생('有'生)일 수가 없는 것인데,

어떻게 무생(無生)이 있다[有]고는 할 수 있을까?

유생(有生)이라고도, 무생(無生)이라고도 할 수 없으며

할 수 없다고 말하는 것조차, 역시 할 수 없는 것이라네.

업의 자성(自性)이 이러하듯, 모든 부처님도 다 그러하시네.

當知業性, 本來無生.　　　從本以來, 不得有生.

當於何處, 得有無生.　　　有生無生, 俱不可得.

言不可得, 亦不可得.　　　業性如是, 諸佛亦爾.

　업이 본래 '무'생^{無生}이라 했지만, 무^無라는 것도 결국 유^有에 대한 분별지이자 특정한 개념에 대한 집착이므로 "유생^{有生}이라고도, 무생^{無生}이라고도 할 수 없[有生無生, 俱不可得]"다고 하여 다 벗어던지고 있다.

업을 무 또는 무생이라고 규정하는 것은 하나의 교법, 교리이다. 그러므로 그 교법, 교리에 얽매이지 않고 분별지를 넘어서는 일은, 소지장의 극복 나아가 대승참회의 길에 가깝다고 할 수 있을 것이다.

⑦~⑧은 감각의 대상인 시간의 선후 관계를 넘어서고, ⑨는 교법의 규정인 무의 개념까지 극복할 것을 주장한다. 따라서 이는 육정과 대승의 두 가지 참회의 길을 각각 암시하는 것으로 볼 수 있다.

⑩ 업이 과보(果報)가 되는 과정, 136~148행

경에서 말씀하셨다시피
비유컨대 중생이 모든 업을 지을 때
선하건 악하건 간에, 안에 있다고도 밖에 있다고도 할 수 없고
이런 업의 자성 역시 있다고도 없다고도 할 수 없으니
다시 이와 같이, 본래 없다가 지금 있게 된 것은
원인 없이 생겨나지 않았고 지음도 받음도 없이
시절을 만나 어울리다 보니 과보(果報)를 얻게 된 것이라네.

如經說言.
譬如衆生, 造作諸業.　　　若善若惡. 非內非外.
如是業性, 非有非無.　　　亦復如是.[19] 本無今有.
非無因生, 無作無受.　　　時節和合, 故得果報.

⑩은 《대반열반경》을 인용하고 있는데, 이에 해당하는 내용은 다음과 같다.

[3] 선남자야, 마치 허공이 중생에 대하여 안도 아니며 밖도 아니며 안팎도 아니므로 걸림이 없는 것과 같이 중생의 불성도 그와 같다. 선남자야, 어떤 사람의 재산이 다른 지방에 있으면 비록 앞에는 없더라도 마음대로 쓰는 것이며 사람이 물으면 내게 있다고 한다. 왜냐하면 분명히 있기 때문이다. 중생의 불성도 그와 같아서 여기도 아니며 저기도 아니지만, 반드시 얻을 것이므로 온갖 것에 있다고 하는 것이다.

선남자야, 마치 중생이 모든 업을 지음이 선하거나 악하거나 간에 안도 아니고 밖도 아니며 이런 업의 성품이 있는 것도 아니고 없는 것도 아니고 본래는 없다가 지금에 있는 것도 아니며, 인이 없이 생기는 것도 아니고 이것이 짓고 이것이 받으며 이것이 짓고 저것이 받으며 저것이 짓고 저것이 받는 것도 아니며 지음도 없고 받음도 없어서 시절이 화합하면 과보를 받는다.[20]

137~138행의 '중생의 업이 선하건 악하건 간에 안에 있다고도 할 수 없고'는 [3]의 밑줄 친 부분과 관계가 있다. 보이지 않는 재산을 마음대로 쓸 수 있는 것처럼, 중생의 자성을 그 안에도 밖에도 있다고 할 수 없더라도 분명히 있다는 것이다. 이 역시 '있다-없다'의 분별을 넘어서서 중생의 과보果報를 들여다볼 것을 주장하는 것이다.

⑪ 참회하는 자와 그렇지 못한 자의 대비, 149~164행

행자가 만일 자주 또 자주 사유할 수 있어서
이러한 실상을 참회할 수 있는 자라면,
사중(四重)과 오역(五逆)이라도 어찌할 수 없게 되어
허공이 불에 타지 않는 것과 같으리라.

만약 거리낌이 없고 부끄러운 마음도 없어서

업의 실상을 생각할 수 없는 자라면,

비록 죄의 성품이 없더라도 장차 지옥에 빠지리라.

마치 환술로 부른 호랑이가 도리어 환술사를 삼키듯.

行者若能, 數數思惟.　　　如是實相, 而懺悔者.

四重五逆, 無所能爲.　　　猶如虛空, 不爲火燒.

如其放逸, 無慚無愧.　　　不能思惟, 業實相者.

雖無罪性, 將入泥梨.　　　猶如幻虎, 還呑幻師.

과보 그러니까 업의 결과는 눈에 보이지 않고 분별할 수 없더라도 분명한 결과를 만들어 낸다. ⑪에서는 그 분명한 결말을 참회의 경험을 갖추었는지 여부에 따라 분별하고 있다. 163행에서 "비록 죄의 성품이 없더라도 장차 지옥에 빠지리라.〔雖無罪性, 將入泥梨〕"고 한 것은, 죄성罪性이 없더라도 죄 자체를 고민하거나 사유하지 않았기 때문이다. 따라서 여기서 사유는, 참회의 바탕으로서 긍정되고 있다 할 것이다.

앞에서 이루어진 온갖 것에 대한 무수한 부정을 거쳐 ⑪은 주체의 사유를 긍정하고 있다. 마찬가지로 분별지를 벗어나야 함을 여러 번 촉구했지만, ⑪에서 실상을 참회한 자와 그렇지 못한 자는 분별되고 있다.

그렇다면 부정의 화법, 분별지의 극복이라는 양대 원칙을 지속하면서 실질적인 참회에 이르는 방법은 무엇인지 고민하지 않을 수 없다. 이 단락의 마지막에 해당하는 ⑫는 그러한 실질적인, 실상의 참회에 대한 고민을 하고 있다.

⑫ 참회의 방법에 대한 의문, 165~184행

그러니까 마땅히 모든 부처님 앞에

깊이 부끄러워하는 마음을 나타내어 참회하라.

참회할 때에도 참회한다 의식하지 말지니,

사유에 바로 응하여 실상을 참회하라.

참회하는 죄는, 이미 있을 수 없는 일이거늘,

·어찌 있을 수 있다 하면서 참회할 수 있겠는가?

참회의 주체도, 대상도 모두 있을 수 없다면

어디서 참회의 방법을 얻을 수 있을까?

모든 업장(業障)에서 말미암은 참회를 짓고 나서

또한 육정(六情)과 거리낌 없던 일까지 참회할지어다.

是故當於, 十方佛前.	深生慚愧, 而作懺悔.
作是悔時, 莫以爲作.	卽應思惟, 懺悔實相.
所悔之罪, 旣無所有.	云何得有, 能懺悔者.
能悔所悔, 皆不可得.	當於何處, 得有悔法.
於諸業障, 作是悔已.	亦應懺悔, 六情放逸.

　　183~184행에서 업장으로 말미암은 참회가 대승참회라면, 육정과
거리낌 없던 일에 대한 참회는 육정참회라 할 수 있다. 이것은 참회의
구체적 방법을 제시했다기보다는, 앞서 예견된 두 가지 참회의 계기에
대한 환기에 가깝다. 참회의 구체적 방법에 관해서는 다음 절에서 살필
셋째 단락에 묘사되어 있다.

둘째 단락은 죄업과 참회의 발생에 대한 추상적 표현이 주로 나타난다. 추상적 표현은 시간적 선후, 존재의 유무의 문제에 집중하고 있는데, 특히 비非, 무無, 미未 등의 부정 표현이 다수 보인다. 이는 육정으로 인한 분별뿐만 아니라, 교법에 대한 집착까지도 모두 부정하려는 의도 탓으로 보인다.

5. 참회의 방법으로서 꿈을 통한 관법, 185~270행

185~270행은 앞서 제시했던 죄업의 내용을 다시 한번 비유적으로 풀이한 다음(⑬), 꿈의 비유를 통해 인생의 의미와 참회의 필요성을 상징적으로 보여주고 있다(⑭). 그리고 몽관법을 통한 참회의 필요성을 다시 정리(⑮)하고, 사유와 참회의 필요성을 간략히 언급함으로써(⑯) 전체 내용을 마무리한다.

⑬ 죄업의 내용, 185~206행

나와 중생은 처음도 없던 그때부터

제법(諸法)이 본래 무생(無生)인 줄 모르고

망상과 전도 탓에 아(我)와 아소(我所)를 헤아렸으니

안으로는 육정을 세워 알음알이〔분별지: 分別識〕를 낳고

밖으로는 육진을 지어 실상이라 집착하여

다 몰랐다네, 내 마음이 지어낸 것인 줄을.

환술 같고 꿈과도 같아, 영영 있는 게 아닌데

그중에 함부로 헤아렸다네, 남녀 무리의 모습을.

모든 번뇌 일으켜 스스로 옭아매고

길이 고해에 빠져도 벗어날 길 찾지 않으니

가만히 생각하면 아주 괴이한 일이구나!

我及衆生, 無始已來.	不解諸法, 本來無生.
妄想顚倒, 計我我所.	內立六情, 依而生識.
外作六塵, 執爲實有.	不知皆是, 自心所作.
如幻如夢, 永無所有.	於中橫計, 男女等相.
起諸煩惱, 自以纏縛	長沒苦海, 不求出要.
靜慮之時, 甚可怪哉.	

앞서 ⑤에 나왔던 참회의 이유인 '아我―아소我所'가 다시 한번 거론되고 분별지를 벗어나야 함을 다시금 강조한다. 또한 ⑪에 잠시 나왔던 환술의 비유가 더욱 상세하게 등장하고, 남녀 무리의 모습을 구체화하여 죄업의 깊이와 정도를 더욱 실감나게 묘사하고 있다.

⑭ 꿈의 비유, 207~236행

마치 잠들 때면 졸음이 마음을 덮는 것 같아

자기 몸이 큰물에 휩쓸리는 것을 잘못 보아서

단지 꿈속 마음이 지어낸 줄을 알지 못하고

실제로 물에 빠졌다고 큰 겁을 낸다네.

깨어나기 전에 다시 다른 꿈을 꾸면서

내가 보았던 것들은 꿈이고 실제가 아니라고 하는데

심성이 총명하여 꿈 안의 꿈은 알아채서

물에 빠지면 겁을 내지는 않지만

아직도 몸이 침상에 누워 있는 것까지는 모르고

머리와 손을 요동치며 깨어나려고 애쓰는구나.

완전히 깨어나면 앞의 꿈을 돌이켜보아

물과 떠내려가던 몸, 모두 있지 않았고

그저 본래 조용히 침상에 누워 있다는 걸 알게 된다네.

긴 꿈도 마찬가지로 무명이 마음을 덮는 것 같아

육도(六道)에서 팔고(八苦)에 흘러 다닐 짓을 잘못 저지르곤 한다네.

猶如眠時, 睡蓋覆心.	妄見己身, 大水所漂.
不知但是, 夢心所作.	謂實流溺, 生大怖懅.
未覺之時, 更作異夢.	謂我所見, 是夢非實.
心性聰故, 夢內之夢.	卽於其溺, 不生其懅.
而未能知, 身臥床上.	動頭搖手, 勤求永覺.
永覺之時, 追緣前夢.	水與流身, 皆無所有.
唯見本來, 靜臥於床.	長夢亦爾, 無明覆心,
妄作六道, 流轉八苦.	

⑭는 꿈의 비유로 이루어졌다. 그런데 원효의 다른 저술이나 다른 승려의 저술에서는, 이렇게 꿈을 깨달음에 이르는 단서로 묘사한 사례

는 찾기 어렵다. 다만 원효가 관음을 친견하지만 못 알아보는 내용이 함께 실려 있는, 《삼국유사》의 〈낙산이대성 관음 정취 조신〉이라는 항목에 이른바 조신의 꿈이 등장할 따름이다.

여기서 꿈은 참회와 그 역할이 크게 다르지 않다. 꿈에서 벗어나야 진정한 깨달음에 이르는 것처럼, 치열한 참회를 통해 죄업과 분별지를 모두 극복해야 종교적 목적을 성취할 수 있다. 꿈의 내용이 무엇인지보다는, 꿈에서 벗어난 이후의 깨달음이 중요하다고 했다. 꿈의 내용이 ⑬과 같은 남녀 간의 쾌락이건, ⑭와 같은 익사溺死의 고통이건, 말하자면 〈구운몽〉의 양소유처럼 즐거운 꿈이건, 조신과 같은 괴로운 꿈이건 간에 그 결과로서 깨달음에 이른다는 데에는 차별이 없다. 참회 역시 마찬가지로, 죄업의 내용과 참회의 계기는 대승참회와 육정참회, 소지장과 번뇌장이라는 개념상의 구분이 있을 수 있지만, 그 성과에는 분별이 있을 수 없다.

여기서 몽관법, 꿈을 통한 삼매가 참회의 과정에 대한 하나의 비유라고 할 수도 있지만, 꿈속의 경험을 통한 참회 그 자체가 수행법으로도 가치를 지닌다는 태도를 ⑮에서 볼 수 있다.

⑮ 몽관(夢觀)을 통한 삼매(三昧), 237~262행

안으로는 모든 부처님의 헤아릴 수 없을 정도의 훈습(薰習)을 따라

밖으로는 모든 부처님의 대비 원력에 기대어

믿음으로 같이 깨닫게 되리라, 나와 중생이.

다만 잠자리의 긴 꿈을 실상으로 잘못 헤아린 탓에

육진(六塵)과 남녀 2상에 어긋나기도, 따르기도 하였지만

이 모두 나의 꿈이니, 영영 실상인 일은 없다네.

어디에 근심과 기쁨이 있고, 어디에 욕심과 미움이 있으랴?

자주 또 자주 사유하라, 이러한 몽관(夢觀)을.

점점 수양하라, 꿈속의 삼매(三昧)처럼.

이 삼매로부터 무생인(無生忍)을 얻을 수 있으니

긴 꿈으로부터 활연히 깨어나

본래의 것을 안다면, 길이 헤매지 않으리라.

그저 일심(一心)이 일여(一如)의 침상에 누워 있을 뿐.

內因諸佛, 不思議薰.	外依諸佛, 大悲願力.
髣髴信解, 我及衆生.	唯寢長夢, 妄計爲實.
違順六塵, 男女二相.	並是我夢, 永無實事.
何所憂喜, 何所貪瞋.	數數思惟, 如是夢觀.
漸漸修得, 如夢三昧.	由此三昧, 得無生忍.
從於長夢, 豁然而覺.	卽知本來, 永無流轉.
但是一心, 臥一如床.	

원효는 실질적인 참회의 방법으로서 꿈의 역할에 착안하였다. 꿈을 통해 깨달음에 이르는 과정을 ⑮에서 '몽관夢觀'이라고 표현하였는데, 곧 몽관법夢觀法이다. 원효의 저술에서 '관법'이라는 표현의 용례를 보면, '○관법'의 형태로서 '○를 통한〔거쳐 가는〕 관법'을 의미하는 경우가 많다고 한다.[21] 예컨대 '지止'를 통한 관법인 지관법止觀法, 그리고 〈원왕생가〉 전승담에 나오는 쟁관법錚觀法 등이 그 사례이다. 따라서 몽관법

이라는 수행 과정은 원효가 활용했던 관법의 일환으로서 적극적인 의미를 부여할 필요가 있다.

꿈은 부정되고 그로부터 깨어나야 하지만, 그 꿈으로부터 무생인無生忍의 경지에 도달할 수 있다는 점에서 꿈의 주체와 꿈꾸는 자리는 일심一心, 일여一如로 규정되고 있다. 꿈 없이 늘 깨어 있는 삶을 생각하기 어려운 것처럼, 중생이 참회하지 않고 깨달음에 이르는 것 또한 떠올리기 어렵다. 그런 점에서 참회의 대상으로서 죄업은 극복되어야겠지만, 또 한편으로는 반드시 필요한 것이기도 하다. 그래서 균여는 "懺ㅎ더온 머즌 業도 法性 지밧 寶라(〈보개회향가普皆廻向歌〉)"고 하였다.

이렇게 참회의 가치를 적극적으로 인식했기 때문인지, 원효는 《이장의》에서 궁극의 도道와 장애 사이의 분별조차 넘어서는 새로운 관점을 제시하고 있다는 견해도 제출되고 있다.

> 오히려 우리가 관심을 두고 언급해야 할 다른 부분이 있다. 그것은 원효가 중첩되고 경계가 모호한 번뇌론 조직 체계의 바깥에 염정무장애문(染淨無障礙門)이라고 하는 새로운 설정을 시도하고 있다는 점이다. 이 점은 얼핏 보면 중요하게 보이지 않을 수도 있다. 하지만 번뇌론 조직 체계의 바깥에 도(道)와 장애(障礙)의 다르지 않음을 시설하는 새로운 관점이 부각되어 있다는 것은 원효가 번뇌론에 대한 분석과 종합을 시도한 또 다른 목적의 일단을 보여주는 것이라는 점에서 주목할 필요가 있다고 생각된다.[22]

장애와 참회가 인因이 되고 깨달음(道)이 과果라면, 그리고 인과를 과거, 현재와 미래의 분별을 넘어선 동시同時로 볼 수 있다면[23] 장애와 참회의 가치를 깨달음과 같은 것으로 생각할 수도 있을 것이다. 그리고 이는 늘 잘못을 저지르기 때문에 참회해야 할 모든 중생에 위안을 주는 마음이기도 하다. 그런 맥락에서 사유와 참회의 중요성을 마지막으로 되새기며, 〈대승육정참회〉는 마무리된다.

⑯ 사유와 참회의 중요성, 263~270행

이렇듯 자주 또 자주 사유한다면
비록 육진(六塵)과 연(緣)이 있더라도 실상으로 여기지 않고
번뇌와 수치스러운 일이 자신을 일탈케 하지 않으리라.
그 이름 대승과 육정의 참회라네.

若(離)能如是. 數數思惟.　　雖緣六塵, 不以爲實.
煩惱羞愧, 不能自逸.　　是名大乘, 六情懺悔.

6. 참회에서 깨달음까지

〈대승육정참회〉는 4언 270행으로 이루어진 게송으로, 마음이 가려진 무명無明의 상태를 참회懺悔로써 극복하고 꿈의 삼매三昧를 통해 궁극의 깨달음에 이르는 여정을 묘사하고 있다.

이 작품은 크게 세 가지 표현상의 특징을 지니고 있다. 우선 화자와 청자 모두를 포함하여 '아등我等'이라는, 포교를 염두에 둔 표현을 사용하는가 하면, 때로는 '아급중생我及衆生'이라는 표현으로 아我와 중생衆生

을 구별하여 드러냄으로써 각자의 상대적 관점 역시 고려하였다. 그러나 이들은 긍정적인 상황에서나 부정적인 상황에서나, 결국 분별지를 넘어선 경지에서의 동질성을 지닌 것이었다.

다음으로 부정어의 연쇄를 통해 더 큰 범위의 긍정에 도달하고 있다. 작가는 비非, 무無와 미未 등의 부정어를 연달아 배치함으로써 내內·외外의 공간, 과거·현재와 미래의 시간, 나아가 생生·주住에 이르는 모든 개체의 존재 근거를 부정한다. 그러나 그런 부정은 결국 수행자의 주체적 사유思惟만을 유일하게 긍정하고 강조하기 위한 일종의 억양법이었다. 부정적 표현의 지속과 분별지의 초월은 각각 문체와 사상의 측면에서 원효의 생각을 떠받치는 두 축이었다.

끝으로 주체는 사유를 바탕으로 한 대승과 육정의 2가지 참회로 나아가, 꿈을 통한 관법〔몽관법夢觀法, 여몽관如夢觀〕과 삼매三昧를 거쳐 모든 꿈을 벗어난 궁극의 경지에 도달하게 된다. 원효는 깨달음에 이르는 단계를 몇 가지 종류의 관법을 통해 묘사해 왔는데, 여기서도 참회를 통해 꿈에서 깨어나는 관법을 제시하고 있다.

이 작품에서 드러난 ① 포교를 위한 수사적 전략, ② 부정을 통한 주체의 발견, ③ 깨달음의 매개로서 꿈의 재인식 등은 고전문학의 종교적·사상적 배경으로서 불교의 수사 기법과 긴밀한 관계에 놓여 있는데, 그와 관련한 초기의 문학적 성과로서 원효의 〈대승육정참회〉에 주목할 필요가 있다고 하겠다.

제6장

〈원왕생가〉의 참회와
원효의 관법

1. 게송을 향가의 배경으로

원효元曉: 617~686의 게송偈頌 〈대승육정참회〉와 향가 〈원왕생가願往生歌〉 전승담의 전개는 유사한 흐름을 지니고 있다. 이 유사성은 우연이라기보다, 작가 원효가 이야기에 직접 등장했기 때문에 나타난 것이다.

현존 신라문학은 《삼국유사》에 포함된 향가鄕歌와 승전僧傳, 설화 등이 대부분이며, 14세기 후반까지도 한국의 국교는 불교였으므로 이런 시각은 실상 새삼스러운 것이다. 향가의 초기 연구에서도 불교와의 인연은 몇몇 작품만이 아닌 향가라는 장르 자체를 대상으로 강조되었고,[1] 당시 승려들의 게송과의 비교 역시 꼭 필요하다는 시각이 나타난 지도 35년이 지나고 있다.[2]

현존 최고最古 향가인 〈혜성가〉와 〈서동요〉가 배경으로 삼은 7세기 중엽은 초기 한국 불교사의 주요 인물인 원효 그리고 의상의 활동 시기이기도 하다. 그러므로 이들과 향가와 인연을 밝힐 수 있다면, 향가의 문화사적 가치를 밝히기에 긍정적이다. 그런 까닭에 〈원왕생가〉 두 번째 화자였던 엄장의 스승으로 원효가 등장하는가 하면,[3] 원효의 화쟁론에서 단서를 얻은 '화쟁기호학'[4]이라는 방법론이 한국시 분석에 활용되기도 하였다. 원효가 민중불교의 화신처럼 여겨진 덕분에[5] 이런 발상이 〈원왕생가〉의 시대로부터 지금까지 되풀이되기도 했다.[6]

그런데 원효는 〈대승육정참회〉, 의상은 〈법성게화엄일승법계도〉라는 게송을 각각 남긴 시인이기도 했으므로, 시가 작품을 통해 향가와 직접 견줄 수 있기도 하다. 원효 게송의 주제였던 '참회'는 〈원왕생가〉에서 〈우적가〉, 〈처용가〉에 이르기까지 향가와 여러 승전, 설화에서 반복적으로 등장하는 소재였다.[7] 그리고 의상이 주목한 '화엄' 역시 한국 불교시에서 큰 비중을 차지했으며,[8] 고려 초 〈보현십원가〉를 비롯한 향가의 서정성 역시 이와 긴밀한 관계에 있다.[9] 7세기 의상과 10세기 균여의 법맥이 이어지고, 이에 따라 시인으로서 작품세계 또한 계승된다는 관점도 마련되었다.[10] 여기서는 이 책의 앞 장을 바탕 삼아, 화엄에 관한 일반론까지 고려하여 다른 글로 논의를 확장하고자 한다.

다만 유의할 점은 어떤 경우라도 **불교 연구를 목적으로 문학을 자료로써 활용하자는 관점이 아니라, 문학 연구를 위해 불교를 이해하려는 시각에 가깝다**는 것이다. '종교에 관하여 쓴 글'이거나 '종교의 대의를 전파하기 위한 선전물'이라면 교리를 그대로 표현하는 것만으로 충분하겠지만,[11] 의상과 균여, 또한 원효와 〈원왕생가〉 전승담의 문학적 성과는 그보다는 '특별한 종교적 의식의 산물'에 더욱 가까울 것이다.[12] 앞서 말했듯 화엄에 관해서는 문학과 예술 부분에서도 나름의 표현 방식이 있었을 텐데, 이들 역시 피상적으로만 이해하지는 않을 것이다.

이 논의는 향가 연구에서 게송의 역할을 환기하려는 것이 궁극적 목적이므로, 일단 2절에서 현존 게송 자료 가운데 원효와 의상의 작품이 차지하는 위치를 다시 요약할 것이다. 그리고 3절에서 〈원왕생가〉 전승담에서, 엄장의 죄업과 참회를 〈대승육정참회〉의 해당 부분과 서로 견주어 검토하겠다. 엄장은 친구 광덕의 아내였던 관음보살의 응신應身을 욕망했으며, 광덕도 그런 욕망을 가졌으리라 오해하는 두 가지 차원〔욕망+오해〕의 죄업을 지었다. 엄장의 죄업은 원효가 《이장의二障義》에서 욕망에 따른 번뇌를 번뇌장煩惱障, 오해에 따른 잘못된 앎을 소지장所知障이라 구별[13]했던 것과 일치하며, 〈대승육정참회〉에서 육정과 대승의 참회 대상에 각각 대응하기도 했다.

이렇게 3절에서 참회의 상응 관계를 비교했다면, 4절에서는 원효가 엄장에게 가르쳐 주었다는 '쟁관법錚觀法(혹은 鎓觀法)'과 〈대승육정참회〉의 '몽관법夢觀法' 사이의 관계를 떠올리겠다. 〈원왕생가〉 전승담에는 꿈과 관련된 내용은 직접적으로 나타나지 않으므로, 몽관법과 쟁관법은 서로 무관해 보일 만하다. 그러나 원효는 《금강삼매경론金剛三昧經論》과 《이장의》 등에서 깨달음에 이르는 과정을 상당히 세분하여 구상하였고, 각각의 단계와 성취에 따라 매우 다양한 수행을 위한 관법이 존재해야 한다고 보았다. 양자의 '-관법' 앞에 놓였던 '꿈〔夢〕'과 '쇳소리〔錚〕' 혹은 해당 글자를 달리 읽은 '가래〔鎓〕' 등은 일상적인 경험의 대상이므로,[14] 원효가 구상한 다양한 관법 가운데 서민들을 위한 요소에 포함될 만한 것들이다. 양자의 의미가 완전히 같지는 않더라도, 이들이 같은 기능을 맡아서 서로에게 공통적인 요소가 있었을 가능성은 충분하다. 원효의 게송을 통해 엄장의 참회 과정과 왕생의 성과, 간명하고 일상적인 수행 관법의 가치 등을 한결 풍부하게 이해할 수 있길 희망한다.

2. 신라 게송 자료와 〈대승육정참회〉의 위상

현존 향가 가운데 다수는 불교를 중심으로 한 종교 문화와 사상에 속한다. 이 중에 가장 많은 5수의 향가가 창작된 경덕왕 대에 이루어진 석굴암과 불국사는 종교적 이상향이 시각적으로 구현된 궁극의 모습이라 할 만하다. 게다가 경주 남산과 곳곳의 신라 석탑, 폐사의 자취와 각종 공예품은 어쩌면 난해한 시적 상징이나 문헌의 교리보다 한결 쉽고 편안하게 '한마음〔一心〕'을 전달해 주고 있다. 이런 상황은 문학 역시 마찬가지였다. 일찍이 이에 주목했던 김상현에 따르면, 문학성을 규명해야 할 게송의 목록은 다음과 같다.[15]

① 자장(慈藏: 590~658), 〈불탑게(佛塔偈)〉, 《태백산정암사사적(太白山淨 巖寺事績)》(1874): 자장이 당나라에서 가져온 불사리(佛舍利) 봉안

② 원효(元曉: 617~686), 〈발심수행장(發心修行章)〉[16]·〈대승육정참회(大 僧六情懺悔)〉·〈사복(蛇福)의 어머니를 추모한 게(偈)〉·〈미타증성가 (彌陀證性歌)〉 등

③ 의상(義相: 625~702), 〈법성게(法性偈)〉·〈투사례(投師禮)〉, 《염불작법 (念佛作法)》(1529)

④ 표훈(表訓: 경덕왕대, 8세기 중반), 〈오관석송(五觀釋頌)〉: 인연, 연기, 성기(性起), 무주(無住), 보상(實相) 등 오관석에 대한 게송

⑤ 명효(明晶: 효소왕대, 8세기 초반), 《해인삼매론(海印三昧論)》 소재 다 라니송(陀羅尼誦)과 서게(序偈), 회향게(廻向偈) 등: 〈법성게(法性 偈)〉와 같은 반시(盤詩)의 형태

⑥ 태현(太賢: 8세기), 《보살계본종요(菩薩戒本宗要)》 소재 서게(序偈),
   회향게(廻向偈) 등

⑦ 불가사의(不可思議: 8세기), 《대비로자나공양차제법소(大毘盧遮那供
   養次第法疏)》 서게(序偈)

이들은 대체로 7, 8세기 사상가들의 것이며, 현존 신라 향가의 시기
적 분포와도 크게 다르지 않다. 이 가운데 ①은 워낙 후대의 것이라 진
위 검토가 필요하다는 점을 논자도 밝히고 있으며,[17] 자장의 업적에 대
한 후세의 인식과 관련하여 제한적으로 논의할 만하다. ②에서 나타나
듯 원효는 여러 차례 시 또는 그에 가까운 문체를 구사하였고, 언어 표
현과 수사 전략 역시 꾸준한 관심을 보여 왔다. 특히 〈대승육정참회〉는
4·4조의 장시로 된 게송이라는 평가[18]를 받기도 했는데, 270행이라는
상당한 분량으로 이루어졌다. 원효의 사상이 여러 영역에 폭넓게 걸쳐
있듯, 그의 시 역시 수행, 참회, 화엄, 미타 등 여러 주제와 사상을 포괄
하고 있다. ③에서 의상의 〈법성게〉는 10만여 자의 《화엄경》을 210자
로 압축한 것이며, 후대의 자료이지만 〈투사례〉는 몇 단락으로 나뉜 예
불문禮佛文의 형태와 비슷하며,[19] 〈법성게〉의 압축과는 구별되는 반복적
구성을 띠고 있다.

④의 표훈은 《삼국유사》 기이편에서 상제에게 아들 낳고 싶다는 경
덕왕의 소원을 전해 주었던 인물이다. 표훈은 의상의 10대 제자 중 하
나이며, 오관석五觀釋을 바탕으로 한 정교한 게송을 지었던 대표적인 학
승學僧이었지만, 경덕왕을 위해 아들을 점지해 달라고 비는 주술적 역할
을 맡아야 했다. 이것은 각각 뛰어난 서정시 〈제망매가〉와 〈찬기파랑

가〉를 지었던 월명사와 충담사가 경덕왕의 청탁에 따라 주술적·정치적 효용을 노린 〈도솔가〉, 〈안민가〉를 창작해야 했던 상황과 그리 다르지 않다. 사상가와 시인의 문화적 성취가 있는 그대로 존중받는다기보다는, 전제왕권 지향에 얼마나 기여하는지가 평가의 기준이 된 듯한 모습이다. 따라서 표훈의 게송 역시 다른 향가 작가들과 경덕왕의 관계에 비추어 이해할 여지가 있으리라 예상한다.

⑤~⑦은 다른 경전에 덧붙은 서게序偈 혹은 회향게廻向偈의 모습을 띤 사례가 다수이며, 예불과 기원의 상황에서 교리를 설명하고 신앙의 자세를 강조하는 쪽에 가깝다. 그중에 명효의 작품은 1부 4장에서 보았듯 의상과 같은 반시의 형태를 띠고 있어 주목되며, 태현의 《보살계본종요菩薩戒本宗要》는 중국과 일본에서 다수의 주석과 함께 활발하게 논의된 책이다.[20] 한편 불가사의는 밀교승이라는 것 외에는 밝혀진 점이 많지 않고, 그 서게의 내용 역시 담백하다. 이들은 자장, 원효, 의상만큼 우리에게 익숙하지는 않지만, 각자의 개성을 지니고 나름의 시 세계를 저마다 게송 안에 펼쳤다.

④ 이하의 작품들은 그 제재인 오관이나 다라니, 보살계 등이 향가에 직접 등장하지는 않으므로,[21] 직접 비교에는 무리가 있다. 그리고 후대의 자료인 ①의 자장의 〈불탑게〉 역시 제외한다면, 여기서는 일단 원효와 의상만이 남는다. 원효는 〈원왕생가〉 전승담 후반부에 나타나 참회한 엄장에게 새로운 수행법을 알려 주었으므로, 그의 게송 〈대승육정참회〉에 나타난 참회와 엄장의 참회 사이에 비교할 만한 지점이 있다. 또한 의상은 향가에 직접 등장하지는 않지만, 그의 제7 화신으로 일컬어졌던 균여의 〈보현십원가〉는 의상과 마찬가지로 《화엄경》을 시

적으로 압축하려는 시도였다. 화엄은 참회만큼 명료한 용어는 아니지만, 복잡다단한 것을 간결한 혹은 쉬운 언어로 재편성하겠다는 목적의 공통점은 인정할 수 있다. 그러므로 전체 게송 가운데 원효와 의상의 두 편이 향가 또는 그 전승담과 직접적인 관계가 있으며, 여기서는 우선 원효의 경우에 주목하겠다.[22]

3. 〈원왕생가〉 전승담과 〈대승육정참회〉의 상응하는 참회 과정

원효가 등장하여 엄장에게 수행 방법을 알려 주는 〈원왕생가〉 전승담 후반부는 이 향가의 두 번째 화자였던 엄장의 참회와 깨달음을 소재로 한다. 그런데 이 과정은 원효의 〈대승육정참회〉에서 제시한 참회와 깨달음의 단계와 일면 유사하다.

(광덕이 생전의 약속에 따라 엄장에게 자신의 정토왕생 소식을 전해 주고, 엄장은 광덕의 부인과 함께 광덕의 장례를 치른다.) 그러고는 광덕의 아내를 떠보았다.
"남편은 죽었으니, 나랑 같이 살래요?" / "그럴게요."
밤이 되어 동침하려고 했더니, 그녀는 거절하며 말했다.
"스님께서 정토에 가시겠다니, 나무에 올라 물고기 잡겠다는 말씀이라오."
엄장은 놀랍고도 이상해서 물었다.
ⓐ "광덕도 당신과 동침하고도 정토에 갔는데, 나는 왜 안 된단 말이오?"

"남편은 저와 10년을 살면서 단 하룻밤도 동침하지 않았는데, 부정한 일이 있었겠어요? 매일 밤 번듯하게 앉아 아미타불 염불 소리 한결같이 내고, 경전에 나오는 그대로 수행하면 문으로 들어오는 달빛을 올라타고 앉았답니다. 이렇게 정성껏 수행하니, 정토에 안 가려고 해도 갈 수밖에 없겠지요? 천 리 길도 한 걸음부터라는데, 스님의 길은 서방정토가 아니라 그 반대편 동쪽으로 가는 거죠."

ⓑ 엄장은 부끄러워 얼굴을 붉히고 물러났다. 이윽고 원효를 찾아가 수행할 방법을 물어보니, 원효가 엄장에게 ⓒ 쟁관법(錚觀法)[23]을 일깨워 주었다. 엄장이 몸을 깨끗이 닦고 참회하며 그 방법대로 수행하자, ⓓ 광덕과 마찬가지로 서방정토에 갈 수 있었다. 엄장이 수행했던 쟁관법은 원효의 전기와《해동고승전》에 실려 있었다. 광덕의 아내는 분황사의 종이었는데, 관음보살의 19가지 응신(應身) 중 하나였다. 광덕이 불렀던 다음과 같은 노래가 있었다.[24]

밑줄 친 부분을 중심으로 요약해 보자. 엄장은 광덕의 아내에게, 광덕과 부부였는데 나라고 부부 관계를 맺지 못할 이유가 없다고 했다가(ⓐ), 광덕이 수행했던 실상을 듣고는 그렇게 마음먹었던 자신의 과거를 참회했다(ⓑ). 그런데 엄장 자신은 광덕과 같은 철저한 수행 방법을 소화할 만한 역량이 없었으므로,[25] 불교의 대중화에 힘썼던 원효를 찾아가 쟁관법이라는 새로운 방법을 배웠다(ⓒ). 그리하여 이를 수행하여 광덕과 마찬가지로 서방정토에 왕생한다(ⓓ). 두 인물의 수행 방법의 난이도에는 차이가 있을지라도, 결과적으로 동일한 효과를 성취했다. 이렇게 잘못을 저질렀던 이가 참회를 하면 동등한 성취를 얻게 된다는 발상은 노힐부득^{努肸夫得}과 달달박박^{怛怛朴朴} 이야기를 비롯한 신라의 2인 성도담^{二人成道譚}이 지닌 특징이기도 하다.

이처럼 남들을 따라 죄를 짓겠다는 욕망, 애초에 없었던 죄가 있었다고 오해에 관한 발상의 전환을 통한 참회와 깨달음의 과정은 원효의 게송 〈대승육정참회〉에서도 구현되어 있다. 이 작품의 전체 구성은 이 책의 앞 장에서 살핀 적이 있다.²⁶ 148면의 표 가운데, 66행에서 184행까지가 참회와 깨달음에 관한 내용이므로 여기서 비교할 대상으로 삼겠다. 이제부터 해당 내용의 일부만을 발췌하여 위 ⓐ~ⓓ와 비교한다. 원문은 앞서 5장에서 모두 인용했으므로 번역문만 제시한다.

> [단락 6] 참회의 시작, 66~85행 가운데 70~77행
>
> 나와 중생은 처음도 없던 그때부터
>
> 무명에 취하여 한없는 죄를 지었으니
>
> 오역(五逆)과 십악(十惡)을 저지르지 않은 적이 없어서
>
> 내가 범하면 남도 범하게 하고, 범한 걸 보면 따라서 기뻐했으니²⁷

참회를 시작하는 장면인데, 내용은 "내가 범하면 남도 범하게 하고, 범한 걸 보면 따라서 기뻐했"던 것으로 나온다. 서로서로 모방하여 범죄를 저지르며, 남이 하니까 나도 한다는 것이다. 이는 ⓐ에서 엄장이 "광덕도 당신과 동침하고도 극락에 갔는데, 나는 왜 안 된단 말이오?"라고 발언했던 모습과 다르지 않다. 이런 모방과 방심은 엄장만이 겪는 문제가 아니라, 광덕과 같은 철저함을 지니지 못하고 늘 죄업과 참회를 되풀이하는 누구라도 그럴 것이다. 그래서 '나와 중생〔我及衆生〕'이라는

표현을 통해 나와 남이 서로를 따라, 모두가 서로 죄를 짓는다고 했다.

그러나 엄장이 생각했던 광덕의 죄는 과거부터 존재하지 않았다. ⓑ에서도 엄장도 이내 그것을 다시 인식하고 부끄러워한다. 따라서 광덕을 따라 죄를 짓겠다는 엄장의 말은 애초에 성립할 수 없었다. 〈대승육정참회〉 역시 이어지는 내용에서 곧바로, 죄라는 개념이 애초에 존재하지 않았다고 한다.

[단락 7] 죄는 어디에서 생겨나는가, 86~101행

그러나 이 모든 죄는 실상 있는 것은 아니고

여러 연(緣)이 어울리면, 이름을 빌려 업(業)이라 하게 되니

연 하나만으로는 업이 없고, 연을 떠나서도 업은 없다네.

안에도 바깥에도 없고 중간에도 없다네.

과거는 이미 사라지고 미래는 아직 생기지 않았는데

현재는 머물러 주지 않으니, (죄업을) 지을 곳이 없네.

(현재가) 머물러 주지 않으면 (미래가) 생겨나지 않을 테니

애초에 있더라도 생겨나지 못하는데, 애초에 없었다면 어디서 생겨날까?

앞에 비하면 다소 추상적인 개념으로 흘러간다. 죄업을 짓지 않으려면 있음과 없음을 나누어 생각하는 분별 자체를 매 순간 경계하고, 모든 시간을 하나의 단위 곧 동시로 보라 한다.[28] 이를 광덕과 엄장의 상황에 비추어 보자.

엄장은 과거에 없었던 광덕의 죄가 있었다고 오해했을 뿐 아니라, 그를 오해하며 따라 지은 죄가 만들게 될 현재와 미래까지 무작정 받아

들이려고 했다. 과거를 잘못 알았으므로, 현재와 미래까지 '동시에' 잘못 뒤틀리게 된 것이다. 그러나 광덕의 아내 덕분에 죄가 "애초에 없었다先有非生"라는 것을 알게 되어, 엄장은 이런 죄업으로부터 벗어날 수 있었다. 〈대승육정참회〉에서는 시간을 벗어나 연緣과 업業을 짓지 말라지만, 개념으로는 이해할 수 있을지라도 그래서 어떻게 해야 한다는 건지 실천하기에 막막해 보인다. 그러나 〈원왕생가〉 전승담은 죄업의 유무를 판정하는 인식 자체를 바르게 지녀야 한다고 이야기를 통해 전달해 준다. 그 인식 하나가 과거, 현재와 미래를 동시에 바꿀 수 있다는 점도 함께 말이다. 이를 통해 보면 역시 시보다 이야기가 더 많은 이들을 이해시킬 수 있다.

엄장은 한때 친구의 아내를 향한 몸의 욕망에 휘둘렸고, 죄 없는 친구를 오해하기도 했다. 그러나 이런 욕망과 오해를 모두 참회하고, 진심으로 수행하고 싶었다. 그렇지만 아직 광덕처럼 강인하게 수행할 만한 소질은 없었으므로, 본문에 나오듯 원효를 찾아가 다른 수행 방법을 익히고자 한다. 원효가 엄장에게 알려 준 ⓒ의 쟁관법이라는 수행 방법의 실상은 전해지지 않는다. 그러나 불교의 여느 수행과 마찬가지로, 바로 여기서 제시했던 유와 무 사이의 분별을 벗어나는 발상의 전환을 포함했을 것이다. 그런 흐름에 따라 이후 102행에서 135행까지 두 단락에 걸쳐, 유와 무의 문제를 깨달음의 목적인 불성佛性과 엮어 서술했다. 그리고 136행부터는 《대반열반경》을 인용하여, 보이지 않는 재산을 마음대로 쓸 수 있듯 업業의 자성自性 역시 안과 밖 어디에도 없더라도 명백히 존재한다고 역설한다.[29] 덧붙여 수행의 계기이자 방법으로서 참회를 제시한다.

[단락 12] 참회의 방법에 대한 의문, 165~184행 가운데 169~184행

참회할 때에도 참회한다 의식하지 말지니,

사유에 바로 응하여 실상을 참회하라.

참회하는 죄는, 이미 있을 수 없는 일이거늘,

어찌 있을 수 있다 하면서 참회할 수 있겠는가?

참회의 주체도, 대상도 모두 있을 수 없다면

어디서 참회의 방법을 얻을 수 있을까?

모든 업장(業障)에서 말미암은 참회를 짓고 나서

또한 육정(六情)과 거리낌 없던 일까지 참회할지어다.

사유에 응해 실상을 바로 참회하라는 원칙을 제시하고, 작품의 제목을 이루는 대승과 육정의 참회가 여기서 비로소 등장한다. 업장에서 말미암은 쪽을 대승의 참회[30] 혹은 대승으로 나아가기 위한 참회라 한다면, 육정과 거리낌 없던 일에 대한 쪽이 육정의 참회이다. 없었던 광덕의 죄가 있다고 착각했던 엄장의 인식 오류를 업장에 의한 것으로, 광덕의 아내에 대한 욕망을 육정에 따른 것으로 각각 생각할 수 있다. 원효의 저술 《이장의》에서도 역시 '이장二障'으로 올바른 인식을 방해하는 소지장所知障과 번뇌에 따른 번뇌장煩惱障을 제시했는데, 엄장이 겪고 참회한 내용과 크게 다르지 않았다. 이장은 '이애二礙'라고도 하는데, 원효는 다음과 같이 설명하고 있다. 생략된 앞부분에 불교 개념어를 다수 활용한 더 자세한 개념 정의가 먼저 나오지만, 이쪽이 비교적 덜 난해하고 명료한 편이다.

(…) 어떤 경우(은밀문의 경우) 번뇌애·지애라고 한다. 여섯 가지 염심(染心)은 망념을 일으켜 상(相)을 취하여, 상을 떠나 움직임이 없는 평등한 자성(自性)과는 다르니, 이처럼 적정(寂靜)과 어긋나기 때문에 번뇌애(煩惱碍)라고 한다. 근본무명(根本無明)은 제법(諸法)의 무소득성(無所得性)에 바로 미혹하고, 속지(俗智, 후득지: 後得智)의 얻지 못할 것이 없는 것을 장애하니, 깨닫지 못한다는 뜻 때문에 지애(智碍)라고 한다. 이 중에서 '번뇌'는 장애하는 주체인 허물에 의하여 이름 붙였고, '지'는 장애되는 대상인 덕(德)으로부터 이름 붙였다.[31]

이야기에서는 엄장 한 사람만이 욕망과 그릇된 인식, 번뇌장과 소지장으로 인한 장애를 원효에게 호소하였지만, 원효가 이런 상담을 한 것은 그 생애 전체에 걸쳐 부지기수였을 것이다. 원효가 지은 《금강삼매경론金剛三昧經論》과 《이장의》 후반부에는 사람들의 수행 계위를 고려하여 여러 가지 수행 방법을 준비해 두었다.[32]

신비롭게 윤색된 광덕과 엄장 이야기에 원효가 등장하는 이유는, 많은 이들이 그가 이런 식으로 각자의 수행 계위에 들어맞는 '맞춤형' 관법을 제공해 주는 사람이었다고 기억해 왔기 때문이었다. 원효가 다양한 사람들을 위해 각자의 소질과 형편에 맞는 관법을 제시해 주었던 모습이야말로 '요익중생饒益衆生'을 위하여 번거로움을 무릅쓴 실천이 아닐까? 쟁관법도 그렇지만 이어서 다룰 〈대승육정참회〉 후반부의 몽관법 역시 중생을 고려하여 마련된 많은 관법 가운데 하나였다. 각각의 작품마다 깨달음에 이르는 한 가지 승乘만을 언급했지만, 그것들이 유일한 큰 수레〔一乘〕는 아니라 원효의 큰 세상 안에는 다양한 사람들을 위한 여러 가지 수레〔三乘〕가 함께 마련되었던 것 같다.

여기까지는 〈원왕생가〉 전승담 후반부와 〈대승육정참회〉의 흐름이 대체로 상응한다. 남처럼 나도 욕망에 따라 죄를 짓겠다 했지만, 알고 보니 그런 죄의 실체는 애초에 존재하지 않았던 것으로, 인식의 오류와 욕망에 따른 번뇌를 다 벗어나기 위해 참회하라는 흐름이다.

그러나 〈대승육정참회〉 후반부에는 ⓒ의 쟁관법 대신 꿈을 통한 수행 방법, 이른바 몽관법夢觀法이 나타나 있다. ⓓ의 깨달음을 원효식으로 표현하면 '일심一心' 혹은 '일여一如'일 텐데, 역시 〈대승육정참회〉의 261~262행에서도 결론적으로 "그저 일심이 일여의 침상에 누워 있을 뿐〔但是一心, 臥一如床〕"이라 하였다. 광덕처럼 게으름 없이 16관법을 굳세게 수행하건, 엄장처럼 욕망과 오해에 따른 죄업을 참회하고 쟁관법을 배우건, 〈대승육정참회〉의 화자처럼 잠을 자다 꿈을 꾸어 몽관법을 체험하건, 그 어떤 관법을 통하더라도 성취한 깨달음에는 차이가 없다는 것이었다. 몽관법에 관해서는 5장의 해당 부분을 참고하길 바라며, 여기서 정리한 양자의 상응 관계는 다음과 같다.

ⓐ 나도 광덕처럼 죄를 지으리라.

/ 내가 범하면 남도 범하게 하고, 범한 걸 보면 따라서 기뻐했으니(76~77행)

ⓑ 엄장은 부끄러워 얼굴을 붉혔다. (= 광덕이 죄를 짓지 않았음을 자각함)

/ (죄는) 애초에 있더라도 생겨나지 못하는데, 애초에 없었다면 어디서 생겨날까?(100~101행)

ⓒ 쟁관법(= 참회에 이어지는 수행 방법)

／ 사유에 바로 응하여 실상을 참회하라.(171~172행)＋그 앞의 유(有)-

무(無) 관련 서술

ⓓ 서방정토에 다다른다.(＝ 엄장은 광덕과 똑같은 성과를 거둔다.)

／ 그저 일심이 일여의 침상에 누워 있을 뿐.(261~262행)

죄를 지으려는 생각과 참회, 그 과정에서 이루어지는 육정과 업장의
참회, 죄의 유무에 대한 발상의 전환과 참회를 통한 수행, 그리고 그
'일여一如'한 결말이 각각 크게 다르지 않은 순서로 대응하고 있다. 이렇
게 원효의 게송을 통해 향가 〈원왕생가〉 전승담을 미타정토신앙彌陀淨土
信仰 일변도로 이해해 온 시각[33]을 벗어나, 참회하는 시적 화자를 중심
으로 작품 내용을 바라볼 단서가 마련되었다. 그러면 원효의 관법이 지
닌 다양성에 유념하여, 이야기 속 쟁관법과 게송의 몽관법 사이의 관계
를 추정하겠다.

4. 〈원왕생가〉 전승담의 쟁관법과 〈대승육정참회〉의 몽관법

쟁관법과 몽관법은 깨달음에 이르기 위해 원효가 제시한 여러 관법
가운데 가장 유명한 것이다. 먼저 쟁관법은 앞서 살핀 전승담에서 원효
의 본전本傳과 승전僧傳에 남았을 정도였다고 했지만, 저 중요한 기록들
이 모두 일실되어 현재로서는 전모를 알기 어렵다. 원효가 구상한 관법
의 종류는 《금강삼매경론》을 통해 엿볼 수 있다고 한다.

원효의 수행 관법을, 수행의 토대이면서 수행 계위 전체에 걸쳐 있는 무상관과 수행 계위에 따른 관법으로 구분하여 살펴본 성과가 있다.[34] 이에 따르면 전체에 걸친 무상관은 방편관方便觀과 정관正觀으로, 수행 계위에 따른 관법은 초지 이전, 초지, 초지 이후 등으로 더 나누었다. 수행자의 계위에 따라 이행별상관異行別相觀, 동행총상관同行總相觀 등의 명칭이 붙어 있지만, 여기서 명칭의 의미 자체는 논의 대상이 아니다. 중요한 것은 원효에게 관법이란, '계위'라 불렸던 중생 각자의 능력 차이만큼이나 여러 종류여야 했다는 점이다. 하필 이 부분의 자형이 찌그러져 문제지만, 쟁관법의 '쟁錚' 혹은 '삽鍤'이나 '정淨'이 지녔던 의미 역시 그 점을 유념해야 할 것이다. 이렇게 한 사람 한 사람의 중생을 배려하는 마음이야말로 원효 사상의 독창성이라는 평가도 있다.

> 원효는 인생 자체가 모든 불교사상의 수용을 보여주고 있고, 불교의 대중화를 위한 실천수행의 삶을 살았다. 원효는 독특하게도 진속(眞俗)을 넘나들었던 수행자이므로, 승속(僧俗)을 아우르는 수행 관법을 연구하기에 가장 적합한 인물이다. 원효는 출가한 후 중도(中道)에 머물러 다시 세속으로 돌아와서 범부들의 눈높이에 맞춰 교화행을 하였다. 원효의 선(禪)사상은 남방 상좌부나 북방 조사선이나 간화선에서도 볼 수 없는 독창성이 있다.[35]

쟁관법이 무엇이었던지는 알 수 없게 되었지만, 원효의 여러 저술에서 그토록 강조했던 '범부들의 눈높이'에 맞는 것이었음은 인정할 수 있다. 한편 한국의 불교문학 연구는 멀게는 《삼국유사》의 조신調信의 꿈에서, 가까이는 〈구운몽〉과 불교 경전을 우울증 치료에 활용하려는 시도[36]에 이르기까지 '꿈'을 통해 깨달음 혹은 치유에 도달할 가능성에 주목해 왔다. 초기 불교 이래 삶의 허망함을 꿈에 비유하기도 했지만, 그 허망함을 자각해야 진실한 깨달음에 이르리라는 생각 역시 한국 사상사의 중요한 유산이었다. 꿈은 누구나 경험하는 것이기에 범부들의 눈높이에도 맞다. 그런 이유로 꿈을 소재로 한 불교문학 작품이 다수 이루어졌으며, 〈대승육정참회〉 역시 후반부에서 관법을 제시하며 잠과 꿈의 역할에 주목하였다. 쟁관법과 실질은 다를지라도, 더 많은 이들을 깨달음으로 이끌겠다는 목적은 다르지 않았다.

그리고 여기서 잠은 원효가 체험했던 깨달음의 과정을 직접적으로 반영한 것이기도 하다. 잠을 자다가 겪게 되는 신비한 체험들은 꿈과 어느 정도 통한다. 원효 관계 설화 가운데 가장 유명한, 이른바 해골물을 마시고 깨달음을 얻었다는 이야기[37]가 바로 밤에 잠을 자다가 깨어나 이루어진 것이었다. 이보다 이른 기록에서 해골물은 [1] 시체의 즙(《종경록宗鏡錄》), [2] 꿈에 나타난 귀신(《송고승전宋高僧傳》, 일본 《화엄연기華嚴緣起》)[38] 등으로 달리 나타나기도 하지만, 낯선 잠자리에서 경험한 일이라는 점은 공통적이다. 이 이야기의 원형은 다음과 같고, 대상만 달리하여 유사한 내용이 자주 등장하므로, 어느 정도 사실에 기초한 것으로 추정된다.

[1] 옛날 동국에 원효 법사와 의상 법사가 있었다. 두 사람은 함께 당나라에 와서 스승을 찾으려 하였다. 그들은 우연히 밤이 들어 노숙하면서 무덤 속에 머물게 되었다. 원효 법사가 목이 말라서 물을 찾았다. 그는 왼편에 물이 많은 것을 보고는 몹시도 달게 그 물을 마셨다. 다음 날 원효는 그 물을 확

인하게 되었는데 원래 그것은 시체의 썩은 즙이었다. 그러자 마음이 불편해 토하려 하다가 크게 깨닫고는 이렇게 말했다. "내 듣기에 부처가 삼계(三界)가 유심(唯心)이고, 만법이 유식(唯識)이라 했다. 좋고 싫은 것은 내게 있으며, 물에 있지 않구나." 마침내 고국으로 되돌아가서 지극한 가르침을 널리 베풀었다.³⁹

[2] 원효 법사가 의상과 더불어 같은 뜻으로 서쪽으로 유행(遊行)하고자 떠났다. 그들은 본국(신라)의 해문(海門)이자 당으로 들어서는 지경에 다다랐다. 그들은 큰 배를 구하여 거친 바다 물결을 넘으리라 계획하여, 길을 가던 도중에 갑자기 험한 비를 만나게 되었다. 그래서 길옆의 토감(土龕) 사이에 몸을 숨겨 의지코자 하였다. 그들은 거기에 들어가서 습하게 몰아치는 비를 피했다. 이튿날 새벽에 보니 오래된 무덤의 해골 곁이었다. 하늘에서는 여전히 부슬부슬 가랑비가 내리고 있었고, 땅 또한 질퍽한 진흙길이었다. 한걸음도 나아가기 어려웠다. 무덤 앞에 머물면서 길을 나서지 못했다. 또 그 무덤굴 벽 가운데 기대어 있었다. 밤이 깊지 않아서 갑자기 귀신이 나타나 놀라기도 하였다. 원효가 탄식하여 말하였다. "전날에는 무덤을 토감이라고 생각하고 잤는데도 편안히 잘 수 있었고, 오늘 밤에는 그곳을 피해 잤는데도 귀신이 넘나드는 변을 당했다. 생각 따라 갖가지 일이 생기고, 생각을 없애니〔심멸: 心滅〕 토굴이니 무덤이니 하는 구별이 없어진다. 삼계(三界)가 유심(唯心)이고, 만법이 유식(唯識)이로다. 이 마음 외에 또 무슨 진리가 있으리오. 나는 당으로 건너가지를 않겠다." 원효는 짐을 메고 다시 신라로 향해 돌아섰다.⁴⁰

[1]과 [2] 모두 밤과 낮, 잠들었을 때와 깨어났을 때의 인식 차이를 통해 깨달음을 얻고 있다. 깨달음의 의미 자체가 달라지지는 않았지만, [1]은 '나〔我〕'라는 인식 주체를 내세운 한편, [2]는 심생心生과 심멸心滅이라는 생멸의 변모 양상에 더 초점을 두고 있기는 하다.41 동일한 내용의 깨달음에 귀결되긴 하지만, [2]는 잠과 꿈, 그리고 그로 인해 벌어지는 환상과 착각의 체험이 한결 구체적이다. 〈대승육정참회〉 163~164행에서 "마치 환술로 부른 호랑이가 도리어 환술사를 삼키듯"한다는 내용을 연상하게 한다. 여기서의 환술에 대응되는 실제로 벌어졌던 일은, 원효가 꿈에서 귀신을 본 사실은 아니었을까?

이 내용은 《송고승전》(987)에 나오고, 일본에 전해져 명혜明惠(1173~1232)의 《화엄연기》에도 그림과 함께 수록될 정도로 유명했다. 여기서

〈원효의 꿈에 나타난 귀신〉, 《화엄연기》(일본, 12~13세기)

는 귀신이 꿈에서 나왔다고 밝히고 있다.

> 원효의 꿈속에 무서운 형상을 한 귀신이 나타나는데, 무덤 안에는 원효와
> 의상이 함께 잠자고 있다. 원효는 바깥쪽에서 잠을 자며 마음이 산란하여
> 흠칫흠칫 놀라며 오른손을 펴고 왼손을 가슴 위에 얹어 놓는다. 꿈속에서
> 잠을 편안하게 이루지 못하는 원효의 모습을 능숙하게 묘사하였다. 문장의
> 설명대로 소름 끼치는 귀신의 형체가 원효 곁으로 서서히 다가오고 있다.[42]

만일 원효가 실제로 [2]와 같이 체험했다면, 그런 체험이 꿈의 일부
부정적 성격에도 불구하고 〈대승육정참회〉 후반부에서 몽관법이 큰 비
중을 차지하게 했을 것이다. 이를테면 "다 몰랐다네, 내 마음이 지어낸
것인 줄을 / 환술 같고 꿈과도 같아, 영영 있는 게 아닌데"[43]라 하여 꿈
을 죄업의 원인과 연결하거나, "잠자리의 긴 꿈을 실상으로 잘못 헤아
린"[44] 잘못을 참회하기도 한다. 그러나 다음과 같이 꿈이 실상이 아니
라는 깨달음을 통해, 결국 현실 역시 실상이 아님을 깨달아 무생인無生
忍, 곧 존재하는 모든 것들이 생겨난 적도 없었다는 무생인법無生忍法을
얻을 수 있다고 256행에서 말한다.

[단락 15] 몽관(夢觀)을 통한 삼매(三昧), 237~262행 가운데 249~262행
어디에 근심과 기쁨이 있고, 어디에 욕심과 미움이 있으랴?
자주 또 자주 사유하라, 이러한 몽관(夢觀)을.
점점 수양하라, 꿈속의 삼매(三昧)처럼.
이 삼매로부터 무생인(無生忍)을 얻을 수 있으니

긴 꿈으로부터 활연히 깨어나

본래의 것을 안다면, 길이 헤매지 않으리라.

그저 일심(一心)이 일여(一如)의 침상에 누워 있을 뿐.

꿈은 깨달음과 대립하지만, 동시에 깨달음의 매개로서 '나와 중생' 모두에게 필요하다. 참회할 필요가 없었던 광덕의 생애는 이상적이지만, 현실에서 살아가는 우리는 엄장과 같이 참회할 수밖에 없다. 마찬가지로 꿈을 꾸지 않고 깨달음에 이를 수 있다면 이상적이겠지만, 조신이 괴로운 꿈을 꾸고 부정했듯 우리도 괴로운 꿈을 꾸고 참담한 현실을 겪어야 깨달음에 이를 수 있다. 바로 이 점에서 참회와 꿈은 똑같은, 일종의 필요악의 역할을 맡고 있다. 원효의 쟁관법에 이러한 꿈의 기능이 직접 언급되었을지는 알 수 없지만, 원효가 몸소 체험하고 여러 불교문학 작품이 시도했듯 꿈의 비유는 그런 설명을 쉽게 풀이하기에 유용한 것이었다. 그렇다면 적어도 그 기능은 다르지 않았으리라 추정해 보려 한다.

5. 사라져서 아쉬운 꿈과 관법

원효의 게송 〈대승육정참회〉는 참회의 단계와 수행 관법을 270행이라는 상당한 분량으로 서술하였다. 이 작품에서 참회의 과정은 ⓐ 다른 사람을 따라 죄를 범하려다가, ⓑ 참회를 통해 그 죄라는 개념이 애초부터 존재하지 않았음을 자각하고, ⓒ 꿈이라는 일상적인 경험을 관법으로 삼아 ⓓ 궁극적 깨달음을 얻게 되는 구성이었다. 이는 마찬가지로 원효가 등장하는 〈원왕생가〉 전승담 후반부에서 주인공 엄장이 ⓐ 광덕과 마찬가지로 그 아내와 동침하려고 하다가, ⓑ 광덕이 계를 범하지 않았음을 자각하고, ⓒ 일상적인 어구로 규정된 관법을 통해 ⓓ 광덕과 동일한 깨달음을 얻는 구성과 대략 일치한다.

　한쪽이 다른 쪽의 영향을 받아 이루어졌다기보다는, 중생의 수행을 위해 다양한 관법을 구상하고 실천했던 원효 사상의 배경을 공유했던 덕분이 아닐까 한다. 이 과정에서 욕망과 오해라는 두 가지 죄업을, 원효가 구상했던 육정의 참회 그리고 대승으로 나아가기 위한 참회와 각각 대응하기도 했다. 참회를 통해서 곧바로 정토에 갈 수 있거나 깨달음을 얻는다는 뜻은 아니고, 관법이라 부르는 불교식 수행을 거쳐야 했다. 원효는 이들 관법을 여러 저술에서 다양하게 마련하여, 개성이 달랐던 중생 모두를 큰 수레〔大乘〕에 태워 인도하고 싶었다.

　널리 유행했던 쟁관법의 실상은 알 수 없지만, 누구나 수행할 수 있었다는 점에서 몽관법의 기능과 그리 다르지는 않았으리라 추정했다. 원효의 깨달음 체험과 한국의 불교문학에서 잠과 꿈이 차지했던 비중을 통해, 사라져 버린 쟁관법의 성격을 파악하고자 했다.

제7장

참회를 소재로 한
신라문학

1. 참회의 문학

이 글은 '참회'를 제재로 한 신라문학과 불교의 관련 양상을 되짚어 보는 데 목적이 있다. 불교의 전래가 고대 한국의 정신문화에 끼친 영향은 헤아리기 어려울 정도로 넓고도 깊다. 그런데 신라의 문학, 그중에서도 향가와 관련해서는 정토신앙[1]이 주목받아 왔다. 그것은 현존하는 가장 이른 시기의 향가 작품들이 불교신앙을 접했던 그 당시 사람들의 삶과 죽음에 대한 인식과 희망을 뚜렷이 보여주기 때문이었다. 특히 〈원왕생가〉 말미의 '48대원四十八大願'이라는 표현을 통해, 이 작품을 부르고 들었을 일반 대중의 정토에 대한 뚜렷한 이해 수준을 알 수 있다. 이 글에서는 정토신앙과 초기 향가의 관련 양상에 대한 선행 연구를 존중하는 한편, 향가와는 별도로 거론되어 왔던 불교 관계 인물 전승까지 포함하여 기존의 시각보다 넓은 관점에서 논의를 시도할 것이다.

불교의 전래 이후 포교와 전파에서 중요한 역할을 했던 행사 가운데 점찰법회가 있었다.[2] 점찰법회는 진평왕眞平王: 재위 579~632 때 활동한 원광

圓光: 542~640에 의해 널리 시행되었다. 점찰법회는 일상의 죄업을 참회함으로써 묵은 과거를 씻어 내고, 회개와 개심을 통해 나은 미래를 맞이한다는 의미가 있었다. 여기서 그 미래란 궁극적으로는 내세, 정토와 열반 등을 뜻하는 것이었다. 그 과정에서 대중의 근기根機를 고려하여 '점占'이라는 주술적, 전통적 방편方便의 개입이 이루어지기는 했지만, 그 근본적 지향은 가장 높은 경지의 깨달음을 포함한 것이었다. 점찰법회의 목적을 백제 침류왕이 말했던 "불법을 받들어 복을 구하라〔崇信佛法求福〕.³"는 수준의 기복신앙에 한정할 수도 있을 것이다. 그렇게 본다면 참회의 역할 또한 그렇게 제한될 것이다. 그러나 적어도 고승 원광이 추진한 점찰법회라면, 쉬운 방편을 통할지라도 궁극의 깨달음에까지 이르는 것을 목적으로 했으리라 본다.

원광의 활동기이자 점찰법회가 성행했던 이 무렵은 현존하는 가장 오래된 향가인 〈혜성가彗星歌〉와 〈서동요薯童謠〉의 시대적 배경이기도 하다. 주술적인 성격을 띠는 〈혜성가〉, 사찰연기담과 결합한 〈서동요〉를 거쳐, 민요와 불교의 공존을 보여주었던 〈풍요〉와 참회 체험이 본격적으로 보이는 〈원왕생가〉 등이 모두 7세기 중·후반에 이루어졌다. 그 중에서도 〈원왕생가〉는 참회의 체험과 정토에 대한 인식에 함께 도달했다는 점에서 큰 의미가 있다.

또한 이 시기에는 참회의 체험을 제재로 한 인물 전승 역시 여러 곳에서 보인다. 가령 〈원왕생가〉의 전승담인 〈광덕 엄장〉, 그리고 이와 유사한 2인 성도담인 〈남백월이성 노힐부득 달달박박〉은 둘 모두 참회가 필요한 인물과 그렇지 않았던 인물 사이의 대칭을 드러낸다. 그런데 이렇게 불·보살을 알아보지 못하여 참회하는 상황은 경흥憬興, 자장慈

藏, 원효元曉 등의 고승을 제재로 한 인물 전승에도 나타나고 있다. 참회에 대한 고심은 원효의 〈대승육정참회〉라는 장편 게송으로까지 이어져, 아집我執과 법집法執을 각각 실재로 여기는 집착을 모두 넘어서는 참회의 방법론에 이른다.

요컨대 7세기 중반의 인물 전승, 불교에서 활용했던 언어와 문학 양편 모두 참회라는 체험의 특징과 역할에 대한 활발한 담론을 구성하고 있었다. 그리고 이것이 〈혜성가〉, 〈서동요〉와 같은 주술적, 구비적 성격의 향가가 〈풍요〉, 〈원왕생가〉와 같은 정토와 참회에 대한 인식을 지닌 향가로 발전, 전개하기에도 어느 정도 역할을 했으리라는 것이 이 글의 가설이다. 이 가설을 검증하기 위하여 그 형성 과정에 따라, 2절에서 먼저 참회와 관련한 인물 전승을 살필 것이다. 그리고 3절에서 참회 관련 인식과 분별의 초월이라는 구도를 중심으로 원효의 게송 일부를 간략하게 정리한 다음, 4절에서 이와 관련한 향가 몇 편에 대하여 서술하고자 한다.

2. 불교 관계 인물 전승에서 참회의 문제

〈원왕생가〉의 전승담인 〈광덕 엄장〉을 비롯한 이른바 2인 성도담은 잘못을 저질러 참회하는 인물과 그렇지 않은 인물이 나란히 등장하고 있다. 마치 점찰법회에서 점을 칠 때 선이 나오는 경우와 악이 나와 참회해야 하는 경우를 나눈 것을 연상하게 한다. 이들은 성불 혹은 왕생에 이르는 과정에서 약간의 잘못이 있더라도 참회를 통해 다음 기회를 얻을 수 있으리라는 유연한 태도를 보이고 있다. 실상 포교를 위해서는 아예 잘못을 저지르지 말라는 딱딱한 입장보다는, 중생이라면 늘 저지르기 마련인 죄업에 대한 참회를 어떻게 수행할지에 대한 방법론을 제시하는 편이 더 현실적일 것이다.

우선 6장에서 살폈던 〈원왕생가〉 전승담에서 광덕이 수행했다는 16관법은 《관무량수경觀無量壽經》의 전체 내용에 해당한다. 광덕은 매일 경전을 한 차례 읽고 그대로 실천하는 철저함을 지녔다는 것이다. 그러나 엄장은 광덕과는 달리 광덕의 아내에게 여색을 품고, 무엇이 잘못인지도 금세 깨닫지 못한다. 그러다가 관음의 응신應身이었던 광덕의 아내의 말을 듣고 참회하였으며, 원효에게 쟁관법을 배워 또한 왕생할 수 있었다. '또한' 갔다고 했으니 광덕과 엄장이 얻은 성과에는 차이도, 차별도 없다. 이 이야기는 엄장처럼 일상적 욕망의 유혹에 빠졌던 사람일지라도, 참회의 체험을 거치면 용맹 정진했던 이들과 다름없는 성과를 거둘 수 있다고 주장한다. 이것은 앞선 세대의 원광이 점찰법회를 통해, 어려운 경전을 읽을 소양이 없더라도 점찰과 참회를 통해 궁극의 깨달음에 도달할 수 있으리라고 생각한 것과 같은 맥락이다.

그런데 광덕과 엄장의 사례와 유사한 노힐부득과 달달박박의 이야기는 참회의 바탕이 미묘하게 다르다. 위의 이야기에서 광덕은 《관무량수경》의 가르침 자체에 충실했기에 참회할 필요가 없는 인물이었다. 하지만 광덕에 대응하는 인물인 달달박박은 여인의 몸을 멀리해야 한다는 교리에 글자 그대로만 충실하여 위험에 빠진 여인을 보살피지 않았으며, 심지어 노힐부득을 비웃을 궁리까지 하고 있다. 반면에 교리를 벗어났지만 여인의 해산을 돌본 노힐부득은 그 자비심 덕분에 참회할 필요가 없는 인물로 나타나 있다. 그러나 이런 차이점보다 더 중요한 것은 그런 달달박박도 종국에는 노힐부득과 거의 동일한 성취에 다다른다는 결말이다. 요컨대 이들 이야기의 공통점은 불·보살을 친견하면서도 알아보지 못했던 이들에게 두 번째 기회가 주어진다는 점에 있는데, 여기서 그 두 번째 기회를 만들어 낸 원인이 바로 참회라는 점이 눈에 띈다.

마찬가지로 이 시기 고승들에 관한 전승에서도 만년에 보살菩薩을 알아보지 못했다가 참회하는 사례가 나타나고 있다. 그러나 불교사에 별다른 족적이 없었던 이들에게는 두 번째 기회가 마련되었던 것과는 달리, 이름난 고승들은 참회함에도 불구하고 파국으로 끝나는 경우가 더 많아서 의아하다. 문수보살을 알아보지 못한 경흥憬興, 관음보살을 알아보지 못한 원효元曉, 역시 문수보살과 친견할 기회를 놓친 자장慈藏 등의 참회가 그러하다.

[1] 하루는 경흥이 왕궁에 들어가려고, 그 시종이 동쪽 문밖에서 준비하고 있었다. 안장과 말, 신발과 갓이 모두 화려하고 사치스러웠으며, 행인들도 지나다니지 못하게 했다.

그런데 어떤 초라한 거사가 광주리를 이고 지팡이를 짚으며 와서는, 말 내리는 자리에 앉아 쉬었다. 광주리 안에는 건어물이 가득 보였다. 시종이 성을 냈다.

"당신, 승복을 입은 몸으로 건어물을 이고 다니시오?"

"말 타고 산 짐승의 살을 양다리에 끼기도 하는데, 시장바닥 건어물 지고 오는 게 무슨 잘못이라고?" 거사는 할 말 마치고 떠나 버렸다.

경흥이 문을 나서다 이 말을 듣고는 사람을 시켜 따라가 보라 했더니, 경주 남산 문수사 입구에서 광주리를 버리고 사라졌다. 거사의 지팡이는 문수보살상 앞에 남아 있었고, 건어물은 다시 보니 소나무 껍질이었다. 경흥에게 알려 주자, 듣고 한탄했다.

"문수보살께서 내가 말 타고 우쭐대는 모습을 경고하셨구나."

경흥은 죽을 때까지 다시는 말을 타지 않았다. 경흥의 업적은 현본이 엮은 삼랑사 비문에 실려 있다. 일전에 당나라 징관의 《화엄경》 주석서를 살펴보았더니, 미륵보살의 이런 말씀이 있었다. "내가 훗날 말세가 되면 속세에 와서 신도들을 다 구원하겠지만, 말 타고 우쭐대는 남자 승려만은 만나지도 않겠다." 이러니 조심하지 않으려야 않을 수 없겠다![4]

경흥은 백제계 유민 출신 승려로서 유식학唯識學의 대가로 알려져 있다. [1]은 관음보살이 경흥의 병을 웃음으로써 고치는 내용 바로 다음에 나오는 기록이다. 따라서 관음과 문수를 각각 여신과 남신, 해학과 풍자, 경흥에 대한 우호적 태도와 비판적 시선의 공존 등으로 이해하기도 했다.[5] 이 기록에서 눈에 띄는 점은 다시는 말을 타지 않은 경흥의 참회가 구체적으로 어떤 결말에 이르렀는지 분명치 않다는 것이다. 경흥의 업적이 삼랑사 비문에 실렸다는 서술을 보면 참회 덕분에 명망을 잃지 않았다는 뜻처럼 보이지만, 미륵보살이 말 타고 우쭐대는 남자 승려만은 절대 구원하지 않겠다고 경고한 내용을 보면 이 잘못 때문에 끝내 경흥은 구제받지 못했다고 볼 여지도 있다. 한편 다음 [2]의 원효는 경흥과는 달리 참회의 내용이 구체적이지 못하고, 그 탓인지 결말의 파국이 한결 분명하다.

[2] 그 후 원효도 의상처럼 관음보살을 만나러 왔다. 원효가 낙산 남쪽 자락에 이르자, 흰옷 입은 여인이 논에서 벼를 베고 있었다. 벼를 달라며 수작을 걸자, 여인도 벼가 좋지 않다고 장난스럽게 대답했다. 또 다리 아래 이르러, 어떤 여인이 달거리에 썼던 헝겊을 빨래하고 있었다. <u>원효가 물을 달라는데, 빨래했던 더러운 물을 떠 주었다. 원효는 그 물을 버리고 냇물을 떠 마셨다.</u> 그때 들판의 소나무에서 파랑새가 나타나 소리쳤다.

"당신처럼 마실 것을 가리는 스님이라면, 관음보살님을 뵈러 가지 마시오."

그러더니 사라졌고, 소나무 아래 신발 한 짝만 있었다. 원효는 낙산사에 도착하여, 관음보살상 아래에서 나머지 신발 한 짝을 찾아냈다. 그제야 예전에 만났던 여인들이 성녀였고, 관음의 화신인 것을 깨달았다. 그래서 사람들이 그 소나무를 관음송이라 부른다. 원효는 의상처럼 관음굴에 들어가 관음의 참모습을 보고 싶었지만, 풍랑이 크게 일어 부득이 떠났다.[6]

[2]의 관음은 더러운 물을 통해 깨달음의 실마리를 제공하고 있다. 더러운 물을 접함으로써 깨끗함과 더러움 사이의 분별을 벗어날 것을 촉구하는 내용은, 앞서 살핀 노힐부득과 달달박박의 이야기에서도 여인(관음보살)의 해산 장면을 통해 보인다. 그러나 달달박박이 한 차례 그 더러움을 거부했지만 나중에 다른 기회를 또 가질 수 있었던 것과는 달리, 원효는 단 한 차례의 거부로 친견의 기회를 영영 잃었다. 여기까지 보면 엄장과 달달박박의 경우와는 달리, 고승들에게는 다음 기회란 없다.

고승들이 겪게 된 가혹한 운명은 왜 나타난 것일까? 그것은 어느 정도 공덕을 쌓아 그 공덕에 의지하여 지니게 된 고승들의 우월감과 오만을, 무명無明 상태인 탓에 저지르는 대중의 실수보다 더 큰 죄업으로 보았기 때문이었다. 심지어 다음 [3]의 사례들은 당나라에서 귀국한 자장의 여러 업적을 소개함으로써 자장을 옹호하고 높이는 주제의 글인데도 불구하고, 그의 말년은 문수보살을 못 알아보고 효과 없는 참회를 하는 모습으로 나타나 있다. 자장은 〈자장정률〉 서두에 따르면 중국 오대산에서 문수보살을 한 번 친견한 적이 있다고 되어 있는데도 불구하고, 말년의 그는 초심을 잃어 아상我相에 집착함으로써 재회했던 문수보살도 못 알아보고 모든 것을 잃는 파국에 이른다.

[3-1] 자장은 지금은 정암사가 된 석남원(石南院)을 짓고, 문수보살이 나타나길 기다렸다. 그렇지만 남루한 옷차림의 늙은 거사가 나타났는데, 죽은 강아지를 칡 삼태기에 짊어지고 자장의 제자에게 말을 건넸다.

"자장을 만나고 싶다네."

"내가 스승님을 모신 이래로 그 존함을 막 부르는 놈이 없었는데, 네가 누구라고 이런 미친 소리를 해?" / "알려 주기만 해 다오."

시종이 들어가 아뢨지만, 자장은 무심코 내뱉었다.

"미친 사람인가?" 돌아온 제자에게 내쫓기며, 거사는 외쳤다.

"가겠네. 암, 떠나야지. 아상(我相)을 지녀 남을 무시하는 사람이 어찌 나를 알아보랴?"

거사는 삼태기를 기울여 개를 사자로 탈바꿈시키고는, 빛을 내뿜으며 타고 사라졌다. 자장이 이 말을 듣고 예의를 갖추어 남쪽 고개까지 쫓아갔다. 그러나 행방이 묘연해져 더 따르지 못하게 되자, 몸을 던져 죽었다. 자장의 유골을 거두어 동굴에 모셨다.7

이 기록은 "놀랍게도 승단에서 큰 인물로 자리 매김한 자장이 이상을 떨치지 못했음은 물론 관음친견의 뜻을 이루지 못하고 불의의 사고로 숨겼다는 점을 폭로하고 있"[8]는 셈이다. 자신이 고승으로서 지닌 이상에 대한 집착을 일종의 법집法執이라 할 수 있는데, 다음 절에서 다룰 원효의 〈대승육정참회〉에서도 이러한 법집을 참회해야 할 주된 대상으로 보고 있기도 하다.

대조적으로 다음 [3-2] 기록은 이와 달리 "자장의 죽음에 관련된 충격적 사건에도 불구하고 자장에 대한 후대인들의 정서적 반응이 고승의 형상으로 되돌아가고 있다는 생각"[9]을 하게 한다.

[3-2] (자장은) 몸을 가리고 가면서 사자에게 말하였다.

'내 몸을 이 방안에 그대로 두어라. 유월(六月) 후에 돌아오리라. 어떤 외도(外道)가 와서 불사르고자 하거든 응하지 말고 기다려라.'

한 달을 지나서 한 중이 와서 그것을 들고 크게 나무라면서 그 몸을 불살랐다. 얼마 후 공중에서 말하였다.

'몸이 의지할 곳이 없으니 어찌하리오. 나의 유골을 암혈에 간직하여 두고 와서 참견하는 이로 하여금 손으로 만지면 다 같이 왕생하리라.'[10]

[3-1]과 [3-2]의 사건이 공존할 수는 없다. 죽음에 이르는 과정 자체가 다르기 때문이다. 전자에서 자장이 참회를 하고 몸을 던졌음에도 불구하고 끝내 파국에 이른 모습인 것과는 달리, 후자에서는 마찬가지로 비극적인 죽음을 맞아 동굴에 유골을 남기게 되지만 남들을 왕생하게 하는 권위를 얻게 된다. 이렇게 본인은 죽게 되지만 남은 시신, 특히 유

골을 통해 남들을 구원하는 모습은 백제유민으로서 전국적으로 점찰법회를 많이 열었던 진표眞表: 718~?에게도 확인되는데, 진표가 죽은 그 당시가 아닌 12세기 이후의 비명碑銘에서만 확인된다.[11] 진표의 경우와 마찬가지로 [3-2]는 자장의 사후 즉시의 기록이라기보다는, 자장의 참회가 지닌 진정성에 대한 후대인들의 부연, 재평가에 해당할 가능성이 더 크다.

광덕과 엄장, 노힐부득과 달달박박처럼 불교계에서의 족적과 영향력이 거의 없는 이들에게 참회는 실수를 만회하고 또 다른 기회를 부여하는 역할을 했다. 이와는 대조적으로 고승들의 경우는 참회의 기회를 갖지 못했거나, 그 효과가 직접적으로 드러나지 않는 양상이다. 그러나 이것을 두고 고승이라는 이들에게 한결 더 엄격한 원칙이 적용되었다고 하기보다는, 무명의 제약 탓이 아닌 자신의 공덕에 대한 오만함으로 말미암은 죄업은 참회를 통해 극복될 수 없었다는 의미로 보는 편이 적절해 보인다. 이들은 오만함 탓에 귀천을 분별하였고, 결국 그 때문에 낮은 데로 임했던 불·보살을 친견하고도 알아보지 못했다. 이를 근기가 낮은 이들이 무명, 미혹, 번뇌 등의 탓으로 저지르는 죄업보다 더욱 심각하다고 보았다. 요컨대 근기가 높은 고승들의 참회에는, 지식 때문에 발생한 분별을 벗어나야 한다는 과제가 하나 더 보태어지는 셈이다.

3. 불교적 언어 표현
─참회 관련 인식과 분별의 초월

신라문학사에서 향가의 형식은 신라 건국 초 유리이사금 시절의 〈도솔가〉에서 이미 완성된 것처럼 서술되어 있다. 〈도솔가〉는 《삼국사기》와 《삼국유사》에 함께 거론되는 흔치 않은 사례인데, 《삼국유사》에 따르면 '차사사뇌격嗟辭詞腦格'을 갖추었다고 했다.[12] 이는 흔히 10구체 향가의 자질로 일컬어진 것이었다. 따라서 불교 전래 이전의 향가는 비교적 이른 시기에 형식적 완성을 거둔 가운데, 최치원이 〈난랑비서鸞郎碑序〉에서 거론했던 이른바 풍류風流를 비롯한 고유 신앙을 바탕으로 발전해 왔을 것이다. 이러한 바탕은 〈혜성가〉에서도 확인되는데, 그 전승담에서 세 화랑이 산천을 유람했던 모습이 바로 화랑의 '유오산수遊娛山水'에 해당하는 것이었다.

진평왕 대의 〈혜성가〉와 〈서동요〉에는 한 가지 공통점이 있는데, 그 것은 향가에 얹어 말한 일은 현실로 이루어진다는 믿음이었다. 〈혜성가〉에서 혜성이 애초부터 없었다고 하니 혜성과 왜군이 모두 사라졌고, 〈서동요〉에서 선화공주와 서동이 맺어진다고 했으니 결국 맺어졌다. 훗날 〈원가〉에서 향가를 적은 종이를 붙여 잣나무를 말라 죽게 하는 일이나, 〈처용가〉에서 처용의 형상을 붙여 열병신을 쫓아내는 일 등이 모두 언어와 텍스트로 표현했던 일들이 곧 현실에 성취된다는 믿음을 보여준다. 이러한 예술의 힘에 대한 믿음은 원시적 주술과 신앙에 어느 정도 토대를 두고 있겠지만, 최치원이 거론한 풍류라는 범주에서 고유 신앙으로 발달한 측면 역시 고려할 필요가 있다. 이러한 인식이 훗날 발전하여 신라삼보, 만파식적 등과 같이 소리로써 천하에 영향을 끼친다는 상징물[13]로 발전한 것은 아닐까 싶다.

향가의 문화적 기반과 언어적 표현은 불교의 전래와 더불어 성장의 계기를 맞게 된다. 앞서 살폈듯이 〈원왕생가〉와 같은 향가의 전승담은 그 당시 불교 인물 전승의 참회에 대한 관심과 긴밀한 관계를 맺고 있다. 이뿐만 아니라 이 시기 이후로는 향가와 같은 언어 텍스트를 창작, 향유하는 원리 역시 불교의 언어 인식 또는 비유와 상징 같은 문학적 수사에 대한 승려들의 생각에 상당 부분 빚지고 있지 않았을까 한다.

널리 알려졌듯이 불교는 언어라는 매개를 불완전한 것으로 파악하고 있지만, 또 한편으로는 불완전하나마 소통을 위해 필수 불가결한 것으로 인식하고 있다. 그러한 양면적 태도는 앞서 총론의 31~32면에서 인용했던 원효와 사복의 이야기에서도 드러나 있다.

사복은 원효의 말이 지나치게 길어 번거로우니 짧게 다시 지을 것을 촉구한다. 언어적 표현을 최소화할 것을 주장하는 모양새이다. 그러나 장례를 치른 뒤에는 몸소 게(偈)를 지어 다시 그 번거롭다는 언어에 의존하는 태도를 보인다. 그렇다면 '게'라는 시(詩)의 언어는 번거롭지 않은 것일까? 이 이야기에 등장하는 사(詞)와 게의 내용에 따르면 사와 생의 분별, 먼 옛날 석가모니와 지금 죽은 사복 모친 사이의 분별, 나아가 원효와 사복이 함께 경전을 읽었던 전생과 현생 그리고 내생, 풀뿌리만 뽑으면 나타나는 연화장세계와 속세 사이의 분별을 모두 넘어서야 한다. 이렇게 **분별을 넘어서는 언어가 구축되었을 때, 비로소 언어라는 매개는 그 불완전성을 극복할 수 있다**는 것이다. 그런데 〈사복불언〉과 유사한 맥락의, 분별을 초월함으로써 언어의 불완전성을 극복할 수 있다는 태도는 당시 신라 불교계의 저술 곳곳에서, 특히 참회와 정토 관계 저술에서 확인되고 있다.

원효는 〈대승육정참회〉라는 게송을 비롯하여 《대승기신론소》와 《금강삼매경론》의 여러 곳에서 정토에 이르기 위한 조건으로서 죄업의 유무 자체보다는 참회의 실상을 더욱 중시하는 태도를 일관성 있게 보여 주고 있다. 원효라는 인물 자체가 성과 속, 상층과 기층 사이의 분별을 넘어선 삶의 모습을 상징하는 것처럼, 죄업에 아예 빠지지 말라는 극단적인 삶의 방식보다는 효과적인 참회의 방법에 대한 조언을 통해 죄업을 극복할 것을 촉구하는 것이다. 따라서 원효의 저술이 보여주는 조언은 광덕보다 엄장과 같은, 참회의 체험과 그 필요성이 컸던 이들에게 더욱 절실한 것이었다.

'참회'라는 주제에 주목했던 원효의 게송 〈대승육정참회〉에 대하여 다시 정리한다.[14] 본 작품은 270행에 이르며, 작품의 제목은 대승참회와 육정참회라는, 참회의 두 가지 원인을 아울러 내세운 것이다.[15] 후자인 육정참회는 아집我執, 곧 자신을 실재로 간주하여 감각과 감정 때문에 생겨난 죄업에 대한 참회이며, 전자인 대승참회는 법집法執, 곧 교법을 실재로 간주하여 생겨난 죄업에 대한 참회이다. 이 가운데 대승참회는 원효의 다른 저술인 《대승기신론소》에서도 다루었다.

아집과 법집, 육정참회와 대승참회에 관한 이해를 전제로 2절에서 다루었던 내용을 잠시 돌이켜 본다. 가령 엄장이 광덕의 아내에게 품었던 욕망은 감각, 감정과 관련된 것이므로 육정참회가 필요하다. 한편 달달박박이 여성의 몸을 가까이 하지 않겠다는 가르침에만 집착하여 자비심을 드러내지 못한 것은 대승참회의 대상에 속한다. 나아가 경흥,

원효, 자장과 같은 이들의 자신의 공덕에 대한 집착 역시 대승참회의 대상이 되겠지만, 두 번째 기회를 갖지 못한 채로 파국을 맞았다. 이러한 파국의 원인을 고승들의 오만함에서 찾을 수 있지만, 〈대승육정참회〉의 다음 부분을 보면 그 의미가 더욱 심화된다.

[4] 죄의 생겨남[生]과 유무(有無)의 문제, 102~123행

만일 원래 없던 것과 지금 있게 된 것을

그 둘의 뜻을 아울러 '생겨난다[生]'고 이름 짓는다면

본래 없었을 때는 지금 있는 것은 없었어야 하고

지금 있을 때는 본래 없었던 것이 있어야 한다네.

먼저와 나중이 서로 미치지 못하고, 있고 없음이 합치지 못하여

두 뜻을 합치게 할 수 없다면 어디에 유생(有生)이 있겠는가?

뜻을 합치려 했지만 이미 무너졌으니, 흩어져 다시 이룰 수 없도다.

합칠 수도 흩어질 수도 없고, 있지도 없지도 않으니

없을 때는 있는 게 없다지만 무엇에 대하여 없다 하는 것이며,

있을 때는 없는 게 없다지만 무엇에 기대어 있다 할 것인가?

먼저와 나중, 있음과 없음 모두 성립할 수 없다네.[16]

[4]는 과거, 현재, 미래라는 시간 사이의 분별을 넘어서, 동시同時라는 관점에 둔 인식을 전제하고 있다. 죄업의 원인과 결과 역시 동시에 놓이기 때문에, 본래 없었던 죄업이라면 어느 순간 갑자기 생겨날 수 없다는 것이다. 〈대승육정참회〉는 이렇게 모든 분별을 넘어선 화쟁, 원융 또는 화엄에 대응할 만한 마음가짐을 참회의 궁극적인 상태로 보고 있다.

2절의 논의에 비추어 말하자면, 높은 근기를 지닌 고승들은 엄장, 달달박박처럼 감각, 감정에 따른 죄업에 대한 참회만으로는 궁극의 경지에 도달할 수 없다는 것이다. 근기가 낮은 이들은 자신의 욕망에 대한 참회만으로도 충분하지만, 고승들은 그 행위뿐만 아니라 분별하는 인식을 품었던 마음가짐에 대한 참회도 함께 이루어져야 한다. 근기가 더 높기 때문에 아상我相과 법法에 대한 집착 또한 강하고, 가진 게 많은 탓에 정토에 이르거나 열반에 들기 위해 버리고 떨쳐야 할 것도 더 많은 것이다. [3-2]에 소개된 자장의 결말을 그런 의미에서 살필 필요가 있으며, 다음과 같은 인과론 역시 되새길 만하다.

엄장의 마음엔, 그 10년의 수행에도 불구하고 친구의 아내가 여전히 여색으로 보이고 있었던 것이다. 다시 말해, 엄장은 오랜 수행에도 불구하고 처음의 자신의 모습 그대로였던 것이다. 근원적으로 달라진 것이 없었던 것이다. 엄장이 결혼도 하지 않고 여색으로부터 자신을 지켰던 행위나 여색을 탐한 행위가 결국은 동일한 사태라는 이 역설적 사실, 요컨대 엄장의 사태를 통해 드러나고 있는 것은 지계와 파계는 근원적으로 동일한 사태라는 암시라고 할 수 있다. 그것은 다시 말해, 우리가 계율을 지니고 있는 한 대상으로부터 근원적으로 자유로워질 수 없다는 암시이다. 불교는 이런 사실을 다음과 같은 말로 대신한다. (…)

분별하지 말라는 것, 유무와 시비가 기실 같은 것이라는 것, 분별심이 있는 한 구원에 이르지 못하리라는 이러한 충고들은 끊임없는 자기 포기의 길을 가르치는 것에 다름 아니다. 오직 끊임없는 자기 포기의 과정 속에서만 진리는 현현한다. 따라서 역설적이게도, 우리가 피안에 이르기 위해서는 아무런 특별한 일을 하지 않는 법을 배울 필요가 있다. 인간은 무엇을 하여 얻은 즉시, 그것을 빌미로 자신을 자랑하고, 남과 자신을 분별하려는 경향이 있기 때문이다.[17]

이렇게 개념상의 분별을 넘어선 경지는 참회에 대한 관념이나 정토에 대한 인식에 한정되는 것이 아니라, 다음 내용에서 말하는 불교의 껍질과 알맹이 전체와도 얽히는 문제가 아닐까 한다. 참회의 문제가 개인의 체험 차원만이 아닌 분별을 넘어선 앎과 신앙에까지 이어지는 것이, 신라 불교의 참회관이 지닌 독특한 일면은 아닐까 한다.

> 불교에는 껍질과 알맹이가 있다. 말과 글과 이론과 형식은 그 껍질이며, 사심(私心) 없는 마음됨, 훌륭한 말과 행동이 저절로 뒤따르는 마음됨, 이러한 마음됨은 그 알맹이다. 전자를 또 불교에서는 삼승(三乘), 세 가지 가르침 또는 세 가지 길이라고 하고, 후자를 삼매(三昧)에서 나오는 일승(一乘)이라고 부르기도 했다.[18]

정토와 참회에 관한 정교한 개념 정리와 깊이 있는 고민 못지않게 중요한 것은, 그러한 개념을 논설 혹은 시의 형태로 풀이하는 과정에서 언어적 표현, 문학적 수사방식이 발전하게 되었다는 사실이다. 현존 향가의 형성 시기를 전후하여 다수의 게송 역시 남아 있다는 사실은 양자의 발전 과정이 보조를 맞추고 있었다는 사실을 뜻한다.[19] 그리하여 결국 향가의 언어에 담긴 표현은 결국 현실로 성취되리라는 당시의 믿음을, 고등 종교의 옷을 입은 본격적인 신앙으로 탈바꿈하는 데 기여했으리라 생각한다. 원효의 게송 〈대승육정참회〉는 그 사례로서 향가에 필적하는 문학사적 중요성을 지니고 있다.

그런데 2절에서 살핀 [1]에도 등장했던 경흥에 따르면, 원효의 관점 역시 아직 참회와 불참회 사이의 분별을 유지하는 것으로서 한계를 지닌다고 한다. 다음 인용문은 경흥의 《무량수경연의술문찬無量壽經連義述文贊》에 대한 요약적 구성의 일부이다.

> ② "어떤 이는 이것[《무량수경》]은 〔오역죄를 짓고도〕 참회하지 않는 자를 〔왕생에서〕 제외한 것이고, 저것[《관무량수경》]은 〔오역죄를 짓고〕 참회한 자[의 왕생]을 설한 것이라고 설한다."
>
> 이것은 원효의 설로서, 《무량수경》에서 오역죄를 지은 자와 정법비방자를 제외한다고 한 것은 그들이 참회하지 않기 때문이며, 《관무량수경》에서 5역10악자(五逆十惡者)를 허용한 것은 그들이 참회하기 때문이라고 한다. 이것에 대해 경흥은 《관무량수경》에서 이미 10념(十念)의 염(念)마다 각각 80억겁 생사의 죄를 멸한다고 하였기 때문에 <u>참회와 불참회의 차별이 없는 것이다.</u> 만약 다시 별도의 참회법이 있다고 한다면 이것은 곧 하품하생을 위한 글이 아니라고 하며 비판한다.[20]

원효는 여러 저술에서 죄의 유무를 벗어난 진솔하고 솔직한 참회의 필요성을 강조하고 있다. 그러나 이 글에 따르면 경흥은 한 걸음 더 나아가, 참회와 불참회의 차별까지 벗어나는 초월적 경지를 내세우고 있다. 하지만 원효의 번뇌론에서 '염정무장애문染淨無障礙門'이라 하여 "번뇌론 조직 체계의 바깥에 도道와 장애障礙의 다르지 않음을 시설하는 새로운 관점이 부각되어 있다"[21]는 점이 밝혀졌음을 고려하면, 원효가 도달한 지점이 경흥의 것에 비해 분별지를 덜 벗어났다고 판정하기는 어려워 보인다. 경흥의 언급은 원효에 대한 비판 그 자체로서보다는, 당시 신라 불교계가 분별을 넘어서는 태도를 얼마나 중시했던가를 드러내는 사례로서 더 의미가 있다.

분별을 넘어선 인식과 참회는 얼핏 생각하면 서로 무관해 보인다. 그러나 인식의 주체로서 '나'는 다른 이들과 달리 특별하다는 분별, 차별이야말로 종교인이 경계할 참회의 대상이며, 이것이 원효가 말한 대승참회에 해당한다. 또한 참회를 참회로 뚜렷이 자각하고, 참회했으니까 이제부터 괜찮다는 안이함이야말로 더욱 깊이 경계해야 할 자세일 것이다. 경흥이 말한 참회와 불참회의 차별을 넘어선 삶이란 이런 쪽과 관계가 있지 않은가 싶다. 이와 같은 부류의 참회 및 그 대상은 육정의 감각에 이끌린 욕망에 대한 참회에 비하면 훨씬 복합적인 문제를 포함하고 있다. 이 문제는 사상사의 화두일 뿐만 아니라, 문학 작품의 제재로서도 꾸준히 다루어져 왔다. 이 때문에 이 시기 불교계의 참회에 관한 고심을 주목하여 바라보아야 한다.

요컨대 참회의 대상이 육정의 감각에 따른 것〔육정참회〕과 교리, 공덕에 대한 집착으로 말미암은 것〔대승참회〕으로 구분할 수 있기 때문에, 근기가 낮은 대중의 참회와 고승들의 참회는 그 방식과 성과에 다소의 차이를 띠게 된 것이었다. 특히 대승참회의 과정에서는 [4]에서 살핀 바와 같이 분별의 초월 역시 중요한 문제로 대두되어 있다. 7세기의 불교 관련 인물 전승과 언어관에 나타난 이러한 성과가 향가와는 어떤 직간접적 관계를 맺게 되었는지는 4절에서 살핀다.

4. 불교신앙을 통한 향가의 성취

앞 절에서 살핀 바와 같이, 분별을 넘어서기 위한 일련의 사고 과정은 정토신앙의 참회 관념에서 중요한 화두였다. 그런데 이렇게 분별을 넘어서는 발상은 초기 향가에서도 부분적으로 확인되고 있다. 가령 현존하는 가장 이른 시기의 향가인 〈혜성가〉의 내용을 소박하게 정리하면, 불길한 징조로 보이는 혜성이 사실은 세 화랑의 여정을 준비하는 '길 쓰는 별'이었다는 것이다. 〈혜성가〉의 배경에는 주술적 사유가 다소 우세해 보이지만, 그 언어 표현은 흉조와 길조 사이, 천상과 지상 사이의 분별을 넘어서자는 사상을 지닌 것이다. 이것은 앞 절에서 살핀 정토 인식의 심화를 통한 분별지의 초월과 그리 무관한 것만은 아닐 것이다.

또한 〈서동요〉 전승에서 왕족이었던 무왕이 서동이라는 민담의 주인공이 되어 황금도 못 알아보는 존재로 나타나는 것은 정치적·신분적 분별을 넘어선 모습이었다. 서동이 분별을 넘어섬으로써 성취한 점이 무엇인지 돌이켜 본다. 실제 역사에서 무왕은 여러 번 전쟁을 일으킴으로써 백제와 신라 사이의 갈등을 상징하는 인물이었지만, 설화 속의 서동은 신라 왕의 사위로서 양국 간의 평화를 뜻하는 존재였다. 선화공주와 그가 함께 세운 미륵사는 백제와 신라가 함께 협력하여 조성했다고 되어 있다. 서동의 실제 정체가 무엇이었던 간에, 신라 공주와 백제 왕이 함께 세운 미륵사는 백제와 신라 사이의 협력, 공존에 대한 증거가되어 실제 역사의 비극을 치유하고 있는 셈이다.

진평왕 때를 지나 선덕여왕 때 이루어진 〈풍요〉는 그 제목부터 민요와 관계가 깊다. 불교신앙이 민간에까지 내재화 한 사례라 할 것이다.

來如來如來如	오가? 오가? 오가?
來如哀反多羅	오가? 서러운 것이구나!
哀反多矣徒良	서러운 것! 우리내야!
功德修叱如良來如	공덕 닦아야 오가?[22]

— 〈풍요〉, 양희철 해독

〈풍요〉에는 '공덕'이라는, 서러운 우리 무리들을 정토로 이끌 수 있는 덕목이 등장한다. 또한 이 작품에서 불교와의 인연을 떠올릴 만한 요소는 '래여來如'라는 표기인데, 이것에서 '여래如來'를 연상할 수 있다는 것이다.[23] 또한 이 작품의 전승담에서 한결 눈에 띄는 점은 미술가로서 양지의 활동을 비교적 상세하게 서술하고 있다는 점이다.

양지는 이렇게 헤아리지 못할 정도로 신비로운 사람이었는데, 다양한 재능도 갖추어 역시 비할 데 없었다. 영묘사의 장육존상과 천왕상, 벽돌탑의 기와, 사천왕사 탑 토대의 8부 신장, 법림사의 주불 삼존상과 금강신상 들을 다 그가 만들었다. 서예도 역시 잘해서, 영묘사, 법림사 두 절의 현판도 썼다. 또한 벽돌로 작은 탑을 만들어, 그 안에 3천 개의 불상을 모시고는 절 안에 모시고 공경했다. 양지는 입정(入定)해서 정수(正受)의 자세로 영묘사의 장육존상을 만들었다. 그때 많은 남녀가 재료가 될 진흙을 앞다투어 날라 주며 불렀던 〈풍요〉가 남아 있다.[24]

이처럼 전승담에서는 양지의 조소를 "입정入定해서 정수正受의 자세로" 만들었다고 하였다. 미술 작품이 한낱 기예에 불과한 것이 아니라, 사상의 정수가 반영된 것이라는 의미이다. 마찬가지로 〈풍요〉 역시 소박한 민요의 옷을 입고는 있지만, 이 노래를 부른 남녀들의 '설움'과 '공덕'에 대한 마음은 그 어떤 텍스트에 못지않게 절실한 것이었다. 미술품과 민요의 가치를 절하하지 않고, 그것들의 방편으로서의 효과는 불전佛典에 뒤지지 않는다는 점을 존중할 수 있다면 이 역시 분별을 넘어선 경지라 할 만하다.

지금까지 살핀 작품에서는 주로 분별의 초월이 강조되어 있기는 하지만, 참회와 직접적으로 관련된 요소가 발견되지는 않았다. 참회가 작품 속의 제재로 뚜렷이 부각되는 것은, 2절에서 본 〈광덕 엄장〉에 실린 〈원왕생가〉에서 말미암았다 하겠다.

月下伊底亦	달이 어째서
西方念丁去賜里遣	西方까지 가시겠습니까.
無量壽佛前乃	無量壽佛前에
惱叱古音多可支白遣賜立	報告의 말씀 빠짐없이 사뢰소서.
誓音深史隱尊衣希仰支	誓言 깊으신 부처님을 우러러 바라보며
兩手集刀花乎白良願往生 願往生	'願往生 願往生' 두 손 곧추 모아
慕人有如白遣賜立阿邪	그리는 이 있다 사뢰소서.
此身遣也置遣	아아, 이 몸 남겨 두고
四十八大願成遣賜去	四十八大願 이루실까.[25]

— 〈원왕생가〉, 김완진 해독

이 작품의 작자는 광덕임이 거의 확실하지만, 엄장으로 보아야 한다는 주장이 아직도 간혹 등장하고 있다. 그것은 작품의 작자는 광덕일지라도, 다수의 독자는 자신과 마찬가지로 유혹에 빠졌던 경험이 있었던 엄장에 그 처지를 이입하고 동일시할 수 있기 때문이다. 작품의 화자를 광덕 혹은 엄장으로 각각 가정하여 읽어 보면 그러한 양상이 드러난다.[26]

예컨대 서방까지 간 달이 무량수불 앞에 사뢰는 말씀의 내용은, 광덕에게는 용맹 정진했던 한결같은 인생이겠지만, 엄장에게는 죄업과 참회에 얽힌 내용일 것이다. 그리고 두 손 모아 비는 '원왕생'이 광덕에게는 순전히 자신의 신앙, 믿음에 관한 것이라면, 엄장에게는 참회와 용서를 간구하는 모습이 된다. 말미의 "이 몸 남겨 두고 / 四十八大願 이루실까." 역시 광덕은 무량수불께서 자신을 버릴 리 없다는 뜻으로 이렇게 말할 수 있다면, 엄장은 '결국 이러한 참회에도 불구하고 나는 죄업 때문에 버림받아 마땅한 존재인가'라는 반성과 성찰의 뜻으로 말하는 것이 된다.

엄장은 광덕에 비하면 더욱 불안정한 화자이지만, 바로 그 불안정함 때문에 시적 화자로서 더 많은 이들에게 공감과 호응을 얻게 될 가능성이 큰 것이다. 참회할 필요가 없는 화자와 뿌리 깊은 참회를 체험해야 할 화자 가운데 어느 쪽이 더 큰 시적 울림을 수반할 지는 문학적, 종교적으로 깊이 생각해 볼 문제이다.

정리하면 〈광덕 엄장〉은 광덕의 16관법과 엄장의 참회를 거친 쟁관법이 동일한 성과를 거두었음을 강조하는 이야기라면, 〈원왕생가〉는 참회의 체험이 있는 이들에게 그렇지 않은 이들보다 더욱 많은 공감대를 얻을 수 있는 시가였다.

5. 참회를 통한 넘어서기

지금까지의 논의 내용을 요약하면 다음과 같다.

첫째, 불교의 전래 이후 원광의 활동과 점찰법회의 성행을 계기로 참회라는 주제에 집중하는 인물 전승, 언어 표현에 대한 성찰, 게송과 향가 등이 나타났다.

둘째, 참회와 관련한 인물 전승에서 광덕과 엄장, 노힐부득과 달달박박처럼 재가신도이거나 승려로서의 족적, 영향력이 크지 않은 경우에는 참회가 실수를 만회하고 또 다른 기회를 부여하는 역할을 분명하게 했다. 반면에 고승들은 참회의 기회를 누리지 못했거나, 그 효과가 직접적으로 드러나지 않는 양상이다. 이것은 고승들에게 한결 더 엄격한 원칙이 적용되었다기보다는, 자신의 공덕에 대한 오만함 탓에 비롯된 죄업은 무명無明으로 인한 죄업과는 달리 참회를 통해 극복될 수 없었다는 의미에 한결 가까워 보인다.

셋째, 불교 전래 이전, 향가의 화자들은 언어를 통해 표현된 그 내용이 현실에 바로 성취된다는 믿음을 지니고 있었다. 그 믿음은 언어라는 매개를 부정하는 동시에 긍정했던 불교의 언어 인식과 문학적 표현을 통해 다채롭게 변화할 수 있었다. 특히 불교는 참회의 대상을 육정과 대승, 아집과 법집으로 나눈 다음, 다시 그것의 분별을 넘어선 역설적인 존재상에 대한 묘사를 시도하였다. 이를 통해 게송과 향가를 비롯한 서정문학의 성장에 기여하였다.

넷째, 현존하는 초기 향가는 주로 분별을 넘어선 인식을 통해 역사적 상황과 인물을 다시 해석하거나, 미술 작품과 민요의 방편으로서의 가치를 존중하는 방향으로 발전할 수 있었다. 참회의 주제는 〈원왕생가〉에 이르러 비로소 등장하였는데, 참회의 필요성이 없었던 작가 광덕보다는, 참회를 반드시 거쳐야 했던 엄장을 화자로 상정할 경우 독자의 처지와 유사해질 수 있었다. 따라서 광덕보다는 엄장이 본 작품의 화자로서 독자의 이입, 공감을 크게 불러일으킬 수 있었다.

제8장

〈보현십원가〉에 나타난 참회

1. 원전과의 구별점

이 글은 〈보현십원가〉의 내용 가운데 그 원전 《화엄경》의 〈보현행원품〉과도, 최행귀崔行歸의 한역漢譯과도 일치하지 않는 부분을 신라 이래의 한국 불교 나름의 전통 위에서 이해할 필요성을 제기하기 위해 이루어졌다. 특히 제4수인 〈참회업장가懺悔業障歌〉와 제10수인 〈보개회향가普皆廻向歌〉에 주목하였다. 그 내용이 원전과 한역의 해당 부분과 특히 두드러진 차이를 지니고 있을 뿐만 아니라, 초기 불교계의 대중화 단계에서 신앙의 단초로서 고심했던 참회라는 화두를 집중하여 다루고 있기 때문이다.

〈보현십원가〉는 11수의 연작으로 이루어져 그 체제와 분량이 종전의 향가에 비해 확장된 모습일 뿐 아니라, 《화엄경》 전체의 집약이었던 〈보현행원품〉의 시적 재구성이기도 했다. 따라서 구성의 확장성과 주제의 깊이 면에서 향가의 완성형에 가깝다고 할 만하다. 그러나 그 문학과 사상 양쪽의 성취에도 불구하고, 본 작품이 원작 〈보현행원품〉,

한역 〈보현행원송〉과 구별되는 국문시가 작품으로서의 의의에 대한 탐색은 여전한 과제로 남아 있다. 따라서 이 글에서는 신라 불교사의 실천적 덕목으로서 중요한 의미를 지녔던 '참회'라는 주제에 초점을 맞추어 〈보현십원가〉의 문학사적 위치와 가치를 성찰하고자 한다.

사상적 배경을 고려한 〈보현십원가〉 연구 경향은 크게 두 가지 방향으로 이루어졌다. 하나는 균여 당대 정치사상의 동향을 작품의 주요 배경으로 활용하는 것이었으며,[1] 다른 하나는 작품의 원전으로서 화엄교학의 원류 자체에 천착하여 그 성격을 규정하는 것이었다.

첫째 방향과 관련하여 광종 당대에 균여가 처했던 상황,[2] 의상義相의 후신으로 일컬어졌던 균여의 사상적 지향[3]을 고려하여 〈보현십원가〉의 가치를 판단하려는 일련의 흐름이 있었다.[4] 나아가 균여의 화엄사상을 정치적·친왕적親王的이라기보다 대중에의 공감, 감화를 우선했던 것[5]으로 파악했다. 그러나 화엄사상에 바탕을 둔 대중화의 실상을 더 구체적으로 제시할 필요가 있다. 불교의 대중화와 전제왕권 치하의 애민의식은 서로 통할 부분이 많았기 때문이다. 따라서 초기 불교의 대중화 과정과 신라 왕실의 신앙에서 함께 중시했던, 가령 참회와 같은 덕목이 〈보현십원가〉에 나타나고 있는 양상에 주목할 필요가 있다.

그리고 둘째 방향과 관련하여, 〈보현행원품〉뿐만 아니라 징관澄觀의 《화엄경행원품소》나 《화엄경행원품소초》 등의 주석서에 나오는 표현들도 그 저본으로 간주해야 한다는 관점[6]이 대두하고 있다. 이에 대하여 두 작품의 부분적 표현 이외에는 직접 대응하는 사례가 없으니 "저본 혹은 선행 텍스트라기보다 당시 화엄학 이론의 수용 또는 반영이라는 관점에서 이해할 필요가 있다"[7]는 비판 역시 있었다. 이러한 관심의 확장은 〈보현십원가〉를 〈보현행원품〉과 유사하거나, 아니면 나름의 비유·상징을 지닌 정도를 기준 삼아 판단했던 시각[8]을 넘어서, 《화엄경》의 교학사敎學史라는 거시적 관점에서 본 작품을 새로이 이해할 토양을 마련한 것이었다.[9] 한편 최행귀의 한역 〈보현행원송〉에 대한 연구도 간헐적으로 이루어졌는데, 대개 〈보현십원가〉의 충실한 번역이라기보다 〈보현행원품〉으로의 회귀 또는 그 직역에 한결 가까웠다는 관점이 우세하다.[10]

그간의 연구사에서 균여 당대의 정치사상이나 화엄사상의 교학적 의미에 대한 성찰은 상당히 세부적인 부분까지 이루어졌다. 그러나 〈보현십원가〉에는 원전에 해당할 불전佛典의 품品과도, 국문시가와는 독자층이 다른 최행귀의 송頌과도 내용상 차이를 지니는 부분이 상당히 있는데, 이에 대해서는 신라에서 고려 초에 이르는 한국사상사와 문학사의 관심사를 고려한 접근이 필요할 것이다. 그리고 이것이야말로 불전의 영향력이나 한문문학의 지향과는 구별되는, 국문시가로서 〈보현십원가〉의 가치에 이어질 것이다. 이 글에서 이러한 규모의 접근을 모두 수행하지는 못하겠지만, 일단 신라 초기 불교 이래로 큰 비중을 지닌 사상적 주제, 신앙의 근거였던 참회라는 주제를 한 사례로서 고찰한다.

이에 따라 2절에서는 신라 불교의 참회에 대한 인식을 먼저 살피고, 3절에서 제4수 〈참회업장가〉를 통해 참회의 과정과 성과에 대한 작품의 지향을 분석한 다음, 4절에서 제10수 〈보개회향가〉를 중심으로 참회에 대한 인식이 회향迴向을 비롯한 다른 불교사상의 개념으로 나아갈 가능성을 개진한다.

2. 신라 불교의 참회에 대한 인식

참회의 문제는 불교의 공인 이래로 신라 불교 전승의 중요한 화두였다. 그것은 초기 불교의 점찰법회占察法會[11]를 통해 축적된 참회의 체험과 밀접한 관계가 있다. 점찰법회에서 내세운 참회는 일상생활에서 쌓인 죄업과 인과 관계를 이루는 한편, '점占'이라는 명칭에 드러나는 것처럼 주술 혹은 전통 신앙과도 관계가 깊은[12] 대중적인 모습이었다. 참회를 교학의 측면에서 깨달음에 이르기 위한 한 단계로 다루기도 했을 테지만, 참회를 일상 속 과보果報에 대한 회개, 개심이라는 더 넓은 측면에서 바라보았다는 점이 신라 불교의 특성이었다.

회개, 개심으로서 참회의 본질에 대한 성찰은 원효元曉: 617~686에 의해 본격적으로 이루어졌다. 원효는 불교 대중화에 큰 족적을 남긴 만큼, 점찰법회의 대중적 성격에도 관심을 가졌을 가능성이 크다. 이와 관련해 사람들을 점찰법회로 이끌었다는 설화적 내용[13]이 남아 있기도 하다.

《대승기신론소大乘起信論疏》와 《이장의二障義》 등의 저술을 통해, 원효는 참회에 대승참회大乘懺悔와 육정참회六情懺悔의 두 가지 유형이 있다고 서술한다. 이는 마음속 두 가지 장애〔二障〕에 대한 인식에 대응하는 것으로, 원효에 의해 비로소 체계화된 구도이다.[14] 이 가운데 대승참회는 법法, 곧 교법을 실재로 여기는 소지장所知障―지애智礙라는 장애에 대한 참회이며, 육정참회는 아我, 곧 자신의 감각〔六情〕을 실재로 여기는 번뇌장煩惱障―번뇌애煩惱礙라는 장애에 대한 참회이다.[15] 다시 말해 원효는 참회를 통해 벗어나야 할 대상으로 육정의 감각뿐만 아니라 교법에 대한 지식까지 포함시키고 있었다.

그리고 대승참회와 육정참회를 아울러 〈대승육정참회大乘六情懺悔〉라는 270행의 게송을 통해 묘사하고 있다.[16] 〈대승육정참회〉는 크게 1) 참회에 이르기까지의 과정(1~85행), 2) 참회를 위한 선후와 존재의 유무(86~184행), 3) 참회의 방법으로서 꿈을 통한 관법(185~270행) 등으로 내용이 구성되어 있으며, 그 내용은 148면의 표에서 확인할 수 있다.[17]

1~85행의 첫 단락은 참회 이전의 단계를 설명한 내용이며, 참회의 구체적 양상은 86~184행의 둘째 단락에 주로 나타나 있다. 둘째 단락에서는 참회할 죄가 나타난 과거와 현재 그리고 미래 사이의 분별을 넘어설 것을 강조하고 있다. 모든 시간의 분별을 넘어서, 모든 시간의 동시성을 인정하라는 것이다. 그런데 과거와 현재가 동시라면, 과거에 없었던 죄업이 현재에 (그리고 미래에도) '동시에' 있다 할 수 없으니, 참회할 대상이 없다고도, 있다고도 할 수 없다. 다시 말해 과거와 현재, 미래를 분별해 온 경험[我]과 지식[法]을 모두 넘어선다면, 죄의 유무를 넘어선 진정한 참회에 이르게 된다는 뜻이다. 그 '넘어섬'의 여정을 바로 185~270행의 마지막 단락에서 꿈에서 깨어나는 모습으로 묘사했다고 할 수 있다.

요컨대 〈대승육정참회〉는 분별을 넘어선 경지에서 이루게 될 진정한 참회를 시적으로 형상화하고 있다. 그리고 또 한편으로 그 과정에서 참회의 성과를 모든 중생에 돌이킬 방편을 강구하고 있는데, 개인적 성찰에 주로 관련된 참회를 중생 집단에 연결한 점이 다소 독특하다.

점찰법회를 널리 활용한 승려 가운데 8세기 중엽 경덕왕 대재위 742~764에 활동했던 백제계 승려 진표眞表: 718~?가 있었다. 진표는 호남과 영서 지역에서 주로 활동하였는데, 참회와 고행을 통해 미륵불을 만나 성불한 인물로 주로 묘사되어 왔다. 미륵을 친견親見하는 내용이 주가 되는 전기는 10세기에 한 차례, 12세기에 두 차례 이루어졌는데, 후대로 갈수록 참회의 정도를 표현하는 모습으로서 고행의 정도가 더욱 심해진다. 이를 망신참법亡身懺法이라고도 부르는데, 진표의 전기 세 편에서 각각 다음과 같이 서술되고 있다.

[1] 몸을 들어 땅에 치면서 계법(戒法)을 구하고자 서원하길, '미륵보살이 나에게 계법을 주시길 바란다.'고 하였다. 밤에는 낮보다 배로 공을 들여 주위를 돌고 몸을 던지며 마음으로 쉼 없이 생각하기를 7일이 지나자 (…)**18**

[2] 진표가 순제의 말을 듣고, 여러 명산을 다니다가 선계산(仙溪山) 불사의암(不思議庵)에 정착했다. 그러고는 몸과 말과 뜻을 바로잡으며 망신참(亡身懺)으로 고행했다. 첫 7일 동안 온몸을 돌로 쳐 무릎과 팔뚝을 다 부수고 피를 바위에 흩뿌렸다. 그러나 효험이 없자, 다시 7일 동안 몸을 버리기로 했다. 그렇게 14일이 지나자 지장보살을 만나 깨끗이 계율을 받았다. 진표의 나이 23세로, 8세기 전반기의 일이었다.**19**

[3] 진표는 물러나 그 말을 좇아 27살이 되도록 여러 명산을 떠돌다가, 760년 쌀 20두를 쪄서 변산의 불사의암에 들었다. 고작 쌀 5홉을 하루에 먹었지만, 그나마 1/5을 덜어 쥐에게 공양했다. 그렇게 3년 내내 미륵의 상 앞에서 간절히 빌었지만, 별다른 영험이 없었다.

비장한 마음으로 절벽 아래 뛰어드니, 파란 옷을 입은 동자가 팔로 안아 돌 위에 내려주었다. 진표는 다시 기운을 차려 21일을 기한 삼아 밤낮으로 수행하고 돌을 두들기며 참회했다. 돌 두드리기 3일 만에 팔목이 다 부러졌지만, 7일째 밤에 지장보살이 나타나 황금 지팡이를 흔들자 회복했다. 지장보살께 승복과 지팡이를 받은 진표는 감동하여 더욱 열심히 했다. 21일을 채운 진표는 천상계를 볼 눈이 열려, 저 미륵이 머무는 도솔천에서 신들이 오는 광경을 볼 수 있었다.[20]

[1]은 《송 고승전》의 〈진표전〉(988), [2]와 [3]은 《삼국유사》에 수록된 〈진표전간〉(12세기)과 〈진표비명〉(1197)이다. [1]을 보면 진표의 참법은 당초에는 오체투지의 양상에 가까운 것으로, 수행의 진정성을 담백하게 보여주는 쪽에 근본적인 의도가 있었다. 그러나 후대의 [2]는 몸을 혹사시키는 이른바 망신참법의 참혹함을 보이는 쪽에 한결 가깝고, [3]은 조력자와 동반자를 함께 등장시킴으로써 그 신비감을 증폭, 부연하는 구성을 취하고 있다.[21] 진표는 이런 수행을 통해 미륵을 만나 깨달음을 얻고자 했는데, 그 증거로 미륵의 손가락뼈를 얻어 숭배의 대상으로 삼게 된다. 흥미로운 점은 진표가 미륵의 뼈를 얻어 성불한 것처럼, 후대의 사람들은 진표의 뼈를 얻으려는 신앙을 갖게 된다는 점이다.[22]

진표의 전기에서 참회는 미륵을 친견하기 위한 매개였고, 그 증거가 된 '뼈'는 다시 훗날 미륵신앙, 진표에 대한 신앙을 지닌 이들이 진표를 만나기 위한 매개가 되었다. 후대의 전승으로 갈수록 참회 그 자체보다는 참회의 정도를 표현하는 고행의 요소가 더욱 부각되기는 했지만, 진표 전기의 근본은 참회를 통한 미륵의 친견에 있었다고 할 수 있다.

이상의 내용을 정리하면 다음과 같다. 7세기의 원효와 8세기의 진표는 모두 점찰법회의 개최와 밀접한 관련을 지닌 인물이었다. 그리고 전자는 〈대승육정참회〉를 통해 죄업과 참회의 선후 관계에 대한 분별을 넘어선 참회를 추구하였고, 후자는 참회의 성과로서 미륵이라는 불·보살을 친견하여 신앙의 증거가 되는 뼈를 얻게 되는 과정을 보여주고 있다. 요컨대 신라 불교의 참회에는 점찰법회라는 의식을 배경 삼아 ① 분별을 넘어선 정신적 경지, ② 불·보살을 친견하리라는 신앙의 양상이 나타나 있다. 이 두 가지만을 신라 불교에서 추구한 참회의 모든 것이라 할 수는 없다. 그러나 ①과 ②는 바로 〈보현십원가〉의 〈참회업장가〉, 〈보개회향가〉에서 각각 확인되는 내용이며, 이들이 원전 〈보현행원품〉과 한역 〈보현행원송〉과 구별되는 요소라는 점에 주목할 필요가 있다. 3절과 4절에서 이에 대하여 살핀다.

3. 〈참회업장가〉에 나타난 참회의 과정과 성과

〈보현십원가〉의 제1~5수의 전반부에서는 모든 부처께 예를 올리고(〈예경제불가〉) 무수한 불·보살을 찬양하며(〈칭찬여래가〉) 공양을 올리는 장면을 직접 묘사한 다음(〈광수공양가〉), 제4수인 〈참회업장가〉를 통해 악업을 참회하는 과정과 그 성과를 묘사하였다. 뒤이어 나오는 남들의 공덕을 기뻐한다는 내용(〈수희공덕가〉)과의 호응을 위해서, 참회의 성과로서 공덕이 이루어지는 상황을 구체적 장면으로 묘사하고 있다.

다시 말해 제4수에서 참회를 통해 이루어진 개별적 차원의 공덕을 묘사하고, 제5수에서는 그런 공덕이 누구에게나 일어날 수 있다는 보편성을 강조하는 흐름을 띠는 것이다. 그 보편성의 토대는 제4수의 참회를 온 세상의 부처들이 친견하여 증거한다는 점에 있다. 바로 2절에서 논의했던 부처와의 친견이 나타난 것이다.

이어서 제6~11수의 후반부에서는 부처께 법륜法輪 굴려 주기를 비유적으로 간청하고(〈청전법륜가〉) 이어서 중생을 위해 머물러 주기를 함께 청하며(〈청불주세가〉), 부처의 모든 것을 다 배우겠다고 한 다음(〈상수불학가〉) 그 모든 과정을 모든 중생과 함께 하리라는 의지를 피력하고(〈항순중생가〉), 제10수 〈보개회향가〉를 통해 모든 공덕을 중생에 회향하리라는 결심에 이른다.

그런데 〈보개회향가〉에서 특이한 점은 원전이나 한역에는 나오지 않았던, 참회했던 "머즌 업業"이 법성法性을 이루게 될 보물이라는 발상을 보인다는 점이다. 최하의 단계인 죄업과 최상의 경지인 법성을 동일시한 점이 독특한데, 이렇게 분별지를 넘어서야 한다는 융회적 사유는 균여의 특징이기도 하지만 2절에서 거론한 원효와 진표 이래로 신라의 사상가들이 하나같이 중시했던 관점이기도 했다.

그리고 작품의 전체적 결론에 해당하는 제11수 〈총결무진가〉의 바로 앞 내용을 이렇게 구성했다는 점은, 작품의 근간을 참회의 맥락에서 돌이켜볼 한 필요성을 시사한다.

그러면 우선 참회라는 주제가 〈참회업장가〉에서 묘사되는 각각의 양상을 살펴보겠다. 그리고 〈보현십원가〉 자체의 특징을 강조하기 위해 《화엄경》의 〈보현행원품〉과 최행귀의 〈보현행원송〉 각각의 해당 부분과 비교하면서 고찰하기로 한다. 〈참회업장가〉에 해당하는 《보현행원품》 원전 부분은 다음과 같다.

선남자여, 또한 업장을 참회한다는 것은 보살이 스스로 이렇게 생각하는 것이니라. "내가 과거 한량없는 겁으로부터 내려오며 탐내는 마음과 성내는 마음, 어리석은 마음으로 말미암아 몸과 말과 뜻으로 지은 모든 악한 일이 없이 한량없고 가없어, 만약 이 악업이 형체가 있는 것이라면 끝없는 허공으로도 용납할 수 없으리니, 내 이제 청정한 삼업으로 널리 법계와 극미진수의 세계마다 모든 불보살 앞에 두루 지성으로 참회하되 다시는 악한 업을 짓지 아니하고 항상 청정한 계행의 일체 공덕에 머물러 있으리라"[23]

〈참회분〉은 "탐진치貪瞋癡"라는 이른바 삼독을 악업의 원인으로 생각하고 있으며, 이 때문에 자신의 죄업이 온 허공계에서도 용납받지 못할 것임을 단정하고 있다. 따라서 삼독에 대비되는 청정한 삼업을 닦음으로써 참회하고 청정한 공덕에 머물겠다고 말한다. 삼독과 악업의 인과 그리고 그 인과율을 부정하기 위한 삼업의 수행이라는 덕목들이 논리적으로 긴밀하게 얽혀 있다. 그러나 〈참회업장가〉는 참회의 원인에 해당하는 삼독을 열거하는 대신, "전도顚倒"라는 하나의 상황을 제시하는 동시에 참회의 성과를 한결 구체적으로 보여주었다. 삼독에 대한 논리적 분석을, 전도의 장면에 대한 묘사로써 대체하고 있는 셈이다.

顚倒逸耶	顚倒 여히야
菩提向言道乙迷波	菩提 아은 길흘 이바
造將來臥乎隱惡寸隱	지스려누온 머즈는
法界餘音玉只出隱伊音叱如支	法界 나목 나님짜
惡寸習落臥乎隱三業	머즌 비홋 디누온 三業

淨戒叱主留卜以支乃遣只	淨界ㅅ 主로 디니ᄂᆞ곡
今日部頓部叱懺悔	오늘 주비 브릇봇 懺海
十方叱佛體遣只賜立	十方ㅅ 부텨 마기쇼셔
落句 衆生界盡我懺盡	아야, 衆生界盡我懺盡
來際永良造物捨齊	來際 오랑 造物 ᄇ리져[24]

— 〈참회업장가〉, 김완진 해독

1행의 "顚倒 여희야"는 구결을 고려하면 까닭을 나타내는 "顚倒이라서"[25]로 읽는 것도 무방할 것이다. 이렇게 본다면 "전도"를 2~4행에 걸친 넓은 범위의 악업이 나타나게 된 근거로 삼을 수 있다. 삼독이라는 말 자체가 그리 어려운 용어가 아니었을 텐데도 이것을 전도라는 표현으로 대체한 이유는 무엇일까? 삼독에 얽매이는 상황이 벗어날 수 없는 인간의 본성은 아니고, 그것은 전도된 상태이기 때문에 반드시 벗어날 수 있다는 믿음을 심어 주려는 뜻이 있었다고 볼 수 있겠다.[26]

그 믿음의 성과를 "十方ㅅ 부텨 마기쇼셔"라 하여 자신과 온 세상의 부처가 서로 소통하는 방식으로 다시금 내세우고 있는데, 이것은 원전이 어디까지나 참회에 대한 자신의 의지, 온 허공에 용납받지 못할 비관적 처지를 중심으로 서술된 것과는 차이가 있다. 요컨대 〈참회분〉과는 달리 〈참회업장가〉는 참회를 통해 깨달음의 성과를 반드시 얻을 수 있으리라는 믿음과, 그 성과를 온 세상의 부처들이 바라보고 증거하리라는 소통의 가능성에 초점을 맞추고 있다.

여기서 참회의 성과를 온 세상의 부처들이 증거할 것이라는 서술은 참회한 이후에 부처를 친견할 가능성까지 포함한다. 2절에서 거론했던 것처럼 참회를 전후하여 불·보살과 친견하는 장면은 신라 불교에서 중요한 문제였다.[27] 이 구절은 〈보현행원품〉이나 아래의 〈참회업장송〉에는 직접 나오지 않았지만, 그렇다고 갑작스럽게 등장한 것은 아니었다. 그보다는 참회와 친견에 얽힌 문제를 깊이 성찰했던 신라 불교 전승의 유산이라 할 만하다.

　그러나 최행귀의 한역에 이르면, 존재와 존재 사이의 소통을 중시했던 〈보현십원가〉 연작의 방향은 축소되고 다시금 주체의 의지를 내세우는 쪽으로 회귀하고 있다. 그리고 정계를 긍정하고 세속을 부정하는 삶의 태도는, 긍정과 부정이 분명하다는 점에서 어쩌면 이상을 띤 분별지에 가까운 것으로 평가할 여지 또한 있다. 요컨대 〈참회업장가〉와는 그 지향이 같지 않다.

自從無始劫初中　無始劫의 과거로부터
三毒成來罪幾重　三毒을 지어온 죄가 얼마나 무거우랴
若此惡緣元有相　이 악연에 본디 相이 있다 하면
盡諸空界不能容　온 허공을 다해도 용납 받지 못하리
思量業障堪惆愴　업보를 생각하면 슬프지만
罄竭丹誠豈墮慵　정성을 다할 뿐 어찌 게을러지랴
今願懺除持淨戒　이제 참회하노니 淨戒를 지켜서
永離塵染似靑松　푸른 솔처럼 영원히 티끌세상 떠나리.[28]

〈참회업장가〉가 묘사한 것은 짧은 장면, 어쩌면 하나의 순간에 가깝다. 삼독에 찌들었던 과거는 현재의 상황이 이루어지게 된 하나의 까닭으로 짧게 서술되었고, 대신 참회의 성과가 이루어져 깨달음을 얻은 이후의 기쁨을 기대하며 기다리는 모습이다. 그리고 그 기쁨을 증거하는 시방 부처와의 친견을 통해, 개체와 부처 사이의 소통을 강조한다. 그러나 〈참회업장송〉에서는 과거의 죄가 지닌 무거움, 용납받지 못하는 현재의 괴로움, 영원히 티끌세상을 부정하게 될 비판적인 미래상이 거의 동등한 비중으로 나타나 있다. 이것은 과거와 현재, 현재와 미래의 논리적 인과 관계에 주목했던 〈보현행원품〉 원전의 모습을 닮았다.

요컨대 〈참회업장가〉에는 그 원전과 한역에는 나타나지 않은, 참회의 성과로서 불·보살의 친견이라는 문제가 나타나 있는데, 이는 앞서의 진표와 관련한 참회 관련 인물 전승에서 그 단서를 떠올릴 수 있다.

4. 〈보개회향가〉에 나타난 참회와 회향의 관계

〈보개회향가〉는 참회를 본격적인 주제로 삼은 작품은 아니지만, 신앙의 성과를 중생에 돌이키는 회향의 과정에서 참회의 중요성을 언급하고 있다는 특징이 있다. 〈보개회향가〉 및 이에 해당하는 원전과 한역은 다음과 같다.

선남자여, 또한 지은 공덕을 널리 회향한다는 것은 처음에 부처님께 예배하고 공경하는 것으로부터 중생을 수순하는 것까지의 모든 공덕을 진법계 허공계 일체 중생에게 남김없이 회향하여, 중생으로 하여금 항상 안락하고 일체 병고는 영영 없기를 원하며, 악한 일을 하고자 하면 하나도 됨이 없고,

착한 업을 닦고자 하면 모두 어서 성취하여 일체 악취의 문은 닫아 버리고, 인간에나 천상에나 열반에 이르는 바른 길은 열어 보이며, 모든 중생이 그가 지어 쌓은 모든 악업으로 인하여 얻게 되는 일체의 극중한 고보(苦報)는 내가 다 대신 받아서 저 중생으로 하여금 모두 해탈케 하여 마침내 무상보리를 성취하게 하는 것이니라.

보살이 이와 같이 그 닦은 공덕을 회향하나니 허공계가 다하고, 중생계가 다하고, 중생의 업이 다하고, 중생의 번뇌가 다하여도 나의 이 회향은 다하지 아니하여 끊임없이 생각 또 생각하되 몸과 말과 뜻으로 짓는 일에 지치거나 싫어하는 생각이 없느니라.[29]

〈회향분〉은 공덕을 이루기까지의 과정에 대한 서술은 상세하지 않다. 그 대신 회향의 자세에서 중생을 향한 아낌없는 극한의 자세를 지향해야 한다는 점을 반복하여 주장하고 있으며, 그 회향의 작용이 영원함을 단정하고 있을 따름이다. 〈보개회향가〉 역시 이러한 점을 긍정하고는 있지만, 〈회향분〉에 나오지 않는 내용이 몇 가지 추가되었다.

皆吾衣修孫	모든 내이 닷굴손
一切善陵頓部叱廻良只	一切 무른 부르봇 돌악
衆生叱海惡中	衆生ㅅ 바둘아기
迷反群无史悟內去齊	이반 물 업시 끼두르거져
佛體叱海等成留焉日尸恨	부텻 바둘 이론 나른
懺爲如好仁惡寸業置	懺ᄒ더온 머즌 業도
法性叱宅阿叱寶良	法性 지밧 寶라

舊留然叱爲事置耶	녀리로 그럿 ᄒ시도야
病吟禮爲白孫隱佛體刀	아야, 절ᄒᆞᆯ손 부텨도
吾衣身伊波人有叱下呂	내이 모마 더브 사ᄅᆞᆷ 이샤리[30]

— 〈보개회향가〉, 김완진 해독

〈보개회향가〉의 중심을 이루는, 5~8행에 해당하는 부분은 〈회향분〉에는 나와 있지 않다. 여기서는 회향이 끊임없이 이루어질 영겁의 시간을 거론하는 대신, "부텻 바들 이론 나ᄅᆞᆫ"이라는 한정된 시간을 보여준다. 그리고 그날이 오면 참회해야 했던 "머즌 업業"이 법성法性 집의 보寶가 될 것이라고 단정한다. 깨달음의 날이 오면 그때까지 가장 자신을 괴롭혔던 인물 혹은 감정이 가장 큰 은혜였다는 역설은 불교에서 자주 나타나는 것이기도 하다. 그러나 여기서 주목되는 점은 그 역설이 참회해야 할, 가장 낮은 단계의 죄업을 궁극적 목표인 가장 높은 경지의 법성과 동일시하는 융회적 사유의 기반이 되었다는 사실이다.

이렇게 낮은 것과 높은 것, 죄업과 법성 사이의 분별을 넘어선 인식은 원효를 비롯한 사상가들이 참회와 관련하여 고민한 문제이기도 하였다. 특히 원효는 《이장의》에서 도와 장애가 하나가 되는 경지까지 펼쳐 보였는데, 분별지를 넘어설 것을 극단적인 영역까지 강조했다는 점에서 〈보개회향가〉를 연상케 한다. 이에 대한 요약 설명은 다음과 같다.

오히려 우리가 관심을 두고 언급해야 할 다른 부분이 있다. 그것은 원효가 중첩되고 경계가 모호한 번뇌론 조직 체계의 바깥에 염정무애장문(染淨無礙障門)이라고 하는 새로운 설정을 시도하고 있다는 점이다. 이 점은 얼핏 보면 중요하게 보이지 않을 수도 있다. 하지만 번뇌론 조직 체계의 바깥에 도(道)와 장애(障礙)의 다르지 않음을 시설하는 새로운 관점이 부각되어 있다는 것은 원효가 번뇌론에 대한 분석과 종합을 시도한 또 다른 목적의 일단을 보여주는 것이라는 점에서 주목할 필요가 있다고 생각된다.[31]

그러나 균여가 중시했던, 참회를 통한 분별지의 극복 역시 최행귀 한역에서는 뚜렷이 드러나 있지 않다. 그 대신에 중생을 향한 무한한 회향의 범위와, 그 범위가 효력을 갖는 시간 또한 영속적임을 〈회향분〉과 마찬가지로 서술하고 있을 따름이다.

從初至末所成功	처음부터 끝까지 이룬 공덕을
廻與含靈一切中	모든 중생에게 모두 돌려주리라.
咸覬得安難苦海	모두 안락을 누려 고해를 벗어나길 바라며
總斯消罪仰眞風	모두 죄를 씻고 참된 교화를 우러러보기를
同時共出煩塵域	모두 함께 번뇌의 세계에서 뛰쳐나와
異體咸歸法性宮	몸은 다르지만 모두 법성(法性)의 궁에 들기를
我此至心廻向願	나의 이 지극한 회향의 서원은
盡於來際不應終	내세가 다하도록 그치지 않으리.

최행귀의 〈보개회향송〉에는 〈보개회향가〉의 5~8행에 해당하는 부분이 없다. 그 대신 회향의 성과가 모든 중생에 두루 미친다고 했던 〈회향분〉의 주제를 되새기고 있으며, 그 효과의 범위를 내세가 다하도록 그치지 않는 영겁의 시간으로 되돌리고 있다. 깨달음의 순간 하나를

묘사하고, 그런 순간의 체험이 모든 중생에게 열려 있음을 강조했던 균여와는 그 지향점이 달라졌다고 할 수 있다.

이상의 두 작품에 한정하여 말하면 최행귀의 한역은 〈보현십원가〉 자체보다는 〈보현행원품〉 원전의 내용을 간명하게 전달하는 쪽에 초점을 맞추었다. 그리고 이와는 대조적으로 균여의 창작 과정에서 〈보현십원가〉만이 지니게 된 특징이 한결 분명하게 드러난다. 〈참회업장가〉에서는 참회를 전후하여 친견했던 부처가 그 성과를 증거하는 모습으로, 〈보개회향가〉에서는 죄업과 법성을 동일시했던 융회적 사유의 실현으로 그 특징이 드러났다. 친견과 분별지와 얽힌 참회의 문제는 균여 나름의 작가의식과도 관계가 있겠지만, 2절에서 정리한 바 7세기 이래의 신라 불교에서 자주 나타나고 거론되었던 문제이기도 했다.

여기서 분별지와 관련하여 제9수에 해당하는 〈항순중생가〉를 더 살필 필요가 있다. 이 작품은 중생의 미혹과 깨달음 사이의 분별을 넘어설 것을 촉구하고 있기 때문에, 미혹과 참회의 문제를 한 개인이 아닌 중생 전체로 확장하여 회향한다는 의식 지향과 밀접한 관계가 있다.

우선 〈항순중생가〉에서는 중생의 미혹이 깨달음의 뿌리라고 했는데, 이것은 앞서 논의한 〈보개회향가〉에서 제기한 분별지의 극복과 유사하다. 또한 〈청전법륜가〉에서는 참회의 대상이 되는 무명과 번뇌가 극복되는 과정을 묘사하였다. 〈수희공덕가〉 역시 미혹과 깨달음의 필연적 관계에 대한 적극적 인식을 보이고 있다. 따라서 이들은 모두 참회의 원인, 대상이 되는 미혹과 무명을 깨달음의 전제로 삼았으며, 깨달음의 성과를 어떻게 모든 중생에 두루 회향할지에 대한 고민을 포함하고 있다.

먼저 〈항순중생가〉의 원전은 참회의 문제와 깊은 관련이 있는 무명과 보리심의 관계를 묘사하고 있는데, 〈항순중생가〉는 이것을 대중 교화 혹은 포교의 문제와 연결한다.

(…) 어찌한 까닭인가? 만약 보살이 능히 중생을 수순하면 곧 모든 부처님을 수순하며 공양함이 되며, 만약 중생을 존중히 받들어 섬기면 곧 여래를 존중히 받들어 섬김이 되며, 만약 중생으로 하여금 환희심이 나게 하면 곧 일체 여래로 하여금 환희하시게 함이니라. 어찌한 까닭인가?

모든 부처님께서는 대비심으로 체를 삼으시는 까닭에 중생으로 인하여 대비심을 일으키고, 대비로 인하여 보리심을 발하고, 보리심으로 인하여 등정각을 이루시나니, 비유하건대 넓은 벌판 모래밭 가운데 한 큰 나무가 있어 만약 그 뿌리가 물을 만나면 지엽이나 꽃이나 과실이 모두 무성하는 것과 같아서 생사광야의 보리수왕도 역시 그러하니, 일체 중생으로 나무 뿌리를 삼고, 여러 불보살로 꽃과 과실을 삼거든 대비의 물로 중생을 이익하게 하면 즉시에 여러 불보살의 지혜의 꽃과 과실이 성숙되느니라. 어찌한 까닭인가?

만약 보살들이 대비의 물로 중생을 이익하게 하면 곧 아뇩다라삼먁삼보리(阿耨多羅三藐三菩提＝無上正等覺: 최상의 바른 깨달음)를 성취하는 까닭이니라. 그러므로 보리는 중생에 속하는 것이니 만약 중생이 없으면 일체 보살이 마침내 무상정각을 이루지 못하느니라. 선남자여, 너희들은 이 뜻을 마땅히 이렇게 알지니 중생에게 마음이 평등한 고로 능히 원만한 대비를 성취하며, 대비심으로 중생을 수순하는 고로 곧 부처님께 공양함을 성취하느니라.[32]

윗글은 수순의 대상이 될 여러 군상의 종류와, 그들에게 줄 수 있는 이익의 종류를 광범위하게 열거하였는데, 다음의 〈항순중생가〉는 이러한 부분을 모두 생략하고 밑줄 친 부분을 중심으로 간추리고 있다.

覺樹王焉	菩提樹王은
迷火隱乙根中沙音賜焉逸良	이브늘 불휘 사ᄆ시니라
大悲叱水留潤良只	大悲ㅅ믈로 저적
不冬萎玉內乎留叱等耶	안들 이브ᄂ오롯ᄃ야
法界居得丘物丘物叱	法界ᄀ득 구믈ㅅ구믈ㅅ
爲乙吾置同生同死	ᄒ야늘 나도 同生同死
念念相續无間斷	念念相續无間斷
佛體爲尸如敬叱好叱等耶	부텨 ᄃ빌다 고맛 홋ᄃ야
打心 衆生安爲飛等	아야, 衆生 便安ᄒ놀든
佛體頓叱喜賜以留也	부텨 ᄇ릇 깃그시리로여.

— 〈항순중생가〉, 김완진 해독[33]

〈항순중생가〉는 〈수순분〉을 단순히 그대로 줄이기만 한 것은 아닙니다. 1~2행에서 중생의 속성을 "미迷"에 있다고 보아 지혜의 화신이 미혹을 뿌리 삼아 이루어진다는 역설적 인식을 시도하는 한편, 6행에서 중생과 "동생동사同生同死"하리라는 결심도 보이고 있다. 이 결심을 보이는 '나'는 작가 균여 자신으로 보아도 좋을 것이다. 〈보현십원가〉의 다른 부분에 등장하는 '나'는 이 작품을 부르고 듣는 화자와 청자, 곧 일반 대중으로 보는 편이 더욱 자연스럽겠지만, 여기서 법계 가득 꾸물

거리는 존재들과 동생동사하리라는 결심은 작가 자신이 먼저 지니고 다른 이들에게 기대했던 것으로 보고자 한다.

〈보현십원가〉는 원전과 한역에 비해 불·보살의 친견과 분별지의 초월이라는, 신라 불교의 참회 인식과 관련한 두 가지 요소를 적극적으로 활용하였다. 또한 수신자의 공감과 감동을 얻을 수 있는 방법을 마련하기에 한결 치중했으며, 논리적·계기적 관계보다는 정서를 통해 분별을 넘어서려고 시도하였다. 이러한 점은 7세기 후반의 논점과 성과를 활용·계승하는 한편, 사상적 개념어의 개입이 없이도 동일한 종교적 효과를 얻을 수 있는지 여부에 대한 나름의 실험까지 포함한 것이었다.

5. 시가 된《화엄경》

지금까지의 논의 결과를 요약하면 다음과 같다. 〈보현십원가〉는《화엄경》의 〈보현행원품〉의 내용을 시로 풀이한 연작이다. 따라서 기존 연구에서는《화엄경》과 그 주석서의 내용을 어떻게 반영했는지에 주로 관심을 가져 왔다. 그러나 〈보현십원가〉에는 그 원전이나 최행귀의 한역에는 두드러지지 않았던 표현과 인식이, 예컨대 초기 불교의 주요 화두이기도 했던 참회와 관련하여 등장하고 있다. 따라서 참회와 얽힌 신라 불교의 전통 위에서 작품을 이해할 필요가 있다.

7세기 원효와 8세기 진표는 모두 점찰법회의 개최와 밀접한 관련을 지닌 인물이었다. 전자는 〈대승육정참회〉를 통해 죄업과 참회의 선후 관계에 대한 분별을 넘어선 참회를 추구하였고, 후자는 참회의 성과로서 미륵이라는 불·보살을 친견하여 신앙의 증거가 되는 뼈를 얻게 되는 과정을 보여주었다. 요컨대 신라 불교의 참회에는 점찰법회라는 의식을 배경 삼아 ① 분별을 넘어선 정신적 경지, ② 불·보살을 친견하리라는 신앙의 양상 등이 나타나 있다. 물론 이것이 신라 불교에서 추구한 참회의 모든 것이라 할 수는 없겠다. 그러나 ①과 ②는 바로 〈보현십원가〉의 〈참회업장가〉, 〈보개회향가〉에서 각각 확인되는 내용이며, 이들이 원전 〈보현행원품〉과 한역 〈보현행원송〉과 구별되는 요소라는 점에 주목할 필요가 있다.

〈보현십원가〉 11수 가운데 제4수인 〈참회업장가〉는 참회의 성과를 이룬 후에 이루게 될 부처와의 친견을 내세운다. 이는 진표를 비롯한 불교 인물 전승에서 참회의 한 과정으로서 중시했던 요소였다. 또한 제10수인 〈보개회향가〉는 참회의 원인이 될 '머즌 업業'을 법성의 보물로 부르면서, 분별지를 넘어 가장 낮은 것과 가장 높은 경지를 동일시하는 융회적 인식을 지향하였다. 이런 특징은 모두 그 원전이나 한역의 해당 부분에는 뚜렷이 드러나지 않았다. 그런데 일찍이 원효는《이장의》를 비롯한 저술에서 분별지의 극복을 위해 도와 장애까지 동일시하는, 〈보개회향가〉에 비견할 만한 융회적 인식을 지향하기도 했다. 따라서 〈보현십원가〉는 신라 불교의 전승에서 오랫동안 고민한 문제였던, 참회와 얽힌 친견과 분별지의 문제를 포함하고 있다. 나아가 〈항순중생가〉에서는 참회를 개인적 과제로 한정하지 않고 중생을 향한 회향과 그 보리심을 일깨우는 것으로 확장하기도 했다.

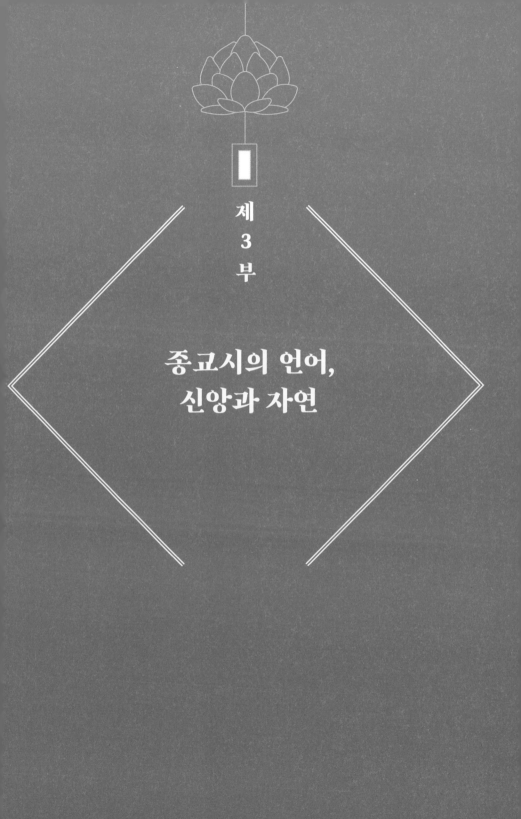

제
3
부

종교시의 언어,
신앙과 자연

3부에서는 의상이 구상했던 시어로서 불교 용어들이 향가에 포함된 사례, 의상의 화엄사상이 관음신앙과 만났던 〈백화도량발원문白花道場發願文〉과 향가 〈도천수관음가禱千手觀音歌〉의 관계, 후대의 불교가사에서 그 이상향이 자연으로 바꿔어 가는 사례 등으로 논지를 확장한다.

현존 향가에 나타난 불전佛典 계통의 시어가 지닌 다양한 충위를 고려하여 이들 각자의 동질성과 이질성을 파악하고, 이를 당시 종교계의 언어관과 맞물려 해석할 단서를 마련하고자 한다. 불교와 직접적으로 연관된 용어로는 〈풍요〉의 '공덕'이 비교적 이른 시기에 등장한다. 〈풍요〉가 집단 창자에 의해 향유된 만큼 여기서의 공덕은 각자의 개성보다는 보편적 공감의 토대 위에서 이해되었다.

그러나 인접한 시기의 〈원왕생가〉에서 '왕생'과 '48대원'의 의미는 화자 광덕과 엄장 각자에게 완전히 같지는 않았다. 광덕에게는 이들이 믿음의 보상이었다면, 엄장에게는 참회의 이유였다. 이는 참회의 체험이 광덕에게는 없었지만 엄장에게는 있었기 때문이었다. 한편 현존 최고의 향가 〈혜성가〉에는 '건달바'라는, 이국적인 용어로써 음악의 신을 지칭한 사례가 있다. 이렇게 불교의 범위를 벗어난 창작과 향유의 시공간이 불교에 포섭, 전환했던 사례는 8세기의 월명사에게서도 보인다. 요컨대 7세기 향가에서 불전 계통의 시어가 활용됨으로써 중의적 표현과 분별의 초월에 대한 관심이 높아졌으리라는 가설을 세울 수 있을 텐데, 이는 원측과 의상, 균여 등 7~10세기 사상가의 저술에서 종교의 수행과 전파를 위한 언어 표현과 수사를 확립하기 위해 고심했던 문제였음을 확인할 수 있다.

관음신앙을 바탕으로 했던 향가 〈도천수관음가〉의 작가가 품었던 '희명希明'의 기원祈願을, 관음신앙에서 자비의 실천으로서 회향廻向: pariṇāmanā이라는 덕목에 비추어 다시 해석하고자 한다. 의상이 관음보살의 진신眞身을 만날 때 이루어졌다는 〈백화도량발원문〉과 관련 설화가 그 단서가 될 것이다. 의상은 낙산사, 부석사 등 각각의 관음, 화엄 도량의 창건 설화에서 동해의 용이라는 토속신앙의 대상에게 중요한 역할을 맡기기도 했다. 여기서 말미암은 대나무 솟아난 자리에 권능이 부여된다는 발상 역시 만파식적 설화를 통해 음악, 문학의 범위로 확장되어 갔다. 이렇게 관음의 역할과 관련 요소를 통해 신라 문화의 여러 실천적 요소에 광범위한 영향을 끼치고자 했다.

의상의 〈백화도량발원문〉에는 관음경觀音鏡을 마주하며 비로소 자신의 유루有漏함을 벗어나는 화자가 등장한다. 이는 〈도천수관음가〉에서 관음상觀音像을 마주한 화자가 눈멂 상태를 구제받는 정황과 대응한다. 여기서 '천수천안千手千眼'의 형상은 중생구제를 위한 것이었으며, 특히 관음보살이 먼저 발원하고 모든 중생이 서로를 향해 회향하는 모습이 본문과 주석에서 거듭 강조되었다. 이에 대응하는 〈도천수관음가〉 관련 기록과 찬시에서 '5살 아이가 눈이 멀었다.'라는 상황을 종교적 비유로 간주하고 발원문의 내용에 유의하였다. 그리하여 무명과 희명, 득명에 이르는 단계적 성장 과정과 폭넓은 범위의 실천을 떠올릴 수 있었다.

이는 치병治病이라는 이 설화의 1차적 모티프를 부정하지 않으면서도 충분히 확장이 가능한 해석이다. 〈도천수관음가〉는 어린이의 말투와 발상을 지니고 있기도 하다. 그것은 한편으로는 투정처럼 비치기도 하지만, 단 한 사람도 놓칠 수 없는 자비의 실천적 엄숙함까지 포함했다. 그리고 눈 멀었던 어린이가 관음보살의 눈을 얻어 자신이 관음보살에 비견될 만한 자비의 상징으로 성장하고 싶다는 발원이기도 했다.

화엄불국과 여러 정토로 나타났던 신라 불교시의 이상향은, 조선시대 침굉의 가사 작품에서는 그 시대상을 반영하여 '자연'으로 대체된다. 여기서는 자연의 성격을 통해 불교가사가 조선시대 자연시가와 같은 궤적을 그렸던 모습을 확인할 수 있다. 침굉 가사는 〈귀산곡〉, 〈청학동가〉, 〈태평곡〉의 3편이 남아 있으며, 작가가 분명한 17세기의 불교가사 작품이라는 점에서 주목을 받아 왔다. 그러나 텍스트의 문면과 문맥을 고려한 작품 분석이나 문학성에 관한 탐구는 앞으로의 과제라 하겠다. 따라서 3편의 가사에 드러난 자연과의 소통과 인간과의 단절 또는 소통 문제를 중심으로 이 과제에 접근하고자 한다.

침굉은 3편의 가사에서 '자연' 또는 자연에 대한 인식을 함께 거론하고 있다. 〈귀산곡〉에서는 지옥과 자연을 대칭시킴으로써 수행의 과정이자 즐거움으로서 자연관을 성립시켰으며, 화자와 다른 사람들 사이에 벌어지는 소통의 괴리를 자연이 제공하는 '한閒'의 감성을 통해 구체화하였다. 〈청학동가〉에서는 부정적 인물 형상과 공간 서술을 소거한 상태에서 동질적인 소재들을 등장시키고 감각적 아름다움의 실체를 묘사하였다. 이와 같은 자연인식은 《조당집》,《경덕전등록》,《조동록》 등을 비롯한 문헌에 등장하는 '무정설법'의 소통구조와 상통한다. '무정설법'의 화두는 삼라만상은 인간의 언어와 의사소통 체계로는 이해할 수 없는 표현과 소통의 매체를 지니고 있는데, 그것을 가장 쉽게 체화할 수 있도록 해 주는 존재가 자연이라는 것이다. 침굉은 자연이 지닌 신비한 종교적 소통과 진리를 직면할 수 있는 가능성에 주목하고, 〈태평곡〉을 통하여 종교적 깨달음의 여정에 필수적인 요소로 현실과 추상 양쪽을 모두 아우르는 자연의 아름다움을 제시하였다.

이와 같은 관점은 침굉의 세속에 대한 양면성을 인정하는 한편, 그 양면성을 공존시키면서도 더 나은 깨달음의 경지를 도출할 수 있는 영역으로서 자연을 중시했던 점을 고려한 것이다.

제9장

종교적 언어관과
향가의 상호성

1. 향가의 불교 어휘

현존 향가에는 불전佛典에서 유래한 용어가 다수 있다. 그중에서 〈풍요風謠〉의 공덕功德, 〈도천수관음가禱千手觀音歌〉의 자비慈悲 등은 향가 안팎에서 의미 차이가 거의 없을 만큼 보편화된 용어이다. 그러나 〈원왕생가願往生歌〉의 왕생往生과 48대원四十八大願 등은 화자의 참회 여부에 따라 그 의미가 다소 달라지기도 했다. 아울러 무량수불無量壽佛과 천수관음千手觀音 등의 기원 대상은 해당 작품을 듣거나 읽는 이의 처지에 따라 그 성격이 다르게 비칠 것이다. 게다가 월명사가 썼던 미륵좌주彌勒座主에는 왜 미륵 뒤에 "좌주"라는 문자가 더 보태어졌는지, 미타찰彌陀刹의 의미와 맥락은 어떻게 달라지는지 궁리하기도 한다. 심지어 〈혜성가彗星歌〉의 건달바乾達婆처럼, 이 말이 가리키는 대상이 무엇이며 왜 등장하는지 자체를 고심했던 것까지 있다.

얼핏 살펴보아도 불전에서 유래한 향가의 시어에는 몇 가지 층위가 눈에 띈다. 그러나 그간 문학적 연구의 관심은 이런 어휘와 성격에 대한 미시적 탐구에까지 두루 미치지는 않았다. 그 대신 《삼국유사》와 《균여전》이 전하는 관련 기록이나, 저 용어들이 본래 등장하는 불전에서 그 뜻을 찾아 대입, 확인하는 쪽에 치중하지 않았는지 돌이켜본다. 불전 계통의 시어가 어디에서 유래했으며 본래 교리에서 정확한 뜻이 무엇인지가 중요한 것과 마찬가지로, 이들이 작품 안에서 시어로서 했던 기능과 수신자에게 끼쳤던 영향력의 실질에도 유의할 필요가 있다.

현존 향가로는 7세기의 것들이 가장 이르다. 진평왕眞平王: 재위 579~632 대의 〈혜성가〉가 앞서 있고, 선덕여왕善德女王: 재위 632~647 대의 〈풍요〉가 불교 계통 향가로는 가장 오래되었다. 이 무렵은 원측圓測: 613~696과 원효元曉: 617~686, 의상義相: 625~702 등의 활동이 이루어진 시기와 인접해 있다. 이들의 저술 여러 곳에 남은 토론과 논쟁 그리고 수사적 전략의 자취는, 포교와 전도를 위해 다른 이들을 설득하고 그들에게 공감을 얻기 위한 언어 차원의 고심과 모색을 보여주고 있다. 향가의 형성 시기와 이들의 활동 연대가 인접해 있고, 현존 향가의 시어에 불전에서 유래한 용어가 다수 있었다면, 이제 저들의 저술과 향가의 시어 사이에 어떤 상호 작용이 있었는지를 밝혀야 한다. 종교계 저술과 향가의 인연은 훗날 균여均如: 923~973의 화엄사상과 〈보현십원가普賢十願歌〉 창작에까지 발걸음을 맞추어 이어져 온 중요한 문학사적 전통이다.

그러나 균여의 저술과 향가가 화엄사상의 대중적 수용이라는 공통의 토양을 지닌 것과는 달리, 7세기 향가와 원측, 원효, 의상의 저술 사이에는 그 정도의 동질성은 드러나지 않는다. 7세기 향가 가운데 불교의 전래와 관련하여 주목받은 요소는 〈풍요〉, 〈원왕생가〉의 정토신앙과 〈모죽지랑가〉 관련 기록에 보이는 미륵하생신앙의 자취 등을 들 수 있다. 이렇게 생활 속에 녹아든 신앙의 모습과 불교 교학의 본질에 대한 고승들의 천착 사이에는 거리감이 있다. 그럼에도 불구하고 〈원왕생가〉 전승담에 원효가 직접 등장했던 것을 보면 양자의 관계가 꽤 클 법하지만, 하필 이 상황과 관련된 원효의 저술이나 기록은 더 남지 않았다.

이런 정황에서 종교계 저술의 내용을 중심에 놓고 향가에서 그 자취를 확인하는 방식은 그리 바람직하지 않다. 자칫 교학에 대한 논의가 중심이 되고, 얼마 남지 않은 향가에 관련된 논의는 그에 압도되어 사라질 가능성이 크기 때문이다. 이 글에서는 그 대신 향가의 시어 가운데 불전 계통의 시어가 지닌 역할을 먼저 정리하고, 종교계 저술의 내용을 소략하게 제시한 다음, 해당 저술의 수사 또는 전개 방식을 활용한 것으로 보이는 향가의 시어에 대하여 다시 서술한다. 이렇게 종교계 저술을 중간에 놓고 불전에서 유래한 시어와 그렇지 않은 시어를 앞뒤로 논의함으로써, 향가와 종교계 문자 문화 사이의 관련 양상을 입체적으로 거론할 단서를 마련할 것이다. 그 단서는 앞으로의 연구에서 종교계 저술과 향가의 시어 사이의 깊은 인연을 문학사적 전통으로 부각시킬 열쇠가 되어 주리라 기대한다.

2. 불전에서 유래한 시어

1) 공덕功德과 왕생往生 그리고 참회懺悔

현존 향가의 시어 가운데 불전에서 유래한 것으로 가장 오래된 사례는 〈혜성가〉의 '건달바'이다. 건달바는 그 실질이 불투명하고, 그 때문에 상징성이 높은 것처럼 여겨진다. 하지만 〈혜성가〉의 창작 동기와 효과에는 종교적 포교 또는 깨달음의 요소보다는, 눈앞의 시급한 문제를 속히 해결하려는 주술적 목적의 비중이 더 우세해 보인다. 주술은 종교 특히 불교와 전연 무관하다고 할 수는 없겠으나, 대체로 종교적 목적을 이루기 위한 수단 또는 방편으로 작용하는 사례가 많다. 그런데 〈혜성가〉의 목적을 종교적인 쪽으로 볼 수 있을지, 〈혜성가〉가 거둔 주술적 효과를 종교적 방편으로 보아도 좋을지는 딱 부러지게 판정하기 어렵다.

따라서 이에 대한 논의를 잠깐 미루고, 종교적 색채가 더욱 뚜렷한 그다음 시기 〈풍요〉의 '공덕'과 〈원왕생가〉의 '무량수불', '왕생', '48대원' 등을 먼저 살펴본다. 이하 향가 해독은 김완진(1980)을 따랐다.[1]

오다 오다 오다 / 오다 셜번 해라

셜번 하니 물아 / 功德 닷구라 오다

〈풍요〉라는 제목 자체가 '민요'와 동의어였으며, 조각가 양지良志의 장육존상 창작을 도운 많은 남녀의 공동 창작물이었다. 그런 만큼 여기서 '공덕'은 장육존상 창작을 돕는 노동 행위 그 자체로 누구나 받아들이게 된다. 공덕의 성과는 현세의 복락 또는 내세의 왕생일 텐데, 현세는 서럽다고 했으므로 여기서의 공덕은 내세에서의 왕생에 대한 기약에 가깝다. 무엇이 불교에서의 진정한 공덕인지는 실상 만만치 않은 문제로서, 양梁 무제武帝가 달마達磨에게 첫 만남에서 물었다가 핀잔을 들었다는 전승이 있을 정도였다. 따라서 〈풍요〉와 같은 민요를 짓고 부른 사람들에게 심오한 교리를 모두 이해할 만한 교양은 없었을 것이다. 그 대신 뛰어난 조각가가 불상을 만드는 일을 돕는 것을 공덕으로 이해하고, 그 공덕을 통해 자신들의 설움 없는 내세가 어떤 이상향의 모습을 갖추고 있을지 상상, 체득하며 믿고 따르는 신앙을 키워 갔을 것이다.

이러한 해석은 〈풍요〉의 향유를 통해 교리의 이해가 곧 불필요해졌다는 의미가 아니다. 그보다는 양지가 지은 장육존상이 경전이 하게 될 역할을 보완하고, 그렇게 중요한 장육존상을 짓는 행위에 동참하는 체험이 〈풍요〉를 부르며 향유하는 과정을 통해 기억 속에서 꾸준히 재생될 수 있었다는 것이다. 이렇게 보면 〈풍요〉는 염불念佛의 역할을 맡은 것처럼 보이기도 한다. 불전에서의 용례를 파고들지 않더라도 미술작품과 민요를 통해 공덕의 의미를 자연스럽게 받아들일 수 있었다. 그러나 이 노동에 참여한 사람들에 한정된 체험이었고, 공덕의 의미가 사람에 따라 크게 달라지는 것은 아니었다는 점에서 시어로서 공덕을 개인 서정시의 것들과 완전히 동일시하기는 어려울 것이다.

이렇듯 누구나 동일한 맥락으로 받아들였던 공덕과는 달리, 〈원왕생가〉에서 '왕생'과 '48대원'은 사람에 따라 그 성격을 다소 달리하는 시어가 되었다. 전승담 속에 등장하는 광덕廣德과 엄장嚴莊 각자에게 이 말이 지닌 뉘앙스는 달랐다.

드라리 엇뎨역 / 西方ᄭ장 가시리고.

無量壽佛前의 / 즛곰 함즉 슯고쇼셔.

다딤 기프신 무ᄅ옷 ᄇ라 울워러 / 두 손 모도 고조술바

願往生願往生 / 그리리 잇다 슯고쇼셔.

아야 이 모마 기텨 두고 / 四十八大願 일고실가.

    2행의 '서방' 역시 서방정토를 뜻하는 것으로 보면 불전에서 유래한 시어로 볼 만하다. 그러나 달이 서쪽으로 운행하는 것은 경험을 통해 알 수 있는 사실이며, 그 사실이 불전의 정토 관념과 연결되는 것임을 유념하여 일단 표현의 유래 자체가 불전인 것은 아니라고 판단했다. 3행의 '무량수불'은 아미타불阿彌陀佛의 이칭異稱이며, 중생이 왕생하는 토대를 마련해 준다는 본연의 기능 또한 유지하고 있다. '무량수'라는 덕성이 드러나는 칭호를 선택한 것에 그 당시에는 별다른 의도가 있었을지도 모른다. 광덕이 수행했다는 16관법이 《관무량수경觀無量壽經》의 전체 내용이라는 사실과 관계가 있을 수도 있다. 그러나 16관법과 무량수라는 말 자체가 〈원왕생가〉 및 관련 기록에 뚜렷이 부각되는 주제는 아니었다. 아무튼 서방정토와 무량수불은 이 작품의 화자인 광덕과 엄장이 나중에 처할 상황이자 궁극에 만나게 될 존재이며, 작품 안에서 다른 기능과 의미를 지닐 여지는 그리 크지 않다.

    이와 달리 '왕생'과 '48대원'의 기능과 의미는 광덕과 엄장에게 완전히 똑같았다고 보기 어렵다. 광덕과 엄장의 수행 모습이 대조적이기 때문이다. 광덕은 그 처의 증언에 따르면 매일 16관법을 수행하여 달빛이 창에 비치면 가부좌를 틀었다고 한다. 한편 엄장은 광덕의 처와 함께

살게 되자마자 동침하려 하는, 세속적 욕망에 이끌리는 모습을 보여주고는 참회한다. 참회의 유무는 광덕과 엄장을 달라지게 하고, 〈원왕생가〉에 표현된 신앙의 성격 또한 달라지게 했다. 광덕에게 왕생은 수행의 성과로서 확실히 주어질 것이었으며, 무량수불이 법장法藏 비구 시절에 서원했던 48대원은 그 근거가 된다. 광덕이 말하는 "이 모마 기텨 두고 / 四十八大願 일고실가"는 버려질 리 없다는 신앙의 표현이다.

반면에 엄장에게 왕생은 그리 확실치 않은 것일 수도 있다. 원효가 가르쳐 준 쟁관법錚觀法이 16관법만 못해서 그런 것은 아니다. 세속적 욕망에 흔들렸던 과거에 대한 기억이, 48대원과 같은 종교적 구원의 대상으로서 과연 자신이 합당한지 여부를 끊임없이 고민하게 한다. 엄장의 "이 모마 기텨 두고 / 四十八大願 일고실가"는 참회의 연장선상에 있다. 중생 대부분은 번민에 빠졌다가 다시 참회하는 과정을 무수히 되풀이할 수밖에 없다. 말하자면 광덕보다는 엄장이 이 작품을 접했던 사람들이 공감하기 더 쉬운 화자였을 것이다. 〈원왕생가〉의 작자를 광덕으로 보더라도, 화자는 엄장이 더 어울린다고 보아 온 근거가 여기에 있다.

〈원왕생가〉는 참회를 주제로 한 작품은 아니었지만, 관련 기록에 나오는 화자들의 참회 여부가 시어의 뉘앙스를 달라지게 한다. 완전무결한 인간은 세상에 없으므로, 참회를 통한 구원의 가능성을 어떻게 제시하느냐의 문제는 종교의 전도, 전파와 관련하여 중요한 문제이다. 〈원왕생가〉에서 엄장은 참회의 경험이 있는 많은 이들의 공감을 얻었겠지만, 광덕보다는 약간 열등한 존재로 비쳐지고 있다. 엄장에게 고승 원효의 권위가 필요했던 것도 그 때문일 수 있다.

참회 여부와 관련한 우열 관계는 문무왕^{文武王: 재위 661~681} 때의 〈원왕생가〉보다 한 세대 쯤 뒤인 성덕왕^{聖德王: 재위 702~737} 대를 배경으로 한 〈남백월이성 노힐부득 달달박박^{南白月二聖 努肹夫得 怛怛朴朴}〉에도 여전하다. 참회의 경험이 없었던 부득은 미륵불이 되고, 참회를 거친 박박은 무량수불이 되었다. 그러나 양자는 완전히 동격은 아니었고, 박박은 부득의 도움을 통해서만 비로소 성불이 가능한 존재로 서술되었다. 설화의 배경이 되는 시기와 형성 연대를 꼭 동일시하기는 어렵지만, 적어도 8세기 초엽까지의 향가와 설화 향유층은 참회의 경험이 없는 것을 있는 것보다 우월하게 여겼던 것으로 볼 수도 있다.

그러나 훗날의 향가는 참회라는 경험에 더 적극적으로 가치를 부여한다. 10세기 균여의 〈보현십원가〉 연작 가운데 〈참회업장가^{懺悔業障歌}〉에서 "十方ㅅ 부텨 마기쇼셔"라 하여 화자의 참회를 모든 부처가 알아줄 정도의 사건으로 평가하는가 하면, "중생계진아참진^{衆生界盡我懺盡}"이라는 말로 참회를 수행의 필수적인 단계로 인식하고 있다. 그뿐만 아니라 〈수희공덕가^{隨喜功德歌}〉는 "미오동체^{迷悟同體}"라는 말로 시작하고 있으며, 〈항순중생가^{恒順衆生歌}〉에서는 "보리수왕^{菩提樹王}은 이보늘 불휘 사모시니라"고 하여 깨달음의 뿌리가 미혹 또는 미혹한 중생 자체에 있다는 역설을 강조하고 있다. 〈보현십원가〉 자체가 《화엄경》의 〈보현행원품〉에 바탕을 두고는 있지만, 11수 가운데 7수는 균여 나름의 수사와 표현으로 이루어졌다. 서문에 따르면 이 작품은 교학에 익숙치 않았던 일반 대중을 독자로 삼은 것이었고, 일부 독자에게는 치병의 기능이 있는 것으로까지 인식되었다. 그렇다면 〈보현십원가〉의 시어에서 참회에 대한 적극적 인식이 여러 번 보인다는 점은, 7세기 〈원왕생가〉의 엄장에게

서 촉발된 참회에 대한 문제인식이 오랜 기간 심화된 성과라 하겠다.

〈원왕생가〉의 시적 화자가 두 사람이었다는 점은 문학사적으로는 화자에 따라 뉘앙스가 달라지는 시어가 출현했다는 의미이다. 이것은 화자에 따른 시어의 복합적 해석이라는 면에서도 음미할 만한 일이겠지만, 그보다 깊이 생각할 문제는 참회에 대한 종교적 차원의 인식이라 하겠다. 후대의 〈보현십원가〉에서의 참회 인식과 연관 지을 수 있다면, 이것은 교학에서 이루어진 참회에 대한 해석이 문학 작품에까지 영향을 끼친 것으로도 볼 수 있다.

2) 건달바乾達婆의 번역 그리고 소통

이제 현존 최고最古의 향가인 〈혜성가〉와 '건달바'로 돌아간다.

> 녀리 실 믌ㄱ / 乾達婆이 노론 자슬랑 ㅂ라고,
> 여릿 軍도 왯다 / 홰 틱얀 어여 수프리야.
> 三花이 오롬 보시올 듣고 / ᄃ라라도 ᄀᄅᄀ싀 자자럴 바애
> 길 쓸 벼리 ㅂ라고 / 彗星이여 슬ㅸㅔ녀 사ᄅ미 잇다.
> 아야 ᄃ라라 ᄠ겟ᄃ야 / 이예 버믈 므슴ㅅ 彗ㅅ 다ᄆ닛고.

정병조²와 서윤길³에 따르면 건달바는 음악을 관장했던 고대 인도의 토속신이며, 신라의 밀교에서 유행했던 《인왕경仁王經》·《금광명경金光明經》 등을 통해 호국호법護國護法의 기능이 부연되었다고 한다. 그렇다면 음악신으로서 건달바가 왜군의 침략 또는 혜성의 이변이라는 국가적

위기에서 호국을 위해 등장하는 것이 문맥상 그리 이상하지 않다. 따라서 '신기루'라고 소극적으로 풀이할 필요는 없어 보인다.

다만 "乾達婆의 노론 자슬"이라는 구절을 통해 〈혜성가〉를 부른 이들이 고대 신라를 불전에 나오는 신들이 놀았던 불연국토佛緣國土로 생각했던 것으로 보아도 좋을지가 문제이다. 고대 인도의 토속신 건달바가 옛 동쪽 물가로 지칭된 옛 신라 땅에 나타날 가능성이 그리 크다고 볼 수는 없다. 또한 〈혜성가〉의 내용과 관련 기록에는 불교를 연상시키는 표현이 거의 없으며, 불연국토의 권위를 앞세우려면 건달바보다 상위의 불·보살佛·菩薩을 곧바로 내세우는 게 더 효과적이다.

그럼에도 건달바가 등장한 까닭은 이 시어에 해당하는 존재가 음악신이라는 역할을 맡고 있기 때문이었을 것으로 추정해 본다. 역할의 유사성이 이 존재를 건달바로 부르게 한 것은 아닐까? 먼 옛날 음악의 신이 노닒〔遊〕으로써 그의 음악이 그 시절의 변이를 제압했던 것처럼, 지금 융천사融天師가 창작한 향가가 현재의 재앙을 물리칠 수 있다는 것이다. 그렇게 본다면 "여릿 軍도 왔다" 역시 건국 초기부터 지금껏 되풀이되어 온 현상이다. 그때 왜군이 왔지만 음악신이 음악으로 물리친 것처럼, 지금 온 왜군도 융천사가 다시 향가로 격퇴할 수 있다는 뜻으로 볼 수 있다.

요컨대 이 전승에서 당시의 〈혜성가〉 가창을 더 먼 옛날의 '어떤 존재'가 했던 역할과 동질적인 것으로 파악할 수 있다면, 이 어떤 존재를 그 음악적 역할을 고려하여 불전의 건달바로 표기했다고 볼 수 있다.

왜 그는 건달바로 표기되어야 했을까? 여기서 격의불교格義佛敎의 번역 관습을 떠올려 본다. 이 관습은 중국에서 인도의 불전을 번역할 때

불·보살에 중국의 고유 신앙, 주로 도교 신격의 이름을 붙이는 것으로 나타난다. 익숙한 대상을 통해 익숙하지 않은 대상의 개념 및 기능을 알려 주는 셈이다. 경덕왕 대 〈도솔가〉 한역시漢譯詩에 "미륵대선가彌勒大僊家"라는 표현이 있어, 신라에도 '미륵'을 도가의 '대선가'로 번역하는 방식의 격의불교 단계가 있었을 가능성을 보여주고 있다. 하지만 격의불교는 낯선 외래 신격의 명칭을 익숙한 토속신의 이름으로 바꾸는 경향을 뜻하는데, 건달바는 이런 경향과는 정반대로 익숙한 어떤 존재의 이름을 낯선 외래신의 명칭으로 바꾼 셈이다. 이런 시도가 과연 가능할지, 왜 필요한지는 〈혜성가〉와 7세기 후반 신라 종교계의 동향을 모두 염두에 두고 다시 천착해야 할 문제이다.

다만 여기서는 건달바라는 표현이 토속신앙이 불교에 성지를 내주고 그 신앙 대상들이 불교의 하위 신격으로 재편되어 갔던 징후를 반영하는 것은 아닐까 하는 추정을 덧붙인다. 그리하여 불교와의 인연이 그리 크지 않은 향가에서조차 불교 관계 명칭이 등장할 만큼, 불전에서 유래한 시어의 매력과 위세는 대단한 것이었다.

여기서 그칠 수도 있지만, 해당 시어의 매력과 위세의 실체를 밝혀야 한다. 〈풍요〉와 〈원왕생가〉를 먼저 살핀 이유가 이 때문인데, 불교 계통의 이들 두 작품에서 공통적으로 전제한 것은 여느 종교와 마찬가지로 소통이었다. 〈풍요〉는 '공덕'의 의미와 양지의 장육존상에 공감·감동했던 많은 사람들 사이의 소통을, 〈원왕생가〉는 정토에 존재할 무량수불과의 소통 그리고 왕생을 가능하게 할 자기 내면의 성불 가능성과의 소통을 작품의 존재 기반으로 삼았다.

반면에 〈혜성가〉와 같은 진평왕 대를 배경으로 한 〈서동요〉에서는 서동과 선화공주의 소통 여부는 나중 문제이고, 전승담의 전반부에서는 서동의 욕망과 참요로서 〈서동요〉의 징험이 우선시되고 있다. 그런 의미에서 두 주인공이 진정한 공감대를 형성한 이후에야 사찰연기담에 가까운 불교 설화의 구색을 갖추어 가는 과정은 흥미롭다. 또한 서동이 선화공주를 얻는 과정도 참요의 주술에 근거한 것이었으며, 이 때문에 〈서동요〉는 순수한 애정시가로 보기 어렵다.

〈혜성가〉에서 건달바의 역할 역시 소통에 대한 관심과 어느 정도 관계를 맺고 있다. 그것은 혜성을 없애고 왜군을 물리쳐야 한다는 현재의 사람과 사람 사이에서 이루어진 소통이기도 하지만, 과거에 이루었던 일을 현재에도 똑같이 이룰 수 있다는 과거와 현재 사이의 소통을 뜻하기도 한다. 현재에 나타난 사소한 현상의 원인도 머나먼 과거로부터 예견된 인과因果라고 보았던 불교의 발상은 과거와 현재의 소통 가능성을 높게 잡는 것과도 상통한다. 건달바라는 시어에 이러한 모든 점이 고려되었다고 단정할 수는 없다 할지라도, 이로부터 불전 계통의 시어가 영향력을 끼쳤던 정도의 범위를 짐작할 수는 있다.

그러므로 〈혜성가〉가 후대에 끼친 영향을 건달바라는 번역에만 두지 않고, 오히려 하늘의 일과 땅의 일이 '소통'하는 모습을 대비하여 열거하였던 수법에 더 주목하고자 한다. 이렇게 소통을 우선하는 수사야말로 이 당시의 불교 계통 향가가 그렇지 않은 향가에 끼쳤던 긍정적 영향이었을 것으로 추단하겠다.

이 글의 주 대상으로 삼은 7세기에 속하지는 않지만, 불교와 비불교(이런 표현이 허용된다면)의 영역에 걸쳐 있는 월명사月明師라는 작가가 있다. 《삼국유사》 감통편 〈월명사 도솔가〉조에서는 월명은 "국선國仙의 무리에 속해서 범패는 모르고 향가에 익숙하다"는 문제적 표현을 남겼다. 실상 모든 승려가 범패에 익숙한 것은 아니기 때문에, 저 표현을 근거로 월명과 불교의 관계를 축소할 수는 없다. 그러나 저 문맥에서 월명이 스스로 범패를 모르는 이유를 '국선지도國仙之徒'라는 자기 정체성에서 새삼 찾았다는 점 또한 주목할 필요는 있다. 월명의 이러한 정체성을 해명하기 위해 김영태[4]는 '승려낭도'라는, 정통 불교 승단과는 별도로 화랑단에 소속된 승려집단의 존재를 설정하기도 했다.

월명사를 거론한 이유는 그의 작품에 보이는 '미륵좌주'와 '미타찰'이라는 시어 때문이었다. 월명사는 현세의 괴이한 일을 진압해야 할 〈도솔가〉에서는 '미륵'에 '좌주座主'라는 말을 덧붙이고, 내세로 떠난 누이의 명복을 비는 〈제망매가〉에서는 '미타'에 '찰刹'이 덧붙은 표현을 골랐다. 미륵좌주라는 표현은 명료한 것은 아니지만 대체로 왕 또는 화랑을 뜻하는 것으로 간주하고 있다. 또한 미타찰은 정토에 해당하는 말로 정토계 경전과 문헌에서 종종 등장했던 것이다. 이런 해석에 이의를 제기하려는 것이 아니다. 다만 월명사의 시어를 시인 나름의 개성을 통해 이해하고, 경전에 나오는 여러 용어 가운데 하나를 선택했던 시인으로서의 의식에 주목하자는 것이다. 그것은 미륵좌주가 무엇이다, 미타찰은 무엇이다 하는 어구 풀이와 주석에 그치지 않고, 〈도솔가〉와 〈제망매가〉를 비로소 한 편의 시로 바라볼 수 있는 기반이 될 것이다.

지금까지 불전에서 유래한 시어의 사례를 살펴보았다. 어떤 시어는 불전의 의미를 그대로 유지하기도 했지만, 〈원왕생가〉에서는 화자에 따라 달라지는 시어의 의미가 참회에 대한 종교적 해석과 관계를 맺는가 하면, 〈혜성가〉에서는 특정한 대상의 명칭 번역에 영향을 끼칠 가능성도 보였다. 후대에 월명사는 불전의 어휘에 글자를 보태거나 경전에 나오는 합성어를 선택하는 등의 시도를 하는데, 여기에 사전적 풀이만이 아닌 시어로서 문학적 해석을 더하는 것이 앞으로의 과제이다.

3. 종교계 저술의 언어관과 향가의 시어

1) 원측과 중의적 표현

이제부터 원측과 의상의 저술 가운데 극히 일부를 통해 시어 활용의 토대로서 종교계 저술의 역할을 생각해 보겠다. 먼저 원측은 유식 관련 저술뿐만 아니라 반야중관般若中觀 계통의 저술도 많이 남겼는데, 이것은 남무희[5]에 따르면 중국의 유식학과는 구별되는 태도라고 한다. 이와 관련하여 정영근,[6] 백진순[7]은 원측이 방편方便과 중도中道라는 틀을 통해 서로 모순되는 것처럼 보이는 견해들을 자신의 사상 체계 속에 포섭하면서 신·구 유식의 서로 다른 이론들을 비판적으로 종합할 수 있었다고 평가했다.

2장에서 밝혔다시피, 원측은 교학에서의 공유空有 논쟁을, 공과 유 각자가 어느 한쪽 입장만을 내세우는 것에 근본적인 목적이 있다고 보지 않았다. 대립을 위한 대립 그 자체가 목적이 아니라, 논쟁을 통해 물성物性이라는 수신자에게 영향을 끼치고 공존함으로써 양자에 대한 상호 긍정과 부정이 함께 이루어지는 역동적 관계를 형성하고자 하였다. 공과 유는 깨달음이라는 같은 목적을 향한 다른 길로서, 논쟁에서의 승패보다는 영향을 끼치며 닮아 가는 과정 자체에 더 큰 의미가 있다.

하나의 문자 표현이 [A]와 ~[A]의 의미를 함께 지닐 수는 없다. 그것은 언어의 본질에 위배된다. 그러나 '물성의 해탈'이라는 종교적 성취를 이루기 위해서는 [A]와 ~[A]가 논쟁을 거치고, 그 논쟁의 과정을 지켜보고 때로는 참여할 물성 각자에게 종교적 목적 성취에 이르는 하나의 사유로서 공존, 정착하게 된다. 그러다 보면 하나의 표현에 서로 모순된 의미가 동시에 담기기도 할 것이다. 이런 언어 표현이 얼마나 가능할 것인가? 앞서 여러 차례 정리했듯이, 불교에서는 원음圓音이라는 개념을 통해 그 가능성을 모색한다.

> 가만히 생각하면 진성(眞性)은 매우 깊어 온갖 형상을 뛰어넘되 형상을 짓고, 원음(圓音)은 그윽하여 온갖 말을 펼치되 말하지 않나니, 이것은 곧 말하되 말이 사라지는 것이다. 형상을 짓지 않지만 형상을 드러내니, 이치는 비록 적막해도 이야기할 만하다. 말하되 말하지 않으니, 말이 비록 많지만 설(說)할 수 없는 것이다.[8]

말하되 말하지 않는다는 역설은 노장老莊 계통의 사상서에 흔히 보인다. 그러나 윤희조[9]에 의하면 이러한 상대주의적 관점을 순전히 노장 계통에서 연원한 것만으로 단정할 수는 없으며, 언어의 기능에 대한 긍정과 부정을 동시에 시도하는 불교 특유의 언어관에 비추어 이해할 수도 있다. 여기서 이 역설의 본래 의미는 잠시 접어 두고, 원측 나름의 상대주의에 대한 입장을 고려하여 생각해 보자. 그는 논쟁을 통한 승패가 모순 관계를 청산하는 결말보다는, 논쟁 그 자체를 통해 개별 존재들이 서로에게 영향을 끼치며 단일한 목적을 향해 나아가는 공존과 조화의 과정에 더 주목하고자 했다. 그러기 위한 언어는 [A]와 ~[A]의 의미를 함께 내포하게 된다. 그렇다면 '말하되 말하지 않는' 원음은 온갖 말을 펼치는 경우와 아무런 말도 하지 않는 경우가 동일시될 수 있는 단계라고 할 수 있다. 요컨대 언어의 의미와 기능은 고정되어 있지 않고, 공유 논쟁과 마찬가지로 언어 표현을 주고받는 상황에 따라 달라질 수 있다는 것이다. 이렇게 언어의 의미망이 고정되어 있지 않고, 문맥에 따라 모순된 의미가 하나의 표현 안에서 공존할 수 있다는 발상은 몇 편의 향가에 보였던 중의적 표현을 통해서도 확인할 수 있다.

가령 앞서 살펴본 〈혜성가〉의 의미는 혜성과 왜구가 실제로 존재했다는 것일까, 존재하지 않았다는 것일까? 길 쓸 별이 온 것을 혜성이 온 것이라 오해한 것처럼, 왜군이 온 것도 오해였다는 의미로 축자적으로 풀이할 수는 있다. 그러나 축자적 풀이를 〈혜성가〉 해석의 전부라고는 하지 않는다. 이 작품의 목적은 실제로 있었던 혜성과 왜군을 진압하는 것이었다. 언어의 주술적 힘이 대단해서 있는 것도 없다고 말하면 사라진다는 원시적 주술의 흔적이라고만 〈혜성가〉를 평가해도 무방하다. 그러나 우리는 이 작품을 건달바의 의미가 어느 쪽인지, 혜성과 왜군이 남아 있는지 사라졌는지, 뚜렷이 드러나지 않는 의미와 의미 사이의 긴장·갈등에 주목하며 읽게 된다. 이 작품에서 왜군을 격퇴했다는 말을 굳이 남기지 않은 이유도 이와 관련되어 있다. 그렇게 어느 한 시점을 고정하지 않음으로써, 〈혜성가〉의 의미망 또한 고정되지 않을 수 있었다.

다음으로 〈원왕생가〉에서 광덕의 성실한 수행은 당연히 48대원을 근거로 한 왕생에 이어지지만, 엄장의 미혹을 거친 참회 또한 마찬가지 효과를 지닐 수 있는지 여부가 문제가 된다. 전승담에서는 엄장 또한 왕생한 것으로 증거하고 있다. 그렇다면 엄장보다 더한 미혹에 빠졌다가 참회하는 후대의 〈원왕생가〉 창자唱者들은 어떻게 될 것인가? 그들의 왕생 여부는 해당 창자가 죽기 이전에는 답을 내려 확정할 수 없는 문제이며, 〈원왕생가〉의 의미 역시 계속 달라지는 화자에 따라 변모를 겪을 것이다. 〈원왕생가〉가 광덕과 엄장만이 아닌 모든 이들의 수행에 지침이 되기 위해서는, 왕생의 가능성은 고정되지 않은 형세로 열려 있어야 한다.

또한 8세기 작품이기는 하지만, 〈제망매가〉에는 차사 다음에 "미타찰彌陀刹아 맛보올 나"라는 표현이 있다. 그런데 여기서의 '나'가 화자 자신인지 먼저 요절한 누이인지가 그리 분명치 않다. 문맥상 누이보다는 화자 자신으로 보는 편이 자연스럽지만, 그다음 행에서 어떻게 누이보다 나중에 죽을 화자가 누이보다 먼저 미타찰에 가 "도道 닷가 기드리고다"라 말할 수 있는지를 밝혀야 한다. 이 문제는 여성이었던 누이는 화자 자신보다 윤회를 더 겪어야 하니까, 화자는 먼저 미타찰에 가서 아직 윤회를 벗어나지 못한 누이를 기다릴 수 있다고 풀이하면 해결된다.[10] 그러나 〈욱면서승郁面西昇〉을 통해 여종 욱면의 신분과 성별을 초월한 즉시 왕생을 구상했던 경덕왕 대의 신라 불교가, 〈제망매가〉에서는 이와 충돌하는 차별상을 보여주었다고 생각하기란 쉽지 않다. 그리고 국선지도에 속하여 범패를 모른다던 작가 월명사가 윤회론의 교리에 얼마나 비중을 두었을지, 자신의 미타찰 행이 반드시 누이보다 먼저 이루어질 것으로 확신했을지 여부도 알기 어렵다.

아직 조심스럽지만 여기서 '나'는 그야말로 아직 고정되지 않은 것으로 보면 어떨까 싶다. 누이와 화자 자신 가운데 누가 먼저 미타찰에 갈지, 그야말로 아직 "가논 곧 모ᄃᆞ론뎌"의 상황이지만, 누가 먼저 가더라도 나중에 올 사람을 위해 도 닦아 기다리자는 약속의 표현은 아닐지 생각해 본다. 이것은 '먼저 왕생한 이가 꼭 남은 이에게 알려 주자'던 〈원왕생가〉에서 광덕과 엄장의 약속을 연상하게도 한다.

같은 시기의 〈찬기파랑가〉 역시 그 초반부에 "이슬 ᄇᆞᆯ갼 ᄃᆞ라리 / 흰 구룸 조초 ᄠᅥ간 언저레"에서 달과 흰 구름 사이의 고정되지 않은 불투명한 관계를 보여주고 있다. 이 심상을 작품 속의 시간적 배경을 제시하고 분위기를 잡아 가는, 의미 분량이 거의 없는 표현으로 보아도 좋겠다. 그렇지만 거의 매 행마다 기파랑의 상징물을 제시했던 이 작품의 전개 방식을 고려해 보면, 이 표현 역시 기파랑과 관계된 것으로 보는 편이 자연스럽다. 일단 달이 흰 구름을 따른다고 했기 때문에, 달과 흰 구름 양자 모두가 기파랑이 될 수는 없다. 화자의 의도는 기파랑을 따르는 것에 있으므로, 따르는 주체인 달보다는 따르는 대상인 흰 구름이 기파랑이 되는 편이 더 적절해 보인다. 그러나 대부분의 작품론에서는 달을 기파랑으로 본다. 그것은 후대의 시가에서 흰 구름이 가진 부정적 인상 탓이기도 하다. 작품 전체의 구성을 고려한다면 흰 구름이 기파랑이 되고, 소재가 주는 느낌을 우선한다면 달이 기파랑이 되는 것이다.

이와 같은 중의적 표현이 나타날 때, 두 개의 해석 가운데 하나는 맞고 하나는 틀리다고 결판을 내야 할까? 원측의 사고방식에 따르면 결판을 내는 것이 논쟁의 목적이 아니라, 두 해석이 공존하며 시어의 해석을 풍부하게 만들어 가는 과정 자체가 논쟁의 목적이 된다. 해독상의 합의가 이루어졌음에도 이렇게 의미가 불투명한 구절들을, 문자 언어와 논쟁에 대한 원측의 관점을 고려하여 살펴보면 어떨까 한다.

2) 의상과 분별의 초월

다음으로 의상은 〈화엄일승법계도〉라는 반시盤詩를 남기기도 하였으며, 그의 화엄교학은 〈보현십원가〉의 작가 균여에게 영향을 끼치기도 하였다. 균여가 의상의 화신 가운데 하나로 지적될 정도였다. 의상은 '머묾[住]이 없는 근본의 도리이므로 매임[約]이 없는 법이며, 매임이 없는 법이므로 분별의 상이 없고, 분별의 상이 없어 마음이 움직이는 자리가 아니게 되는' 경지를 '10불十佛의 보현경계普賢境界'11라고 불렀다.

특히 여기서 분별에 대한 초월은 〈법계도〉에서도 거론되었다. 9~10구에서 '티끌 하나 속에도 시방을 머금었는데, 모든 티끌 속이 다 이와 같다[一微塵中含十方, 一切塵中亦如是]'고 하여 공간적 분별을 폐기하는가 하면, 이어지는 11~12구에서 '끝없는 오랜 겁도 일념, 일념은 곧 끝없는 겁[無量遠劫卽一念, 一念卽是無量劫]'이라 하여 시간적 분별도 벗어나고 있다.

여느 서정시가 다 마찬가지이겠지만, 7세기 향가에서 공간과 시간에 대한 인식은 매우 중요하다. 향가에 자주 나오는 정토淨土는 이상향의 하나라는 점에서는 공간적 심상이지만, 사후세계라는 점에서는 시간의 의미 또한 갖고 있다. 예컨대 〈원왕생가〉와 〈제망매가〉에 등장하는 정토가 모두 공간이자 시간으로서의 의미를 지니고 있다. 또한 〈사복불언〈蛇福不言〉에 등장하는 뒷동산의 풀을 뽑으면 나타나는 연화장세계蓮華藏世界란, 결국 이승과 저승이 시간상으로나 공간상으로나 그리 멀지 않다는 인식을 드러낸 것이기도 하다. 이렇듯 여러 자료에서 확인되는, 시간과 공간의 분별을 초월하는 발상은 의상의 사상적 지향이 끼친 영향 가운데 하나로 보인다.

한편 의상의 분별에 대한 초월은 그의 언어관에서도 드러난다. 다음 문장에서 의상은 앞서 살펴본 원측의 원음에 대한 인식과 유사한 상대주의적 관점을 내비친다.

> 이런 까닭에 그 연기(緣起)의 머묾 없음을 나타낼 수 있게 말을 함에 있어, 종일토록 말하여도 말한 것이 없다. 말한 것이 없으므로 말하지 않은 것〔不說〕과 다름이 없는 말이다. 말이 이미 이러하니, 능히 듣는 것도 또한 이러하다. 하나를 듣는 것이 곧 일체를 듣는 것이니, 생각해 보면 알 수 있을 것이다.[12]

여기서 "하나를 듣는 것이 곧 일체를 듣는 것"이라는 표현이 눈에 띈다. 시간과 공간에서의 분별로부터 벗어났던 것처럼, 이제는 언어에서의 부분과 전체 사이의 분별도 폐기되는 것이다. 또한 이 표현에 주목해야 할 이유는, 균여 역시 비슷한 발상을 지니고 있었기 때문이다.

> '하근기의 열등한 중생을 위하여 다함이 없이 설하는 가운데에서 이러한 것들을 대략 취하여 결집하고 유통하였기 때문에 이러한 일부의 경전이 있는 것이다.'라고 답하였다. 그것을 보고 듣게 하여 방편으로 끝이 없는 가운

데 끌어들인 것이 마치 창문의 틈으로 보아도 끝이 없는 공(空)을 보는 것과 같으니, 여기에서의 도리(道理)도 또한 그러함을 마땅히 알아야 하는 것이다. 그러므로 이 일부의 경전을 보아도 가없는 법해(法海)를 보는 것이다. 모아져서 두루 통하는 글은 분제(分際)가 없었기 때문에 하나를 설한 것이 곧바로 일체를 설한 것이 되기 때문이다.[13]

윗글은 항본경恒本經과 약본경略本經을 나누어 읽는 행위에 대해 누군가 '전체를 모르고서 어찌 부분만 알 수 있겠는가?'라 묻자, 균여가 답하는 내용의 일부이다. 균여는 "일부의 경전을 보아도 가없는 법해法海를 보는 것이다"라고 말하고는, 그 근거를 구체적으로 모아져 두루 통하는 글은 분제分際가 없기 때문이라 하고 있다. 그리고 그렇게 하는 이유는 '하근기의 열등한 중생을 위하'는 마음에 있다. 근기가 낮은 중생을 위해서 일부만 읽더라도 전체를 접하는 것과 다름없을 글을 써야 한다. 이것은 곧 〈보현십원가〉의 창작 동기와 상통한다. 〈보현십원가〉의 기원이 분별을 초월하려는 의상과 균여의 발상에 있었기 때문에, 앞서 〈원왕생가〉에서 비롯된 참회의 문제에 대하여 한결 적극적인 입장을 취할 수 있었을 것이다. 특히 "미오동체迷悟同體와 보리수왕菩提樹王은 이브늘 불휘 사ᄆ시니라"라는 표현이 그러하다. 또한 균여의 교판론 역시 《화엄경》이 아닌 다른 경전들도 해인정海印定 소목所目의 발현이므로 《화엄경》이라 말할 수 있다[14]는 결론에 도달하게 된다.

이상을 통해 본 원측과 의상의 사상과 언어 인식은 불교의 속성상 그들만의 독자적인 것은 아닐 수도 있으리라 본다. 그러나 향가의 시대와 인접했던 시기에, 그들이 강조했던 사상과 언어의 지점들이 향가의 시어 활용에 영향을 끼쳤으리라는 가설은 여전히 유효하다. 원측은 논쟁의 승패보다는 서로 대립하는 관점이 개별 존재의 인식 속에서 공존하며 조화를 이룰 과정 자체에 주목했는데, 현존 향가 가운데 그 문맥이 뚜렷하지 않아 의미가 고정되지 않고 중의성을 지닌 표현들이 이러한 발상에서 유래하지 않았을지 검토해 보았다. 의상은 시간과 공간의 분별, 나아가 언어에서 부분과 전체 사이의 분별까지 넘어서고자 했는데, 이러한 발상이 훗날 근기가 낮은 대중에 대한 배려로 이어졌을 때, 균여의 〈보현십원가〉가 창작될 수 있었다. 모든 분별을 넘어선 융회적 사유의 성립은 사상사적으로도 그 의미가 크겠지만, 향가 연작을 지어 《화엄경》에 비견되는 효과를 거두려 했던 시인으로서의 포부 또한 문학사적으로 큰 의의가 있다.

4. 종교성과 서정성

7세기 향가에 나오는 불교 계통의 어휘를 시어로서 분석하는 한편, 종교계 저술의 극히 일부분을 통해 중의적 표현과 분별의 초월에 관한 발상이 이루어졌던 계기를 추정하였다.

초기 향가인 〈풍요〉의 '공덕'은 집단적 창자 누구에게나 동질적인 의미를 지닐 수 있었던 것과는 달리, 〈원왕생가〉의 '왕생'은 두 명의 창자 각각의 참회 체험 여부에 따라 다소 다른 의미와 가치를 지닐 수도 있었다. 그 배경을 당시의 설화와 참회에 대한 종교적 입장을 고려하여 살폈다. 한편 〈혜성가〉는 음악신을 '건달바'라는 이국적인 말로 번역하여 소통을 시도한 점도 흥미롭지만, 그 파급력은 번역의 특이성 자체보다는 하늘과 땅의 소통을 중시했던 전통을 후대의 향가에까지 확장했던 점에서 찾을 수 있었다. 이러한 표현은 중의적이기도 하지만 사소한 분별을 넘어선 것이기도 했는데, 원측과 의상, 균여의 저술 극히 일부분을 통해 그러한 수사의 전통이 종교계 일반의 문자문화와 인식과도 궤를 같이 하고 있음을 확인하였다.

여기서의 논의가 설득력을 확보하기 위해서는 종교계 저술에 대한 폭넓은 이해를 갖추는 한편, 초기 서정시의 보편적 발전 과정에 대한 탐색을 병행해야 할 것이다.

제10장

관음신앙의 회향과
〈도천수관음가〉

1. 관음이 머무는 곳

이 글은 향가 〈도천수관음가〉의 작가가 품었던 '희명希明'[1]의 기원을, 관음신앙에서 자비의 실천으로서 회향廻向: pariṇāmanā이라는 덕목에 비추어 다시 해석하는 데 그 목적을 두었다.

《삼국유사》의 〈도천수관음가〉 관련 기록에는 5살 난 아이의 눈을 고치겠다는 목적만 서술되었다. 그렇지만 신라에 관음신앙을 정착시켰다는[2] 의상義相: 625~702의 〈백화도량발원문白花道場發願文〉에 관음보살에게 올리는 기원의 마음가짐이 자세히 나와 있다. 이 발원문은 의상이 관음보살의 진신眞身을 만날 때 이루어졌던 것으로 전해 왔으므로, 의상의 활동 시기에서 60년이 채 지나지 않았던 8세기 중반에 형성된 〈도천수관음가〉의 창작 배경과 이 글 사이에 어떤 '접점'이 있을지 확인하는 작업이 아예 무의미하지는 않을 것이다.

여기서 착안한 접점은 '회향'이었다. 〈백화도량발원문〉의 천수천안千手千眼 관련 단락에는 "중생에게 참된 교화 베풀기를 돕겠다.〔助揚眞化〕"

라는 구절이 있는데, 이는 관음보살의 발원에 따라 자신이 누렸던 자비심을 모든 중생에게 베풀겠다는[3] 회향의 뜻이기도 하다.

한편 《삼국유사》 탑상편에 실린 〈도천수관음가〉에서는 자기 눈을 되찾겠다는 욕망보다는, 자비의 상징이기도 한 관음보살의 눈을 직접 받겠다는 태도를 보인다. 따라서 여기에서 '개안開眼'을 기적적인 사건으로만 생각하기보다, 관음보살의 눈을 받는다는 현상의 종교적 의미에도 주목할 필요가 있다. 일연이 덧붙인 찬시讚詩에도 "관음보살께서 눈길을 돌리지 않으셨다면[不因大士廻慈眼]"이란 표현이 있는데, 여기서 '자안慈眼'을 〈도천수관음가〉의 화자가 받았다는 것이다. 따라서 찬시의 "회廻"를 단순히 눈을 돌이킨다고만 보아도 괜찮겠지만, 작품의 종교적 배경을 고려한다면 자신이 받았던 만큼 남들에게 돌이키겠다는 회향의 원리가 연상되는 표현이기도 하다.

〈백화도량발원문〉, 〈도천수관음가〉와 일연의 찬시 사이의 회향과 눈眼의 접점이 그저 표현상의 우연한 일치일지, 아니면 관음신앙의 맥락을 긴밀하게 공유하고 있을지는 〈백화도량발원문〉과 〈도천수관음가〉 두 편을 직접 읽고 대비하여 판단할 문제이다.

기존의 〈도천수관음가〉 이해는 작자 문제 혹은 아이가 병을 고치는 과정[4] 혹은 병의 정체[5]에 관한 관심을 중심으로 이루어져 왔으며, 관음보살을 향한 기원 역시 그 기복적·주술적 효험[6]에 초점을 맞추는 경우가 많았다. 그러나 관음보살에게 기원하는 방법과 태도에 관한 발원문까지 참고한다면, 본 작품의 문학적·사상적 성취를 달리 파악할 단서를 마련할 수도 있을 것이다.[7] 〈도천수관음가〉는 같은 경덕왕 시기의 월명사, 충담사 등의 서정적·정치적 작품에 비하면 다소 이질적이고 동떨어졌다는 인상을 받아 오기도 했다. 그렇지만 이 연구를 통해 한국의 관음신앙이 관음보살과 사찰에 관한 설화뿐만 아니라, 시가 작품으로도 뚜렷이 구현되었음이 드러나길 희망한다.

2절에서는 〈도천수관음가〉에 이르기까지 관음신앙의 정착 과정에서 〈백화도량발원문〉의 저자 의상의 역할을 정리하고, 이어서 천수관음에 관한 단락을 중심으로 〈백화도량발원문〉의 내용과 주석을 살피겠다. 이어서 3절에서는 〈도천수관음가〉 관련 기록과 일연의 찬시에 나타난 '회迴'의 함의를 떠올리고, 작품의 내용과 저자의 이름에 나타난 '희명'의 상징성도 돌이켜 본다.

2. 〈도천수관음가〉 이전의 관음신앙과 〈백화도량발원문〉

1) 의상과 관음신앙의 정착

한국의 관음신앙은 《법화경》의 〈보문품〉 등의 경전에서 직접 유래했다기보다는, 의상이 귀국 이후 낙산사를 건립하면서 정착된 측면이 더 크다고 보아 왔다.[8] 그 과정은 《삼국유사》 탑상편의 〈낙산이대성 관음정취 조신洛山二大聖 觀音正趣 調信〉의 전반부에 대략 실려 있다. 이 기록은 〈도천수관음가〉가 수록된 〈분황사 천수대비 맹아득안芬皇寺 千手大悲 盲兒得眼〉의 바로 뒤에 배치되어 있기도 하다. 낙산사 이야기는 후반부에 관음을 만나고도 알아보지 못한 원효의 이야기, 정취보살과 조신의 꿈 등과 더 연결되어 있으며, 결국 이들 설화의 오도悟道 과정9은 이 이야기의 치병治病과 그 함의含意가 다르지 않다.

[1] 옛날 의상이 당나라에서 귀국했을 때, 관음보살의 화신이 동해안 굴에 머문다고 들었으므로 '낙산'이라는 이름을 붙였다. 낙산이란 (관음이 머문다는 인도 남해안의) ① '보타낙가산'의 준말인데, 흰옷을 입은 진짜 관음이 머물기에 작은 백화산이라고도 부른다. 의상은 7일간 목욕재계하고 앉았던 자리를 물에 띄웠다. 그러자 여덟 수호신이 나타나 굴 안으로 이끌었다. 하늘에 불공을 드렸더니, 수정 염주 한 꾸러미가 내려왔다. 의상이 받고 물러나니, ② 동해의 용도 나타나 여의주 한 알을 주었다. 의상은 다시 7일 재계하고, 관음의 본 모습을 만나 이런 말을 들었다.

"내가 앉은 산꼭대기에 ③ 대나무 한 쌍이 솟아나면, 그 자리에 절을 지으시오."

의상이 듣고 굴 밖으로 나왔더니, 과연 대나무가 솟아났으므로 절을 지어 관음을 모셨다. 원만하고 아름답기가 꼭 하늘나라 솜씨 같았다. 대나무가 없어지자, 이곳이 관음의 화신이 머무는 곳인 줄 알게 되었다. 그러므로 절 이름도 낙산사라 짓고, 관음과 동해 용에게 받았던 구슬을 함께 모셔 두고 의상은 떠났다.10

의상은 신라 화엄사상의 초조初祖였으므로,11 관음보살이 신라 땅에 머문다는 관념을 유포한 것 역시 화엄사상의 전파 과정과 맞물려 이해할 필요가 있다. 관음보살은 《화엄경華嚴經》의 〈입법계품入法界品〉에 핵심 인물로 등장하여 주인공에게 조언을 주기도 하며, 고려 불화로 다수 남은 〈수월관음도^{水月觀音圖}〉는 해당 내용을 형상화한 것이기도 하다. 그리고 위 설화에서 낙산사라는 이름의 유래이기도 한 관음이 ① 보타낙가산^{普陀洛伽山}에 거주한다는 관념 역시 《화엄경》에만 나오는 것이었다.[12] 그렇다면 의상에게 관음신앙이란 곧 화엄사상을 실천하고 구체화하기 위한 방법론의 하나이기도 했을 것이다.

그런 의미에서 관음도량이라는 낙산사의 창건은, 의상이 창건한 화엄 사찰인 부석사^{浮石寺}의 설립 과정과도 대응된다. ② '동해의 용'이 여의주를 주고 관음보살을 만나도록 협력해 주었던 것처럼, 《송고승전^{宋高僧傳}》에서는 의상을 짝사랑했다가 자결하고 용으로 환생한 선묘라는 여인이 부석사를 세우는 과정에서 큰 역할을 맡기도 했다.

[2] 의상은 귀국한 후 산천을 두루 다니며 고구려와 백제의 세력이 미치지 않는 곳 가운데 지세가 영험하고 산세가 수려하며 참된 법륜을 널리 전할 수 있는 곳을 찾았다. 그런데 오래지 않아 호문귀족(豪門貴族)의 서로 다른 종파가 오백 명이나 무리 지어 있었다. 의상은 말없이 생각에 잠겼다. "대화엄의 가르침은 복되고 선한 곳이 아니면 일으킬 수 없다." 이때 선묘의 용이 늘 따라다니며 의상을 보호하고 있다가 그의 생각을 몰래 알아차리고서 허공에서 대변신을 일으켜 커다란 바위로 변했다. 너비와 폭이 1리쯤 되는 바위는 가람의 꼭대기를 덮은 채 떨어질 듯 말 듯 하였다. 무리 지은 중들은 깜짝 놀라 어찌할 바를 모른 채 사방으로 흩어져 달아났다. 의상은 마침내 절 안에 들어가 화엄경을 펼쳤다. (··· 마지막 문장에 '해동화엄초조(海東華嚴初祖)'라는 평가)[13]

낙산사 설화 속 용은 여의주를 주어 관음보살을 만날 간접적인 계기를 마련해 주었지만, 선묘는 이와 달리 새로운 이념이었던 의상의 화엄사상을 선뜻 받아들이지 못했거나 견제했던 이들에게 직접적인 위협을 가하는 것처럼 보인다. 선묘 관련 기록은 한국에 따로 남지는 않지만, 중국에는 10세기 《송고승전》에 실리고 일본에서 13세기 《화엄연기華嚴緣起》[14]라는 그림책에 수록될 만큼 유명하고 인기가 있었다. 이런 '호법룡護法龍'의 이야기야 불교 설화에서는 흔하고도 새삼스러운 것일지도 모르겠다. 그러나 관음신앙의 정착 과정에서도, 한국 화엄사상의 시작 장면에서도 용의 도움이 있었는데 그 중심에 공통으로 의상이라는 인물이 자리 잡고 있었음을 눈여겨볼 필요가 있다.

그리고 여기 나오는 '동해의 용'이 어떤 존재였던지 《삼국유사》를 통해 돌이켜 본다. 왜구로부터 나라를 지키겠다는 호국룡護國龍이 된 문무왕,[15] 의상과 같은 시기 강릉 가는 수로부인을 납치했던 해룡,[16] 훗날 아들 처용과 함께 헌강왕에게 나타나 망국亡國 조짐을 경고했던 용왕[17] 모두 동해의 용이었다. 더 거슬러 올라가면, 동해에서 도래하여 왕조를 이룬 석탈해[18] 역시 동해의 용에 해당하는 존재라 할 만하다. 이렇듯 광범위한 시기에 걸쳐 신라인들의 정신에 자리 잡았던 존재가 낙산사의 탄생에도 관여하고 있었다.

이는 의상이 관음보살로 용과 같은 토속신앙의 신을 대체하기를 기대했다는 점을 암시하고 있지 않을까 한다. 나라를 지키는가 하면 아름다운 여인을 납치하고, 망국을 경고하는가 하면 개국과 관련된 신이 되기도 하는 동해의 용의 모든 역할을 관음이 이어받을 수는 없었다. 그렇지만 한국 문화사에서 관음보살은 온갖 세상사에 참여하고 사람을 보살피는, 용에 못지않은 비중으로 성장했다고 할 만하다.

또한 ③의 대나무 한 쌍 역시, 〈수월관음도〉에도 자주 표현되는 원전의 요소를 따른 것이기도 하다. 대나무 한 쌍은 또한 신라의 음악사상을 상징하는 다음의 만파식적^{萬波息笛} 설화에 마찬가지로 용과 함께 등장하였다.

[3] (… 문무왕이 죽어 동해의 호국룡이 되고, 동해의 산이 보물을 싣고 감은사로 떠내려온다는 일관의 보고) 왕이 기뻐하며 5월 7일에 이견대에 가서 그 산을 보고 사람을 보내 살폈다. 산세는 거북의 머리와 같고, 꼭대기에 대나무 하나가 낮에는 둘이 됐다가 밤에는 하나가 되었다. 일설에는 산도 대나무처럼 열렸다 닫혔다 했다고도 한다. 돌아와 아뢰니, 왕은 감은사에 묵었다. 다음 날 아침 대나무가 하나로 합칠 때, 온 세상이 흔들리고 비바람이 불어 7일간 어두웠다가 16일에 바람과 물결이 잦아들었다. 왕이 배를 타고 산에 들어갔더니, 어떤 용이 옥으로 장식한 검은 허리띠를 바친다. 공손히 받고 함께 앉아 묻는다.

"이 산과 대나무는 어째서 갈라졌다가 합쳤다가 합니까?"

"비유하자면 손뼉 하나로는 소리가 안 나지만, 두 손뼉을 쳐 (하나가 되며 합치면) 소리가 나는 것과 마찬가지랍니다. 대나무란 물건도 합치면서 소리가 나니, 거룩한 임금님께서도 소리로써 천하를 다스릴 조짐입니다. 이 대나무로 피리를 만들어 부신다면 온 세상이 화평해집니다. 임금님의 아버님께서 바다의 용왕이 되시고, 김유신 공은 다시 하늘의 신이 되셨지만, 두 성인께서 똑같은 마음으로 이렇게 값을 따질 수 없는 큰 보물을 저를 통해 주시는 겁니다."[19]

위 만파식적 설화의 배경은 682년이므로, 낙산사가 창건된 671년에서 그리 멀지 않다. 게다가 같은 동해안을 배경으로 삼고 있다. 대나무가 솟아난 자리에 낙산사라는 절을 짓더니, 10여 년 뒤에는 유사한 성격을 지닌 대나무로 피리를 만들었다. 〈만파식적〉 설화에서 하필 산에 대나무가 실려 있는 이유는 피리를 만들기 위해서였는데, 1세기 뒤에 〈제망매가〉의 작가 월명사가 피리로 달의 운행을 멈추고 향가로 해의 변괴를 없앤 성과 등을 보면 만파식적[피리]이 음악과 문학에 만들어 준 권능은 대단했다.

그리고 대나무와 낙산사에서 유래했던 관음신앙[20]도, 〈제망매가〉와 같은 시기에 〈도천수관음가〉라는 시를 통해 구현되었다. 관음보살이 등장하는 설화는 《삼국유사》 안에도 다수 있지만, 그에 비하면 시로써 관음신앙과 인연을 맺은 작품은 흔하지 않았다. 그러므로 대나무를 매개로 했던 낙산사와 만파식적 설화의 유사성, 월명사의 피리와 〈도천수관음가〉가 공유하는 시대적 맥락을 환기해 볼 필요가 있다.

의상은 《화엄경》에 등장했던 관음보살의 이미지를 자신의 화엄사상을 실천하는 과정에서 중시했다. 동해의 용이라는 토속신앙의 대상에게 낙산사, 부석사 등 각각의 관음, 화엄 도량의 창건 설화에서 중요한 역할을 맡기기도 했다. 여기서 말미암은 대나무 솟아난 자리에 권능이 부여된다는 발상 역시 만파식적 설화를 통해 음악, 문학의 범위로 확장되어 갔다. 향가가 '감동천지귀신'을 할 수 있었다는 생각 역시 이와 무관하지 않아 보인다. 요컨대 의상은 단순히 관음 도량의 공간적 형상화에 그치지 않고, 관음의 역할과 관련 요소를 통해 신라 문화의 여러 실천적 요소에 광범위한 영향을 끼치고자 한 것이다.

2) 〈백화도량발원문白花道場發願文〉과 천수관음千手觀音의 상징

앞서 [1]에서 의상이 낙산사에서 관음보살에게 예배드릴 때 지은 글이 〈백화도량발원문〉으로, 이는 한국에서 가장 일찍 이루어진 발원문이라 한다.[21] 여기서 '백화도량'이 곧 관음보살의 도량이란 뜻이며, 그 전문은 다음과 같다.

[4] 머리 숙여 귀의하옵고
저의 스승 관음보살의 대원경지를 관하오며,
또한 제자의 성정본각을 관하옵니다.
(이는 동일한 체여서 청정하고 깨끗하고,
시방세계에 두루하여 텅 비어 공적하며
중생과 부처의 상이 없고,
주체와 대상의 명칭이 사라졌습니다.
이미 깨끗하므로 비추는 데 어그러짐이 없어
삼라만상이 그 속에 단박에 나타납니다.)
본사에게 있는 수월장엄과 한량없는 상호는
제자의 헛된 몸과 유루의 형체와
의보와 정보의 깨끗함과 더러움, 괴로움과 즐거움이 같지 않습니다.
(그러므로 모두 하나의 대원경을 벗어나지 않습니다.)
이제 ① 관음보살의 거울 속으로 제자의 몸이
거울 속 관음보살께 목숨 바쳐 정례하옵고
진실한 발원의 말씀 사뢰오니 가피를 내려 주소서.

오직 원하옵건대

제자는 세세생생 관세음을 부르며 스승으로 모시겠습니다.

보살께서 아미타불을 머리에 이듯

저 또한 관음대성을 머리에 이고 다니겠습니다.

십원·육향과 ② 천수천안과 대자대비가 모두 다 같아지며

몸을 버리는 이 세상과 몸을 받는 저세상에서 머무는 곳마다

그림자가 형상을 따르듯 항상 설법을 듣고

③ 참된 교화를 돕겠습니다.

널리 온 누리의 모든 중생들에게

대비주를 외우고 관음보살의 이름을 염불하게 하여

다함께 원통삼매 법성바다에 들게 하소서.

또 원하옵건대

제자는 이 생의 업보가 다할 때까지

보살께서 빛을 놓아 인조해 주심을 몸소 받아

모든 두려움에서 벗어나 몸과 마음이 쾌적하고

한 찰나에 곧 백화도량에 왕생하여

여러 보살과 함께 정법을 듣고 진리의 흐르는 물에 들어가

매 순간 밝아져 여래의 큰 무생인을 발하게 하소서.

발원을 마치고 관음보살께 목숨을 바쳐 정례하옵니다.[22]

이 발원문의 단락을 세분하여 정교한 교리를 살피는 것도 뜻깊겠지만, 여기서는 일단 〈도천수관음가〉의 문맥과 함께 살필 부분을 중심으로 서술하겠다.

①에서 '관음경^{觀音鏡}'이 등장하기 이전까지는 제자라고 칭한 자신과 불^佛의 관계가 이중적이다. 동일체로서 깨끗하고 청정하다 하는가 하면, 유루^{有漏}한 탓으로 가지런하지 않았던 일면도 함께 의식하고 있다. 그러나 관음보살이 비친 거울, 관음경을 마주한 덕분에 가피^{加被}를 내려받아 관음보살을 스승으로 모실 수 있게 되었다. 〈도천수관음가〉의 화자 역시 분황사의 천수관음상^{千手觀音像}을 마주함으로써 어둠[無明]을 벗어나 밝기를 바라는[希明] 원願을 이루게 되었다[得眼]. '경鏡'과 '상像'의 의미가 반드시 동일하다 할 수는 없을지라도, 관음의 모습을 마주하고 발원, 기원한 덕분에 화자의 문제가 해결되었다는 역할과 그 성취는 크게 다르지 않았다. 게다가 '경'은 자신을 바라보는 것이기도 하며, 제행^{諸行}과 제법^{諸法}이 모두 거울에 비친 상과 같다는 가르침을 깨달을 수도 있다. 따라서 여기서 거울을 마주한 제자의 상황은 〈도천수관음가〉의 화자와 그리 다르지 않고, 그 화자가 처한 어둠, 눈이 먼 상태란 아직 거울을 바라보고 깨닫기 이전 상태를 비유한다고도 볼 여지가 있다.

②에는 '천수천안'과 '대자대비'라는, 〈도천수관음가〉와 직접 연결되는 관음보살의 형상이 등장한다. 관음보살은 19가지 응신^{應身}이 있다고도 하고, 11가지 표정이나 말머리의 모습 등 문화권마다 다양한 상징으로 등장하곤 하였다. 〈도천수관음가〉의 문면에도 나왔던 "천 개의 손과 천 개의 눈"이란 여러 곳의 중생을 속히 구제하기 위한 권능이라 할 수 있다. ②의 바로 앞에 쓰인 '십원^{十願}'은 중생을 제도하겠다는 목적의 다섯 쌍 열 서원[五雙十願]이며, '육향^{六向}' 역시 사악도^{四惡道}에 빠진 중생을 구제한다는 결심이었다.

그런데 중생구제를 오로지 관음보살 혼자서만 도맡는다는 것일까?

이 문장 전체를 보면 관음보살을 머리에 인 제자 자신이 관음보살과 천수천안, 대자대비 등이 다 같아져서〔悉皆同等〕, 그림자처럼 관음을 따르며 ③에서 중생에게 참된 교화 베풀기를 돕겠다〔助揚眞化〕고 하였다. 그러고 보면 천 개의 손, 천 개의 눈이란 관음보살을 도와 중생구제에 동참하는 그 제자들의 손과 눈을 다 합쳐 일컫는 말은 아닐까 하는 생각도 든다. 의상이 남긴 저술은 적지만, 사찰을 짓고 불교 공동체를 확장하기에 힘썼던 이유도 여기에 있었다. 그는 자비의 실천이 사찰을 오가는 한 사람 한 사람마다 얽히고 자라나 '천수천안'의 풍경이 만들어지길 바랐던 게 아니었을까?[23] 〈백화도량발원문〉의 발원에서 개인의 복을 구하는 발원, 기원은 그다지 눈에 띄지 않았다. 그보다는 관음보살을 비롯한 다른 이들에게 받아 누렸던 자비를 서로 돕고 회향하는 실천으로 확장하기를 발원한 쪽에 가깝다. 여기서 해당 부분에 대한 체원體元: 14세기의 주석을 더 살펴본다.

[5] '십원 등'에 대해 어떤 사람은 "이 주문을 외우는 자가 큰 원·향을 발하면, 관음대성이 그것에 따라 그가 십원·육향을 모두 이루도록 하는 것이지, 관음대성이 스스로 원·향을 발하는 것은 아니다."라고 하였고, 어떤 사람은 "관음대성은 일찍이 부처님 계신 곳에서 그러한 원·향을 발하고서 중생에게 나와 같이 이러한 큰 원을 발하라고 가르쳤으니, 그렇다면 관음대성께서 본디 발원한 것이다."라고 하였다.

《천수천안경》에 따르면 후자의 뜻이 경에 부합하니, 그 경에 "제가 생각건대 과거겁(過去劫)에 천광왕정주여래(天光王靜住如來)라는 부처님이 출현하셨습니다. 그 부처님이 저를 불쌍히 여기시고 또 일체중생을 위해 이

《대비심다라니(大悲心陀羅尼)》를 설하였습니다. 제가 이 다라니를 듣고 제
8지에 올라 이렇게 서원하였습니다. '제가 장차 일체 중생을 이익되게 할
수 있다면 저의 몸으로 하여금 즉시 천수천안을 갖추게 하고, 비구·비구
니·우바새·우바이·동남·동녀 등으로 이 다라니를 지송하는 자는 모든 중
생에게 자비심을 일으켜서 먼저 나를 따라 이렇게 발원하게 하여지이다.'"
라고 하였다.[24]

　밑줄 친 두 어구를 통해 보면, 관음보살이 먼저 발원하고 실천한다
는 선후 관계가 명백하지만, 중생이 관음보살을 따라 발원한다는 점도
강조하고 있다. 본문의 "실개동등悉皆同等"이란 표현이 한층 상세화되
었다고 할 수도 있으며, 같은 역할을 하는 손과 눈이 천 개로 늘어날 수
있는 근거 역시 여기에 있다. 관음보살의 자비심을 입은 중생 모두가
다른 중생에게 같은 자비의 실천을 회향한다고 했을 때, 관음보살의 가
르침과 그 실천(=손과 눈)은 천 개, 만 개, 무한대로 확산할 것이다. 〈도
천수관음가〉에서도 이런 문맥이 확인될지 검토할 필요가 있다.
　〈백화도량발원문〉에서는 관음경을 마주하며 자신의 유루有漏함을 비
로소 벗어나는 화자가 등장하는데, 이는 〈도천수관음가〉에서 관음상을
마주한 화자가 눈멂 상태를 구제받는 정황과 대응한다. 여기서 관음상
은 분황사의 천수대비상이었는데, '천수천안'의 형상은 중생구제를 위
한 것이었으며, 특히 관음보살이 먼저 발원하고 모든 중생이 서로를 향
해 회향하는 모습이 본문과 주석에서 거듭 강조되었다. 〈도천수관음
가〉 화자의 정황과 회향의 자세를 이 발원문과 견주어 보는 한편, 앞서
제시했던 관음 형상의 문화사적 역할도 아울러 떠올려 보겠다.

3. 〈도천수관음가〉의 기원과 회향

1) 전승담과 일연의 찬시讚詩에 나타난 회향廻向

앞 절에서 관음신앙의 배경과 〈백화도량발원문〉의 내용을 소개하였다. 의상은 관음을 경전 속의 존재가 아닌 낙산사라는 공간에 두고 토속신처럼 여러 역할을 맡기고자 하였다. 여러 역할을 맡기 위해 천수관음의 권능에 주목하였으며, 자비를 누린 중생의 회향이 거듭 확산하는 장면을 천 개의 손과 천 개의 눈이라는 상징으로 구현하고자 했다. 그런데 이렇듯 광활한 목적을 반영하기에는, 아래의 〈도천수관음가〉관련 기록이 너무나 소략해 보이지 않을까?

[6] 8세기 경덕왕 때, 한기리의 여인 희명의 5살 난 아이가 눈이 멀었다. 어느 날 희명이 그 아이를 안고, 분황사 왼쪽 전당 북쪽 벽 천수관음보살 그림 앞에 가, 아이에게 향가를 부르게 하였더니, 눈이 나았다.[25]

5살 난 아이가 눈이 멀었으니, 〈혜성가〉나 〈도솔가〉처럼 주술적인 성격도 있었던 향가를 불러 치유했다는 이야기처럼 보인다. 몸의 병을 고친다는 효험에 주목하다 보면 주술 너머 종교신앙의 성격을 고려하지 않게 되고, 이에 따라 이 작품을 관음신앙의 맥락에서 바라보려는 시도가 흔치 않았던 것 같다.[26]

여기서는 "눈이 멀었다."라는 병세가 종교적 상징으로도 해석될 가능성을 떠올리려고 한다. 불교에서는 욕망과 번뇌에 빠진 깨달음 이전의 상태를 '무명無明'이라고 부르기도 하는데, 이 작품의 저자 '희명希明', 마지막 문장의 '득명得明' 등의 표현을 떠올려 보면 이런 연상이 전연 불가능하지 않을 듯하다. 5살 어린이의 순진한 상태를 종교적 '무명'으로 간주하려는 시각이 무리처럼 보이겠지만, 아래《법화경法華經》제3 비유품 〈화택유火宅喩〉에서도 '불'로 비유된 욕망과 번뇌를 벗어나지 못한 중생을 장난감을 가지고 노는 아이에 빗대기도 하였다.

> [7] 어느 나라의 한 마을에 큰 장자가 살았다. 어느 날 그의 거대한 저택에 불이 났는데, 그의 아들들은 장난감을 가지고 노는 것에 정신이 팔려 불이 났음을 알지 못하고 밖으로 나오지 않았다. 그는 너무 늙어 아들들을 구출할 수 없었다. 이에 그 장자는 아들들이 좋아하는 장난감이 집 밖에 있다고 말하였고, 이 말을 들은 아들들은 모두 집에서 뛰쳐나왔다. 아들들은 각자 소 수레, 양 수레, 사슴 수레 장난감을 달라고 하였으나, 아버지는 그들에게 최고로 좋은 소 수레를 주었다.[27]

위 자료에서 소, 양, 사슴의 수레가 삼승三乘(성문, 연각, 보살), 최고로 좋은 수레가 일승一乘이다. 이 비유에서 아이들은 아버지에게 그냥 선물을 받았지만, 〈도천수관음가〉의 희명은 아이가 몸소 관음상을 마주하고, 제 입으로 직접 향가를 부르게 한다. 타력他力만 언급된《법화경》에 비하면 자력自力에 해당하는 노력이나 명明과 암暗의 대조가 한결 분명해 보인다. 이렇듯 이 기록의 줄거리를 종교적 비유로만 이해해야 한다는 뜻은 아니지만, 신체 질환을 치료하는 향가의 효험에 관한 이야기만으로 해석의 가능성을 닫는 쪽이 유일한 해석이라면 그리 바람직하지는 않다. 그간의 연구에서 지적했듯, 5살짜리 아이가 향가를 부르거나 짓는다는 건 쉽지 않은 일이다. 그런 일이 감각의 어둠에서 벗어났다는 기적과 이어질 수 있다면, 또 한편으로 인식의 무명을 깨우쳐 가는 종교적 비유와 연결될 수도 있지 않을까 한다.

그러나 이 기록을 비유로 보기에는 하나 걸리는 점이 있다. 아이가 애초부터 무명의 상태는 아니었다는 사실이다. 아래 일연의 찬시에도 나오듯, 원래 멀쩡했던 시력이 사라진 상황이었다.

[8] 竹馬蔥笙戲陌塵　죽마 타고 풀피리 불며 언덕에서 놀다가
　　一朝雙碧失瞳人　하루아침 두 눈에 빛을 잃더니,
　　不因大士廻慈眼　관음보살께서 눈길을 돌리지 않으셨다면,
　　虛度楊花幾社春　버들꽃 날리는 봄날 다시는 보지 못했으리라.

그러나 무명의 상태를 한번 극복하더라도, 마음가짐에 따라 다시 무명의 상태로 회귀할 수도 있다. [1]의 낙산사 이야기 후반부의 원효를 비롯한 자장慈藏이나 경흥憬興 등 여러 고승과 귀족들은 자신의 성과를 믿고 오만한 마음이 들어 초라한 행색의 불·보살들을 알아보지 못했다.[28] 특히 원효는 해골물을 마시고 깨달음을 얻었다는 유명한 훗날의 전설이 무색하게도, 깨끗한 물과 더러운 물을 차별하고 관음보살의 진신을 희롱하는 등의 죄업을 저질렀는데, 이는 원효 개인에 대한 비판이라기보다 귀족화한 신라 불교계 전반을 향한 비판이었다.[29] 아무튼 보살이라는 평을 들었던 원효라 할지라도, 오만하면 죄업을 지어 무명의 상태로 전락할 수 있다는 발상이 통렬하다. 말하자면 5세 아이가 시

력을 잃었다가 되찾는 상황은 불심佛心을 지녔던 이가 무명의 상태로 전락했다가 자신의 본성을 되찾는 과정의 비유라고도 볼 수 있다.

[8]의 3행에서 '회廻'는 관음보살이 아이의 향가를 듣고 눈길을 '돌려' 병을 고쳐 주었다는 뜻이다. 몸의 질환을 고친 효험에만 주목하면, 이런 기적은 관음보살만 일으킬 수 있다. 그러나 앞서 〈백화도량발원문〉의 '천수천안' 부분과 주석을 돌이켜 보자. 우리는 관음보살로부터 받아 누렸던 자비를 다른 중생에 돌이켜 회향해야 한다. 관음보살이 먼저 발원했던 일들을 우리도 잇달아 발원하고 실천해야 하기 때문이다. 이 '돌이킴'을 위해 〈도천수관음가〉에서 희명의 아이는 그저 잃었던 눈을 되찾는 대신, 관음보살의 눈을 제 눈으로 삼고 싶었던 것으로 보인다. 그렇게 받은 관음의 눈으로 다른 이들의 무명도 깨우치는 또 다른 회향과 자비의 실천이 무한히 확산하려면, 우선 관음보살의 자안慈眼이 맨 먼저 회향될 필요가 있겠다. '회'를 관음보살의 눈 돌이킴 하나에 한정한다면 의미가 매우 좁아지지만, 저 발원문에서 천수천안이 지녔던 의미와 〈도천수관음가〉의 내용까지 고려하여 확장한다면 모든 이들의 온갖 선행의 실천을 포함하고도 남을 것이다. 따라서 이 부분의 해석 가능성을 열어 둘 것을 제안하고 싶다.

〈도천수관음가〉 관련 기록과 찬시는 소략한 사실적 내용과 그에 대한 관습적인 예찬인 것처럼 보일 수도 있다. 그러나 "5살 난 아이가 눈이 멀었다."라는 상황을 종교적 비유로 간주하고 발원문의 내용에 유의해 보면, 무명과 희명, 득명에 이르는 단계적 성장 과정과 폭넓은 범위의 회향을 떠올릴 수 있다. 이는 치병治病이라는 이 설화의 1차 모티프를 부정하지 않으면서도 충분히 확장이 가능한 해석이리라 생각한다.

2) 〈도천수관음가〉에 나타난 천수천안

지금까지의 성과를 전제 삼아, 향가 〈도천수관음가〉를 다시 읽을 때가 되었다. 본 작품의 전승담을 '깨달음〔明〕'을 얻기까지의 종교적 성장 단계를 비유한 것으로 볼 가능성을 제시하였으며, 관음보살의 자비를 입은 이들이 각각 다른 이들에게 또 다른 '관음경'이 되어 천 개, 아니 그 이상의 손과 눈을 서로에게 만들어 가는 회향의 세상까지 떠올려 보았다.[30] 이어서 〈도천수관음가〉의 기원, 발원에 이런 종교적 상징성이 구현되었는지, 관음경 혹은 관음상의 회향은 다른 중생에까지 좋은 영향을 끼칠 수 있을지 검토해 본다.

[9] 무루플 ᄂ초며

두볼 손ㅂ룸 모도ᄂ라,

千手觀音 알파히

비솔볼 두ᄂ오다.

즈믄소낫 즈믄 누늘

ᄒᄃᆫ핫 노하 ᄒᄃᆞ늘 더럭,

두볼 ᄀ만 내라

ᄒᄃᆫ사 숨기주쇼셔 ᄂ리ᄂ웃ᄃᆞ야.

아야여 나라고 아ᄅᆞ실ᄃᆞ

어드레 쓰올 慈悲여 큰고.

무릎을 꿇고

두 손바닥 모아

천수관음 보살님께

빌며 기도드려요.

천 개의 손마다 천 개의 눈

제게 하나만 놓고 하나만 덜어 주신다면….

두 눈 다 감은 제게

(남들 몰래) 하나만 살짝 주세요.

아아, 저 좀 알아주세요.

자비심 크다시면서, 어디에 쓰려고 하세요?[31]

— 〈도천수관음가〉, 김완진 해독(현대어역은 저자 의역)

1~4행은 몸동작을 구체적으로 묘사한 드문 사례라는 점이 지적되었다.[32] 작품 내용이 신체 질환에 관한 것이라서 일면 당연해 보인다. 3행에서 '천수관음'이라는 호칭이 나오므로, 천 개의 손 앞에 두 손 모아 마주하는 대비對比가 뚜렷이 드러났다.

5~8행에서는 관음보살에게 두 눈을 달라고 한다. 내게 없는 것을 당신은 많이 갖고 있으므로 하나씩만 놓아 달라고, 덜어 달라고 하는 것이다. 그런데 앞서 〈발원문〉의 '천수천안' 부분을 소개하면서, 천 개의 손과 눈이란 관음보살의 발원에 따라 자비와 회향을 실천하는 많은 이들의 손과 눈을 뜻할 수도 있지 않을까 하는 가설을 내세운 적이 있었다. 관음보살의 손과 눈은 자비를 실천하는, 거룩하고도 탈속적인 손과 눈이다. 그냥 자신의 질환을 낫게 해 달라기에 그치지 않고, 자비를 실천할 수 있고, 또 실천해야 하는 눈을 달라는 것이다. 좀 과감하게 보

자면 관음의 눈을 물려받은 화자 자신이, 다른 이들에게 그 눈을 통해 회향하겠다는 결심이 투영된 게 아닐까? 그렇게 관음의 눈이 다른 이들에게 거듭 회향하고 증식(?)하는 과정이 〈백화도량발원문약해〉에서는 관음보살의 발원을 다른 중생이 뒤따르는 양상으로 묘사되기도 하였다.

그렇다면 눈을 덜어 달라는 간청은 자신만을 위한 기복 행위는 아닐 수도 있다. 관음보살의 눈을 떼어 달라는 발상 역시 어린이다운 치기로 읽을 수 있지만, 그 눈이 많은 중생을 보살필 수 있는 권능을 지녔다는 점 또한 놓치지 않고 유의할 필요가 있다는 것이다. 그것은 눈이 멀기 이전 상태에 비해서 더욱 크고 멀리 볼 수 있는 깨달음의 눈을 얻고 싶다는 소망이다.

그런데 9~10행을 마저 보면, 관음보살의 눈을 얻겠다는 아이의 발원을 너무 긍정적으로 과장한 건 아니었을지 싶기도 하다. 자신을 알아 달라고 하며, 자신을 알아 주지 못하는 그런 자비심을 크다고 할 수 있느냐고 따지는 내용이기 때문이다. 이 부분까지 화자는 두 눈을 달라는 부탁에서(5~6행), 아니면 하나라도 달라는 간절함을 거쳐(7~8행), 그것도 어렵다면 그 자비란 대체 무엇인지 따지는 듯한(9~10행) 흐름을 이어 가고 있다.

그러나 이 부분의 뉘앙스가 해독자에 따라 달라지곤 한다는 점을 굳이 내세우지 않더라도,[33] 자비란 단 한 사람도 놓치지 않는 엄숙한 실천의 맹세라는 점을 다시금 환기했다는 점에 주목하고 싶다. 불교에서는 단 한 사람도 놓치지 않으리라는 서원誓願이 곳곳에 등장하곤 한다. 지장보살이 지옥의 모든 존재를 빠짐없이 구제하겠다거나,[34] 〈원왕생가〉

에도 나오는 아미타불의 48대원 등이 그러하다.

이렇게 투정 부리는 아이 한 사람까지도 버려 두지 않는 섬세함이 진정한 자비의 실천이며, 그런 실천이 이루어졌을 때 이런 아이라도 관음보살의 손과 눈을 지니고 온 세상을 도울 수 있다는 말이다. 투정 부렸던 어린이가 관음신앙을 실천하고, 남들까지 감화시킬 가능성이 얼마나 될까? 〈도천수관음가〉는 그런 일이 필연적으로 일어날 수밖에 없다고 말한다. 그리고 밝음에서 어둠으로, 어둠에서 더 큰 밝음으로 굴곡을 거쳐 성장해 가는 흐름은 인생과 신앙의 굴곡을 겪는 이들에게 회향에 관한 공감대를 형성하기에 부족함이 없었다.

〈도천수관음가〉는 어린이의 말투와 발상을 지니기도 했다. 그것은 한편으로는 투정처럼 비치기도 하지만, 단 한 사람도 놓칠 수 없는 자비의 실천적 엄숙함, 그리고 소박한 기복을 넘어서 관음보살의 눈을 얻어 자신이 관음보살에 비견될 만한 자비의 상징으로 성장하고 싶다는 기원을 암시하기도 하였다. 이런 가능성은 〈백화도량발원문〉에서 제시된 천수천안과 회향의 요소, 관음신앙의 문화사적 역할 등에 유의함으로써 드러나게 되었다.

4. 관음이 움직인 자리

지금까지의 논의 결과를 요약해 본다.

첫째, 의상은 동해의 용이라는 토속신앙의 대상에게 낙산사, 부석사 등 각각의 관음, 화엄 도량의 창건 설화에서 중요한 역할을 맡기기도 했다. 여기서 말미암은 대나무 솟아난 자리에 권능이 부여된다는 발상 역시 만파식적 설화를 통해 음악, 문학의 범위로 확장되어 갔다. 이렇게 의상은 관음의 역할과 관련 요소를 통해 신라 문화의 여러 실천적 요소에 광범위한 영향을 끼치고자 했다.

둘째, 의상의 〈백화도량발원문〉에는 관음경을 마주하며 자신의 유루有漏함을 비로소 벗어나는 화자가 등장한다. 이는 〈도천수관음가〉에서 관음상을 마주한 화자가 눈멂 상태를 구제받는 정황과 대응한다. 여기서 '천수천안'의 형상은 중생구제를 위한 것이었으며, 특히 관음보살이 먼저 발원하고 모든 중생이 서로를 향해 회향하는 모습이 본문과 주석에서 거듭 강조되었다.

셋째, 〈도천수관음가〉 관련 기록과 찬시에서 '5살 난 아이가 눈이 멀었다.'라는 상황을 종교적 비유로 간주하고 발원문의 내용에 유의하였다. 그리하여 무명과 희명, 득명에 이르는 단계적 성장 과정과 폭넓은 범위의 실천을 떠올릴 수 있었다. 이는 치병治病이라는 이 설화의 1차적 모티프를 부정하지 않으면서도 충분히 확장이 가능한 해석이다.

넷째, 〈도천수관음가〉는 어린이의 말투와 발상을 지니고 있기도 하다. 그런 말투는 한편으로는 투정처럼 비치기도 하지만, 단 한 사람도 놓칠 수 없는 자비의 실천적 엄숙함도 포함하고 있었다. 그리고 관음보살의 눈을 얻어 자신이 관음보살에 비견될 만한 자비의 상징으로 성장하고 싶다고 기원했던 것이다.

제11장

조선시대 불교가사의 자연관
― 침굉과 무정설법

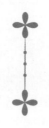

1. 불교가사에 나타난 자연

여기서는 승려 작가로서 비중이 큰 침굉枕肱: 1616~1684의 가사 작품에 드러난 자연 소재에 주목함으로써 불교가사의 문학성을 고찰하기 위한 방법론을 모색한다. 불교가사는 적지 않은 수량[1]과 광범위한 유통구조를 지니고 있음에도 그 문학적 가치 평가와 관련된 많은 부분이 과제로 남아 있다. 장르를 불문하고 널리 다루어져 온 자연이라는 소재를 통해 불교가사의 종교성과 서정성을 거론할 수 있는 단서를 마련한다.

침굉 현변懸辯은 17세기의 유일한 승려작가로서, 문집《침굉집枕肱集》에 〈귀산곡歸山曲〉, 〈태평곡太平曲〉, 〈청학동가靑鶴洞歌〉 등 3편의 가사가 유전遺傳한다. 이들은 창작 시기를 실증할 수 있는 최초의 불교가사로 알려져 있다.[2] 한편 침굉에게는 한시 100여 수와 산문 27편, 시조 1수도 남아 있어 그 작가의식을 논의할 만한 분량의 텍스트도 갖추어져 있다.

자료적 토대가 충분한 만큼 침굉에 대한 관심은 자료 정리로부터 출발하였으며,[3] 기초적인 주석을 거쳐[4] 문집 전체의 국역에 이르렀다.[5] 침굉의 작품에 대한 접근은 선리禪理를 중심으로 한시,[6] 가사[7]를 각기 분석한 것과 17세기 문학으로서 은일 지향의 성격에 주목한 것[8]이 있었으며, 이들은 텍스트에 보이는 선적禪的 요소가 당대 현실을 비롯한 유가, 도가 등 다른 사상의 요소와 소통하는 측면에 관심을 지녀 왔다. 침굉의 작품에는 수행과 관련한 소재가 나름의 비중을 차지하고 있으며,[9] 그 성과를 17세기 불교계의 현실 문제와 결부시켜 이해하는 등의 시각[10]에 유의한다면 현실적 수행과 실천의 문제가 침굉에게 갖는 비중은 적지 않다. 다만 그러한 관점을 강조할 경우 세속을 향한 침굉의 시선에는 양면성이 내포될 여지가 있다.[11]

그것은 구도자로서 속세와 절연絶緣된 공간을 작품세계 안에서 끊임없이 욕망하면서도, 다른 한편으로는 종교인으로서 속세를 끌어안는 경지를 추구하는 모습으로 드러난다. 이것을 불교가사의 작가의식이 지닌 중요한 요소로 보아도 무방한지는 고민이 더 필요하겠지만, 속세와 절연하면서도 속세를 끌어안는 '출세간出世間—출출세간出出世間'의 발상은 불교에서는 매우 익숙한 것이기도 하다.

이 글에서는 이처럼 단절과 소통의 양면성을 지닌 소재로서 침굉 가사의 '자연'에 주목하고자 한다. 내재적 가치로부터 진리를 구도求道하는 불교적 사유에서 외물外物에 해당하는 자연 또는 자연물 소재의 비중은 그다지 크지 않은 것일 수도 있다. 그러나 이 소재로부터 다른 사상과의 공유점을 찾았던 것에 침굉의 문제인식이 드러난다. 침굉의 자연관에 드러난 선리禪理는 기왕의 연구에서 많이 거론되었지만, 이 글에서는 《조당집祖堂集》, 《경덕전등록景德傳燈錄》, 《조동록曹洞錄》 등의 문헌에 등장하는 "무정설법無情說法"을 원용하여 텍스트에 드러난 단절─소통 문제를 분석하고자 한다. 이를 통해 종교적 가치로서 자연의 성격을 밝힐 수 있을 것이다.

2. 자연 그리고 사람과의 소통과 단절
─〈귀산곡〉, 〈청학동가〉

앞서 밝혔듯이 침굉 가사는 〈귀산곡歸山曲〉, 〈태평곡太平曲〉, 〈청학동가靑鶴洞歌〉의 3편이 남아 있다. 이들 가운데 〈귀산곡〉과 〈청학동가〉는 자연 속의 삶을 소재로 하였고, 〈태평곡〉은 승려로서 바람직한 삶의 양상을 서술하고 있다. 따라서 〈태평곡〉에는 자연관은 본격적으로 드러나지 않았지만, 〈귀산곡〉·〈청학동가〉와 비교되는 삶의 모습이 소개되어 있다. 그러므로 〈귀산곡〉·〈청학동가〉를 먼저 분석하고, 다음 절에서 종교적 가치로서의 자연관을 거론하면서 〈태평곡〉을 함께 다루고자 한다.

1) 돌아가야 할 공간으로서의 자연 ─〈귀산곡歸山曲〉

〈귀산곡〉과 〈청학동가〉는 분량이 짧은데, 〈귀산곡〉부터 보겠다.

阿呵呵 錯錯子아 네엇지 錯錯ᄒ다
浮生이 一夢이오 萬富도 如雲이다

富貴功名 榮利財貨 엿보와 어딕쓸다

十二예 出家ᄒ야 十三애 爲僧ᄒ야

畫閣高堂의 恣意희 안닐며

玉軸金文 주어보딕 說食飢夫 기리도여

念佛參禪 우이너겨 外事만 쓴로ᄂ다

〈귀산곡〉의 도입 부분은 속세의 가치에 매몰된 "착착자錯錯子"와 화자 사이의 가치관의 대립으로부터 시작하고 있다. 착착자는 "화각고당畫閣高堂"으로 설정된 공간에서 "부귀공명富貴功名 영리재화榮利財貨"의 시간을 누리고 싶어 한다. 이것은 "12十二예 출가出家, 13十三애 위승爲僧"하여 "염불참선念佛參禪"을 중시하는 시간을 지내 온 화자의 가치관과 정면으로 배치된다. 짤막한 도입부에서 화자는 자신과 대비되는 착착자라는 존재를 설정하고, 그가 머물며 지내는 공간, 시간을 자신과는 완전히 어긋나는 것으로 단정 짓고 있다.

이어지는 장면은 이들의 삶의 태도 차이에 말미암은 '과果'의 실상을 중심으로 전개되고 있다. 착착자의 "부귀공명 영리재화"는 내세來世의 지옥에 떨어지는 반면, 화자의 "염불참선"은 현세의 자연물 향유에 이어지고 있다. 이러한 관계는 다음과 같은 일종의 비례식으로 정리할 수 있다.

* 화각고당 → 부귀공명[因] : 지옥[果] = 출가위승 → 염불참선[因] : 자연[果]

후술하겠거니와 이와 같은 구도에서 염불참선의 성과를 내세의 '정토淨土'가 아닌 현세의 '자연自然'에 연결시켰다는 점에 침굉 가사의 특징이 있다. 그럼 여기서 〈귀산곡〉의 다음 부분에 나타나는 '과'의 차이를 짚어 보겠다.

> 此身 믄득 주거 八寒八熱 諸地獄애
> 다쑤겨 돈니며 無限苦痛 受홀時예
> 南方敎主 地藏大聖 六環杖을 둘러집고
> 가슴을 헤글며 눈믈을 즌흘려도
> 救濟홀 方이업다 此時예 當ᄒ야ᄂ
> 文章도 쓸듸업고 技藝도 둘 듸 업다
> 비록 縱橫無碍說이라도 다 두러 펼 듸 젹다
> 어와 虛事로다 世間名花 虛事로다

화자와 대비되는 존재인 착착자는 지옥의 나락에 빠져 결국 지장보살에게 "가슴을 헤글며 눈믈을 즌흘"릴 정도의 동정심을 불러일으키고 있다. 착착자에게 출세의 수단이 되어 주었던 문장과 기예는 이 상황에서 무기력할 따름이다. 모든 것은 "허사虛事"인 것이다.

이와 같은 미지의 내세에 대한 공포는 종교가 인간을 구속하는 효과적인 수단이며, 이 경우 천국과 지옥을 대비를 시키면 더욱 효용이 높다. 따라서 '세간명화→지옥'의 인과 관계는 '염불수행→정토'로 이어져야 적절하다. 그러나 침굉은 수행의 성과로서 '정토'가 아닌 수행의 과정으로서 '자연'을 지옥에 대비시키고 있다. 지옥과는 차별되는 성과를 얻기 위한 수행을 시작하는 장면이라 할 수 있는데, 문제는 이것이

불교의 입장에서는 2차적 가치인 '청빈淸貧'·'청백淸白'에 연결된다는 것이다.¹²

> 一衲單瓢 두러메고
>
> 靑山裡 寒澗邊의 넌즛넌즛 혼자 드러
>
> 石窓 蘿幌의 苦樂을 隨緣ᄒ야
>
> 두어줄기 名香을 玉爐애 고자두고
>
> 흔소리 믈근경쇠 月下의 울이며
>
> 趙州霜劒 빈기 안고 閑가히 누원ᄂ냥
>
> 月明 滄海底의 沙伽羅 大龍이
>
> 如意珠를 빈기믄쏫
>
> 無常을 ᄌ로싀쳐 着意工夫ᄒᄂ 즛슨
>
> 春風 廣野外예 駬騏千里馬 鞭影을 도라본쏫

시적 공간으로서 "청산리 한간변靑山裡 寒澗邊"은 앞에 나왔던 "세간명화"와 대비되는 것처럼 보이지만, 문맥상 "지옥"과 대칭되는 성격이 더 크다. 이들은 각기 다른 삶의 방향을 선택했던 이들에게 '과果'로서 주어지는 결말의 공간이기 때문이다. 그런데 지옥에 대한 묘사가 지장보살의 시점에서 착착자를 지켜보는 것처럼 서술된 것과는 대조적으로, 화자 자신의 관점에서 자연 공간 전체를 감상하고 향유할 수 있는 장소인 "석창 나황石窓 蘿幌"이 제시되어 있다는 점에서 미묘한 차이가 있기는 하다. "석창 나황"은 시적 화자와 상호 조응照應하는 자연 관념의 집약체로 제시되었다는 점에서 조선시대 시가와 한문문학에 두루 보이는

'원림圓林'과 유사한 성격을 지닌 것이 아닐까 싶다.[13]

지옥을 묘사한 부분과 "청산리 한간변"을 묘사한 부분을 대조해 보자. 여기서는 이 "청산리 한간변"의 '산'을 작품의 제목 〈귀산곡〉에 드러난 '산'과 동일한 것으로 이해하고자 한다.

구분	지옥	청산리 한간변
공간의 이동 과정	팔한팔열 제지옥(八寒八熱 諸地獄)애 다亽겨 든니며	청산리 한간변(青山裡 寒澗邊)의 넌즛넌즛 혼자드러
인물의 상황	가슴을 헤글며 눈믈믈 즐흘려도[14]	조주상검(趙州霜劍) 빈기 안고 한(閑)가히 누원ᄂ냥
인물의 처지	문장(文章)도 쓸듸업고 기예(技藝)도 둘 듸 업다	무상(無常)을 ᄌ로ᄭ쳐 착의공부(着意工夫)ᄒᄂᆫ 즛슨

이렇게 놓고 보면 "청산리 한간변"이라고 표현된 자연물 자체가 지옥에 대칭되는 소재임이 한결 명료해진다. 이와 같은 대칭은 지옥과 정토, 자연과 속세가 맞물리는 편이 좀 더 관습적일 것이다. 여기서 자연이 정토를 대체한 것으로 보아도 무방할까? 그렇게까지 해석할 가능성은 높지 않겠지만, 실상 자연과 정토는 '이상향'의 역할을 한다는 점에서 동질적인 소재이다. 다만 자연이 더 보편적인 소재라면, 정토는 불교라는 특정 종교의 맥락 속에서 존재하는 공간일 따름이다.

한편 다음 단락에서 구체적으로 드러나는 자연 속의 생활은 선불교의 관습적 전통을 유지하는 한편, 17세기 시가문학의 은자隱者 형상과도 상통할 만한 국면이 있어 보이기도 한다.

인자감 아득ᄒ야 睡魔障이 이의거든

萬歲猢猻 둘러집고 閑林 靜谷애

任意히 논이다가 心神이 疲困ᄊ더든

石角을 노피베고 細草애 누어셔라

輕霞ᄂ 몰기씌고 細雨조쳐 너스리며

淸風이 吹動ᄒ매 石路 巖畔의 흣듣ᄂ이 香花로다

이윽고 起立ᄒ야 蒼騰裡 十里許의

ᄯ쪼초 騰騰ᄒ야 去住을 맛겨거든

碧松裡 靑桂邊의 一雙靑鶴은

閑往閑來 ᄒ노매라

嶺猿은 哀嘯ᄒ고 谷鳥ᄂ 悲鳴ᄒ야

져론소ᄅ 긴소ᄅ 遠近의 들리거든

白雲이 거두치매 山光水色이

夕陽을 빗기ᄯ여 處處의 어릐엿ᄂ

슬프다 싱각거든

世間은 崢嶸ᄒ야 貪愛로 일삼거ᄂᆯ

靑年의 斷髮ᄒ야 物外예 쎼혀 안자

名花 香菓을 슬토록 주어먹고

石隙의 淸水을 거스리 주여마셔

淸빙〔貧〕을 樂을 사마 이러구러 지나리라

이보소 淸白家風을 나ᄂ인가 ᄒ노라.**15**

앞에서 "조주상검趙州霜劍 빈기 안고"라 하여 조주가 제시한 무자無字 화두에 따라 간화선에 매진하겠다는 자세를 보인 것과는 달리, 마지막 단락에서 화자의 삶의 태도는 "청백가풍淸白家風"으로 요약하고 있다.[16] 이러한 삶의 자세에는 현실적 출세를 포기하거나 또는 인생의 목표를 전환시킴으로써 자연미自然美를 그 보상 또는 대체적 가치로 바라보고자 했던 17세기의 은자 형상에 이어지는 측면도 있지 않을까 한다. '청백' 은 비록 2차적 가치일지라도 선불교에서 지속적으로 강조해 온 가치이 기도 하다. 그러나 그것을 '—가풍'으로 일컬었다는 점은 이것을 불교적 가치로만 단정 짓기에는 조심스럽게 한다. 이 표현을 불교와 유가의 가치를 공존시키기 위한 노력의 일부로 판정 지어도 무방할까? 여기서 "청년靑年의 단발斷髮 ᄒ야 물외物外예 셰혀 안자 (…) 청빈淸貧을 약樂을 사마 이러구러 지나리라"는 삶의 태도를 통한 은자의 형상이 승려의 그것과 크게 다르지 않다는 사고방식의 표출에 주목할 필요가 있다.

그렇다면 은자의 이상향인 자연 공간이 갖는 역할은 종교적 내세관인 정토를 대체할 가능성도 지닌다. 자연은—정토와는 달리—불교와 유가에 두루 통용되는 가치이기 때문이다.

그러나 둘째 단락에서 "넌즛넌즛 혼자 드러"라고 했듯이 자연은 홀로 들어와 머무는 공간이라는 점에서 정토와는 큰 차이가 있다. 자연은 "한왕한래閑往閑來"할 수 있는 시간과 공간을 제공하여 누웠다 일어났다 하는 화자의 동작을 통해 서로 소통하고 있지만, 그것은 물외物外에 떨어져 앉아 오랜 시간 수행한 결과로서 제시되고 있을 뿐이다. 말하자면 수행을 거치지 않은, '한閑'의 가치를 모르는 존재들에게 자연은 닫힌 상태로 단절되어 있다. 화자는 이 때문에 "슬프다 싱각거든" 운운하는 것이다. 이러한 슬픔과 고독은 침굉의 한시에서 마음에 맞는 친구들과의 교유가 자주 보이는 것[17]과는 사뭇 다르다 할 수 있다.

2) 타인에 대한 소통과 단절의 문제 ─〈청학동가靑鶴洞歌〉

〈청학동가〉에서는 이러한 '한'을 사이에 둔 소통과 단절감의 공존이 더 구체화된 양상으로 드러나고 있다.

智異山 靑鶴洞을 네쓰고 이제보니

崔孤雲 蹤跡이 處處의 宛然ᄒ다

香爐峰 束簪ᄒ매 奇巖은 競秀ᄒ고

怪石이 崢嶸ᄒ야 松柏조처 蒼蒼ᄒᄃᆡ

三千尺 玉流ᄂᆞᆫ 九天의셔 쓰쓰ᄂᆞᆺ

其下의 石池예 日光이 侵波ᄒᆞ매

山影 듬겨쩌든 白雲 紅樹之邊의

一雙 靑鶴은 閑往閑來 ᄒ노매라

此中의 勝事을 나혼자 아희쩌시

혼자알고 落膽ᄒ야 不覺애 矯首ᄒ니

落霞 蒼茫之外예 湖上 孤峰은

半有半無 ᄒ노매라 翫沛臺 취셔올라

佛日菴 朱閣은 白巖畔의 나타쩌든

金身이 現宛ᄒ고 玉塔 崔嵬ᄒᆞᄃᆡ

白衲 閑僧은 禪興을 쏘내겨워

玉爐에 香을스고 一聲 金磬을 萬壑風의 울리노매

아희야 撓舌을 말고랴 探勝騷人 알려다.

〈귀산곡〉은 착착자와 화자 자신의 대비로부터 출발하여 지옥과 자연 소재의 대칭에 이르렀다. 반면에 〈청학동가〉는 화자 자신과 동질적 존재라 할 수 있는 최치원의 종적으로부터 시상詩想을 전개하였다. 기암괴석과 3천 척 물결, 일광과 산영 등 감각적인 소재와 심상을 통해 자연의 실상을 분명하게 제시하였고, "한 쌍의 청학〔一雙 靑鶴〕"에 자신을 이입시키기도 하였다. 〈귀산곡〉에 비하면 지옥을 비롯한 부정적 표현이 완전히 소거된 듯한 인상이다.

그러나 "차중此中의 승사勝事을 나혼자 아희써시 혼자알고 낙담落膽ᄒ야 불각不覺애 교수矯首ᄒ니"라 하면서 보이는 고독감의 강도는 〈귀산곡〉 못지않다. 이 '낙담落膽'은 타인과의 소통 부재로 생겨나는 감정이다. 달리 말하면 자신과는 원활하게 소통되는 자연, 곧 '한'의 가치가 그것을 모르는 이들에게는 단절되어 있기 때문에 느끼는 고독이다.[18] 그러나 "아희야 요설撓舌을 말고랴 탐승소인探勝騷人 알려다"라는 마무리는 이 고독 때문에 자격이 없는 이들에게 자연의 아름다움을 알리고는 싶지 않다는 의식을 보이고 있다. '한'의 가치를 나 혼자만이 알 수 있다는 고독의 근거는 자연을 찾는 이들이 없어서라기보다 그 진정한 가치를 알아보는 이가 없어서이다. 이러한 점에서 〈청학동가〉에서는 지금 내가 비로소 자연의 아름다움을 직면하였다는 감흥보다는 타인과의 거리감이 더 중요한 역할을 하고 있는 것으로 판단한다.[19]

〈청학동가〉는 "선흥禪興"과 "탐승소인探勝騷人"이라 하여 〈귀산곡〉의

청빈의식과는 다소 다른 결말을 보이고 있기는 하다. 그러나 중요한 것은 표현의 차이가 아니라, 자연과의 소통 또는 단절 여부에 따라 텍스트의 화자와 다른 존재들 사이에 생겨나는 괴리감의 동질성일 것이다.

우리는 〈귀산곡〉, 〈청학동가〉로부터 자연과 단절된 인간들 그리고 그 인간들과 단절되면서 자연과의 소통을 추구하는, 그러면서 한편으로는 고독감에 시달리는 화자의 모습을 볼 수 있었다. 자연과의 소통이 지닌 의미를 다른 맥락에서 정리해 보자.

3. 종교적 가치로서의 자연
  ― '무정설법' 화두와 〈태평곡〉

요컨대 〈귀산곡〉에서의 지옥과 자연의 대립, 〈청학동가〉에서의 화려한 풍경과 화자의 낙담은 모두 자연이 지닌 '한(閑)'의 가치가 화자에게는 원활하게 소통되지만 다른 존재들에게는 그렇지 못한 것에 그 원인이 있었다. 그러나 이러한 소통과 단절의 관계항은 침굉 가사에서만 보이는 독자적 요소는 아니다. 오히려 강호시가 일반에 매우 흔하게 드러나는 성향이기도 하다. 그렇다면 침굉 가사가 지닌 독자성은 어디에서 찾을 수 있을까? 그 답변으로 충분할지는 모르지만, "생명이 없는 산천초목과 솔바람 계곡 물소리까지도 수행인에게 설법을 하는 존재라고 보는"[20] 선불교의 '무정설법無情說法' 화두에 보이는 불교적 가치로서의 자연관을 살펴보고, 〈태평곡〉에 드러난 현실인식과의 관계를 생각해 보기로 한다.

1) 무정설법無情說法 화두話頭와 자연관의 관련 양상

'무정설법' 화두는 《조당집》 권3과 《경덕전등록》 권5와 권15, 《조동록》의 《오가어록·행록五家語錄·行錄》 등에 남양南陽 혜충慧忠: ?~775의 말로 인용되어 있다.

《조당집》과 《경덕전등록》 권5의 기록은 남양의 장분張濆이라는 행자의 물음에 대한 혜충의 짤막한 답변으로 이루어져 있다. 그러나 《조동록》과 《경덕전등록》 권15에는 혜충의 말에 대한 위산과 양개의 대화가 비교적 상세하게 실려 있으며, 특히 《화엄경》과 《아미타경》을 통해 설명이 부연되어 있다. 먼저 《조당집》과 《경덕전등록》 권5에 같은 내용으로 나오는 혜충의 말을 들어 본다.

남양의 장분이 물었다.

"내가 듣기에는 무정설법(無情說法)이 있다는데 그 이치를 알지 못하오니, 스님께서 가르쳐 주시기 바랍니다."

국사께서 대답하셨다.

"무정설법이란 그대가 들을 때, 바야흐로 무정설법으로 들으면 그로 인해 무정(無情)들도 비로소 나의 설법을 듣게 된다. 그대는 다만 무정설법을 묻기만 하라."

"지금, 유정들의 방편에서 어떤 것이 무정의 인연입니까?"

"다만 지금의 온갖 활동 가운데서 범부와 성인의 두 흐름이 조금도 일었다 꺼졌다 하지 않으면 이것이 알음알이에서 벗어나서 유정들의 치성한 견각(見覺)에 속하지 않고, 그저 아무런 얽매임도 집착도 없는 상태이다.

그러므로 육근이 빛을 대해 분별하는 것은 식(識)이 아니니라."[21]

혜충은 무정설법을 무정물과의 소통을 위한 방법으로 제시하는 가운데, 6근六根의 감각기관을 벗어남으로써 이와 같은 소통이 가능한 것임을 강조하고 있다. 그런데 이 표현은 《조동록》과 《경덕전등록》 권15에 등장하는 위산과 양개의 대화를 통해 그 의미가 부연된다.

요컨대 무정물에게 나의 설법을 듣도록 하기 위한 의도가, 무정물의 설법을 듣고 싶다는 쪽으로 무게 중심이 옮아가는 듯한 인상이다. 소식蘇軾이 상총常聰과의 대화 끝에 무정설법 화두를 밤새 고민하다가 폭포수 소리를 듣고 다음과 같은 오도송을 읊었다는 《동파집東坡集》의 일화[22]도 같은 맥락에 있다.

溪聲便是廣長舌　시냇물소리가 바로 부처님 설법이며
山色豈非淸淨身　산색이 어찌 본래의 부처님 법신이 아니겠는가?
夜來八萬四千偈　밤새 들은 8만 4천 게송의 부처님 법문
他日如何擧似人　다른 날 어찌 남에게 보여줄 수 있겠는가?

이러한 기록들은 '자연과의 소통'이 무정설법 화두에 매우 중요한 것이었음을 보여준다. 위산과 양개良价의 무정설법 관련 기록은 양개가 《반야심경》을 외우다가 눈·귀·코·혀 등의 멀쩡히 존재하는 감각기관을 왜 《반야심경》에서는 없다고 하는지 의문을 품는 것에서 시작한다. 감각기관에 의한 일상적 소통의 과정을 부정하는 근거에 의문을 품는 것이다. 양개가 품은 소통에 대한 의문은 무정설법의 가능성으로 옮겨

간다. 무정물의 설법을 들을 수 있다면, 설법에서 감각기관에 의한 소통의 제한은 문제되지 않을 것이기 때문이다.

　　다음으로는 위산 스님을 참례하고 물었다.
　　"지난번 소문을 들으니 남양 혜충국사께선 무정도 설법을 한다는 말씀을 하셨다더군요. 저는 그 깊은 뜻을 깨닫지 못했습니다."
　　위산 스님이 말하였다.
　　"그대는 그 이야기를 기억하고 있는가?"
　　"기억합니다."
　　"그럼 우선 한 가지만 이야기해 보게."
　　그리하여 스님은 이야기를 소개하게 되었다.
　　"어떤 스님이 묻기를 '무엇이 옛부처의 마음입니까?'라고 하였더니 국사가 대답하였다.
　　'담벼락과 기와 부스러기다.'
　　'담벼락과 기와 부스러기는 무정이지 않습니까?'
　　'그렇지'
　　'그런데도 설법을 할 줄 안다는 말입니까?'
　　'활활 타는 불꽃처럼 쉴틈없이 설법한다.'
　　'그렇다면 저는 어째서 듣지 못합니까?'
　　'그대 스스로 듣지 못할 뿐이니 그것을 듣는 자들에게 방해되어서는 안 된다.'
　　'어떤 사람이 듣는지 모르겠습니다.'
　　'모든 성인들이 듣는다.'

'스님께서도 듣는지요?'

'나는 듣지 못하지.'

'스님께서도 듣질 못하였는데 어떻게 무정이 설법할 줄 안다고 아시는
지요.'

'내가 듣지 못해서지. 내가 듣는다면 모든 성인과 같아져서 그대가 나의
설법을 듣지 못한다.'

'그렇다면 중생에게는 들을 자격이 없겠군요.'

'나는 중생을 위해서 설법을 하지 성인을 위해서 설법하진 않는다.'

'중생들이 들은 뒤엔 어떻게 됩니까?'

'그렇다면 중생이 아니지.'

'부정이 설법한다고 하셨는데 어떤 경전에 근거하셨는지요?'

'분명하지. 경전에 근거하지 않은 말은 수행자가 논할 바가 아니다. 보지
도 못하였는가.《화엄경》에서〈세계가 말을 하고 중생이 말을 하며 삼세 일
체가 설법한다〉고 했던 것을.'"

스님이 이야기를 끝내자 위산 스님은 말하였다. (…)

"부모가 낳아 주신 입으로는 끝내 그대를 위해 설명하지 못한다."**23**

무정설법의 본래 의미는 자연관과는 직접적으로 연결되지 않았다.
그보다는《화엄경》에 따르면, 삼라만상에게 인간의 소통 도구, 감각기
관으로 이해할 수 없는 발화 표현이 존재한다는 전제에 가깝다. 성인들
만이 들을 수 있으며, 중생은 들을 자격이 없다. 상당히 제한된 범위의
소통 수단인 셈이다. 그러나 "그대 스스로 듣지 못할 뿐이니"라고 하
여, 소통 불능의 원인은 수신자의 마음가짐에 있는 것이지, 소통의 과

정에 어떤 결함이 있는 것은 아니라는 입장이다.

이러한 소통 체계는 성인이 아니라면 알 수 없다는 점에서는 단절적이지만, 특정 조건을 충족시킨다면 누구에게나 열려 있다는 점에서는 개방적이다. 말하자면 남양 혜충이 뜻한 무정설법은 일상인이 알 수 없는 종교적 가르침이 온갖 물상의 존재 그 자체가 나타내는 표현에 깃들어 있다는 것이었다. "부모가 낳아 주신 입으로는 끝내 그대를 위해 설명하지 못한다."는 위산의 말은 그러한 존재론적 표현이 언어의 범위를 벗어난 것임을 의미한다. 결국 양개는 무정설법의 실체를 이해하지 못하고, 이번에는 운암을 찾아간다.

운암스님이 불자를 일으켜 세우더니 말하였다.

"듣느냐?"

"듣지 못합니다."

"내가 하는 설법도 듣질 못하는데 하물며 무정의 설법을 어찌 듣겠느냐?"

"무정의 설법은 어느 경전의 가르침에 해당하는지요?"

"보지도 못하였는가? 《아미타경》에서, '물과 새와 나무숲이 모두 부처님을 생각하고 법을 생각한다'라고 했던 말을."

스님은 깨친 바 있어 게송을 지었다.

정말 신통하구나 정말 신통해.

무정의 설법은 불가사의하다네.

귀로 들으면 끝내 알기 어렵고

눈으로 들어야만 알 수 있으니.[24]

여기서 중요한 것은 도무지 이해할 수 없었던 무정설법의 어법을 양개가 자연의 모습을 통해 알게 된다는 내용이다. 양개는 자연의 시각적 아름다움을 통해 무정설법의 요체를 체감하였고, 그 수신 과정을 "눈으로 듣는다"고 표현했다. 자연은 무정설법을 가장 구체적으로 들려주는 소재라 할 수 있다.

다수의 문헌에 등장하는 무정설법을 침굉의 작가의식에 곧장 연결할 수는 없을 것이다. 그러나 무정설법의 화두 자체가 불완전한 소통에 대한 고심으로부터 비롯된 것일진대, 인간과의 단절로 인한 고독감을 자연과의 소통을 통해 해소하고자 했던 〈귀산곡〉·〈청학동가〉의 자연이 "눈으로 듣는" 아름다움을 화자에게 부여할 수 있었다고 해서 실상과 크게 어긋나지는 않을 것이다. 자연이 소통의 문제를 해결해 준다는 점에서 이들은 서로 닮았다.

2) 현실적 공간과 추상적 자연의 공존 — 〈태평곡太平曲〉

〈태평곡〉은 "무위도식無爲徒食을 일삼으며 잡다한 지식만 배우고 정작 불도에는 용맹정진하지 않는 사이비 승려들을 비판하고, 출가의 초심으로 돌아가 염불참선에 정진하여 해탈의 태평한 경지에 오를 것을 권하고 있다."[25]고 알려져 있다. 이 작품에 드러난 17세기 불교계의 타락상과 현장감 있는 묘사에 주목한 연구성과도 있었다.[26]

여기서는 〈태평곡〉을 〈귀산곡〉과 비교하여 살펴본다. 앞서 〈태평곡〉에서 부정적 인물 형상과 관련된 부분을 소거한 것이 〈청학동가〉의 특징이라 하였는데, 〈태평곡〉은 바로 부정적 인물 형상과 관련된 부분만 추려 낸 것처럼 되어 있기 때문이다.

避役爲僧 鳥鼠僧아 誤着袈裟 專혜마라
道伴禪朋 아니붓고 割眼宗師 參禮ᄒ야
法語六段 바히몰나 一介無字 둘혜내니
用心ᄒ줄 ᄀ라쳐도 일졀아니 고지듯고
黑山下의 조오다가 鬼窟裡에 춤흘려 온긴셔길 ᄲᅵᆫ이로다
이윽고 싀드르면 ᄆᆞ음이 流蕩ᄒ야
散亂의 붓들려 飢虛을 못내계워 도리쇠갈 지버연고
ᄭᅵ업슨 누리입고 조랑망태 두러메고
괴톱싸 겻틔바가 조막도쳐 ᄇᆞ룹쥐고
빈ᄯᅡ쟈 밤쑤쟈 石茸ᄯᅡ쟈 松茸ᄯᅡ쟈
그러흔 머로ᄃᆞ래 다홀ᄡᅥ 무더두고 粥飯도올 ᄲᅵᆫ이로다

〈태평곡〉은 〈귀산곡〉과 마찬가지로 부정적인 인물에 대한 호칭으로
부터 출발한다. "피역위승避役爲僧 조서승鳥鼠僧"에 대한 묘사와 멸시는 착
착자에 대한 그것을 능가하고 있다. 이들은 윤리적으로 문제가 있을 뿐
만 아니라 범법자이므로 불교 공동체에 대한 편견을 심화시키기 때문
이다.

又有一般 늘근거슨
三十年 二十年을 山中의 드러이셔
活句參詳 ᄒ노라ᄃᆡ 杜撰長 依憑ᄒ야

惡知惡覺 殘羹數般 雜知見을 주어비화

禪門도 내알고 敎門도 내아노라

無知흔 首座드려 매도록 샤와리되

七識자리 이러흐고 八識자리 져러흐다

禪門의 活句을 다註解 흐노매라

無知흔 首座와 有信흔 居士舍堂

져런줄을 바히몰나 冬花긋튼 믈프로

기리쑤러 合掌흐야 쥐똥이 니러쎄 비븨느니 손이로다

어와 져쎠들히 무슨福德 심쎠관듸

高峯大惠 後애나셔 末世眼을 머로느고

高峯大惠 겨시더면 머리쌔쳐 개주리라

그 스승 그 弟子을 다므여 겨쳐두고

閻王의 鐵杖으로 萬萬千千 쓰리고쟈

다시一童 다김바다 千里萬里 보내리라

이들은 산중에 머물러 있지만 소양도 천박하고 동기가 불순하기에 지옥에 떨어질 것이라고 한다. 이런 사정 탓에 〈태평곡〉은 앞의 작품들처럼 전반부부터 자연에 대한 긍정적 해석을 전면에 부각하지는 않고 있다.

〈귀산곡〉과는 달리 실재하는 인물군에 대한 비판에 초점을 맞추었기 때문에, 이 작품은 내세來世의 지옥을 보여주기보다는 현실 속의 참상을 제시하는 쪽에 주력하고 있다. 그 과정에서 선행 연구에서 지적된 바와 같이 생동감 있는 묘사가 가능해졌다. 이런 묘사 자체도 의의가 있지만, 여기서는 자연관이라는 주제에 집중하고자 일단 생략하였다.

> 出家흔 本志야 이러코쟈 홀가만는
>
> 不習懈怠 學習흐야 禪要書狀 都序節要
>
> 楞嚴般若 圓覺法化 花嚴起信 諸子百家
>
> 다주어 두러보고 情神을 抖擻흐야
>
> 栢樹子을 쩌거쥐고 石牛鐵馬 둘러틱매
>
> 玉女木童 牽馬잡퍼 無絃琴 틱이며
>
> 智異山 물근벅람 楓岳山 블근돌과
>
> 太白山 雄峰下와 妙香山 깁픈고래
>
> 이리가고 져리가고 任意히 노릴며
>
> 祖師關 부스치고 眞州蘿蔔 드러슴켜
>
> 如來 廣大刹의 넌쯔넌쯔 돈이다가
>
> 우흐로 소사올나 碧空밧긔 써혀안자
>
> 無底船의 넌쯔올라 智慧月을 조쳐씨고
>
> 大悲網 쎄씨펴 欲海魚를 건져내여
>
> 涅槃岸의 올려두고 囉囉囉 哩羅羅 太平曲을 블니리라
>
> 번님네 物外丈夫을 다시 어듸 求홀고.

통렬한 비판적 묘사를 거쳐 마지막 단락에서 선 수행의 즐거움을 묘사하면서 역시 자연물이 등장하고 있다. 여기서 등장하는 "지혜월智慧月"은 실재하는 자연이라기보다는 불교에서 '지혜의 상징'으로 흔히 등장해 온 관습적 소재일 가능성이 있다. "지혜월"이 다음 문장에 등장하는 "욕해어欲海魚"와 대칭되는 측면을 고려할 때 이들을 체험적 영역의 자연으로만 판단할 수는 없을 것이다.

그러나 여기서는 이들 소재가 앞서 "지리산智異山", "태백산太白山" 등의 '산'에 대한 체험 속에서 등장한다는 점에 주목한다. 앞서 〈귀산곡〉에서 거론했던 바와 같이 침굉 가사에서의 '산'은 승려의 본분으로서 돌아가야 할 공간이라 정리할 수 있다. 따라서 지리산과 태백산은 작가의 현실적 삶의 공간인 동시에, 시적 화자가 필연적으로 돌아가야 할 장소라고 할 수 있다. 따라서 그러한 성격의 장소에게 맞닥뜨리는 "지혜월"과 "욕해어" 역시 체험적 인식과 관습적 차원 모두 걸치는 것으로 해석하고자 하는 것이다. 이렇게 〈태평곡〉에서의 자연물 소재는 현실과 추상을 아우르는 한편, 비록 보조적인 역할이긴 하지만 "열반안涅槃岸"에 얹어져서 화자의 궁극적인 이상향까지 동반同伴으로 존재한다는 점에서 그 기능이 작지 않다.

무정설법은 자연물을 통해 체감될 수 있는 소통 과정이다. 침굉은 무정설법과 유사한 맥락에서 깨달음의 과정에서 자연과의 소통 여부를 중요한 단계로 인식하였고, 타락한 불교계가 "정신情神을 두수抖擻"하여 열반의 언덕에 이르기 위한 여정으로까지 제시하였다. 그렇다면 침굉 가사의 자연관을 선禪 일반의 경지와 상통하면서도 현실적 역할에 충실했던 것으로 평가해도 무방할 것이다.

침굉에게 자연은 속세를 벗어나 종교적 진리와의 직접 소통이 가능한 공간이며 자연의 목소리, 나아가 무정설법이 실현되는 공간이었다. 이곳에서의 무정설법이 자신에게만 들리는 것이었다면 침굉은 다른 종교의 예언자, 자연 공간은 성지聖地에 가까운 것이 될지도 모른다. 그러

나 〈태평곡〉의 마지막 단락에서의 자연은 열반에 이르기 위해 거쳐야
할 여정으로서 제시되었다. 종교적 범위 안에서이기는 하지만 나름대
로 보편성을 획득하고자 한 것이다.

4. 자연과 인간

침굉은 3편의 가사에서 자연 또는 자연에 대한 인식을 함께 거론하
고 있다. 〈귀산곡〉에서는 지옥과 자연을 대칭시킴으로써 수행의 과정
이자 즐거움으로서 자연관을 성립시켰으며, 화자와 다른 사람들 사이
에 벌어지는 소통의 괴리를 자연이 제공하는 '한(閑)'의 감성을 통해 구체
화하였다. 〈청학동가〉에서는 부정적 인물 형상과 공간 서술을 소거한
상태에서 긍정적인 소재들을 등장시키고 감각적 아름다움의 실체를 묘
사하였다. 이와 같은 자연인식은 《조당집》, 《경덕전등록》, 《조동록》 등
을 비롯한 문헌에 등장하는 무정설법의 소통구조와 상통한다. 무정설
법의 화두는 삼라만상은 인간의 언어와 의사소통 체계로는 이해할 수
없는 표현과 소통의 매체를 지니고 있는데, 그것을 가장 쉽게 체화할
수 있도록 해 주는 존재가 자연이라는 것이다. 침굉은 자연이 지닌 신
비한 종교적 소통과 진리를 직면할 수 있는 가능성에 주목하고, 〈태평
곡〉을 통하여 종교적 깨달음의 여정에 필수적인 요소로서 현실과 추상
양쪽을 모두 아우르는 자연의 아름다움을 제시하였다.

맺음말

불교시를 이야기할 때면 화엄이라는 용어를 떠올렸던 분들이 많았을 것이다. 그러나 현존 신라 향가에서 화엄사상의 자취를 찾기란 쉽지 않은 일이었다. 고려 초기의 〈보현십원가〉가 있지만, 이 작품은 의상의 시학과 원효의 참회론을 모두 터득해야 겨우 접근할 수 있을 정도이다.

《화엄경》에는 화려한 묘사와 난해한 상징이 많았다. 그러나 불국사 곧 예전의 화엄불국사는 어려운 표현 이전에 눈으로 직접 화엄의 세상을 보게 한다. 다만 불국사는 건축물이므로 유한한 공간에 한정될 수밖에 없지만, 게송과 향가 그리고 여러 설화에 나타난 신앙과 실천은 제한된 시간과 공간을 넘어선 무한한 화엄세계를 상상하게 한다.

의상은 〈법성게〉를 통해 은유〔卽〕와 환유〔中〕에 상응하는 비유적 표현과 그 전달에 유의하였다. 그의 노력은 주체와 객체의 마음을 화쟁으로 아우르고자 했던 선배 원측을 토대로 삼아, 이어지는 7세기 향가 작품의 언어를 성장시키기도 했다.

균여는 의상의 법맥 안에서 〈보현십원가〉로써 사상사와 서정시를 만나게 하였다. 의상과 균여 사이에는 몇 세기의 시차가 있었지만, 그 사이 활동했던 명효를 통해 틈새는 메워졌다. 명효는 의상의 〈법성게〉와 같은 반시의 형식으로 된 게송을 짓고, 균여처럼 참회와 실천의 가치를 내세웠다.

여기에서 참회라는 주제는 원효가 〈대승육정참회〉라는 장편 게송을 통해 심화하고, 〈원왕생가〉의 주인공 엄장을 통해 구체화하였다. 원효는 여러 종류의 수행법을 만들어 능력 차이가 큰 대중 각자를 배려하였고, 그 결과 참회를 신라 불교문학의 화두로 삼아 〈보현십원가〉에 이르게끔 하였다.

말하자면 〈보현십원가〉에 이르러 의상과 원효의 사상은 다시 만난다. 향가에 두루 나타난 불교적 표현의 의미, 의상이 전파한 관음신앙이 8세기 후반 〈도천수관음가〉로 숙성했던 성과, 화엄의 이상향이 조선 전기 불교가사의 자연관 무정설법으로 확장했던 흐름 등은 모두 의상이 싹 틔우고 원효가 꽃피운 결실이었다. 그리고 균여를 거쳐 한국 불교시의 열매가 끊임없이 열렸다.

따라서 의상의 시어와 원효의 참회, 그들의 게송과 균여의 향가를 한국 불교시의 기원으로 판단하였다. 아직 다루지 못한 작품과 문헌이 많지만, 이를 초석으로 삼아 더 나아갈 수 있으리라.

참고문헌

🏵 자료 ——

경흥(璟興), 《무량수경연의술문찬(無量壽經連義述文贊)》, 《韓國佛敎全書》 2.

국립문화재연구소, 〈경주남산의 불교 유적 III − 東南山 寺址調査報告書〉, 국
   립문화재연구소, 1998.

균여(均如), 《석화엄교분기원통초(釋華嚴敎分記圓通鈔)》, 《韓國佛敎全書》 4.

동은(東隱), 〈불국사고금창기(佛國寺古今創記)〉, 한국학문헌연구소 편, 《불국
   사지 · 외(佛國寺誌 · 外)》, 아세아문화사, 1983.

명효(明晶), 《해인삼매론(海印三昧論)》, 《韓國佛敎全書》 2.

연수(延壽), 《종경록(宗鏡錄)》, 《大正新修大藏經》 11.

원측(圓測), 〈반야바라밀다심경찬(般若波羅密多心經贊)〉, 《韓國佛敎全書》 1.

원측(圓測), 《해심밀경소(解深密經疏)》, 《韓國佛敎全書》 1.

원효(元曉), 〈유심안락도(遊心安樂道)〉, 《大正新修大藏經》 40.

원효(元曉), 〈대승육정참회(大乘六情懺悔)〉, 《韓國佛敎全書》 1.

원효(元曉), 《금강삼매경론(金剛三昧經論)》, 《韓國佛敎全書》 1.

원효(元曉), 《대승기신론소(大乘起信論疏)》, 《韓國佛敎全書》 1.

원효(元曉), 《무량수경종요(無量壽經宗要)》, 《韓國佛敎全書》 1.

원효(元曉), 《이장의(二障義)》, 《韓國佛敎全書》 1.

의상(義相), 〈추동기(錐洞記, 화엄경문답: 華嚴經問答)〉, 《大正新修大藏經》
   卷45.

의상(義相), 〈법성게(法性偈, 화엄일승법계도: 華嚴一乘法界圖)〉, 《韓國佛敎
   全書》 2.

익장(益莊), 〈낙산사기(洛山寺記)〉, 《신증동국어지승람(新增東國輿地勝覽)》.

일연(一然), 《삼국유사(三國遺事)》(www.koreanhistory.or.kr).

임기중, 《불교가사 원전연구》, 동국대학교출판부, 2000.

임기중, 《한국역대가사문학집성》 DVD(누리미디어).

지엄(智儼), 《화엄경내장문등잡공목장(華嚴經內章門等雜孔目章)》, 《大正新修大藏經》45.

찬녕(贊寧), 《송고승전(宋高僧傳)》, 《大正新修大藏經》50.

천태 지자(天台 智者), 〈정토십의론(淨土十疑論)〉, 《大正新修大藏經》47.

혁련정(赫連挺), 《균여전(均如傳)》, 《韓國佛敎全書》4.

작자 미상, 《지장보살본원경(地藏菩薩本願經)》, 《大正新修大藏經》13.

❀ 현대어 자료집 ──

균여(均如), 김두진 역, 《석화엄교분기원통초(釋華嚴敎分記圓通鈔)》, 동국대학교 역경원, 1997.

김성구 역, 《경덕전등록(景德傳燈錄)》, 동국대학교 역경원, 1994.

김성배·이상보·박노춘·정익섭 주해, 《주해 가사문학전집》, 집문당, 1961.

김시습, 선지(善智) 역주, 《대화엄일승법계도주(大華嚴一乘法界圖註)》, 문현, 2008.

명혜(明惠), 김임중·허경진 엮어 옮김, 《화엄연기 원효회 의상회(華嚴緣起 元曉繪 義相繪)》, 민속원, 2018.

백련선서간행회, 《조동록(曹洞錄)》, 장경각, 1989.

야나기 무네요시, 김호성 책임번역, 《나무아미타불》, 모과나무, 2017.

용운(龍雲) 역해, 《조당집(朝堂集)》, 미가출판, 2006.

원효(元曉), 은정희 역, 《대승기신론소·별기(大乘起信論疏·別記)》, 일지사, 1991.

원효(元曉), 은정희 역주, 《이장의(二障義)》, 소명출판, 2004.

의상(義相), 김상현 역, 《교감번역 화엄경문답(華嚴經問答)》, CIR, 2013.

의상(義相), 김호성·윤옥선 역, 《법계도기총수록(法界圖記叢髓錄)》, 《한글대장경》238, 동국대학교 역경원, 1994.

일연, 박성봉·고경식 옮김, 《역해 삼국유사》, 서문문화사, 1992.

일연, 서철원 번역·해설, 《삼국유사》, 아르테, 2022.

정화(正和) 역, 《법성게―마음 하나에 펼쳐진 우주》, 법공양, 2012.

체원(體元), 곽철환·박인석 옮김, 《백화도량발원문약해(白花道場發願文略解)》, 동국대학교출판부, 2022.

침굉(枕肱), 이영무 역, 《침굉집(枕肱集)》, 불교춘추사, 2001.

허남진 외 편역, 《삼국과 통일신라의 불교사상(한국철학자료집: 불교편 1)》, 서울대학교출판부, 2005.

혁련정(赫連挺), 최철·안대회 역, 《균여전(均如傳)》, 새문사, 1986.

작자 미상, 이재호 역, 《묘법연화경(妙法蓮華經)》, 민족사, 1993.

☀ 단행본 ──

가마다 시게오, 한형조 옮김, 《화엄의 사상》, 고려원, 1987.

고영섭 외, 《한국의 사상가 10인 - 원효》, 예문서원, 2002.

고영섭, 《문아대사(文雅大師)》, 불교춘추사, 1999.

김기종, 《한국 불교시가의 구도와 전개》, 보고사, 2014.

김두진, 《균여화엄사상연구》, 일조각, 1983.

김두진, 《의상―그의 생애와 화엄사상》, 민음사, 1995.

김사엽, 《향가의 문학적 연구》, 계명대학교출판부, 1979.

김상현, 《신라의 사상과 문화》, 일지사, 1999.

김승호, 《중세 불교인물의 해외 전승》, 보고사, 2015.

김완진, 《향가해독법연구》, 서울대학교출판부, 1980.

김임중, 《일본국보 화엄연기 연구―원효와 의상의 행적》, 보고사, 2015.

김종진, 《한국 불교시가의 동아시아적 맥락과 근대성》, 소명출판, 2015.

김창원, 《향가로 철학하기》, 보고사, 2004.

나가오 가진, 김수아 역, 《중관과 유식》, 동국대학교출판부, 2005.

남무희, 《신라 원측의 유식사상 연구》, 민족사, 2009.

박미선, 《신라 점찰법회와 신라인의 업·윤회 인식》, 혜안, 2013.

박재민, 《신라향가변증》, 태학사, 2013.

박재민, 《해독과 해석─향가, 여요, 시조, 가사》, 태학사, 2023.

박태원, 《원효사상연구》, 울산대학교출판부, 2011.

박태원, 《원효와 의상의 통합사상》, 울산대학교출판부, 2004.

서윤길, 《한국밀교사상사연구》, 불광출판부, 1994.

서철원, 《삼국유사 속 시공과 세상》, 지식과교양, 2022.

서철원, 《한국 고전문학의 방법론적 탐색과 소묘》, 역락, 2009.

서철원, 《향가의 역사와 문화사》, 지식과교양, 2011.

서철원, 《향가의 유산과 고려시가의 단서》, 새문사, 2013.

신재홍, 《향가의 연구》, 집문당, 2017.

신종원, 《신라불교의 개척자들》, 글마당, 2016.

양주동, 《증정 고가연구》, 일조각, 1965.

양희철, 《삼국유사향가연구》, 태학사, 1997.

오대혁, 《원효 설화의 미학》, 불교춘추사, 1999.

윤희조, 《불교의 언어관》, CIR, 2012.

의상기념관 편, 《의상의 사상과 신앙 연구》, 불교시대사, 2001.

이근직, 《경주에서 찾은 신라의 불국토》, 학연문화사, 2017.

이기백, 《신라사상사연구》, 일조각, 1986.

이도흠, 《화쟁기호학, 이론과 실제》, 한양대학교출판부, 1999.

이종찬, 《한국불가시문학사론》, 불광출판부, 1993.

자현, 《불교의 가람배치와 불국사에 대한 재조명》, 한국학술정보, 2009.

정구복, 《교양으로 읽는 삼국사》 1, 시아콘텐츠, 2018.

정병삼, 《의상 화엄사상 연구》, 서울대학교출판부, 1998.

조동일, 《한국문학사상사시론》, 지식산업사, 1978.

현송, 《한국 고대 정토신앙 연구─삼국유사에 나타난 신라 정토신앙을 중심으로》, 운주사, 2013.

화경고전문학연구회 편, 《향가문학연구》, 일지사, 1993.

황병익, 《신라향가 천년의 소망》, 역락, 2020.

후지 요시나리, 《원효의 정토사상 연구》, 민족사, 2001.

⊕ 논문 ──

강기선, 〈화엄경 십지품의 사상에 담긴 문학적 비유와 철학성〉, 《철학논총》 89, 새한철학회, 2017.

강기선, 《《화엄경》·〈화장세계품〉의 문학적 표현론〉, 《철학논총》 84, 새한철학회, 2016.

강우방, 〈불국사 건축의 종교적 상징구조〉, 《신라문화재 학술발표회 논문집―불국사의 종합적 고찰》, 동국대학교 신라문화연구소, 1997.

김문태, 《〈보현십원가〉의 불경 실현화 양상〉, 《영주어문》 27, 영주어문학회, 2014.

김병환, 〈원효의 참회사상―대승육정참회를 중심으로〉, 《한국불교학》 16, 한국불교학회, 1991.

김봉영, 〈미발표의 《침굉가사》에 대하여―지금까지의 국문학사상에 드러나지 않은 사원가사〉, 《국어국문학》 20, 국어국문학회, 1959.

김성룡, 〈원효의 글쓰기와 중세적 주체〉, 《한국문학사상사》 1, 이회, 2004.

김수정(승명 법성), 〈원효의 번뇌론 체계와 일승적 해석〉, 동국대학교 박사학위논문, 2016.

김영미, 〈원효 수행 관법에 대한 연구―금강삼매경론의 무상관(無相觀)과 삼공(三空)〉, 《한국불교학》 100, 한국불교학회, 2021.

김영태, 〈삼국시대 미타신앙의 수용과 그 전개〉, 불교문화연구원 편, 《한국정토사상연구》, 1985.

김영태, 〈승려낭도고〉, 《신라불교연구》, 민족문화사, 1986.

김완진, 《〈제망매가〉와 정토사상〉, 《학술원논문집·인문사회과학》 32, 대한민국학술원, 1993.

김원영, 〈원효의 참회사상―대승육정참회문을 중심으로〉, 《한국불교학》16, 한국불교학회, 1991.

김정희, 〈한국의 천수관음(千手觀音) 신앙과 천수관음도(千手觀音圖)〉, 《정토학연구》 17, 한국정토학회, 2012.

김지견, 〈의상의 법휘고〉, 《의상의 사상과 신앙 연구》, 불교시대사, 2001.

김지오, 〈균여전 향가의 해독과 문법〉, 동국대학교 박사학위논문, 2012.

김천학, 〈《보살계본종요초》의 문헌적 의의와 신라 太賢에 대한 인식〉, 《신라문화》 55, 동국대학교 신라문화연구소, 2020.

김풍기, 〈침굉가사의 은일적 성격과 그 의미〉, 《한국가사문학연구》, 태학사, 1995.

김현준, 〈원효의 참회사상―대승육정참회를 중심으로〉, 《불교연구》 2, 한국불교연구원, 1986.

김혜은, 〈보현십원가의 역시(漢譯) 과정과 번역 의도〉, 연세대학교 석사학위논문, 2009.

김호성, 〈〈원왕생가〉에 대한 정토해석학적 이해〉, 《고전문학연구》 53, 한국고전문학회, 2018.

박미선, 〈신라 점찰법회와 밀교〉, 《동방학지》 155, 연세대학교 국학연구원, 2011.

박서연, 〈보현십원가의 연기행 연구〉, 《문학 사학 철학》 9, 한국불교사연구소, 2007.

박애경, 〈정토신앙 공동체와 향가〉, 《향가의 깊이와 아름다움》, 보고사, 2009.

박인희, 〈《삼국유사》 탑상편 연구―'도천수대비가' 이해를 위한 전제로〉, 《한국학연구》 28, 고려대학교 한국학연구소, 2008.

박재민, 〈〈보현십원가〉 난해구 5제―구결을 기반하여〉, 《구결연구》 10, 구결학회, 2003.

박태원, 〈대승기신론(大乘起信論) 사상을 평가하는 원효의 관점〉, 《한국의 사상가 10인―원효》, 예문서원, 2001.

백진순, 〈원측의 인왕경소 해제〉, 《한글본 한국불교전서 신라 1―인왕경소》, 동국대학교출판부, 2010.

서경희, 〈삼국유사에 나타난 화엄선의 문학적 형상화―일연의 세계관을 바탕으로〉, 성균관대학교 박사학위논문, 2003.

서윤길, 〈신라의 밀교신앙〉, 《한국철학연구》 9, 한국철학회, 1979.

석길암, 〈원효 《이장의(二障義)》의 사상사적 재고〉, 《한국불교학》 28, 한국불교학회, 2001.

송은석, 〈여말선초 보타락가산(補陀落迦山) 관음의 신앙과 미술〉,《불교미술사학》28, 불교미술사학회, 2019.

오형근, 〈원효의 이장의(二障義)에 대한 고찰〉,《신라문화》5, 동국대학교 신라문화연구소, 1988.

원영, 〈원효의《대승육정참회》에서 참회사상의 특성〉,《한국사상사학》15, 한국사상사학회, 2000.

윤태현, 〈〈보현십원가〉의 문학적 성격〉,《한국어문학연구》30, 한국어문학연구회, 1995.

이강근, 〈불국사의 불전과 18세기 후반의 재건축〉,《신라문화재 학술발표회 논문집―불국사의 종합적 고찰》, 동국대학교 신라문화연구소, 1997.

이강엽, 〈〈경흥우성〉조의 대립적 구성과 신화적 이해〉,《구비문학연구》35, 한국구비문학회, 2014.

이강옥, 〈구운몽과 불교 경전을 활용하는 우울증 치료 프로그램(DTKB Program) 상담 사례 연구〉,《문학치료연구》18, 한국문학치료학회, 2011.

이기영, 〈명효의 해인삼매론에 대하여〉,《한국불교연구》, 한국불교연구원, 1982(2006 재판).

이기영, 〈화엄일승법계도의 근본정신〉, 의상기념관 편,《의상의 사상과 신앙 연구》, 불교시대사, 2001.

이기운, 〈천태의 육근참회와 원효의 육정참회―천태의《법화삼매참》과 원효의 〈대승육정참회〉를 중심으로〉,《동서비교문학저널》15, 한국동서비교문학학회, 2006.

이도흠, 〈〈안민가〉의 화쟁시학〉,《한국학논집》제23집, 한양대학교 한국학연구소, 1993.

이도흠, 〈신라 향가의 문화기호학적 연구―화엄사상을 바탕으로〉, 한양대학교 박사학위논문, 1993.

이도흠, 〈신라인의 세계관과 의미작용에 대한 연구〉,《한민족문화연구》제1집, 한민족문화학회, 1996.

이도흠, 〈화엄의 패러다임으로 향가와 현대시 엮어 읽기〉,《고전시가 엮어 읽기》(상), 태학사, 2003.

이만, 〈불국사 건립의 사상적 배경〉,《신라문화재 학술발표회 논문집―불국사
　　의 종합적 고찰》, 동국대학교 신라문화연구소, 1997.

이완형, 〈《도천수대비가》와 '아이'에 대한 두 시선〉,《동방학》46, 한서대학교
　　동양고전연구소, 2022.

이은상, 〈침굉대사와 그의 가사〉,《국어국문학연구》16, 청구대학, 1962.

이정희, 〈명효 해인삼매론의 화엄사상과 밀교적 특성〉,《한국불교학》55, 한국
　　불교학회, 2009.

이종찬, 〈신라불경제소(新羅佛經諸疏)와 게송(偈頌)의 문학성〉,《신라문화제
　　학술발표회 논문집》7, 신라문화선양회, 1986.

이종찬, 〈원효의 시문학―대승육정참회를 중심으로〉,《신라문화》5, 동국대학
　　교 신라문화연구소, 1988.

이행열·신현실, 〈한국 전통사찰의 정원 문화경관 연구―화엄사를 중심으로〉,
　　《한국정원디자인학회지》7-3, 한국정원디자인학회, 2021.

이현우, 〈경덕왕대 향가 5수의 사상적 배경과 의미 분석―배경설화와의 관련
　　양상을 중심으로〉,《국제어문》73, 국제어문학회, 2017.

장진녕, 《《화엄경문답(華嚴經問答)》연구〉, 동국대학교 박사학위논문, 2010.

전재강, 〈침굉가사에 나타난 선의 성격과 진술방식〉,《우리말글》37, 우리말글
　　학회, 2006.

정병조, 〈신라법회의식의 사상적 성격〉,《신라민속의 신연구》, 신라문화선양
　　회, 1983.

정소연, 〈《보현십원가》의 한역 양상 연구―향가와 한역시의 구조 비교를 중심
　　으로〉,《어문학》108, 한국어문학회, 2010.

정영근, 〈원측의 유식철학―신·구 유식의 비판적 종합〉, 서울대학교 박사학
　　위논문, 1994.

정혜란, 〈침굉 한시에 나타난 〈수행의 반려자〉로서의 달〉,《고시가연구》15,
　　한국고시가문학회, 2005.

정혜란, 〈침굉의 가사문학 연구〉, 전남대학교 석사학위논문, 2003.

정혜란, 〈침굉의 한시 연구〉, 전남대학교 박사학위논문, 2006.

정환국, 〈불교 영험서사의 전통과 법화영험전(法華靈驗傳)〉, 《고전문학연구》 제40집, 한국고전문학회, 2011.

조현우, 〈〈낙산이대성 관음 정취 조신〉의 은유적 이해〉, 《한국고전연구》 11, 한국고전연구학회, 2005.

채인환, 〈신라시대의 정토교학〉, 불교문화연구원 편, 《한국정토사상연구》, 1985.

최래옥, 〈서동의 정체〉, 《한국문학사의 쟁점》, 집문당, 1986, 148~167면.

최연식, 〈균여 화엄사상연구―교판론을 중심으로〉, 서울대학교 박사학위논문, 1999.

최연식, 〈신라 및 고려시대 화엄학 문헌의 성격과 내용〉, 《불교학보》 제60집, 동국대학교 불교문화연구원, 2011.

최연식, 〈통일신라 시기 화엄학의 성격과 위상 – 의상의 화엄학은 어떻게 통일신라 불교계의 주류가 되었나〉, 《역사비평》 128, 역사문제연구소, 2019.

한승훈, 〈원효대사의 해골물―대중적 원효 설화의 형성에 관한 고찰〉, 《종교학연구》 36, 한국종교학연구회, 2018.

해주(海住: 전호련), 〈일승법계도와 해인삼매론의 비교연구〉, 《한국불교문화사상사》 상, 가산불교문화연구원, 1992.

해주(海住: 전호련), 〈《일승법계도》의 저자에 대한 재고〉, 《한국불교학》 제25집, 한국불교학회, 1999.

해주(海住: 전호련), 〈백화도량발원문의 '원(願)'에 대한 고찰〉, 《정토학연구》 10, 한국정토학회, 2007.

황호정, 〈《술문찬(述文贊)》에 나타난 경흥의 정토관 고찰〉, 《동아시아불교문화》 15, 동아시아불교문화학회, 2013.

T. S. Eliot, *Religion and Literature, Selected Essays*, London: Faber & Faber, 1976(이준학, 〈조지 허버트의 종교시에 나타난 보편적 의식〉, 《문학과 종교》 12-2, 문학과종교학회, 2007 재인용).

주석

제1장 화엄불국, 신라와 고려 시가의 이상향

1 동은(東隱), 〈불국사고금창기(佛國寺古今創記)〉, 한국학문헌연구소 편, 《불국사지·외(佛國寺誌·外)》, 아세아문화사, 1983, 47~48면에 따르면 불국사는 건립 초기부터 화엄불국사(華嚴佛國寺), 화엄법류사(華嚴法流寺)로 불렸다. 인용한 책에 취합된 최치원 이래 다양한 층위의 기록을 전적으로 신뢰할 수는 없지만, 불국사 창건 당시부터 화엄사상과의 인연이나 연지(蓮池)의 존재 등은 신빙성이 있다고 인정된다. 이에 대해서는 김상현, 〈불국사의 문헌 자료 검토〉, 《신라의 사상과 문화》, 일지사, 1999, 453~477면 참조.

2 국립문화재연구소, 〈경주남산의 불교 유적 III—동남산(東南山) 사지(寺址) 조사보고서〉, 국립문화재연구소, 1998, 197~206면.

3 서철원, 〈향가의 서정주체와 불국사 석굴암의 조성 방식〉, 《향가의 유산과 고려 시가의 단서》, 새문사, 2013, 135~156면.

4 균여가 중생을 위한 실천의 일환, 더욱 쉬운 《화엄경》 이해의 방편으로 본 작품을 창작했으리라는 점은 긍정되고 있다. 다만 논자에 따라 맥락을 다소 달리하여, 경전을 비롯한 선행 텍스트와의 관계(김기종, 〈보현십원가의 표현 양상과 그 의미〉, 《한국 불교시가의 구도와 전개》, 보고사, 2014, 117~120면), 우리말 인식과 중생을 향한 실천(김종진, 〈균여가 가리키는 달〉, 《한국 불교시가의 동아시아적 맥락과 근대성》, 소명출판, 2015, 69면), 중생이 고민하는 참회의 방법론 제시(서철원, 〈〈보현십원가〉에 나타난 참회〉, 이 책 8장) 등으로 다변화된다.

5 서경희, 〈삼국유사에 나타난 화엄선의 문학적 형상화—일연의 세계관을 바탕으로〉, 성균관대학교 박사학위논문, 2003, 78~162면.

6 박애경, 〈정토신앙 공동체와 향가〉, 《향가의 깊이와 아름다움》, 보고사, 2009, 142~164면.

7 김상현, 〈향가와 게송과 불교사상〉, 화경고전문학연구회 편, 《향가문학연구》, 일지사, 1993, 248~270면.

8 야나기 무네요시, 김호성 책임번역, 《나무아미타불》, 모과나무, 2017, 262면.

9   훗날 논의할 기회가 있겠지만 이 '화엄불국'의 형상을 7~10세기에 이르는 기간에 걸
    쳐 이룩한 결과가 경주 남산의 2천여 점에 이르는 불적(佛蹟)이다. 이들의 건립 연
    대는 대체로 현존 향가가 창작된 시기와 인접해 있기도 하다. 한편 신라의 왕경(王
    京)도 화엄불국보다 넓은 범위의 불국토의 재현이라는 목적을 지니며 이루어져
    갔다. 경주 남산과 왕경의 건립 의도상 유사성은 이근직, 〈경주 남산 불교유적의 형
    성과정〉, 《경주에서 찾은 신라의 불국토》, 학연문화사, 2017, 156~186면을 비롯한
    해당 저서 전반을 참고할 수 있다.

10 김두진, 《균여화엄사상연구》, 일조각, 1983; 《신라화엄사상사연구》, 서울대학교출
    판부, 2002.

11 이도흠, 〈신라인의 세계관과 의미작용에 대한 연구〉, 《한민족문화연구》 1, 한민족
    문화학회, 1996, 183~185면.

12 이도흠, 〈〈안민가〉의 화쟁시학〉, 《한국학논집》 제23집, 한양대학교 한국학연구소,
    1993, 57~68면.

13 이도흠, 〈신라 향가의 문화기호학적 연구―화엄사상을 바탕으로〉, 한양대학교 박
    사학위논문, 1993, 189면.

14 정병삼, 《의상 화엄사상 연구》, 서울대학교출판부, 1998, 255면; 김상현, 〈신라 중
    대 왕실의 불교 신앙〉, 《신라의 사상과 문화》, 일지사, 1999, 126면.

15 〈문호왕 법민〉, 《삼국유사》 기이. 《삼국유사》 번역은 서철원 번역·해설, 《삼국유
    사》, 아르테, 2022의 해당 부분을 다듬어 활용했으며, 이하 같다.

16 湘遂入寺中敷闡斯經, 冬陽夏陰, 不召自至者多矣. 國王欽重以田莊奴僕施之, 湘
    言於王曰: "我法平等, 高下共均貴賤同揆. 涅槃經八不淨財, 何莊田之有, 何奴僕
    之為? 貧道以法界為家, 以盂耕待稔, 法身慧命藉此而生矣. (〈신라국 의상전〉,
    《송고승전》 권4)

17 당대의 용어를 고려한다면 상즉상입(相卽相入), 원융(圓融) 등의 표현이 한결 적절
    하겠지만, 여기서는 그 대신 해당 개념의 현재 기준에서의 가치와 가독성을 고려하
    여 평등, 공존, 조화 등의 쉬운 용어를 쓰겠다. 일부 불교문학 논문이 지녀왔던 개념
    과 용어의 남발을 다소나마 피해 보자는 의도도 있다.

18 정구복, 《교양으로 읽는 삼국사》 1, 시아콘텐츠, 2018, 303~304면.

19 화엄의 사상사적 의미 규정을 위해서는 《화엄경》 자체에 대한 분석에 두순(杜順),
    법장(法藏), 지엄(智儼) 등 한국불교사에 영향을 주고받았던 여러 사상가들의 성과
    까지 아울러 살펴야 할 것이다. 그러나 이 글은 본격적인 사상사보다는 문학사와 예
    술사의 양상에 더 초점을 맞추고 있으므로, 화엄의 본 뜻에 대한 사상적 분석은 다
    른 기회에 천착하고자 한다.

20 東隱, 〈佛國寺古今創記〉, 한국학문헌연구소 편, 《佛國寺誌(外)》, 아세아문화사, 1983, 47~48면.

21 참고로 18세기 후반에 불국사의 불전(佛殿)에 대한 대대적인 정비가 이루어졌다. 이강근, 〈불국사의 불전과 18세기 후반의 재건축〉, 《신라문화재 학술발표회 논문집─불국사의 종합적 고찰》, 동국대학교 신라문화연구소, 1997, 77~110면.

22 이만, 〈불국사 건립의 사상적 배경〉, 《신라문화재 학술발표회 논문집─불국사의 종합적 고찰》, 동국대학교 신라문화연구소, 1997, 11~12면. 이 글은 불국사가 지닌 화엄, 중관(中觀), 유식(唯識), 밀교 등의 여러 요소를 모두 고려하여 종합사찰로서의 성격에 주목하고 있다.

23 강우방, 〈불국사 건축의 종교적 상징구조〉, 《신라문화재 학술발표회 논문집─불국사의 종합적 고찰》, 동국대학교 신라문화연구소, 1997, 184~185면.

24 위의 글, 191~200면에서 이 모순을 "근기가 낮은 사람들은 심오한 화엄의 가르침을 이해하지 못할 것이기 때문에 정토종의 고승들은 구체적으로 가시화된 아미타정토의 세계를 방편으로 이용했음에 틀림없다."고 절충하였다.

25 《법화경》의 이런 성격은 초기 문학사에서 영험 서사의 전통 수립과 관계를 맺기도 하였다. 정환국, 〈불교 영험서사의 전통과 법화영험전(法華靈驗傳)〉, 《고전문학연구》 40, 한국고전문학회, 2011, 123~160면 참조.

26 자현, 《불교의 가람배치와 불국사에 대한 재조명》, 한국학술정보, 2009, 84면.

27 정병삼, 앞의 글, 191~243면.

28 "불국사가 중국불교의 4가대승(四家大乘)인 천태, 화엄, 선, 정토의 의미를 공히 내포하고 있다는 것은 결코 우연으로 치부하기에는 너무 의도성이 강하다고 하지 않을 수 없다." 자현, 앞의 책, 137면.

29 서철원, 〈〈법성게〉와 균여의 〈보현십원가〉〉. 이 책 3장.

30 읽는 순서에까지 자유를 부여한 양식이 바로 회문(回文)일 것이다.

31 자현, 앞의 책, 151면.

32 서철원, 〈신라 문학사상의 전개와 고전시가사의 관련 양상〉, 《한국 고전문학의 방법론적 탐색과 소묘》, 역락, 2009, 95~98면.

33 신라 불교문학에서 참회는 매우 자주 등장하는 중요한 소재였다. 이에 대하여 서철원, 〈참회를 소재로 한 신라문학〉. 이 책 7장 참조.

34 "시의 화자가 '이 몸'이라 말했을 때 '이 몸'과 사십팔대원을 세우신 무량수불 사이에는 직접적인 통교(通交)가 가능함을 그래서 나의 구제는 전혀 걱정할 것이 없다는 안심의 노래가 바로 〈원왕생가〉이기 때문이다." 김호성, 〈〈원왕생가〉에 대한 정토해석학적 이해〉, 《고전문학연구》 53, 한국고전문학회, 2018, 140면.

35 서철원, 《향가의 역사와 문화사》, 지식과교양, 2011, 123면.

36 〈유심안락도〉는 저자를 원효로 단정하기 어려운 요소가 많음에도 불구하고, 해외에까지 원효 사상의 근간인 것처럼 여겨지고 영향력을 끼쳐 왔다. 김임중, 《일본국보화엄연기 연구―원효와 의상의 행적》, 보고사, 2015, 19면 참조.

37 本爲凡夫, 兼爲聖人也. 又十解以去, 不畏生惡道, 故不願生淨土, 故知淨土奧意, 本爲凡夫, 非爲菩薩也. (元曉(?), 〈遊心安樂道〉, 《大正新修大藏經》 47, 119면) 〈유심안락도〉의 저자를 둘러싼 논쟁은 현송, 《한국 고대 정토신앙 연구―삼국유사에 나타난 신라 정토신앙을 중심으로》, 운주사, 2013, 42면의 각주 30번 참조.

38 〈광덕 엄장〉에서는 광덕이 수행하고 있는 광경을 간접적으로 묘사하는 장면이 있기는 하지만, 정토의 실상보다는 그 분위기를 암시하는 것에 가깝다.

39 "유심정토설은 신라에서 성취한 현신성불관의 이치와 근본적으로 일맥상통하는 점이 있다고 본다. 현신성불이란 현재의 이 몸이 깨달아 그대로 부처를 이룬다는 것인데, 이러한 이치로 볼 때 노힐부득과 달달박이 신라의 땅에서 현신성불한 것은 유심정토관과 맥락을 같이하고 있다는 논리가 성립된다고 볼 수 있다. (…) 그러나 유심의 정토는 마음에 정토는 두고 있지만 미리 들은 바가 없으므로 극락국토의 장엄을 알 수 없고, 또 찾아가는 방법을 듣고 배운 바가 없으므로 알 수가 없고, (…) 즉 유심정토의 개념으로는 나름대로 그 자리에서 현신성불은 할 수 있으나 정해진 국토에 쉽게 갈 수는 없다는 이치다." (현송, 앞의 책, 124~125면)

40 〈사복불언〉, 《삼국유사》 의해.

41 〈욱면비 염불서승〉, 《삼국유사》 감통. 욱면에 관한 이야기는 《승전》의 것이 하나 더 실려 있다. 그러나 《승전》은 순간적·찰나적이었던 욱면의 깨달음을 9년에 걸친 점진적인 계기에 따른 것으로 서술하며, 주인의 방해가 구체적으로 나타나지 않는 등의 차이가 있다.

42 앞서 살핀 광덕, 엄장의 이야기 후반부에 등장하는 원효는 민중불교의 정착자로도 유명하다. '나무아미타불'을 반복하여 읊조리는 욱면의 수행 방법 역시 원효에 의해 광범위하게 유포된 것이었다. 이렇듯 민중불교와 정토신앙에 의해 신라 불교는 질적 성장을 이루었다. 따라서 "당시에 정토사상, 대승불교, 이타행이 성행한 까닭이 무엇인지 밝히고, 그 결과를 세계불교사의 사상적 흐름과 상관 지어"(황병익, 〈원왕생가, 광덕과 엄장 스님의 수행길을 담다〉, 《신라향가 천년의 소망》, 역락, 2020, 253면) 신라 불교문학의 양상을 파악하는 작업이 필요하겠다.

43 "본 욱면비 설화가 비천한 노비의 신분, 여자의 신분으로 대중결사에 동참하여 왕생하였다는 것은 시대적으로 민중을 향한 불교가 시작되었음을 알 수 있게 한다. 또한 이것은 민중이 지향하는 신앙이 극락정토를 구하는 미타신앙이라는 것을 역사적으

로 증명해 주고 있는 것이다." (현송, 앞의 책, 247면)

44 "여인이나 불구자와 이승(二乘)들이 나지 못한다 한 것은, 단지 저 나라에 나는 대중 가운데는 여인이나 소경, 벙어리, 귀머거리들이 없다는 뜻이지, 이곳의 여인이나 신체불구자가 극락세계에 왕생하지 못한다는 뜻은 아니다. 이는 경전의 뜻을 전혀 모르는 어리석은 자다. (…) 다만 이곳[사바세계]의 여인과 장님, 벙어리, 귀머거리 등도 마음으로 아미타불을 염원하면 모두 정토에 왕생하여 다시는 여인이나 불구자의 몸을 받지 않는다는 뜻이다." (天台 智者(538~597), 〈淨土十疑論〉, 《대정신수대장경》 47, 80면) 번역은 현송, 앞의 책, 185면을 따랐다. 여인과 불구자도 왕생은 가능하다고 했지만, 밑줄 친 부분을 통해 보면 결국 그들의 '몸'을 폄하하는 시각에서 벗어나지는 못했다.

45 〈제망매가〉; 〈월명사 도솔가〉, 《삼국유사》 감통. 해독은 김완진, 《향가해독법연구》, 서울대학교출판부, 1980를 따르며, 이하 향가 해독도 마찬가지다.

46 다만 상상적 공간에 관심이 없어졌다고 하기도 어렵다. 〈찬기파랑가〉는 시선의 이동에 따라, 〈우적가〉는 과거에 머물던 곳과 앞으로 갈 곳을 대조하는 등의 사례가 있기 때문이다.

47 원효, 〈대승육정참회〉.(원문은 《韓國佛敎全書》 1, 동국대학교 출판부, 1979을 기준으로 이종찬, 〈원효의 시문학―대승육정참회를 중심으로〉, 《신라문화》 5, 동국대학교 신라문화연구소, 1988, 27~47면의 교감을 반영했다.)

48 서철원, 〈원효의 장편 게송 〈대승육정참회〉〉. 이 책 5장.

49 향가의 공간적 상상력, 그러니까 '공간' 자체를 연구 대상으로 삼기도 하였다. 신재홍, 〈향가의 공간적 상상력〉, 《고전문학연구》 31, 한국고전문학회, 2007, 1~30면.

제2장 원측과 의상 그리고 초기 향가의 언어

1 원측을 법명(法名)인 '문아(文雅)'로 불러야 한다는 입장(고영섭, 《문아대사(文雅大師)》, 불교춘추사, 1999, 14면 참조)도 있으나, 여기서는 관례를 따라 '원측'으로 부르기로 한다.

2 의상의 법호에 대해서는 義相과 義湘의 이설이 있으나, 김지견, 〈의상의 법휘고〉, 《의상의 사상과 신앙 연구》, 불교시대사, 2001, 44~100면의 성과에 따라 義相으로 표기한다.

3 문학사상가로서 원효를 일찍이 조동일이 주목한 이래로 이도흠·김성룡의 진전된 논의가 있었다. (조동일, 〈원효〉, 《한국문학사상사시론》, 지식산업사, 1978, 44면;

이도흠, 《화쟁기호학, 이론과 실제》, 한양대학교출판부, 1999, 1~504면; 김성룡, 〈원효의 글쓰기와 중세적 주체〉, 《한국문학사상사》 1, 이회, 2004, 64~90면)

4 원효가 요석공주와의 만남을 통해 설총을 낳는 과정에서 이루어진 "자루 없는 도 끼…" 운운한 노래를 보면 원효 역시 압축된 비유를 통해 수사적 효과를 거두는 창 작을 할 수 있었다. 그러나 이 노래도 결국 원효의 파계를 야기한 것으로 본다면, 수 사적 효과가 큰 창작 텍스트 역시 원효에 대한 당대의 비판적 시선과 무관하게 이루 어진 것은 아니었다. 종래의 연구에서 지적했듯 《삼국유사》는 원효를 수준 높은 성 자이면서도 또 한편으로는 속세의 시각으로부터 자유롭지 못했던 이중적 존재로 보 았는데, 현재는 그 이중성 또한 '화광동진(和光同塵)'의 맥락에서 긍정적으로 평가 받는 듯하다.

5 그러나 692년에야 신라에 전해진 원측의 유식학적 성과가 과연 7세기 향가에 영향 력을 끼칠 수 있었을지 의심스러울 수 있다. 또한 원측과 향가 창작자 사이의 교섭 도 현재로서는 관련 자료가 전무(全無)하다. 이에 필자는 원측과 향가 사이의 관련 양상이 구체적 영향을 주고받았던 관계라기보다는, 상대주의적 인식이라는 점에서 보조를 맞추어 함께 다음 세대로 나아갔으리라는 가설을 세우고 있을 따름이다.

6 박태원, 〈대승기신론(大乘起信論) 사상을 평가하는 원효의 관점〉, 《한국의 사상가 10인 – 원효》, 예문서원, 2001, 392~393면.

7 唯有識者, 爲令觀識捨彼外塵, 旣捨外塵. 妄心隨息, 妄心息故, 證會中道. (…) 愚 夫異生, 貪著境味, 受諸欲樂, 無捨離心, 生死輪廻, 投三有海, 受諸劇苦, 解脫無 因. 如來慈悲, 方便爲說, 諸法唯識, 令捨外塵. 捨外塵已, 妄識隨滅, 妄識滅故, 便證涅槃. (圓測, 《解深密經疏》 卷 6, 《韓國佛教全書》 1, 308면 上)

8 여기서 '여래장'은 대승불교에서 흔히 거론하는 대아(大我)·범아(梵我)와는 구별 된다. 여래장이 개체의 개성에 가까운 범주라면, 대아·범아는 이상적인 보편자에 가깝다. 대아·범아의 개념은 나가오 가진, 김수아 역, 《중관과 유식》, 동국대학교출 판부, 2005, 370면 참조.

9 譬如有人, 家有乳酪. 有人問言: "汝有蘇耶?" 答言: "我有." 酪實非蘇, 以巧方便, 定當得故, 故言有蘇. (圓測, 《解深密經疏》 卷 4, 《韓國佛教全書》 1, 256면 上)

10 원효는 《대승기신론소》 등에서 '일심(一心)'을 가장 강조했는데, 여기서는 '심(心)'과 '식(識)'이 완전히 일치하지 않는다는 점을 전제함으로써 원효와 원측의 차이점을 찾 고자 하였다.

11 이상의 두 문장에서 바깥으로부터 영향을 받지 않으면서도 외부의 수신자와의 상호 작용에 따라 변화할 수 있다는 서술은 자기모순인 것처럼 보인다. 이 서술은 속세의 부정한 것을 배제하되, 속세에 속한 사람들과 소통하기 위해 "방편으로써 말하는"

문맥을 유념한 것이다. 이를테면 앞 문장의 '바깥'은 '외진(外塵)'으로서 부정적 함의가 있는 반면에, 뒤 문장의 '외부'는 종교적 환경에서 반드시 소통해야 할 존재들 사이의 관계를 고려한 표현이다.

12 有二菩薩, 一時出世, 一者清辨, 二者護法. 爲令有情悟入佛法, 立空有宗, 共成佛意. 清辨菩薩, 執空撥有, 令除有執. 護法菩薩, 立有撥空, 令除空執. 然則空不違有即空之理, 非無不違空即色之說自成. 亦空亦有, 順成二諦, 非空非有, 契會中道. 佛法大宗, 豈不斯矣? 問有無乖諍, 寧順佛意, 答執我勝論, 甚違聖教. 佛自許爲解脫菩薩, 況二菩薩, 互相影嚮, 令物生解, 違佛意乎? (圓測, 〈般若波羅密多心經贊〉, 《韓國佛敎全書》1, 13면 上).

13 정영근, 〈원측의 유식철학―신·구 유식의 비판적 종합〉, 서울대학교 박사학위논문, 1994, 1~171면과 백진순, 〈원측의 인왕경소 해제〉, 《한글본 한국불교전서 신라 1 - 인왕경소》, 동국대학교출판부, 2010, 15면.

14 남무희, 《신라 원측의 유식사상 연구》, 민족사, 2009, 125~126면.

15 위의 책, 149면은 "불설시불설(不說是佛說)"이라는 《해심밀경소(解深密經疏)》의 관련 부분을 인용하면서, 불설(佛說)을 중심에 놓고 불설(不說)을 주장하는 관점들을 모두 종합, 회통시키는 과정을 보여주고 있다.

16 유식론에는 진여(眞如)와 대상의 관계를 하나로 보아 대상을 허망한 분별로 보았던 진체(眞諦) 계열의 무상유식론(無相唯識論)과, 별개로 보아 형상을 긍정했던 현장(玄裝) 계열의 유상유식론(有相唯識論)이 있다. 원측의 유식을 원융적 나아가 화쟁적인 것으로 이해하기 위해서는, 그가 후자를 바탕으로 전자를 아울렀던 과정에 대한 고찰이 병행되어야 한다. 그러나 이 글에서는 언어관에 한정된 논지 전개상 이 문제를 본격적으로 다루지는 못하였다.

17 남무희, 앞의 책, 144면에 따르면 이 표현은 원측이 찬술한 저서 가운데 《반야심경찬(般若心經贊)》, 《해심밀경소(解深密經疏)》, 《인왕경소(仁王經疏)》 등에 여러 차례 보인다고 한다.

18 竊以, 眞性甚深, 超衆象而爲象, 圓音秘密, 布群言而不言, 斯乃卽言而言亡. 非象而象著, 理雖寂而可談. 卽言而言亡, 言雖弘而無說. (圓測, 〈般若波羅密多心經贊〉, 《韓國佛敎全書》1, 123면 上)

19 서철원, 〈향가와 고려속요의 장르적 차이를 통해 본 전변 양상의 단서〉, 《한국 고전문학의 방법론적 탐색과 소묘》, 역락, 2009, 235~238면.

20 이는 원효가 《대승기신론소》에서 '의언'을 통해 '이언'의 경지에도 이를 수 있다고 본 것과는 사뭇 대조적이다.

21 도식적으로 표현하자면 '은유:환유=즉(卽):중(中)'이다. 그렇다고 하여 '은유=卽',

'환유=中'으로 보는 것은 아니라는 점을 새삼 강조하고자 한다.

22 번역은 김호성·윤옥선의 《법계도기총수록(法界圖記叢髓錄)》, 《한글대장경》 238, 동국대학교 역경원, 1994을 따랐다.

23 김상현, 〈추동기의 성립과 그 이본 화엄경문답〉, 《신라의 사상과 문화》, 일지사, 1999, 338~353면.

24 박태원, 〈화엄경문답과 의상의 일승·삼승론〉, 《원효와 의상의 통합사상》, 울산대학교출판부, 2004, 78~105면.

25 장진녕, 《화엄경문답(華嚴經問答)》 연구, 동국대학교 박사학위논문, 2010, 213면.

26 若以生而治, 即以生. 若以不生治者, 即以不生. (義相, 〈華嚴經問答〉, 《大正新修大藏經》 권45, 609면) 번역은 박태원, 앞의 책의 성과를 참조하고, 문맥이 어색한 부분을 약간 수정했다.

27 教有於機緣所由不有於法. (義相, 〈華嚴經問答〉, 《大正新修大藏經》 권45, 609면)

28 問: "其法為所者何乎?" 答: "此即諸法實性, 無住本道. 無住本道即無可約法, 無可約法故即無分別相, 無分別相故即非心所行處. 但證者境界非未證者知, 是名為法實相. 一切法而無不爾, 此處十佛普賢境界." (義相, 〈華嚴經問答〉, 《大正新修大藏經》 권 45, 609면)

29 가마다 시게오, 한형조 옮김, 《화엄의 사상》, 고려원, 1987, 29~35면 참조.

30 問: "既普賢境界者, 普賢即臨機門無於機所殘現. 若爾亦可諸法實相即餘人境界也?" 答: "亦得. 普賢如自所得法, 無於機緣殘現故, 經云: '正義中置隨義語, 正說中置隨語義' 謂其義也. 問: "不知其義云何?" 答: "言正義者為一乘, 正說者三乘義. 三乘義中隨情安立故, 其義但在言中耳. 以言攝義故, 義即有於言. 一乘中語即是義語故, 無語而不義, 語義即是語語故, 無義而不語義, 語即義故義而無言不及. 義義即語故語而無不及, 義語語義無礙自在. 圓融無礙故, 故其緣起無住令在顯說, 終日說非有說, 非有有故與不說無分別說. 說既爾, 能聞者亦爾. 一聞即一切聞, 可知思也." (義相, 〈華嚴經問答〉, 《大正新修大藏經》 권 45, 609면)

31 이기영, 〈화엄일승법계도의 근본정신〉, 의상기념관 편, 《의상의 사상과 신앙 연구》, 불교시대사, 2001, 253~254면.

32 그러나 《법화경》을 '일승교'라 불러온 불교계의 전통이 이 글의 입장과 대척인 것은 아니며, 《법화경》을 단순히 삼승으로 파악하고 있는 것은 아니다. 이 글에서는 이것이 《화엄경》에서 추구하는 일승의 가르침을 《법화경》 또한 포함하고 있다는 주장으로 생각하고 있으며, 그 주제가 어느 한쪽은 순전히 삼승이고 다른 쪽은 일승이라 보지 않는다. 다만 해당 경전의 표현 방식 – 언어가 삼승 혹은 일승 가운데 한쪽을 더 효과적인 것으로 파악하고 있다는 것이다.

33 問:"可於相當如是聞者, 一聞一切聞一切聞一聞. 若三乘法但有語, 故即無所詮之
義耶?" 答:"非無所詮義. 然而其義但有言分齊, 一相法門謂有者但有中盡非不有,
不有者即不有中盡非有義. 如是一相法門也, 雖有無二諦相即相融, 而非即其事法
相圓融自在故. 故語義能詮所詮分齊不不參也. 一乘正義中即不如是, 隨舉一法盡
攝一切故, 即中中自在故, 可思也." (義相, 〈華嚴經問答〉, 《大正新修大藏經》권
45, 609면)

34 서철원,《향가의 역사와 문화사》, 지식과교양, 2011, 14면.

35 이하 7세기 향가에 대한 분석의 상세한 성과는 위의 책, 57~161면을 바탕으로 삼아
이 글의 논지와 관련된 부분을 추가한 것이다.

36 박재민, 〈풍요(風謠)의 형식과 해석에 관한 재고〉, 《향가의 수사와 상상력》, 보고
사, 2010, 193면.

37 박재민, 〈삼국유사소재 향가의 원전비평과 차자·어휘 변증〉, 서울대학교 박사학위
논문, 2009, 61면.

38 위의 글, 89면.

제3장 〈법성게〉와 균여의 〈보현십원가〉

1   이 작품에 대해서는 이종찬, 〈의상(義相)의 반시(槃詩) 일승법계도(一乘法界圖)〉,
《한국불가시문학사론》, 불광출판부, 1993, 60~75면에서 조명되었다. '반시'라는 형
식이 후대의 명효(明皛)에게 계승된 점과 균여를 비롯한 주석사(註釋史)의 면모 등
은 대체로 밝혀졌고, 균여의 향가를 비롯한 본격적인 종교시의 전통에서 이 작품을
분석, 평가할 필요가 있다.

2   이 사실은 송나라의 사서(史書)와 《고려사》를 통한 교차 검증이 아직 이루어지지 않
고 있다. 민간 차원의 교류를 사신이 오간 것으로 과장하여 서술했거나, 이런 성격
의 만남조차 온전히 실현될 수 없을 정도로 균여가 부당한 대우를 받았음을 강조하
기 위한 설화적 장치로 파악할 수 있다.

3   반면에 후대에는 균여에 대한 처우가 상당히 좋지 않다. 의천(義天: 1055~1101)은
《신편제종교장총록(新編諸宗教藏總錄)》에서 당대까지의 거의 모든 승려의 저술 목
록을 만들면서 균여를 의도적으로 배제한 것 같고, 《고려사》 열전에는 균여가 입전
조차 되지 않았다. 이것이 균여를 비판 혹은 배제하는 방향으로 화엄사상이 변화 혹
은 전환된 탓일지, 균여와 광종의 관계가 끝내 회복되지 못했던 정치적 이유 때문인
지는 분명하지 않다.

4 《교분기》는 당나라 두순(杜順: 557~640)이 찬했다는 것이 전통적인 전승이지만, 그 시기보다 후대의 역어가 많이 사용되었으며 현수의 《화엄유심법계기(華嚴遊心法界記)》와 흡사하다는 점에서 현수가 썼을 것으로 인정받고 있다.

5 이 작품의 저자는 본문에 명시되어 있지 않지만(그 이유는 이 작품이 연기(緣起)에 의해 이루어져 특정인의 소작이 아니기 때문이라고 밝혀 놓고 있다.), 의상이라는 입장은 일찍이 균여가 신라의 표원(表員)과 최치원의 글을 인용하여 고증한 것이다. 현존하는 가장 오랜 본 역시 균여의 인용에 의한 것이다. 그렇지만 의상이 아닐 것이라는 이설 역시 중국에서 꾸준히 제기되어 왔다. 이에 대한 소개와 논파는 해주(海住: 전호련), 〈《일승법계도》의 저자에 대한 재고〉, 《한국불교학》 제25집, 한국불교학회, 1999, 197~216면 참조.

6 서철원, 〈원효의 장편 계송 〈대승육정참회〉〉. 이 책 5장.

7 조동일, 〈원효〉, 《한국문학사상사시론》, 지식산업사, 1978, 40~45면; 김성룡, 〈원효의 글쓰기와 중세적 주체〉, 《한국문학사상사》 1, 이회, 2004, 64~90면.

8 이도흠, 《화쟁기호학, 이론과 실제―화쟁사상을 통한 형식주의와 마르크시즘의 종합》, 한양대학교출판부, 1999, 227~286면.

9 〈추동기〉는 의상이 제자 진정(眞定)의 모친을 추모하기 위해 강의한 내용이라 하는데, 원본은 없고 그 이본인 《화엄경문답》이 일본에서 출간한 《대정신수대장경》에 포함되어 있다. 균여는 의상의 〈추동기〉를 15차례 인용하고 있는데, 이 부분이 모두 〈화엄경문답〉과 같거나 유사하므로 이본으로 인정받고 있다. 이에 대해서는 김상현, 〈추동기의 성립과 그 이본 화엄경문답〉, 《신라의 사상과 문화》, 일지사, 1999, 338~353면 참조.

10 혁련정(赫連挺), 〈감통신이분〉, 《균여전》(이재호 역, 《삼국유사》 2 수록), 솔출판사, 1997, 447면.

11 현존하는 의상계 화엄학 저술과 내용에 관해서는 최연식, 〈신라 및 고려시대 화엄학 문헌의 성격과 내용〉, 《불교학보》 제60집, 동국대학교 불교문화연구원, 2011, 235~262면 참조.

12 問: 可於相當如是聞者, 一聞一切聞一切聞一聞. 若三乘法但有語, 故即無所詮之義耶? 答: 非無所詮義. 然而其義但有言分齊. 一相法門謂有者但有中盡非不有, 不有者即不有中盡非有義. 如是一相法門也, 雖有無二諦相即相融, 而非即其事法相圓融自在故. 故語義能詮所詮分齊不不參也. 一乘正義中即不如是. 隨舉一法盡攝一切故, 即中中自在故, 可思也. (義相, 《華嚴經問答》下, 《大正新修大藏經》, T45n1873–0609b27) 번역은 김상현 역, 《교감번역 화엄경문답》, CIR, 2013, 144면에 따른다.

13 균여, 《일승법계도원통기》에 따르면 668년 의상의 당나라 유학 시절, 당초 《화엄경》을 주석한 책을 모두 불사르고 남은 210자로 구성한 작품이라고 한다.

14 答爲下劣衆生, 於無盡說中, 略取此等, 結集流通故, 有此一部. 令其見聞方便, 引入無際限中, 如觀牖隙見無際空, 當知此中道理亦爾. 觀此一部, 見無邊法海. 又復卽比, 一部是無邊劫海之說. 以結通文, 無分際故, 一說卽是一切說故. (均如, 《釋華嚴敎分記圓通鈔》, 《韓國佛敎全書》4, 1989, 247면) 번역은 김두진 역, 《석화엄교분기원통초(釋華嚴敎分記圓通鈔)》, 동국대학교 역경원, 1997, 9면을 따랐다.

15 김지오, 〈균여전 향가의 해독과 문법〉, 동국대학교 박사학위논문, 2012, 2면. 이에 대한 비판은 김기종, 〈향가 〈보현십원가〉의 표현 양상과 그 의미〉, 《한국 불교시가의 구도와 전개》, 보고사, 2014, 120면 참조. 그러나 김기종의 비판 역시 선행 저본만 아닐 뿐, 화엄학의 이론을 본 작품의 유일한 기반으로 보았기 때문에 넓은 의미에서 같은 태도를 보인 셈이다.

16 서철원, 〈〈보현십원가〉에 나타난 참회〉. 이 책 8장.

17 이렇게 글자의 배치를 통해 상징성을 드러내는 방식의 반시(槃詩)는 의상과 명효(明晶) 이래로 한국 불교시의 주요 전통처럼 생각되기도 하였다. (이종찬, 앞의 글, 75면) 그러나 화엄 교학 자체가 중국에서 크게 발흥했던 정황을 고려한다면 반시를 불교적 전통보다는 중국문학의 기법을 수용한 것으로 볼 가능성이 크다는 지적도 있었다. 이와 관련하여 인도에는 《화엄경》 원본은 전하지 않는 상태에서 《십지품(十地品, Daśabhūmika Sūtra)》에 그 부분적인 흔적만 남아 있고, 반시의 전통 비슷한 사례가 있는지는 더 확인해 보아야 한다.

18 〈법성게〉(〈화엄일승법계도〉)의 원문은 한국불교전서 편찬위원회 편, 《한국불교전서》 2, 동국대학교출판부, 1989, 1~8면에 실린 의천의 《속장경》 수록 내용을 따랐으며, 번역은 설잠(雪岑: 김시습) 주, 선지(善智) 역주, 《대화엄일승법계도주(大華嚴一乘法界圖註)》, 문현, 2008, 30~76면을 중심으로 하되, 문맥상 어색한 표현은 정화(正和) 역, 《법성게—마음 하나에 펼쳐진 우주》, 법공양, 2012, 17~78면을 참고하여 수정했다.

19 下經云: 於一微塵中, 建立三世一切佛轉法輪, 當知今所成一乘敎者, 卽是其事. 依九世入智, 融九世法, 成其十世. 謂過去過去世, 過去現在世, 過去未來世, 現在過去世, 現在現在世, 現在未來世, 未來過去世, 未來現在世, 未來未來世, 三世相卽, 及與相入, 成其十世. (智儼, 《華嚴經內章門等雜孔目章》, 《大正新修大藏經》, T45n1870-0584a) 번역은 허남진 외 편역, 《삼국과 통일신라의 불교사상(한국철학자료집: 불교편 1)》, 서울대학교출판부, 2005, 124면을 따랐다.

20 양주동, 《증정 고가연구》, 일조각, 1965, 834면.

21 이 20행의 "여의(如意)"를 '뜻대로'라고 해석하는 편이 일반적이다. 그러나 여기서는 같은 작품 25행의 "여의(如意)"를 목적어로 볼 수밖에 없는 점을 고려하여, 이 부분의 "여의" 또한 25행의 것과 일관성 있게 체언으로 해석하였다.

22 김완진이 '사람'이라고 한 부분을 양주동을 '남'이라고 하였는데, 양주동의 것이 문맥을 파악하기에는 더 쉽다.

23 허남진 외 편역, 앞의 책, 125면.

24 서철원, 〈신라 문학사상의 전개와 고전시가사의 관련 양상〉, 《한국 고전문학의 방법론적 탐색과 소묘》, 역락, 2009, 112면 참조.

제4장 명효의 《해인삼매론》에 실린 반시

1 명효(明晶), 《해인삼매론(海印三昧論)》은 《한국불교전서》 2, 동국대학교출판부, 1979, 397~399면에 실려 있다. 이하 해당 작품 인용은 면수만을 밝힌다.

2 관련 내용은 최연식, 〈통일신라 시기 화엄학의 성격과 위상—의상의 화엄학은 어떻게 통일신라 불교계의 주류가 되었나〉, 《역사비평》 128, 역사문제연구소, 2019, 269~299면을 참고할 수 있다.

3 이정희, 〈명효 해인삼매론의 화엄사상과 밀교적 특성〉, 《한국불교학》 55, 한국불교학회, 2009, 138면 참조 및 요약.

4 〈의상전교〉, 《삼국유사》 의해.

5 〈원효불기〉, 《삼국유사》 의해.

6 "위에서 말한 해인삼매는 화엄경 십지품에서 나온 것이다."(如上所說海印三昧, 出華嚴經十地品中. 398b면.)

7 《화엄경》의 〈입법계품〉에서 선재가 찾은 28번째 스승이 관음보살이었고, 그 상황이 수월관음도 등의 모티프가 되었다.

8 〈낙산이대성 관음 정취 조신〉, 《삼국유사》 탑상.

9 불국사는 건립 초기부터 화엄불국사(華嚴佛國寺), 화엄법류사(華嚴法流寺) 등으로 불렸다. 동은(東隱), 〈불국사고금창기(佛國寺古今創記)〉, 한국학문헌연구소 편, 《불국사지(외)(佛國寺誌(外))》, 아세아문화사, 1983, 47~48면과 김상현, 〈불국사의 문헌 자료 검토〉, 《신라의 사상과 문화》, 일지사, 1999, 453~477면 참조.

10 서윤길, 〈신라의 밀교신앙〉, 《한국철학연구》 9, 한국철학회, 1979, 33면과 김상현, 〈명효의 해인삼매론〉, 《신라의 사상과 문화》, 일지사, 1999, 355~360면; 이정희, 앞의 글, 133~174면.

11 '다라니송'이라는 명칭은 김상현, 앞의 글, 362쪽에서 명효가 이 시를 '다라니송'이라 불렀다는 견해를 따랐다. 이기영, 〈명효의 해인삼매론에 대하여〉, 《한국불교연구》, 한국불교연구원, 1982(2006 재판), 644~645면에서는 "신라인들은 바로 종요, 즉 으뜸되는 중심 사상이 담긴 글귀나, 그 상징적 표현이 지적하는 인간 각자의 정신력을 '다라니'라고 보아 온 전통을 가지고 있다. 그러한 사정은 《삼국유사》 등을 통해서 보면 현저하게 눈에 띄는 현상이다."라고 하여 '다라니'라는 표현을 신라 불교의 특징이라 간주하기도 했다.

12 397b면. 이하 같음.

13 귀투신명(歸投身命), 귀순교명(歸順敎命), 환귀본명(還歸本命) 등의 뜻을 지닌다.

14 일체중생을 모두 구원한다는 목적은 이 글의 토대였던 《화엄경》의 〈십지품〉의 주제이기도 하다. 강기선, 〈화엄경 십지품의 사상에 담긴 문학적 비유와 철학성〉, 《철학논총》 89, 새한철학회, 2017, 5면.

15 10지와 10대원에 관한 선행 연구의 요약은 다음과 같다. "십지(十地)의 열 가지 항목을 정리해 보면, ① 기쁨의 경지인 환희지 ② 더러움을 떠난 경지인 이구지 ③ 빛을 발하는 경지인 발광지 ④ 지혜가 불꽃처럼 타오르는 경지인 염혜지 ⑤ 넘기 어려운 경지인 난승지 ⑥ 걸림 없는 지혜가 나타나는 경지인 현전지 ⑦ 멀리 나아가는 경지인 원행지 ⑧ 부동의 경지인 부동지 ⑨ 깊은 지혜의 경지인 선혜지 ⑩ 법의 구름의 경지인 법운지이다. (…) 십대원은 ① 모든 부처님께 공양하기를 발원하는 것이고, ② 일체불법을 수지할 것을 발원하는 것이고, ③ 부처님의 상수제자가 되기를 발원하는 것이며, ④ 교화가 중생의 마음을 증장시키기를 발원하며, ⑤ 일체중생을 성숙시키기를 발원하며, ⑥ 일체세계를 받들어 섬길 것을 발원하며, ⑦ 일체국토가 청정하기를 발원하며, ⑧ 일체보살들과 늘 함께하기를 발원하고, ⑨ 작은 수행이라도 큰 이익이 있기를 발원하며, ⑩ 정각(正覺) 이루기를 발원하는 것이다."(위의 글, 6면)

16 398a · b면. 이하 같음.

17 '보리'는 깨달음의 과정과 성과를 모두 이르는 말일 테지만, 《해인삼매론》에서는 깨달음의 성과 혹은 바른 인식 자체를 뜻하고 있다.

18 정구복, 《교양으로 읽는 삼국사》 1, 시아콘텐츠, 2018, 303~304면에서와 같이, 이제는 개체 간의 평등과 조화를 추구하는 이론으로 화엄사상을 바라보고 있다.

19 이는 균여의 저술에서 약본경(略本經)만 읽더라도 항본경(恒本經)을 읽은 것과 동일하다는 인식으로 나타난다. "그러므로 이 일부의 경전을 보아도 가없는 법해(法海)를 보는 것이다. 모아져서 두루 통하는 글은 분제(分際)가 없었기 때문에 하나를 설한 것이 곧바로 일체를 설한 것이 되기 때문이다." (균여, 김두진 역, 《석화엄교분

기원통초(釋華嚴敎分記圓通鈔)》, 동국대학교 역경원, 1997, 9면)

20 현송, 《한국 고대 정토신앙 연구—삼국유사에 나타난 신라 정토신앙을 중심으로》,
    운주사, 2013, 124~125면.

21 한편 '화엄사'라는 이름의 사찰도 있기도 하고, 《화엄경》의 원리를 전통 사찰의 전원
    과 조경에 재현하는 시도는 지금까지도 이어지고 있다. 이행열·신현실, 〈한국 전통
    사찰의 정원 문화경관 연구—화엄사를 중심으로〉, 《한국정원디자인학회지》 7-3,
    한국정원디자인학회, 2021, 174~188면.

22 서철원, 〈화엄불국, 신라와 고려 시가의 이상세계〉. 이 책 1장.

23 399b면. 이하 같음.

24 399a면. 번역은 허남진 외, 《삼국과 통일신라의 불교사상(한국철학자료집: 불교편
    1)》, 서울대학교출판부, 2005, 174~179면의 해당 부분을 따랐다.

25 398a면.

26 서철원, 〈참회를 소재로 한 신라문학〉. 이 책 7장 참조.

27 399a면.

28 《해인삼매론》의 목적 가운데 '본원에 도달케 한다.'는 두 번째 목적이 《법계도》에서
    의 '무명진원에 환기케 한다'는 이유와 표면상 거의 일치하고 있으며, 이는 회향송을
    통해서 다시 한번 부연 언급되고 있다는 공통점 또한 지니고 있다. 해주(전호련),
    〈일승법계도와 해인삼매론의 비교연구〉, 《한국불교문화사상사》 상, 가산불교문화
    연구원, 1992, 433면.

29 이정희, 앞의 글, 146면.

30 서철원, 〈〈법성게〉와 균여의 〈보현십원가〉〉. 이 책 3장.

31 김지오, 〈균여전 향가의 해독과 문법〉, 동국대학교 박사학위논문, 2012, 2면과 김
    기종, 〈향가 〈보현십원가〉의 표현 양상과 그 의미〉, 《한국 불교시가의 구도와 전
    개》, 보고사, 2014, 120면.

32 이정희, 앞의 글, 163면.

제5장 원효의 장편 게송 〈대승육정참회〉

1   이종찬, 〈원효의 시문학—대승육정참회를 중심으로〉, 《신라문화》 5, 동국대학교
    신라문화연구소, 1988, 27~47면.

2   조동일, 〈원효〉, 《한국문학사상사시론》, 지식산업사, 1978, 44면; 이도흠, 〈화엄의
    패러다임으로 향가와 현대시 엮어 읽기〉, 《고전시가 엮어 읽기》 (상), 태학사, 2003,

178~192면; 김성룡, 〈원효의 글쓰기와 중세적 주체〉, 《한국문학사상사》 1, 이회, 2004, 64~90면.

3 김사엽, 〈원효대사와 원왕생가〉, 《향가의 문학적 연구》, 계명대학교출판부, 1979, 173~232면.

4 최래옥, 〈서동의 정체〉, 《한국문학사의 쟁점》, 집문당, 1986, 148~167면.

5 김현준, 〈원효의 참회사상─대승육정참회를 중심으로〉, 《불교연구》 2, 한국불교연구원, 1986, 53~78면; 김병환, 〈원효의 참회사상─대승육정참회를 중심으로〉, 《한국불교학》 16, 한국불교학회, 1991, 335~365면; 김원영, 〈원효의 참회사상─대승육정참회문을 중심으로〉, 《한국불교학》 16, 한국불교학회, 1991, 335~365면; 원영, 〈원효의 《대승육정참회》에서 참회사상의 특성〉, 《한국사상사학》 15, 한국사상사학회, 2000, 29면; 이기운, 〈천태의 육근참회와 원효의 육정참회─천태의 《법화삼매참》과 원효의 〈대승육정참회〉를 중심으로〉, 《동서비교문학저널》 15, 한국동서비교문학학회, 2006, 122~123면.

6 원영(2000) 정도가 참회와 관련한 작품의 특성을 본격적으로 다루었다.

7 1행이 3자로 된 부분이 셋, 5자로 된 부분이 둘 있다. 3자로 된 부분은 각각 5, 86, 97행에 있는데, 86행은 판독 불능이므로 사실상 2곳이다. 그런데 이종찬(1988)은 이들 4곳에 의미상 불필요한 글자들을 보태거나 빼서 모두 4언으로 맞추어 놓았다. 이 글에서는 일단 이 관점을 수용하기는 했지만, 과연 이것이 타당한지는 비판적으로 검토할 필요가 있다.

8 점찰법회의 주술, 의례적 성격에 대해서는 박미선, 〈신라 점찰법회와 밀교〉, 《동방학지》 155, 연세대학교 국학연구원, 2011, 1~30면과 박미선, 《신라 점찰법회와 신라인의 업·윤회 인식》, 혜안, 2013, 13~206면을 참고할 수 있다. 박미선은 개인적 신앙의 기초를 이루는 업과 윤회에 대한 인식, 불교사의 주요 쟁점 가운데 하나인 한국 밀교의 성격 등으로 논의 범위를 확장함으로써 의례로서 점찰법회의 구체적 모습에 대한 인상을 강화하고 있다.

9 김원영, 앞의 글, 335~365면; 이기운, 앞의 글, 122~123면. 이들은 〈대승육정참회고〉의 내용 자체를 원효가 사복의 어머니를 위해 천도제를 지낸 실제 활동과 당시 신라의 점찰법회 그 자체와 같은 것으로 보고 있다.

10 석길암, 〈원효 《이장의(二障義)》의 사상사적 재고〉, 《한국불교학》 28, 한국불교학회, 2001, 387면.

11 오형근, 〈원효의 이장의(二障義)에 대한 고찰〉, 《신라문화》 5, 동국대학교 신라문화연구소, 1988, 162~167면.

12 위의 글, 174면.

13 원영, 앞의 글, 29면.

14 번역은 원효, 은정희 역, 《대승기신론소·별기》 권6, 일지사, 1991, 397~398면을 따랐다.

15 이하 이종찬(1988)이 보태거나 판독한 3곳의 글자는 〈 〉, 뺀 2곳의 글자는 ( )으로 표시한다.

16 길장(吉藏: 549~623)의 《법화현론(法華玄論)》, 《이체의(二諦義)》 등에 보이는 비유이다.

17 97행의 '무(無)'는 이종찬(1988)이 추가한 글자이다.

18 이종찬(1988)은 판독 불능인 첫 글자를 '여(如)'로 보았지만, 의미상 역접(逆接)이 되는 편이 자연스럽다고 판단하여 원영(2000)에 따라 '연(然)'으로 보았다.

19 《대반열반경(大般涅槃經)》 본문에는 '역부역시(亦復非是)'라 되어 있다.

20 《대반열반경》 권32, 〈사자후보살품(師子吼菩薩品)〉 11-6.

21 후지 요시나리, 《원효의 정토사상 연구》, 민족사, 2001, 134~138면.

22 김수정(승명 법성), 〈원효의 번뇌론 체계와 일승적 해석〉, 동국대학교 박사학위논문, 2016, 95~96면.

23 '인과동시(因果同時)'는 균여(均如)의 저술을 비롯한 화엄교학의 전반에 걸쳐 언급되는 주제이기도 하다. 최연식, 〈균여 화엄사상연구—교판론을 중심으로〉, 서울대학교 박사학위논문, 1999, 196~207면 참조.

제6장 〈원왕생가〉의 참회와 원효의 관법

1 이런 시각은 향가 연구의 초기부터 왕성하게 있었고, 향가 전체를 불교적으로 파악한 저술로는 김종우, 《향가문학연구》, 이우사, 1975; 김운학, 《향가에 나타난 불교사상》, 동국역경원, 1978 등이 있고, 김승찬, 《신라 향가론》, 부산대학교출판부, 1999 역시 불교와의 관계에 특히 주목하였다.

2 이종찬, 〈신라불경제소(新羅佛經諸疏)와 게송(偈頌)의 문학성〉, 《신라문화제학술발표회 논문집》 7, 신라문화선양회, 1986, 193면; 김상현, 〈향가와 게송과 불교사상〉, 화경고전문학연구회 편, 《향가문학연구》, 일지사, 1993, 248~270면.

3 〈광덕 엄장〉, 《삼국유사》 감통 후반부에 엄장이 원효에게 수행 방법을 묻는 장면이 나온다.

4 이도흠, 《화쟁기호학, 이론과 실제》, 한양대학교출판부, 1999에서 화쟁기호학의 모형이 본격적으로 등장하지만, 이도흠, 〈신라 향가의 문화기호학적 연구〉, 한양대학

교 박사학위논문, 1993에서 이미 그 발상에 따른 작품 분석이 대체로 이루어졌다.

5 "그 모양대로 도구를 만들어 《화엄경》의 '일체 무애인은 한 길로 생사를 벗어난다.' 라는 〔문귀에서 따서〕 이름을 무애(無특)라고 하고 노래를 지어 세상에 퍼뜨렸다. 일찍이 이것을 가지고 천촌만락에서 노래하고 춤추며 교화하고 음영하여 돌아오니, 가난하고 무지몽매한 무리까지도 모두 부처의 호를 알게 되었고, 모두 나무(南舞) 를 칭하게 되었으니 원효의 법화가 컸다." 〈원효불기〉, 《삼국유사》 의해.

6 상대적으로 의상은 귀족적인 인물인 것처럼 추정되어 온 탓인지, 직접적으로 향가 와의 관계를 내세우지는 않았던 듯하다. 그러나 의상의 사상과 시의 핵심이었던 '화 엄(華嚴)' 역시 그 비중은 적지 않았다.

7 서철원, 〈참회를 소재로 한 신라문학〉. 이 책 7장.

8 김윤섭, 〈화엄사상의 시적 전화 양상에 관한 연구―고려중후기 승려들의 한시를 중심으로〉, 고려대학교 석사학위논문, 1994에서 화엄의 이론과 표현이 선시에 수용 되는 양상을 고찰했다. 특히 고려 지눌의 선사상과 화엄의 교섭 양상을 서술하였는 데, 화엄과 선의 융합은 서경희, 《삼국유사》에 나타난 화엄선의 문학적 형상화― 일연의 세계관을 바탕으로〉, 성균관대학교 박사학위논문, 2003에서 《삼국유사》 전 체를 관통하는 원리로 제시되기도 한다. 고려의 불교문학이 선불교에 가까웠을지라 도, 화엄사상의 영향력은 꾸준히 이어져 왔다. 그리고 이경철, 《현대시에 나타난 불 교》, 일송북, 2019의 백석, 신경림, 정진규, 백무산, 문태준 등에 대한 논평의 제목 에서 '화엄'이라는 용어를 사용했다.

9 〈보현십원가〉와 그 원전 《화엄경》의 〈보현행원품〉의 화엄사상 사이의 관계는 여러 차례 거론됐을 뿐 아니라, 선행 텍스트인 여러 화엄 경전과의 관계 역시 김기종, 〈〈보현십원가〉의 표현 양상과 그 의미〉, 《한국 불교시가의 구도와 전개》, 보고사, 2014, 113~120면에서 그 공통점과 차이점이 함께 분석되었다.

10 서철원, 〈신라 문학사상의 전개와 고전시가사의 관련 양상〉, 《한국 고전문학의 방 법론적 탐색과 소묘》, 역락, 2009. 89~98면에서 의상의 〈화엄경문답〉과 〈법성계〉 등을 통해 화엄일승(華嚴一乘)의 시학(詩學)을 살폈으며, 이 책의 3장에서 균여의 언어 인식에 나타난 의상 화엄사상의 자취를 살폈다. 그리고 이 책의 총론에서 의상 화엄사상의 실천적 요소와 향가문학, 미술사 사이의 관계를 조명했다.

11 현존 불교가사 가운데 다수가 이런 방식을 취하고 있다.

12 이상 종교문학의 유형은 T. S. Eliot, *Religion and Literature, Selected Essays*, London: Faber & Faber, 1976, pp. 389~391(이준학, 〈조지 허버트의 종교시에 나 타난 보편적 의식〉, 《문학과 종교》 12-2, 문학과종교학회, 2007, 64~65면 재인용). 이를테면 향가와 《삼국유사》에는 우리가 '무불습합'이라고 부르곤 하는 불교와 비불

교적 요소의 병행이 이루어지고 있는데, 이런 요소를 더 큰 의미의 종교적 실천에 해당하는 것으로 이해할 수 있다.

13 참회의 이원성은 원효 이후 화엄 교학에서 '사참(事懺)'과 '이참(理懺)'이라는 용어로 정리되기도 했다. 징관(澄觀: 738~839), 《화엄경행원품소(華嚴經行願品疏)》 10, 《만신찬대일본속장경(卍新纂大日本續藏經)》 5책 103면(김기종, 〈〈보현십원가〉의 표현 양상과 그 의미〉, 《한국 불교시가의 구도와 전개》, 보고사, 2014, 128면 재인용). 사참과 이참이 한결 직관적이긴 하지만, 여기서는 원효가 직접 구사했던 번뇌장, 소지장과 육정-대승 참회 등의 용어를 취하겠다.

14 '정(淨)'으로 읽는 관점은 해당 글자를 오기(誤記)로 파악한 것이었다.

15 김상현, 앞의 글, 256~269면.

16 이하 ①~⑦에서 《대정신수대장경》 또는 《한국불교전서》 수록 자료는 따로 출처를 상세하게는 적지 않는다.

17 김상현, 앞의 글, 257면.

18 이종찬, 〈원효의 시문학〉, 《신라문화》 5, 동국대학교 신라문화연구소, 1989, 28면.

19 김상현, 앞의 글, 263면.

20 김천학, 《《보살계본종요초》의 문헌적 의의와 신라 太賢에 대한 인식〉, 《신라문화》 55, 동국대학교 신라문화연구소, 2020, 103~125면.

21 직접적으로 등장하지는 않지만 이들 요소가 향가와 아예 무관하다는 뜻은 아니다.

22 시인으로서 의상과 균여의 관계에 관한 이 책의 성과를 앞으로는 화엄종의 일반론을 고려하여 확장할 계획이다.

23 번역자는 '삽(鍤)'으로 표기했지만, 여기서는 '쟁(錚)'을 취했다. '쟁'이 '삽'과 '정(淨)'의 절충형(?)이기도 하고, 이 설화가 음악과 향가 문학 등 소리에 해당하는 요소와 비교적 관련성이 크다는 점을 고려했다.

24 〈광덕 엄장〉, 《삼국유사》 감통.

25 광덕의 수행 방법과 태도는 정토 사상가로서 경지에 도달한 것이었다. 이에 대해서는 김호성, 〈〈원왕생가〉에 대한 정토해석학적 이해〉, 《고전문학연구》 53, 한국고전문학회, 2018, 129~157면 참조. 따라서 엄장은, 그리고 광덕에 미치지 못했던 다른 신도들 역시 더 쉬운 수행 방법이 필요했다.

26 서철원, 〈원효의 장편 계송 〈대승육정참회〉〉. 이 책 5장.

27 〈대승육정참회〉 번역은 위의 글을 따랐다.

28 위의 글.

29 〈대승육정참회〉 139~140행은 "이런 업의 자성 역시 있다고도 없다고도 할 수 없으니 / 다시 이와 같이, 본래 없다가 지금 있게 된 것은(如是業性, 非有非無. / 亦復

如是. 本無今有.)"이라 하여 《대반열반경》보다 '금유(今有)'에 더 치중했다.

30 '대승의 참회'라는 표현은 원효의 《대승기신론소》에도 등장한다. "이리하여 곧 대승의 참회를 부지런히 닦아야 할 것이니…" 원효, 은정희 역, 《대승기신론소·별기》, 일지사, 1991, 398면.

31 或名煩惱碍知碍者, 六種染心, 動念取相, 違平等性離相無動, 由乖寂靜, 名煩惱碍. 根本無明, 正迷諸法無所得性, 能障俗智無所不得, 由不了義, 故名智碍. 此中煩惱是當能碍過名, 智是從彼所碍德稱. 이상 원효, 은정희 역주, 《이장의》, 제1장 명칭을 해석함, 소명출판, 2004. 29면.

32 김영미, 〈원효 수행 관법에 대한 연구―금강삼매경론의 無相觀과 三空〉, 《한국불교학》 100, 한국불교학회, 2021. 71~100면; 원효, 은정희 역주, 앞의 책, 15면.

33 정토신앙의 속성을 설명하기 위해 여래장사상과 회향 등의 개념을 도입하는 진전을 이루기도 했다. 황병익, 〈〈원왕생가〉―광덕과 엄장 스님의 수행길을 담다〉, 《신라 향가 천년의 소망》, 역락, 2020, 251면.

34 김영미, 앞의 글, 73면.

35 위의 글, 95면.

36 이강옥, 〈구운몽과 불교 경전을 활용하는 우울증 치료 프로그램(DTKB Program) 상담 사례 연구〉, 《문학치료연구》 18, 한국문학치료학회, 2011. 9~74면.

37 이 이야기는 조선 후기에서 근대를 거쳐 표준화된 대중적 원효 설화로서 널리 알려져 왔다. 한승훈, 〈원효대사의 해골물―대중적 원효 설화의 형성에 관한 고찰〉, 《종교학연구》 36, 한국종교학연구회, 2018, 25~48면 참조.

38 《화엄연기》는 원효와 의상의 일생을 각각 그림으로 표현하고 있는데, 꿈에 귀신을 만나는 장면은 원효와 의상 부분에 중복하여 나타난다. 김임중·허경진 엮어 옮김, 《화엄연기 원효회 의상회》, 민속원, 2018, 원효회 9면과 의상회 93면.

39 如昔有東國元曉法師, 義相法師. 二人同來唐國尋師. 遇夜宿荒, 止於塚內. 其元曉法師, 因渴思漿. 遂於坐側, 見一泓水, 掬飲甚美. 及至來日觀見, 元是死屍之汁. 當時心惡, 吐之, 豁然大悟, 乃曰: "我聞佛言, 三界唯心, 萬法唯識. 故知美惡在我, 實非水乎?" 遂却返故園廣弘至教. (연수(延壽): 904~975), 《종경록》 권11, 《대정신수대장경》 48책) 원전은 Cbeta Reader v.3.8(2009)에 따름. 국역은 오대혁, 《원효 설화의 미학》, 불교춘추사, 1999, 233면에 따름.

40 與元曉法師同志西遊. 行至本國海門唐州界. 計求巨艦, 將越滄波, 倏於中塗遭其苦雨. 遂依道旁土龕間隱身. 所以避飄濕焉. 迨乎明旦相視, 乃古墳骸骨旁也. 天猶靈霂地且泥塗. 尺寸難前逗留不進. 又寄埏甓之中. 夜之未央俄有鬼物為怪. 曉公歎曰: "前之寓宿謂土龕而且安, 此夜留宵託鬼鄉而多祟. 則知心生故種種法生,

心滅故龕墳不二. 又三界唯心萬法唯識. 心外無法胡用別求? 我不入唐." 却携囊
返國. (찬녕(贊寧), 〈당 신라국 의상전〉, 《송고승전》(987) 권4) 국역은 오대혁, 앞의
책, 242면을 따르되 앞의 주석과 동일 어구를 같은 해석으로 고침.

41 서철원, 〈성자와 범인의 경계를 넘나드는 체험〉, 《삼국유사 속 시공과 세상》, 지식
과교양, 2022, 225~250면.

42 김임중·허경진 엮어 옮김, 앞의 책, 원효회 9면.

43 195~198행: 不知皆是, 自心所作. 如幻如夢, 永無所有.

44 243~244행: 唯寢長夢, 妄計爲實.

제7장 참회를 소재로 한 신라문학

1 불교의 정토는 교리를 중심으로 주처정토(住處淨土)와 왕생정토(往生淨土)로 크게
나눌 수 있으며, 교학적으로는 7, 8세기 중국 정토교는 《관무량수경(觀無量壽經)》
을 중심으로 하였던 것에 비해 신라시대의 정토교는 《무량수경(無量壽經)》과 《아미
타경(阿彌陀經)》을 중심으로 했다는 차이가 있다고 한다. 또한 신앙의 측면에서는
화엄신앙과 미륵신앙이 각각 화엄정토와 미륵하생(彌勒下生) 또는 상생신앙(上生
信仰)에 바탕을 둔 미륵정토 등에 대한 관념이 각각 전개되어 왔다. 이상은 김영태,
〈삼국시대 미타신앙의 수용과 그 전개〉, 불교문화연구원 편, 《한국정토사상연구》,
1985, 11면; 채인환, 〈신라시대의 정토교학〉, 불교문화연구원 편, 앞의 책, 53면;
강기선, 《《화엄경》·〈화장세계품〉의 문학적 표현론》, 《철학논총》 84, 새한철학회,
2016, 11면; 현송, 《한국 고대 정토신앙 연구—〈삼국유사〉에 나타난 신라 정토신앙
을 중심으로》, 운주사, 2013, 15~20면 등을 참조.

2 점찰법회의 주술 의례적 성격에 대해서는 박미선, 〈신라 점찰법회와 밀교〉, 《동방
학지》 155, 연세대학교 국학연구원, 2011, 1~30면과 박미선, 《신라 점찰법회와 신
라인의 업·윤회 인식》, 혜안, 2013, 13~206면을 참고할 수 있다. 박미선은 개인적
신앙의 기초를 이루는 업과 윤회에 대한 인식, 불교사의 주요 쟁점 가운데 하나인
한국 밀교의 성격 등으로 논의 범위를 확장함으로써 의례로서 점찰법회의 구체적
모습에 대한 인상을 강화하고 있다.

3 〈난타벽제(難陁闢濟)〉, 《삼국유사》 흥법.

4 〈경흥우성(憬興遇聖)〉, 《삼국유사》 감통.

5 이강엽, 〈〈경흥우성〉조의 대립적 구성과 신화적 이해〉, 《구비문학연구》 35, 한국구
비문학회, 2014, 275~281면.

6 〈낙산이대성 관음 정취 조신(洛山二大聖 觀音 定聚 調信)〉, 《삼국유사》 탑상.

7 〈자장정률(慈藏定律)〉, 《삼국유사》 의해.

8 김승호, 《중세 불교인물의 해외 전승》, 보고사, 2015, 173~174면.

9 위의 책, 같은 곳.

10 〈강원도 정선군 태백산 정암사 사적(江原道 旌善郡 太白山 淨巖寺 事績)〉. 번역은
위의 책, 174면에서 재인용.

11 서철원, 〈진표 전기의 설화적 화소와 '성자' 형상〉, 《한국 고전문학의 방법론적 탐색
과 소묘》, 역락, 2009, 434~435면.

12 〈제3 노례왕(第三 弩禮王)〉, 《삼국유사》 기이.

13 김상현, 〈신라삼보의 불교사상적 의미〉, 〈만파식적설화의 유교적 정치사상〉, 《신라
의 사상과 문화》, 일지사, 1999, 55~105면.

14 이하의 내용은 이 책 5장에서의 분석 내용을 이 글의 논지와 관련하여 활용했다.

15 원영, 〈원효의 《대승육정참회》에서 참회사상의 특성〉, 《한국사상사학》 15, 한국사
상사학회, 2000, 29면.

16 원전은 이종찬, 〈원효의 시문학—대승육정참회를 중심으로〉, 《신라문화》 5, 동국
대학교 신라문화연구소, 1988, 27~47면을 참조했으며, 필자가 번역하였다.

17 김창원, 《향가로 철학하기》, 보고사, 2004, 86~88면.

18 이기영, 〈화엄일승법계도의 근본정신〉, 의상기념관 편, 《의상의 사상과 신앙 연구》,
불교시대사, 2001, 253~254면.

19 김상현, 〈향가와 게송과 불교사상〉, 《향가문학연구》, 일지사, 1993, 248~270면 참조.

20 황호정, 〈《술문찬(述文贊)》에 나타난 경흥의 정토관 고찰〉, 《동아시아불교문화》 15,
동아시아불교문화학회, 2013, 218면. 인용문에 딸린 원전 인용 표지는 생략하였다.

21 김수정(승명 법성), 〈원효의 번뇌론 체계와 일승적 해석〉, 동국대학교 박사학위논
문, 2016, 95~96면.

22 〈풍요〉 현대어 역은 양희철, 《삼국유사향가연구》, 태학사, 1997, 340면의 것을 소
개했다. 그 이유는 "여(如)"를 일관성 있게 "가"로 음독했던 점과, 본 작품의 표기와
해석에서 불교적 요소를 크게 고려했다는 점 때문이었다.

23 위의 책, 360~367면에서 이에 착안하여 "래여(來如)"를 "여래(如來)"로 뒤집어 읽
는 등의 회문(回文)을 시도하였다.

24 〈양지사석(良志使錫)〉, 《삼국유사》 의해.

25 〈원왕생가〉 현대어 역은 김완진, 《향가해독법연구》, 서울대학교출판부, 1980,
118~119면을 따랐다.

26 서철원, 《향가의 역사와 문화사》, 지식과교양, 2011, 120면 참조.

1 정치사적 배경에 치중하는 관점과 사상가로서 균여의 특징에 착안했던 관점은 애초에는 서로 구별되는 것이었지만, 근래의 연구 경향은 양자에 대한 고려가 함께 이루어지는 쪽으로 나아가고 있다고 판단하여 일단 하나의 방향으로 서술하였다.

2 김두진, 〈균여의 생애와 저술〉, 《균여화엄사상연구》, 일조각, 1983, 9~62면 참조.

3 최연식, 〈균여 화엄사상 연구〉, 서울대학교 박사학위논문, 1999 참조.

4 서철원, 〈균여의 작가의식과 〈보현십원가〉〉, 고려대학교 석사학위논문, 1999; 서철원, 《향가의 역사와 문화사》, 지식과교양, 2011, 300~342면.

5 〈보현십원가〉 창작의 동기가 《보현행원품》의 내용을 쉽게 전달하는 것에 있었다는 점을 강조했던 입장에서는 이런 의미의 '대중성'이 끊임없이 제기되어 왔다. 이런 관점은 근래의 연구(김문태, 〈〈보현십원가〉의 불경 실현화 양상〉, 《영주어문》 27, 영주어문학회, 2014, 10~11면; 박서연, 〈보현십원가의 연기행 연구〉, 《문학 사학 철학》 9, 한국불교사연구소, 2007, 297면)에서도 지속적으로 나타나지만, 균여와 광종과의 관계에 끼친 영향력과 결부한 논의는 본격적으로 이루어지지 않고 있다.

6 김지오, 〈균여전 향가의 해독과 문법〉, 동국대학교 박사학위논문, 2012, 2면.

7 김기종, 〈향가 〈보현십원가〉의 표현 양상과 그 의미〉, 《한국 불교시가의 구도와 전개》, 보고사, 2014, 120면.

8 윤태현, 〈〈보현십원가〉의 문학적 성격〉, 《한국어문학연구》 30, 한국어문학연구회, 1995, 214면에 따르면 이 편차가 〈보현십원가〉의 독자성과 관련하여 중요한 것이었다.

9 이와 관련하여 김종진, 〈균여의 문학사상과 향가 창작의 논리〉, 《한국 불교시가의 동아시아적 맥락과 근대성》, 소명, 2015, 42~60면에서 균여의 이사론, 이사무애론, 《화엄경》의 논리와 의상·원효문학론과의 관련 양상 등을 본 작품의 분석에 필요한 외적 준거로서 제시하였다.

10 김혜은, 〈보현십원가의 역시(漢譯) 과정과 번역 의도〉, 연세대학교 석사학위논문, 2009, 35~86면에서 주제 수용과 표현상의 특성 등의 양상이 비교되었고, 〈보현행원품〉 소재 게송의 활용 양상까지 다루었다. 또한 정소연, 〈〈보현십원가〉의 한역 양상 연구―향가와 한역시의 구조 비교를 중심으로〉, 《어문학》 108, 한국어문학회, 2010, 87~128면에서 한역시의 구조를 1:1 대응, 창조·추가·구체화, 삭제 등으로 거론했지만, 내용과 주체 측면에서의 비교까지 수행하지는 않았다.

11 점찰법회의 주술, 의례적 성격에 대해서는 5장의 주석 8)에 소개된 박미선의 성과 참조.

12 이기백, 〈원광과 그의 사상〉, 《신라사상사연구》, 일조각, 1986, 100면.

13 〈사복불언〉, 《삼국유사》 의해. 원효가 사복을 위해 매년 3월 14일 도량사에서 점찰 법회를 열었다는 기록이 있다.

14 석길암, 〈원효 《이장의》의 사상사적 재고〉, 《한국불교학》 28, 한국불교학회, 2001, 387면.

15 원영, 〈원효의 《대승육정참회》에서 참회사상의 특성〉, 《한국사상사학》 15, 한국사 상사학회, 2000, 29면.

16 이 작품은 이종찬, 〈원효의 시문학—대승육정참회를 중심으로〉, 《신라문화》 5, 동 국대학교 신라문화연구소, 1988, 27~47면에서 게송으로 간주되었지만, 사상사 연 구에서는 주로 산문적으로 풀이되어 왔다.

17 이하 1개 단락은 서철원, 〈원효의 게송 〈대승육정참회〉의 표현 방식과 문학적 해석 의 가능성〉, 《한민족문화연구》 56, 한민족문화학회, 2016, 7~42면에서 관련 부분을 인용 및 재구성한 것이다.

18 〈당 백제국 금산사 진표전(唐 百濟國 金山寺 眞表傳)〉, 《송고승전》 권14. 국역은 박미선, 〈진표 점찰법회의 성립과 성격〉, 《한국고대사연구》 49, 한국고대사학회, 2008, 223~254면을 따랐다.

19 〈진표전간(眞表傳簡)〉, 《삼국유사》 의해.

20 〈관동풍악발연수석기(關東楓岳鉢淵藪石記)〉, 《삼국유사》 의해.

21 이상 서철원, 〈진표 전기의 성화적 화소와 '성자' 형상〉, 《한국 고전문학의 방법론적 탐색과 소묘》, 역락, 2009, 427~428면 참조.

22 〈관동풍악발연수석기〉, 《삼국유사》 의해.

23 〈보현행원품·참회분(普賢行願品·懺悔分)〉. 인용 부분의 다음에는 각 단락마다 반 복되는 표현들이 있는데, 매번 인용하지는 않는다. 이 반복 표현은 〈총결무진가〉의 기초가 되었다. 번역은 법성 연의, 《화엄경 보현행원품》, 큰수레, 1992의 해당 부분 을 활용하되, 필요에 따라 윤문하였다.

24 〈보현십원가〉 해독은 김완진, 《향가해독법연구》, 서울대학교출판부, 1980을 바탕 으로 하되, 필요한 경우 박재민, 〈〈보현십원가〉 난해구 5제—구결을 기반하여〉, 《구결연구》 10, 구결학회, 2003, 143~175면에서 이루어진 변증을 부분적으로 참조 하였다.
    넘어지고 길 잃어 / 깨달음의 길 몰라 헤매다가 / 범했던 악한 일이 / 세상에 넘칠 지 경이라. / 악한 일 버릇되고만 이 몸 / 깨끗한 세상 주인공 되어보겠다고 / 오늘 모인 이들 바로 참회하네. / 온 세상 부처님들 증인 되어 주소서. / 아아, 중생들의 세상 끝 나고 내가 책임질 참회도 사라진다면, / 다시 태어나 길이 죄 짓지 말지어다. (김완

진 해독, 서철원 의역)

25 박재민, 위의 글, 158~160면.

26 김기종, 앞의 글, 128면에서는 징관의 《화엄경행원품소》에서 참회를 이참(理懺: 이치의 참회)과 사참(事懺: 현상의 참회)으로 구별한 것을 인용하여, 균여가 '사참'만이 거론된 경문의 내용을 보완하기 위해 '이참'까지 포함한 장면으로 전환한 것이라 하였다. 이 글에서는 '전도'라는 표현을 수용자의 처지만을 고려하여 생각했지만, 이러한 교학적 해석 역시 타당하리라 생각한다.

27 이것은 진표 한 사람에게만 해당하는 것은 아니었다. 예컨대 참회한 이후 친견하는 상황을 통해 그 성과를 보장받았던 재가 신자들(엄장, 노힐부득)이 있는가 하면, 친견해도 알아보지 못했다가 참회하지만 끝내 파국을 맞았던 고승(자장, 경흥, 원효)도 있었다. 이들의 양상과 성격에 대해서는 다른 자리에서 논의될 것이다.

28 최행귀 한역시의 번역은 혁련정(赫連挺), 《균여전(均如傳)》, 최철·안대회 역, 새문사, 1986의 해당 부분을 따랐다.

29 〈보현행원품·회향분(普賢行願品·廻向分)〉.

30 내가 닦았던 모든/일체의 착한 일 바로 돌이켜/바다처럼 거대한 중생 가운데/미혹한 무리 남김없이 다 깨닫게 하리라./부처님의 깨달음(=바다) 이룬 날에는/지난날 참회했던 악한 일들이/깨달은 마음의 보배가 되리라./예로부터 그랬더라./아아, 절하옵는 부처님께서/이 몸 버려두고 딴 사람 챙기실까? (김완진 해독, 서철원 의역)

31 김수정(승명 법성), 〈원효의 번뇌론 체계와 일승적 해석〉, 동국대학교 박사학위논문, 2016, 95~96면.

32 〈보현행원품·수순분(普賢行願品·隨順分)〉.

33 지혜의 상징인 부처님께서도/미혹을 뿌리 삼으셨더이다./큰 자비심이 (그 뿌리를) 물처럼 적셔/시들지 않았더이다./온 세상 가득 꾸물거리는 중생들과/나도 함께 살다 똑같이 죽으리라./끊임없이 여기저기 이어지는 염불 소리에/나도 부처님처럼 마음먹으려고 빌었더이다./아아, 중생이 다 편안해져야/부처님 바로 기뻐하시리. (김완진 해독, 서철원 의역)

제9장 종교적 언어관과 향가의 상호성

1 바람직한 방향의 논증을 위해서는 작품의 원전을 제시하고 여러 해독을 아울러 살피는 논지 전개 과정이 필수적일 것이다. 그러나 여기서 이루어질 논의의 대상은 아

직 개별 어휘의 차원에 머물러 있었다. 왜냐하면 이들은 대체로 불전에 바탕을 둔 개념어이기 때문에 해독자에 따른 차이가 주목할 정도로 크지는 않다. 따라서 기초적인 연구와 교육의 과정에서 통용되고 있는 김완진(1980)을 따랐다.

2   정병조, 〈신라법회의식의 사상적 성격〉, 《신라민속의 신연구》, 신라문화선양회, 1983, 131면.

3   서윤길, 《한국밀교사상사연구》, 불광출판부, 1994, 67~102면.

4   김영태, 〈승려낭도고〉, 《신라불교연구》, 민족문화사, 1986, 67~82면.

5   남무희, 《신라 원측의 유식사상 연구》, 민족사, 2009, 125~126면.

6   정영근, 〈원측의 유식철학—신·구 유식의 비판적 종합〉, 서울대학교 박사학위논문, 1994, 1~171면.

7   백진순, 〈원측의 인왕경소 해제〉, 《한글본 한국불교전서 신라 1—인왕경소》, 동국대학교출판부, 2010, 15면.

8   竊以, 眞性甚深, 超衆象而爲象, 圓音秘密, 布群言而不言, 斯乃卽言而言亡. 非象而象著, 理雖寂而可談. 卽言而言亡, 言雖弘而無說. (圓測, 〈解深密經疏〉 《韓國佛敎全書》 1, 123中)

9   윤희조, 《불교의 언어관》, CIR, 2012, 4~7면.

10 김완진, 〈〈제망매가〉와 정토사상〉, 《학술원논문집·인문사회과학》 32, 대한민국학술원, 1993, 9~17면.

11 無住本故即無可約法, 無可約法故即無分別相, 無分別故即非心所行處. 但證者境界非未證者知, 是名為法實相. 一切法而無不爾, 此處十佛普賢境界. (義相, 〈華嚴經問答〉, 《大正新修大藏經》 권45, 609)

12 故其緣起無住令在顯說, 終日說非有說, 非有有故與不說無分別說. 說既爾, 能聞者亦爾. 一聞即一切聞, 可知思也. (義相, 〈華嚴經問答〉, 《大正新修大藏經》 권45, 609)

13 균여(均如), 김두진 역, 《석화엄교분기원통초(釋華嚴敎分記圓通鈔)》, 동국대학교역경원, 1997, 9면.

14 최연식, 〈균여 화엄사상연구—교판론을 중심으로〉, 서울대학교 박사학위논문, 1999, 168면.

제10장 관음신앙의 회향과 〈도천수관음가〉

1   희명은 작가의 이름이기도 하지만, 아이의 눈을 띄워 달라는 바람 그 자체이기도

하다.

2 김두진, 〈의상의 실천 신앙〉, 《의상―그의 생애와 화엄사상》, 민음사, 1995, 230면.

3 체원(體元), 곽철환·박인석 옮김, 《백화도량발원문약해(白花道場發願文略解)》, 동국대학교출판부, 2022, 53면.

4 이완형, 〈〈도천수대비가〉와 '아이'에 대한 두 시선〉, 《동방학》 46, 한서대학교 동양고전연구소, 2022, 219~243면.

5 황병익, 〈도천수대비가, 눈 멀어가는 자식을 위해 애절히 기도하다〉, 《신라향가 천년의 소망》, 역락, 2020, 513~538면.

6 이현우, 〈경덕왕대 향가 5수의 사상적 배경과 의미 분석―배경설화와의 관련 양상을 중심으로〉, 《국제어문》 73, 국제어문학회, 2017, 269~290면.

7 발원문을 대상으로 삼지는 않았지만, 본 작품을 비롯한 탑상편의 자료를 중생과의 인연의 증거물로 보는 관점 역시 그런 의미에서 중요하다. 박인희, 《《삼국유사》 탑상편 연구―'도천수대비가' 이해를 위한 전제로〉, 《한국학연구》 28, 고려대학교 한국학연구소, 2008, 205~226면.

8 김두진, 앞의 책, 229~230면.

9 조현우, 〈〈낙산이대성 관음 정취 조신〉의 은유적 이해〉, 《한국고전연구》 11, 한국고전연구학회, 2005, 186~211면 참조.

10 昔義湘法師, 始自唐來還, 聞大悲眞身住此海邊窟內, 故因名洛山, 蓋西域寶陀洛伽山, 此云小白華, 乃白衣大士眞身住處, 故借此名之. 齋戒七日, 浮座具晨水上, 龍天八部侍從, 引入崛內, 參禮空中, 出水精念珠一貫獻之, 湘領受而退, 東海龍亦獻如意寶珠一顆, 師捧出, 更齋七日, 乃見眞容. 謂曰: "於座上山頂, 雙竹湧生, 當其地作殿宜矣.", 師聞之出崛, 果有竹從地湧出. 乃作金堂, 塑像而安之, 圓容麗質, 儼若天生, 其竹還沒, 方知正是眞身住也. 因名其寺曰洛山, 師以所受二珠, 鎭安于聖殿而去. (〈낙산이대성 관음정취 조신(洛山二大聖 觀音正趣 調信)〉, 《삼국유사》 탑상) 이 기록은 13세기 익장(益莊)이 짓고 《신증동국여지승람》에 남은 〈낙산사기(洛山寺記)〉와 미세한 차이는 있지만, 관음보살과 대나무라는 소재가 일치하고 이 기록이 더 성행하는 것이므로 선택하였다.

11 정병삼, 《의상 화엄사상 연구》, 서울대학교출판부, 1998; 의상기념관 편, 《의상의 사상과 신앙 연구》, 불교시대사, 2001.

12 이상은 송은석, 〈여말선초 보타락가산(補陀落迦山) 관음의 신앙과 미술〉, 《불교미술사학》 28, 불교미술사학회, 2019, 250~272면.

13 湘入國之後徧歷山川, 於駒麗百濟風馬牛不相及地. 曰此中地靈山秀真轉法輪之所, 無何權宗異部聚徒可半千衆矣. 湘默作是念, 大華嚴教非福善之地不可興焉.

時善妙龍恒隨作護, 潛知此念, 乃現大神變於虛空中, 化成巨石, 縱廣一里蓋于伽藍之頂, 作將墮不墮之狀. 群僧驚駭罔知攸趣, 四面奔散, 湘遂入寺中敷闡斯經. (《당신라국의상대사전》, 《송고승전》. 번역은 김용의, 〈동아시아에 확산된 의상과 선묘의 사랑 이야기〉, 《일본어문학》 54, 일본어문학회, 2012, 239면에서 재인용.)

14 김임중·허경진 엮어 옮김, 《화엄연기 원효회 의상회》, 민속원, 2018.

15 〈문호왕 법민〉; 〈만파식적(萬波息笛)〉, 《삼국유사》 기이.

16 〈수로부인〉, 《삼국유사》 기이.

17 〈처용랑 망해사〉, 《삼국유사》 기이.

18 〈제4 탈해왕〉, 《삼국유사》 기이.

19 王喜, 以其月七日, 駕幸利見臺, 望其山, 遣使審之, 山勢如龜頭, 上有一竿竹, 晝爲二, 夜合一[一云: 山亦晝夜開合如竹.], 使來奏之, 王御感恩寺宿, 明日午時, 竹合爲一, 天地震動, 風雨晦暗七日, 至其月十六日, 風霽波平, 王泛海入其山, 有龍奉黑玉帶來獻, 迎接共坐, 問曰: "此山與竹, 或判或合如何?" 龍曰: "比如一手拍之無聲, 二手拍則有聲, 此竹之爲物, 合之然後有聲, 聖王以聲理天下之瑞也, 王取此竹, 作笛吹之, 天下和平, 今王考爲海中大龍, 庾信復爲天神, 二聖同心, 出此無價大寶, 令我獻之." (〈만파식적〉, 《삼국유사》 기이)

20 본명이 '화엄불국사'였던 불국사에서 관음전이 동북쪽 낙산사 방향에 있었던 근거도 이런 이유와 무관하지 않았다.

21 해주(海住: 전호련), 〈백화도량발원문의 '원(願)'에 대한 고찰〉, 《정토학연구》 10, 한국정토학회, 2007, 111면. 이는 체원(體元), 《백화도량발원문약해(白花道場發願文略解)》에서 제시한 내용이었다.

22 稽首歸依. 觀彼本師, 觀音大聖, 大圓鏡智. 亦觀弟子, 性靜本覺. (同視一體, 淸淨皎潔, 周遍十方, 廓然空寂, 無生佛相, 無能所名. 旣然皎潔, 鑑照無虧, 万像森羅, 於中頓現.) 所有本師, 水月莊嚴, 無盡相好, 亦有弟子. 空化身相, 有漏形骸, 依正淨穢, 苦樂不同. (然皆不離, 一大圓鏡.) 我今以此, 觀音鏡中, 弟子之身, 歸命頂禮, 弟子鏡中, 觀音大聖. 發誠願語, 冀蒙加被, 惟願弟子, 生生世世, 稱觀世音, 以爲本師, 如彼菩薩, 頂戴彌陀. 我亦頂戴, 觀音大聖, 十願六向, 千手天眼, 大慈大悲, 悉皆同等, 捨身受身, 此界他方, 隨所住處, 如影隨形, 恒聞說法, 助揚眞化, 普令法界, 一切衆生, 誦大悲呪, 念菩薩名, 同入圓通, 三昧性海. 又願弟子, 此報盡時, 親承大聖, 放光接引, 離諸怖畏, 身心適悅, 一刹那間, 卽得往生, 白華道場, 與諸菩薩, 同聞正法, 入法流水, 念念增明, 現發如來, 大無生忍. 發願已了, 歸命頂禮觀自在菩薩摩訶薩.
번역문과 주석의 괄호는 고증을 통해 추가된 부분. 번역은 해주(海住: 전호련), 위의 글과 체원(體元), 곽철환·박인석 옮김, 《백화도량발원문약해》, 동국대학교출판부, 2022의 성과를 따르고 다듬었다.

23 물론 '천수관음'이라는 상징 자체가 인도 힌두교 다면다비(多面多臂)의 신상(神像)에서 유래한 것이며, 그 역할은 모든 중생이 원하는 것을 두루 보고 구제해 준다는 것임은 명백하다.(김정희, 〈한국의 천수관음(千手觀音) 신앙과 천수관음도(千手觀音圖)〉, 《정토학연구》 17, 한국정토학회, 2012, 154면) 다만 이 발원문과 주석에서 화자의 역량과 발원을 중시했던 점을 고려하여 이렇게 서술하였다.

24 체원, 앞의 책, 53면. 여기서 체원이 인용했던 《천수천안경》은 원전에서 주요 부분을 축약한 것이었다. 김정희, 위의 글, 155면 참조.

25 景德王代, 漢岐里女希明之兒, 生五稔而忽盲. 一日其母抱兒, 詣芬皇寺左殿北壁畫千手大悲前, 令兒作歌禱之, 遂得明.(〈분황사 천수대비 맹아득안(芬皇寺 千手大悲 盲兒得眼)〉, 《삼국유사》 탑상. 이하 찬시와 향가의 출전도 이와 같다.)

26 돌이켜 보면 관음신앙에 관한 연구 자체가 정토신앙 혹은 화엄사상의 한 주변적·부수적 양상으로 치부되곤 했던 흐름도 있었다.

27 이재호 역, 《묘법연화경》, 민족사, 1993, 98~101면.

28 〈자장정률〉, 《삼국유사》 의해; 〈경흥우성〉, 《삼국유사》 감통.

29 관련 내용은 서철원, 〈성자와 범인의 경계를 넘나드는 체험〉, 《삼국유사 속 시공과 세상》, 지식과교양, 2022, 225~250면.

30 비학술적인 여담이지만 경주 남산에 무수히 남아 있는 관음보살과 이름 모를 여신들의 모습에서 이런 장면을 상상할 수 있다.

31 膝肹古召旀 / 二尸掌音毛乎支內良 / 千手觀音叱前良中 / 祈以支白屋尸置內乎多 / 千隱手叱千隱目肹 / 一等下叱放一等肹除惡支 / 二于萬隱吾羅 / 一等沙隱賜以古只內乎叱等邪阿邪也 / 吾良遺知支賜尸等焉 / 放冬矣用屋尸慈悲也根古.

32 양희철, 〈도천수관음가〉, 《삼국유사향가연구》, 태학사, 1997, 194~246면.

33 가령 "慈悲也根古"에서 '자비의 뿌리'라는 비유적 표현을 《화엄경》을 근거로 재구성한 사례를 참고할 만하다. 박재민, 〈〈도천수관음가(禱千手觀音歌)〉의 해독과 구조 재고―10구의 慈悲也根古를 중심으로〉, 《어문연구》 40, 한국어문교육연구회, 2012, 151~176면.

34 "문수사리여, 그때 장자의 아들이 서원하기를 '미래세가 다하도록 무량겁 동안 고통을 받는 육도중생을 갖가지 방편으로 다 해탈시킨 후에 저 자신도 불도를 이루리라'고 하였느니라. 지장보살은 그래서 지금까지 무량한 겁 동안 아직도 보살로 있느니라."(《지장보살본원경(地藏菩薩本願經)》, 번역은 혜종, 《불교신문》, 2020.12.28.)

1 임기중, 《불교가사 원전연구》, 동국대학교출판부, 2000에는 108편이 실려 있다.

2 김종진, 〈침굉의 〈태평곡〉에 대한 현실주의적 독법〉, 《한국시가연구》 19, 한국시가
   학회, 2005, 226면.

3 김봉영, 〈미발표의 《침굉가사》에 대하여―지금까지의 국문학사상에 드러나지 않은
   사원가사〉, 《국어국문학》 20, 국어국문학회, 1959, 33~37면.

4 김성배·이상보·박노춘·정익섭 주해, 《주해 가사문학전집》, 집문당, 1961; 이은상,
   〈침굉대사와 그의 가사〉, 《국어국문학연구》 16, 청구대학, 1962; 임기중 편저, 《한
   국가사문학주해연구》 2·17·18, 아세아문화사, 2005.

5 이영무 역, 《침굉집》, 불교춘추사, 2001.

6 이종찬, 〈유·불·선을 섭렵한 침굉〉, 《한국불가시문학사론》, 불광출판부, 1993,
   437면.

7 전재강, 〈침굉가사에 나타난 선의 성격과 진술방식〉, 《우리말글》 37, 우리말글학
   회, 2006, 275~308면.

8 김풍기, 〈침굉가사의 은일적 성격과 그 의미〉, 《한국가사문학연구》, 태학사, 1995,
   576~596면.

9 정혜란, 〈침굉 한시에 나타난 〈수행의 반려자〉로서의 달〉, 《고시가연구》 15, 한국
   고시가문학회, 2005, 295~326면. 이러한 '달'의 성격은 서간문에서도 보이는데, 문
   학치료의 심리적 상관물로 이해되기도 했다. 김종진, 〈침굉현빈의 글쓰기방식과 문
   학치료〉, 《한국문학연구》 35, 동국대학교 한국문학연구소, 2008, 69~98면.

10 김종진, 〈침굉의 〈태평곡〉에 대한 현실주의적 독법〉, 《한국시가연구》 19, 한국시가
   학회, 2005, 225~253면.

11 이와 관련하여 침굉의 가사와 한시를 각각 석사·박사학위논문으로 제출한 정혜란
   의 성과를 곱씹어 볼 만하다. 정혜란, 〈침굉의 가사문학 연구〉, 전남대학교 석사학
   위논문, 2003에서는 침굉의 가사를 세간의 명리를 초월하여 자연 경지에서 노니는,
   승려들만을 위한 교육적 텍스트로 파악하고 있는데, 이와는 대조적으로 정혜란,
   〈침굉의 한시 연구〉, 전남대학교 박사학위논문, 2006에서는 상구하화(上求下化),
   승속교유 등 현실과 종교적 경지의 소통을 작품세계의 중요 요소로 강조하고 있다.
   이와 같은 차이는 장르에 따른 대척점으로 이해하기보다 작가가 지닌 '세속'에 대한
   이중적 시선으로 보는 편이 적절할 것이다.

12 이러한 독특한 문맥 탓에 기존 연구에서 침굉에게 유불선 3교의 특징이 자재한 것
   으로 평가하기도 했다.

13 이 가설에 대한 자세한 논의는 추후에 준비하고자 한다.

14 이 표현은 착착자의 처지에 대한 지장보살의 동정심을 보여준다는 점에서 이들이 처한 상황을 서술한 것으로 보았다.

15 원문은 임기중, 《한국역대가사문학집성》 DVD(누리미디어)에 수록된 것을 활용하였다. 이 입력은 《한국불교전서》 제8책(동국대학교출판부, 1987)에 수록된 목판본 《침굉유고(枕肱遺稿)》(1695년(숙종 21) 조계산 선암사본)에 따른 것이다. 이하 인용된 원전의 서지사항은 같다.

16 "만세호손(萬歲猢猻)"의 "호손(猢猻)"을 "어지럽게 날뛰기만 하는 표면적인 중생의 마음"으로 풀이하여 이 부분 역시 간화선의 수행 과정으로 풀이한 성과도 있다. 전재강, 앞의 글, 283면. 그러나 달리 해석될 여지도 있는 부분적인 어구 풀이보다는 화자가 보인 전체적인 인식이 은자 형상에 가까워진 점에 더 주목하는 편이 타당할 것이다.

17 정혜란, 앞의 글, 2006, 90~93면.

18 이에 대해 선행 연구에서는 "절경 속에서 느끼는 멋과 흥취를 '나 혼자'만 빼앗긴 채 지내왔던 것처럼 여겨지는 화자의 안타까움"으로 평가하기도 하였다. (김종진, 〈17세기 불교가사의 이치표출 양상과 의미〉,《불교민속학의 세계》, 집문당, 1996, 229면) 그러나 기존의 해석을 긍정하기 위해서는 '나'를 제외한 다른 사람들이 자연의 아름다움을 수용해 오는 가운데 나만 그것을 몰랐다는 내용의 언술이 있어야 할 것이다. 그런데 이 작품의 해당 부분에는 "차중(此中)의 승사(勝事)을 나혼자 아희 써시 혼자알고 낙담(落膽)ㅎ야 불각(不覺)애 교수(矯首)ㅎ니"라고 하여 결국 '나 혼자'만이 이 아름다움을 수용하고 있으며, 혼자만 이 아름다움을 누리기 때문에 낙담하게 된 정황이 진술되었을 따름이다.

19 여기서 제기한 바 '타인과의 소통'과 관련하여 침굉의 한시에서는 시적 화자와 타인 사이에서 맺어지는 다양한 인간관계의 국면들이 묘사되어 있기도 하다.(정혜란, 앞의 글, 2006 참조)

20 용운(龍雲) 역해,《조당집(祖堂集)》, 미가출판, 2006, 204면 주석.

21 위의 책, 204~205면.

22 大宋國, 有東坡居士蘇軾者, 字子瞻焉, 應筆海眞龍學佛海龍象, 遊泳重淵昇降層雲, 有時到廬山因聞谿水夜流聲悟道, 作偈而呈常總禪師曰, 谿聲便是廣長舌, 山色無非淸淨身, 夜來八萬四千偈, 佗日如何擧似人, 呈此偈於總禪師總禪師然之, (…) 斯居士悟道夜, 則爾前日與總禪師參問無說說法話也, 禪師言下雖翻身儀未也, 谿聲之所聞, 則逆水波浪高拍天者也, 然則今谿聲之驚居士爲谿聲耶爲照覺流潟耶, 疑照覺無情說法語響未止, 潛亂入谿流夜聲誰辨冒, 是一水朝宗一海畢竟道, 則居士之悟道乎山水之悟道乎, 誰明眼乎不急著眼於長說相淸淨身焉.

23 백련선서간행회, 《조동록》, 장경각, 1989, 18~19면.
24 위의 책, 21면.
25 임기중, 《한국역대가사문학집성》 DVD(누리미디어)의 해제 참조.
26 김종진, 앞의 글, 226면.

찾아보기